DuMonts Kriminal-Bibliothek

Charlotte MacLeod wurde 1922 in Kanada geboren und wuchs in Massachusetts, USA, auf. Sie studierte am Boston Art Institute und arbeitete danach kurze Zeit als Bibliothekarin und Werbetexterin. 1964 begann sie, Detektivromane für Jugendliche zu veröffentlichen, 1978 erschien der erste »Balaclava«-Band, 1979 der erste aus der »Boston«-Serie, die begeisterte Zustimmung fanden und ihren Ruf als zeitgenössische große Dame des Kriminalromans festigten.

Von Charlotte MacLeod sind in DuMonts Kriminal-Bibliothek bereits erschienen: »Schlaf in himmlischer Ruh'« (Bd. 1001), »… freu dich des Lebens« (Bd. 1007), »Die Familiengruft« (Bd. 1012), »Über Stock und Runenstein« (Bd. 1019), »Der Rauchsalon« (Bd. 1022), »Der Kater läßt das Mausen nicht« (Bd. 1031), »Madam Wilkins' Palazzo« (Bd. 1035), »Der Spiegel aus Bilbao« (Bd. 1037), »Kabeljau und Kaviar« (Bd. 1041), »Stille Teiche gründen tief« (Bd. 1046), »Ein schlichter alter Mann« (Bd. 1052), »Wenn der Wetterhahn kräht« (Bd. 1063), »Eine Eule kommt selten allein« (Bd. 1066), »Teeblätter und Taschendiebe« (Bd. 1072), »Miss Rondels Lupinen« (Bd. 1078), »Rolls Royce und Bienenstiche« (Bd. 1084), »Aus für den Milchmann« (Bd. 1090), »Jodeln und Juwelen« (Bd. 1092) und »Arbalests Atelier« (Band 1097) sowie der Sonder-Doppelband »Mord in stiller Nacht« (»Schlaf in himmlischer Ruh'«/»Kabeljau und Kaviar«, Bd. 2002).

Herausgegeben von Volker Neuhaus

Charlotte MacLeod

Mona Lisas Hutnadeln

Aus dem Englischen
von Beate Felten-Leidel

DuMont

Für Mervin Householder

Aus dem Englischen von Beate Felten-Leidel
Die der Übersetzung zugrunde liegende Originalausgabe erschien 1995 unter dem Titel *The Odd Job* bei The Mysterious Press, New York

2. Auflage 2001

Umschlagmotiv von Pellegrino Ritter
Umschlag- und Reihengestaltung: Groothuis & Consorten
Satz: Greiner & Reichel, Köln
Druck und Verarbeitung: Clausen & Bosse, Leck
Printed in Germany
ISBN 3-7701-5712-5

Anmerkung der Autorin

Meine erste Begegnung mit der jungen Mrs. Sarah Kelling fand 1979 statt, als sie irgendwo in der Nähe der Ecke Beacon und Park Street in Boston stand und auf ihren brummigen Cousin Dolph wartete. Er sollte die Familiengruft öffnen, um die sterblichen Überreste des noch viel bärbeißigeren Großonkels Frederick dort bestatten zu lassen. Inzwischen haben Sarah und ich viele Abenteuer bestanden, aus denen sie stets als blühende junge Frau hervorging. Doch während das Ende dieses Jahrhunderts unaufhaltsam näher rückt, befinde ich mich in einer merkwürdigen Diskrepanz zu Vater Chronos. Irgendwie bin ich bedeutend schneller gealtert als Sarah, genau wie so vieles in Boston.

Um eine glaubwürdige Entwicklung zwischen den einzelnen Episoden zu ermöglichen, muss ich die Welt, in der Sarah und ihre Freunde leben, deutlich verlangsamen, während das moderne Boston ohne Rücksicht auf das Dilemma der Schriftstellerin gnadenlos weiter vorwärts prescht. So blieb mir beispielsweise keine andere Wahl, als eine glaubhafte Kopie des alten Charles Street Jail zu erschaffen, weil das neue Gefängnis für meine Zwecke viel zu elegant ist. Inzwischen gibt es so viele Unstimmigkeiten, dass ich aufgehört habe, mir darüber den Kopf zu zerbrechen. Ich tröste mich mit dem Gedanken, dass meine Figuren keine Personen aus Fleisch und Blut sind, sondern vom endlosen Strom der Fantasie geformt werden. Sie sind nur so real, wie wir sie machen. Doch das soll uns nicht daran hindern, uns an ihnen zu freuen.

Charlotte MacLeod

Kapitel 1

»Ich hatte eigentlich nicht vor, Rankhilfe für eine Kletterpflanze zu spielen.«

Sarah Kelling Bittersohn war viel zu wohlerzogen, um diesen Gedanken laut zu äußern, aber genauso war es. Wie hätte sie vor zwei Monaten ahnen können, dass Cousine Anne, wie Cousin Percy Kellings botanisch bewanderte Gattin sich inzwischen mit Vorliebe zu nennen pflegte, sie bei jeder sich bietenden Gelegenheit wie eine Trichterwinde (Familie *Convolvulaceae*) umschlingen würde?

Sarah hatte bisher nicht herausfinden können, ob Annes plötzliche Zuneigung daher rührte, dass Cousine Sarah ihr bei der Wiederbeschaffung eines kostbaren Gemäldes behilflich gewesen war, auf dem eine kindliche Ahnherrin Annes einen riesigen Papagei auf dem Zeigefinger balancierte, oder weil Sarah Percy gegenüber Stillschweigen bewahrt hatte, was die schreckliche Wahrheit von Annes flüchtiger Begegnung mit einem völlig Unbekannten (Genus: *Homo*, höchstwahrscheinlich *sapiens*) betraf, dessen Bekleidung zum fraglichen Zeitpunkt lediglich aus einem Rhabarberblatt bestanden hatte.

Vermutlich konnte sie Anne nicht dafür verantwortlich machen, dass man den selbst ernannten Hobby-Farmer, dessen reinrassige Rinder Anne den erstklassigen Dünger für ihre preisgekrönten Rosen lieferten, gerade zum Kuratoriumsvorsitzenden des Wilkins-Museums gewählt hatte. Es war eindeutig ihre eigene Schuld, dass sie sich von Anne und Percy hatte überreden lassen, am sonntäglichen Lunch im Heim besagten Landjunkers und seiner Gattin teilzunehmen.

Lala Turbot war mehr oder weniger genau so, wie Sarah erwartet hatte. Sie hatte schon zu viele dieser aufgedonnerten Vögel mit zu viel Schmuck, zu viel Frisur und zu wenig Bildung gesehen, die in ihren goldenen Käfigen saßen und auf Gedeih oder noch öfter auf Verderb mit älteren Männern verheiratet waren, die gern mit Puppen spielten. Lala hatte ihren Auftritt als Hausherrin hinter sich und bot ihnen nun einen kleinen präprandialen Drink an, wobei sie sorgsam darauf achtete, dass ihre Gäste auch ja alle die hübschen großen Kunstbände bemerkten, die sie wie beiläufig auf dem Couchtisch aufgestapelt hatte. Doch Sarah entging nicht, dass die meisten noch in ihrer transparenten Schutzfolie steckten. Irgendwie konnte einem diese arme Frau leid tun.

Elwyn Fleesom Turbot dagegen war ein schärferes Kaliber. Wahrscheinlich stammte er aus einem reichen Elternhaus und hatte eines der weniger noblen Colleges an der Ostküste besucht, mutmaßte Sarah. Und wahrscheinlich hatte er als Hauptfach Football und Rendezvous mit integrierter Vergewaltigung studiert, bevor er eine der gehobeneren Positionen im Familienbetrieb eingenommen hatte. An diesem Punkt seiner Karriere ließ es sich wohl kaum vermeiden, Vorsitzender von irgendeinem Ausschuss oder Komitee zu werden. Das war Sarah sofort klar gewesen, als sie aus Cousin Percys nicht mehr ganz neuem, aber hervorragend gepflegten Volvo kletterte und mit einem Blick abschätzend von Kopf bis Fuß gemustert wurde, bevor Turbot sich zu einem kurzen, aber heftigen Händeschütteln herabließ. Aber warum ausgerechnet im Wilkins? Wie passte diese Mischung aus Landjunker, Industrieboss und angeblichem Kunstkenner in die Gruppe altersschwacher Ästheten?

Jahrelang hatten die hochgesinnten kauzigen alten Männer wenig mehr getan als sich einmal im Monat zu treffen und einander dafür zu beglückwünschen, dass sie getreu Eugenia Callista Wilkins' letztem Wunsch und Willen den Palazzo, den sie im Bostoner Fenway hatte errichteten lassen, genau so bewahrt hatten, wie er am Tag seiner Eröffnung gewesen war. Jammerschade, dass keiner der Kuratoren wenigstens ein bisschen jünger, ein bisschen intelligenter und ein bisschen kritischer gewesen war, bevor die schreckliche Wahrheit über die Wilkins-

Sammlung aus heiterem Himmel über sie hereinbrach. Als sich die Wogen ein wenig geglättet hatten, waren zwei Personen, die mit dem Wilkins zu tun hatten, tot. Ein Dritter saß im Gefängnis, und niemand hatte Lust, dem Kuratorium vorzusitzen. Zum Schluss hatte man den sanftmütigsten Kauz so lange drangsaliert, bis er die Aufgabe übernommen hatte. Er hatte sanftmütig die Last seines Amtes getragen und sich vor einigen Monaten sanftmütig in eine bessere Welt verabschiedet. Von den wenigen unglücklichen noch lebenden Kuratoren wollte keiner die ehrenvolle Nachfolge antreten. Sarah wusste, dass das Wilkins verzweifelt nach einem neuen Vorsitzenden gesucht hatte. Wie man schließlich auf Elwyn Fleesom Turbot gekommen war, wusste sie allerdings nicht. Doch sie würde es sicher bald erfahren.

Bei der feierlichen Eröffnung anno 1911 hatte eine andere Mrs. Alexander Kelling – in der Familie Kelling hatte es schon immer Männer namens Alexander gegeben – mit dem den Kellings eigenen Takt- und Feingefühl gespottet, dass Eugenias neuestes Spielzeug eigentlich mehr an ein babylonisches Bordell als an einen italienischen Palazzo erinnere. Ein Spaßvogel in der Menge hatte die Bemerkung aufgegriffen, und bevor der Empfang zu Ende war, hieß Mrs. Wilkins bereits bei der Hälfte der Gäste »die Madam«.

Eugenia Callista Wilkins hatte das Beste aus dem schlechten Scherz gemacht und sich prompt neue Visitenkarten mit dem Namen »Madam Wilkins« drucken lassen. Doch sie hatte niemals eine dieser Karten einem Kelling gegeben. Daraufhin hatten die Kellings ihrerseits das Museum boykottiert. Jedenfalls bis zu jenem schicksalsträchtigen Nachmittag, als eine gewisse Mrs. Sarah Kelling, die seit kurzem verwitwet war und neuerdings eine Pension leitete, von einem ihrer Pensionsgäste zu einem Konzert in besagtes Museum eingeladen worden war.

Sie hatte den Mann kurz vor dem plötzlichen, schrecklichen Tod ihres ersten Gatten kennen gelernt. Der Mann hieß Max

Bittersohn. Er war Privatdetektiv und spezialisiert auf das Wiederfinden kostbarer Gegenstände, insbesondere von Kunstwerken und antikem Schmuck. Er hatte dem alten Thaddeus Kelling seinen Corot zurückgebracht und war Sarah nach Alexanders Tod eine unschätzbare Hilfe gewesen. Er war nicht einmal zehn Jahre älter als sie, auf eine ganz andere Weise attraktiv als die Kelling-Männer, und es machte einfach Spaß, mit ihm zusammen zu sein.

Sarah war damals Mitte zwanzig gewesen. Sie hatte bis zu diesem Zeitpunkt ein ziemlich freudloses Leben geführt und Mr. Bittersohns Einladung als gute Gelegenheit begrüßt, wenigstens einmal in den Genuss einer verbotenen Frucht zu kommen. Gemeinsam hatten sie auf einem der Palazzo-Balkone gestanden, sich über die Brüstung gebeugt und zugesehen, wie ein weißer Pfau zwischen den unzähligen Blumen im Hof unter ihnen sein Rad schlug, als plötzlich der älteste Museumswächter an ihnen vorbei in die Tiefe stürzte, auf dem antiken Mosaik im Hof aufschlug und leblos liegen blieb.

Entweder zufällig oder weil es das Schicksal so wollte, hatte dieses Ereignis Sarah Kelling Kelling und Max Bittersohn so tief in die bizarre Situation am Wilkins verstrickt, dass sie danach untrennbar miteinander verbunden waren. Natürlich war in beiden Familien Widerspruch laut geworden. Max Bittersohns Mutter hatte ihren Sohn zwar immer gedrängt, endlich zu heiraten, hatte jedoch nicht mit einer Schwiegertochter aus der Bostoner Kabeljau-Aristrokratie gerechnet. Cousine Mabel Kelling hatte noch lauter und länger geschrien als der Pfau, als sie von Sarahs perverser Absicht erfuhr, ihren Namen in Bittersohn umzuwandeln. Sarah selbst war nur zu glücklich über diese Veränderung. Sie war lange genug eine Kelling gewesen.

Mit Max hatte sie automatisch auch seinen ungewöhnlichen Beruf geheiratet. Sarah hatte darauf ebenso begeistert reagiert wie die Enten im Bostoner Public Garden auf Popcorn. Die weiteren Geschäftsbeziehungen zwischen den Bittersohns und dem Wilkins-Museum gehörten zwar keinesfalls zu ihren lukrativsten, doch immerhin hatten sie mit dem Geld ihre Flitterwochen, die neuen Möbel für ihr Haus in Ireson's Landing und die Entbindungskosten für ihr Söhnchen Davy bezahlt. Der Kleine war inzwischen fast drei Jahre alt und seinem Vater wie aus dem Gesicht geschnitten. Dank Max' Fleiß und Fachkenntnis sowie Sarahs gesundem Menschenverstand war inzwischen ein großer Teil der Beute aus dem langwierigsten Kunstraub, den die Stadt Boston je erlebt hatte, wieder genau dort, wo er nach Wunsch der verstorbenen Madam Wilkins zu hängen hatte, bis die stuckverzierten Wände eines Tages zusammenstürzen und zu Staub zerfallen sollten.

Natürlich war Max nicht als Einziger an dem Wilkins-Projekt beteiligt. Andere auf Kunstdiebstahl spezialisierte Detektive hatten sich ebenfalls der Herausforderung gestellt, jedoch früher oder später die Jagd erfolglos abgeblasen. Die Wilkins-Sammlung war ein viel zu riskanter Fall, wenn man bedachte, wie lange der Diebstahl einiger der besonderen Glanzstücke zurücklag, und wie mager die Bezahlung ausfiel, wenn es tatsächlich jemandem gelang, eines der Objekte wiederzufinden.

Max Bittersohn war als Junge bei den Pfadfindern gewesen und somit allzeit zu allem bereit. Er hatte ganz klein angefangen, mit einer nagelneuen Promotion in Kunstgeschichte, einem scharfen Verstand, einer optimistischen Natur und einem untadeligen Ruf. Mit der Zeit hatte er sich nicht nur einen treuen Kundenstamm geschaffen, sondern verfügte außerdem über ein weit gespanntes Netz an freiberuflichen Geheimagenten. Die meisten machten vor allem aus reiner Abenteuerlust mit. Wenn man ganz ehrlich war, traf dies auch auf Max Bittersohn zu.

Bis Sarah in sein Leben trat, hatte Max sein ausgedehntes Unternehmen mehr oder weniger allein gemanagt. Gemeinsam hatten sie dem bereits bestehenden Netzwerk einen inneren Kader hinzugefügt. Angefangen hatte es mit einem entfernten Cousin Sarahs. Brooks Kelling war Ornithologe, Fotograf, gelegentlicher Alleinunterhalter auf Kindergeburtstagen und zum damaligen Zeitpunkt Mädchen für alles im Wilkins-Museum.

Selbst der Riesenwirbel, den der Wilkins-Skandal auslöste, hatte Brooks nicht davon abhalten können, kurz, aber eindrucksvoll um Sarahs bezauberndste Mieterin, die begabte Teeblatt-Leserin Theonia Sorpende, zu balzen, und zwar vorwiegend mit Lockrufen aus der Vogelwelt. Halb Zigeunerin, aber ganz Grande Dame war Theonia Sorpende Kelling besonders begabt, wenn es darum ging, Herren mittleren Alters mit elastischem Gewissen und gewissen Neigungen, von denen es mehr als genug gab, gestohlene Kunstgegenstände wieder abzuluchsen. Theonias Methoden waren dabei durch und durch ehrbar und ganz *comme il faut*, eine Tatsache, die ihren willigen Opfern allerdings erst bewusst wurde, wenn es bereits zu spät war.

Ein weiteres Relikt aus Sarahs Zeit als Pensionswirtin war Charles C. Charles, ein Schauspieler, der normalerweise als Butler verkleidet auftrat, jedoch bereitwillig in jede andere Rolle schlüpfte, die seine Arbeitgeber gerade zu besetzen hatten. Die eigentliche treibende Kraft im Haus auf dem historischen Beacon Hill war jedoch Mariposa. Sie hatte sich als gute und zuverlässige Freundin bewährt, seit Sarah damals ihre Unabhängigkeit demonstriert hatte, indem sie die faule, streitsüchtige, unzuverlässige Kammerzofe ihrer verstorbenen Schwiegermutter an die Luft beförderte.*

Seit kurzem hatte das Team sogar einen Lehrling. Jesse, der älteste Sohn von Sarahs Cousin Lionel, hatte bereits im zarten Alter von etwas mehr als siebzehn Jahren Erfahrungen in Vandalismus, Plündern und ähnlichen Bubenstücken gesammelt und wurde gerade in eine Richtung gelenkt, in der er seine Talente auf legale Weise nutzen konnte. Dabei entwickelte er sich eigentlich recht zufrieden stellend.

* Die Familiengruft, DuMonts Kriminal-Bibliothek, Band 1012

Theoretisch hätte diese merkwürdige Ansammlung freier Geister eigentlich eine Katastrophe sein müssen, doch in der Praxis funktionierte alles erstaunlich gut. Wie andere Beacon Hill Häuser aus dem 19. Jahrhundert war das Gebäude, das Sarah Kelling geerbt hatte, eher hoch als groß. Das ausgebaute Souterrain mitgerechnet, in dem sich die Privatgemächer von Mariposa und Charles sowie Brooks' Dunkelkammer befanden, bestand das Haus aus fünf Ebenen. Brooks und Theonia nutzten als ständige Hausmeister die Räume im Erdgeschoss und die Hauptwohnung im ersten Stock. Sarah und Max hatten sich die zweite Etage reserviert für den Fall, dass sie ein Absteigequartier in der Stadt benötigten. Und Jesse war alleiniger Herrscher über das Dachgeschoss.

Im Erdgeschoss befanden sich das Wohnzimmer, eine kleine Bibliothek und ein freundliches Esszimmer. In Zeiten des Kohlenofens und billigen Hauspersonals war die Küche im Souterrain gewesen. Nach der Einführung von Gasherd und elektrischem Licht hatte man einen Teil des Wohnzimmers abgetrennt und in eine zwar kleine, aber funktionstüchtige Küche umgewandelt.

Irgendwo hätte man wahrscheinlich auch noch ein Büro unterbringen können, doch dies war weder erwünscht noch notwendig. Als Bittersohns Ein-Mann-Detektivagentur noch in den Kinderschuhen steckte, hatte Max ein kleines Büro in einem großen Gebäude an Bostons Windy Corner an der Ecke Boylston und Tremont Street gemietet. Irgendein früherer Mieter hatte einen abgenutzten Eichenschreibtisch und einen altmodischen Drehstuhl zurückgelassen. Max hatte nie die Zeit gefunden, die Stücke zu ersetzen. Inzwischen war er ohnehin nur noch selten in seinem Büro. Heutzutage saß meist Brooks auf dem Drehstuhl.

Doch Brooks würde während der nächsten Woche und vielleicht sogar noch länger nicht im Büro sein. Und auch Theonia würde eine Zeit lang nicht mehr mit ihren eleganten Satin- und

Spitzengewändern die geschwungenen Treppen des Backsteinhauses in der Tulip Street zieren. Die beiden veranstalteten mit Jesse eine Art Trainingsurlaub, in dessen Verlauf er einen Prachtband der Audubon Society namens *Lebend gebärende Vierfüßler Nordamerikas* aufspüren sollte, der angeblich noch in fast erstklassigem Zustand war. Außerdem galt es, eine mehr oder weniger unbezahlbare Lockvogelsammlung zu finden, die aus Gänsen, Enten und Schnepfen bestand. Der Urgroßvater eines Freundes von Tweeters Arbuthnot hatte sie eigenhändig geschnitzt. Höhepunkt der Übung war ein Flug in Tweeters Wasserflugzeug nebst Besuch bei einigen Alken, die er persönlich kannte.

Tweeters hatte gehofft, dass auch Sarahs Tante Emma an der Alk-Expedition teilnehmen würde. Er versuchte bereits seit etwa einem Jahr mit zaghaften Balzritualen ihre Aufmerksamkeit auf sich zu lenken, doch Emma reagierte einfach nicht darauf. Stattdessen rief sie immer wieder bei Sarah an und verlangte zu wissen, warum Tweeters seinen Paarungstrieb nicht an irgendeinem entlegenen Lieblingsplatz von Blässhuhn und Reiher ausleben könne.

Sarah hatte ihr wenig Rat und Zuspruch geben können, da sie genug damit zu tun hatte, Max bei den Vorbereitungen für seine neueste Heldentat zu helfen.

Einer von Max' Spähern in Südamerika hatte sie wissen lassen, es gebe eine *rancho grande* in Argentinien, auf der eine zwar mit hohen Erwartungen besetzte, wenn auch möglicherweise trügerische Möglichkeit bestünde, zwei wunderhübsche *Fêtes galantes* von Watteau wiederzufinden, die aus der Wilkins-Sammlung gestohlen worden waren. Endlich wiederhergestellt nach einer langwierigen und langweiligen Konvaleszenz und zu sehr Profi, um auch nur den Hauch einer Möglichkeit zu ignorieren, hatte Max seine Tasche gepackt, sich zärtlich von Frau und Kind verabschiedet und war in den Lüften entschwunden.

Sarah war froh, dass ihr Gatte endlich wieder seinem geliebten Beruf nachgehen konnte, doch sie hatte bedauert, dass er schon so schnell so weit weg musste. Außerdem hätte sie sich genauere Anweisungen gewünscht, wie sie einiges während seiner Abwesenheit bewältigen sollte, inklusive Percys letzter Schnapsidee, was immer auch dahinter stecken mochte. Max hatte die Sache am Donnerstagabend bei seinem letzten Anruf aus Argentinien kurz erwähnt und vorgeschlagen, Sarah solle Percy anrufen und herausfinden, was zum Teufel er eigentlich wolle.

Seitdem hatte sie zu ihrem Kummer nichts mehr von Max gehört, dafür umso mehr von Anne, die zweifellos auf Percys Anweisung handelte. Anscheinend lief es darauf hinaus, dass Anne inoffiziell dazu auserwählt worden war, Cousine Sarah zu überreden, am Sonntag gemeinsam mit ihnen als Stellvertreterin ihres Mannes zum Lunch bei den Turbots zu gehen. Was konnte wohl so schrecklich wichtig sein, dass sie alle anderen Pläne über den Haufen werfen und den ganzen weiten Weg zurücklegen sollte, nur um sich ein langweiliges Essen mit langweiligen Menschen anzutun und auf eine Weide voll großer rötlicher Viecher zu starren, statt gemütlich zu Hause zu sitzen und auf einen Anruf von Max zu warten? Welche neuen Machenschaften mochte Percy wohl im Schilde führen?

Es war sonnenklar, dass eine Herde Rindviecher nicht ausreichte, um Percy Kelling am ersten friedlichen Wochenende nach dem Labor Day aus seinem Lehnstuhl zu locken. Sarah nahm zunächst an, der Besuch hätte etwas mit dem Wilkins-Museum zu tun, doch das wäre für Percy nicht subtil genug. Nur in einem Punkt war sie sich ziemlich sicher. Elwyn Fleesom Turbot war bestimmt einer von Percys wichtigsten Mandanten. Selbst seine horngestutzten Herefords waren angeblich so hochgezüchtet, dass es fast an Majestätsbeleidigung grenzte, sie zu verzehren.

Zumindest behauptete Mr. Turbot, das Rindfleisch, das momentan vor ihnen auf dem Tisch stand, stamme von einem seiner Stiere. Man konnte es leider nicht mehr feststellen, da das Fleisch zu etwas kleingeschnitten worden war, was nach Sarahs Ansicht Boeuf Bourguignon sein sollte. Das merkwürdige Essen passte gut zu dem allzu aufwendig gestylten Esszimmer. Bisher hatte sie von dem Haus nur dieses Zimmer und den Salon gesehen, in dem sie ihre Aperitifs eingenommen hatten. Und das reichte ihr völlig.

Sarah hätte es vorgezogen, wieder nach draußen zu gehen und mit den eindrucksvollen Tieren zu plaudern, die friedlich wiederkäuend lässig auf der saftigen grünen Weide lagen, die rotbraunen Beine unter die schneeweißen Brustkörbe gefaltet. Sie erinnerten Sarah ein wenig an George III.

Elwyn Turbot übrigens auch, wenn sie ehrlich sein sollte. Die Ähnlichkeit war sogar ziemlich frappierend, als er draußen neben dem Weidengatter stand und seine Herde betrachtete. Allerdings ähnelte seine Gattin in keinster Weise der schüchternen, unauffälligen, fügsamen kleinen Charlotte Sophia, die Ihrer Bukolischen Majestät pflichtgetreu fünfzehn Kinder gebar, pflichtgetreu das langweilige Landleben ertrug, das Bauer George dem sehr viel aufregenderen Pomp und Prunk am Hof vorzog, und pflichtgetreu den Mund hielt, was die damals unbekannte Krankheit betraf, die langsam und schubweise Großbritanniens geliebten Regenten, der angeblich gleichzeitig der Tyrann seiner rebellierenden amerikanischen Untertanen war, in den Wahnsinn trieb und schließlich zu seinem Tod führte.

In Ermangelung der Gesellschaft der Kühe versuchte Sarah sich die Zeit damit zu vertreiben, Mrs. Turbots Alter zu schätzen. Entweder war Lala, wie sie von den anderen genannt wurde, auch wenn es wohl kaum ihr richtiger Name war, mindestens zwanzig Jahre jünger als ihr etwa sechzigjähriger Gatte, oder sie kannte einen ungeheuer geschickten Schönheitschirurgen. Ihr Gastgeberinnen-Outfit war atemberaubend. Die hautenge Seidenhose, die Satinbluse mit locker fallendem Kapuzenkragen, die weich fließende Kimonojacke in allen Schattierungen von Altgold und rauchigem Bernstein passten haargenau zu ihrer nach hinten gebürsteten kastanienbraunen Mähne und ihren grünlichen Augen und hatten Elwyn sicher ein Vermögen gekostet. Die Goldohrringe, die ihr bis auf die Schulter hingen, die unterschiedlich langen Goldketten und Unmengen von Goldarmbändern sowie die zahlreichen Goldringe an allen acht Fingern und beiden Daumen waren vielleicht ein bisschen viel für einen ruhigen Tag auf dem Land, dachte Sarah, aber vielleicht halfen sie Lala dabei, nicht ständig an die Herefords zu denken.

Falls Lala überhaupt in der Lage war zu denken. Anscheinend hatte sie während des Aperitifs ihr gesamtes Repertoire an gehobenem Small Talk verbraucht. Seit sie ins Esszimmer gewechselt waren, hatte sie immer nur vage gelächelt, wenn jemand direkt das Wort an sie richtete, und mit ihren klirrenden Armreifen gespielt. Vielleicht hatte sie auch ein wenig zu viel getrunken. Jedenfalls rührte sie fast nichts von dem Essen an, das ein gut aussehender, aber sauertöpfischer junger Diener ohne viel Aufhebens servierte. Er trug braune Jeans, ein grob gewebtes Leinenhemd ohne Manschetten und eine Wildlederweste. Sarah konnte Lalas Mangel an Appetit verstehen, denn das viel gepriesene Hauptgericht war keine Empfehlung für Turbots Rindfleisch und erst recht keine für Turbots Koch.

Sarah konnte mit einem preiswerten Stück Rindfleisch vom Supermarkt ein sehr viel besseres Boeuf Bourguignon zubereiten und hatte dies oft genug unter Beweis gestellt. Ihre Schwägerin konnte es in der Hälfte der Zeit noch besser. Wieder einmal fragte sich Sarah, was in sie gefahren war, dass sie für diesen kühlen Empfang und ein eher langweiliges Essen die Gelegenheit geopfert hatte, mit Davy und ihren geliebten angeheirateten Verwandten den Nachmittag am See zu verbringen. Wahrscheinlich hätte Elwyn Turbot ihr mehr Aufmerksamkeit geschenkt, wenn sie ein horngestutzter Hereford gewesen wäre.

Auf welche Weise man in den Genuss von Lalas ungeteilter

Aufmerksamkeit kam, konnte sie sich noch weniger vorstellen, es sei denn, Gott bewahre, Anne und sie wären in einer Gewandung erschienen, die noch exotischer war als die ihrer Gastgeberin. Doch weder Sarahs ärmelloses blaues Seidenkleid mit der bequemen Jacke noch Annes frisches Hemdblusenkleid mit Gänseblümchenmuster konnten es mit Lalas Schick und Schmuckgeklirre aufnehmen, auch wenn die Besucherinnen für den Ort und Anlass durchaus passend gekleidet waren. Was hatte Anne nur bewogen, ihr derart leidenschaftlich – für Annes Verhältnisse war es wirklich leidenschaftlich gewesen – zu versichern, dass die Turbots es gar nicht erwarten konnten, ihre interessante Cousine endlich kennen zu lernen? Und warum war Sarah so dumm gewesen, Annes Bitten nachzugeben?

Außer dem Backsteinhaus in der Tulip Street hatte Sarah von ihrem ersten Mann mehr als zwölf Hektar Land am Meer und ein halb verfallenes, feuergefährdetes Holzgebäude in Ireson's Landing an der Nordküste geerbt. Inzwischen war die alte Kelling-Hütte einem fröhlichen, einfachen Haus gewichen, das nur aus Seeluft und Sonne zu bestehen schien. Sarahs Freundin Dorothy Atwood hatte die Pläne entworfen, Max' Vater hatte die Bauarbeiten beaufsichtigt, Max' Mutter die Vorhänge genäht, Max' Schwester die Kissen bestickt. Die Reaktionen der Kellings waren gemischt ausgefallen.

Cousin Percys Stimme war unter denen gewesen, die lauthals Max Bittersohn und seine Sippschaft für den Abriss der Bruchbude heruntergemacht hatten. Dabei hätte keiner, der ihr jetzt nachtrauerte, auch nur einen Finger für ihren Erhalt gekrümmt und erst recht keinen Pfennig für die nötigen Reparaturen lockergemacht. Außerdem war es Sarah gewesen, die ganz allein und ohne Hilfe ein Abbruchunternehmen anrücken ließ und triumphierend zuschaute, wie das zugige Relikt dem Erdboden gleichgemacht und bis auf den letzten Splitter abtransportiert wurde.

Sarah hatte Percy immer wieder darauf hingewiesen, dass es

einzig und allein ihr Haus gewesen war und die Zerstörung allein auf ihre Kappe ging. Trotzdem war er hartnäckig bei seiner Meinung geblieben, kein Mensch mit Kellingblut in den Adern sei in der Lage, einen derart himmelschreienden Akt der Zerstörung zu begehen, wenn er nicht zuvor von diesem Volk von Shylocks, mit dem sie sich so leichtfertig eingelassen hatte, dazu angestachelt worden wäre.

Mittlerweile hatte Percy begonnen, seinen Ton zu mäßigen. Er hatte nämlich festgestellt, wie hoch die Familie Bittersohn an der Nordküste geschätzt wurde und an welcher Stelle Max bei Dun & Bradstreet gelistet war. Kein Steuerberater im Vollbesitz seiner geistigen Kräfte konnte derart streng über einen angeheirateten Verwandten urteilen, der Percy in Einkommen und Rechtschaffenheit in nichts nachstand.

Und all dies trotz der Tatsache, dass Max Bittersohns Haar immer noch keine Spur von Grau aufwies, ganz zu schweigen von ersten Anzeichen einer beginnenden Glatze, und dass er an einer Universität promoviert hatte, die nicht Harvard war. Außerdem gab es keinerlei Hinweise dafür, dass er je einer Verbindung angehört hatte. Oder einem der richtigen Clubs. Oder wenigstens einem der falschen. Dieser Mann war einfach ein Rätsel.

Aber ein erfolgreiches Rätsel. Allmählich dämmerte es Sarah. Wahrscheinlich plante Percy, einen seiner ranghöheren Assistenten dazu zu bringen, Mr. Bittersohn diskret auf die Vorteile hinzuweisen, die Mr. Bittersohn daraus ziehen könnte, wenn er sich dazu entschließen könnte, seine Steuerangelegenheiten der prestigeträchtigen Firma Kelling, Kelling und Kelling zu übertragen. Dieser Besuch, bei dem Percys Cousine einen von Percys besonders wohlhabenden Mandanten kennen lernte, war wohl nach dem Motto »Wenn man die Nase des Kamels ins Nomadenzelt führt, folgt der Rest automatisch nach« arrangiert worden.

Natürlich würde Percy nicht ohne weiteres mit der Sprache herausrücken und zugeben, dass Turbot zu seinen Mandanten gehörte. Percy war überaus vorsichtig, wenn es darum ging, Namen zu nennen. Doch wenn Turbot nicht auf Percys Liste stünde, wäre Percy heute nicht hier. Turbot war gerade zum Kuratoriumsvorsitzenden des Wilkins-Museums gewählt worden. Max Bittersohn besaß immer noch die unbeschränkte Vollmacht, so viele der gestohlenen Originale des Museums wie möglich aufzuspüren und zurückzubringen. Dass diese Umstände als verführerischer Angelhaken für einen anderen wohlhabenden Mandanten dienen sollten, machte in Sarahs Augen wenig Sinn. Aber warum sonst hätte Percy seine pflichtbewusste Gattin instruiert, sie als Köder zu missbrauchen?

Sarah konnte sich nicht erklären, warum Percy Max nicht direkt angesprochen hatte. Schließlich waren sie keine Fremden. Sie hatten sich oft genug bei diversen Familienfeiern und Beerdigungen getroffen, wobei zwischen beidem meist kaum Unterschiede bestanden. Aber Direktheit zählte nun einmal nicht zu Percys Art. Er liebte es, komplizierte Schlachtpläne auszuhecken und dann die Beinarbeit einem seiner zuverlässigen Deputys zu übertragen. Da die Planung dieser Sondereinsätze das einzige Vergnügen war, das Percy sich je erlaubte, waren seine im Großen und Ganzen recht gut behandelten Angestellten durchaus bereit, bei seinen Projekten mitzuwirken und spielten ihre Rollen wie echte alte Yankee-Pferdehändler. Und das ungeachtet der Tatsache, dass es sich bei ihnen um zwei Finnen und einen Japaner handelte.

Kapitel 2

Wenn Max sich auf irgendwelche Spielchen mit Percy einlassen wollte, war das seine Sache. Alles was Sarah wollte, war endlich seine Stimme zu hören. Vielleicht versuchte Max gerade, sie zu Hause zu erreichen, hörte die Ansage auf dem Anrufbeantworter und fragte sich, warum sie nicht da war, um seinen Anruf entgegenzunehmen.

Recht hatte er. Noch am Mittwoch hatte sie ihren Arbeitsplan und ihre Hilfstruppe hervorragend im Griff gehabt. Doch dann war Donnerstag früh die nette Dame, die ihr in Ireson's Landing zur Hand ging, mit Magen-Darm-Beschwerden aufgewacht und hatte es vorgezogen, zu Hause zu bleiben, um Davy nicht anzustecken. Normalerweise wäre Max' Schwester Miriam Rivkin, die ganz in der Nähe in Ireson Town wohnte, liebend gern bereit gewesen, Davy so lange zu übernehmen, bis Sarah den größten Teil der Arbeit erledigt hatte. Doch sie und ihr Mann Ira hatten ein Ferienhäuschen am See gemietet, das einfach zu weit entfernt war, um ohne großen Zeitaufwand hin und her zu pendeln.

Sarah und ihr Sohn waren allein in Ireson's Landing, da Mariposa und Charles in der Tulip Street die Festung hielten. Freitagnacht wurde Mariposa dringend ans Bett einer geliebten Großtante gerufen, die im Sterben lag und ihre Großnichte sehen wollte. Die Tante wohnte in Puerto Rico. Sarah verbrachte fast den ganzen Samstag damit, nach Boston zu rasen, und zwar mit Davy im Auto, weil sie niemanden hatte, bei dem er bleiben konnte, und dafür zu sorgen, dass Mariposa ihr Geld und ihr Flugticket bekam, ihren Koffer packen konnte und von Charles zum Flughafen gebracht wurde. Dann fuhr sie zurück nach Ireson's Landing und hoffte inständig auf ein Wunder.

In der Familie Rivkin waren Wunder nichts Ungewöhnliches. Davys erwachsener Cousin Mike bot an, den Kleinen Sonntag früh abzuholen, zum See zu fahren und ihm einen Schnellkurs im Sandburgenbauen und Elritzenjagen zu geben, damit Sarah wenigstens einen Teil der Arbeit erledigen konnte. Sarah erzählte ihrem Sohn eine Gutenachtgeschichte über eine Elritze, gab ihm ein paar Gutenachtküsse mehr als sonst, packte seinen kleinen Matchbeutel und sank erschöpft ins Bett. Kurz nach Tagesanbruch kamen Mike und seine Freundin angesaust. Die Freundin übernahm den Matchbeutel, Mike warf sich Davy über die Schulter und trug den vor Freude krähenden Jungen davon.

Sarah hatte so lange gewunken, bis sie außer Sichtweite waren. Dann ging sie ins Haus zurück, um sich anzuziehen, entschied jedoch, dass es der Mühe nicht wert sei, und setzte sich mit einer Tasse Kaffee auf die Veranda. Die Möwen waren zwar keine besonders unterhaltsame Gesellschaft, aber immer noch besser als gar nichts.

Aber nicht sehr viel besser. Sarahs Vorahnung, dass Miriam anrufen würde, sobald Mike Davy zum See gebracht hatte, um ihr vorzuschlagen, dass Davy ruhig etwas länger bleiben könne, damit Sarah in Ruhe ihre Arbeit erledigen könne, stellte sich als richtig heraus. Sarah hatte sie natürlich sofort durchschaut. Miriam und Ira wollten Davy für sich allein haben, und sie konnte sich glücklich schätzen, wenn sie ihn Ende der Woche wieder zurückbekam. Eine ganze lange Woche ohne Max, ohne Davy, ohne Miriam und Ira, ohne Brooks und Theonia, ohne Mariposa, sogar ohne Jesse. Eine schreckliche Aussicht.

Doch irgendjemand musste den Laden schmeißen, wie Max so schön zu sagen pflegte. Sarah hatte hin und her überlegt und beschlossen, am Nachmittag nach Boston zurückzufahren. Es war weder fair noch klug, Charles allein in der Tulip Street zu lassen. Sie musste Mr. Lomax, der sich bereits vor Sarahs Geburt um das Grundstück in Ireson's Landing gekümmert hatte, darüber informieren, dass sie seine Dienste in dieser Woche besonders dringend brauchte. Es war keine gute Idee, ein Haus und Grundstück am Meer unbeaufsichtigt zu lassen. Außerdem wusste sie nicht, wie lange sie in Boston festsitzen würde.

Wenigstens konnte dieses schreckliche Essen nicht ewig dauern. Sarah gelang es, einen Seufzer der Erleichterung zu unterdrücken, als der mürrische junge Dienstbote endlich ihren Teller abräumte. Sie hatte alles getan, was man vernünftigerweise von ihr erwarten konnte. Sie hatte bewundernde Geräusche über die horngestutzten Herefords von sich gegeben und hatte sich bemüht, etwas Positives über die steifen, grellen, rücksichtslos geschnittenen und gejäteten Beete zu sagen, die selbst Cousine Anne, die mit Leib und Seele Gärtnerin war, nicht zu Begeisterungsausbrüchen hinreißen konnten. Da Anne gesagt hatte, Cousine Sarah sei Künstlerin, hatte man sie in die schrecklich restaurierte Scheune geführt und gezwungen, sich das höchst merkwürdige, leicht pornografische, fürchterlich auf naiv getrimmte Wandgemälde anzusehen, das irgendein Vandale auf eine lange Holztafel gemalt hatte, die aus wunderbaren, etwa sechzig Zentimeter breiten Planken aus Weymouthkiefernholz zusammengehämmert war. Die Planken waren bestimmt fast ein halbes Jahrhundert der Witterung ausgesetzt gewesen und hatten treu ihren ursprünglichen Zweck erfüllt, nur um schließlich der Laune eines Idioten geopfert zu werden. Sarah wurde übel bei diesem Gedanken. Aber vielleicht lag es auch am Boeuf Bourguignon.

Glücklicherweise stellte sich das Dessert als harmlos heraus. Mit Amaretto beträufeltes Melonensorbet, in gedrungenen grünen Glaskelchen serviert und mit der Sorte teurer Kekse garniert, wie man sie in Versandhauskatalogen für wohlhabende Vorstadtbewohner findet. Elwyn Turbot schlang sein Sorbet herunter, wuchtete sich hoch und verwandelte sich in Sekundenschnelle vom jovialen Landedelmann zum gebieterischen Machtmenschen.

»Eins vorweg, Mrs. Bittersohn. Würden Sie mir freundlicherweise verraten, warum ihr Gatte zu diesem Treffen nicht erschienen ist? Ich dachte, ich hätte Ihrem Vetter gegenüber klar und deutlich gesagt, dass ich Bittersohn hier haben wollte.«

Sarah hatte etwas in dieser Richtung vorhergesehen und war daher kein bisschen überrascht. »Es tut mir außerordentlich leid, Sie enttäuschen zu müssen, Mr. Turbot, aber mein Gatte befindet sich auf einer Geschäftsreise. Percy, warum in aller Welt hast du das Anne nicht gesagt, bevor du sie überredet hast, mich anzurufen?«

Es war eine ziemlich gemeine Bemerkung, aber das war Sarah egal. Zum ersten Mal in ihrem Leben kam sie in den Genuss zu sehen, wie sich Percy Kelling vor Verlegenheit wand wie ein Aal.

Percy gehörte zu den knochenharten, pferdegesichtigen Kellings. Etwa eine halbe Sekunde lang nahmen seine zerfurchten Züge denselben Rotton an wie Turbots Herefords, während das Gesicht seiner Frau den gleichen Ausdruck milder Zufriedenheit aufwies, den Sarah vorhin bei den sanften, weißwangigen Wiederkäuern gesehen hatte. Doch der Ehrenkodex der Kellings war unerbittlich. Sie durfte Percy auf keinen Fall in der Luft hängen lassen. Ausnahmsweise griff Anne als Erste ein.

»Oh, Percy brauchte mir nichts zu erklären. Wir wussten beide, dass Max sich auf einem seiner Jagdzüge befand, und sahen darin kein Hindernis. Sarah und Max sind gleichberechtigte Geschäftspartner, Elwyn. Wenn der eine zu beschäftigt ist, springt halt der andere ein. Percy wusste, dass Sarah der Sache gewachsen war. Und er wusste, dass Sie es kaum erwarten konnten, Ihr neues Projekt in Angriff zu nehmen. Es lag also kein Grund vor, Sie unnötig warten zu lassen. Das ist doch richtig, nicht wahr, Percy? Soll ich Elwyn und Lala erzählen, wie Sarah unser süßes kleines Mädchen mit dem Papagei gerettet hat?«

Percy hatte seine Selbstsicherheit wiedergefunden. »Ähm – vielleicht später, Anne. Elwyn hat, glaube ich, einige Fragen bezüglich der Wilkins-Sammlung, die ihm Sarah sicher zu seiner vollsten Zufriedenheit beantworten kann.«

Turbot baute sich drohend über seinem leeren Dessertteller

auf, den Kopf gesenkt wie ein angriffslustiger Bulle. »Dann können Sie mir sicher auch folgende Frage beantworten, Mrs. Bittersohn. Gibt es irgendeinen triftigen Grund, der dagegen spricht, dass ich Ihnen und Ihrem gleichberechtigten Geschäftspartner als Kuratoriumsvorsitzender des Wilkins-Museums eine Klage wegen Vertragsbruches um die Ohren haue?«

Im Zimmer war nur noch das unablässige Klirren von Lala Turbots Armreifen zu hören. Lalas Gatte sah weiterhin angriffslustig aus, Percy Kelling ähnelte mehr denn je einem Pferd mit einem Frosch im Hals. Anne setzte vorsichtshalber ein ausdrucksloses Gesicht auf. Sarah versuchte krampfhaft, nicht zu kichern.

»Ich vermute, Sie meinen damit einen Vertrag mit dem Wilkins-Museum, Mr. Turbot.«

»Sehr richtig.«

»Dann ist die Frage leicht zu beantworten. Sie haben keinerlei Grund für eine Klage, denn zwischen dem Museum und der Detektivagentur Bittersohn hat es nie einen Vertrag gegeben.«

Turbot wirbelte herum und starrte seinen Steuerberater an. »Wovon zum Teufel spricht diese Frau? Gottverdammich, Kelling, warum befolgen Sie meine Anweisungen nicht? Wahrscheinlich haben Sie angenommen, ich würde auf dieses dumme kleine Schätzchen hereinfallen und hier meinen Nachmittag verschwenden, bloß weil Sie nicht in der Lage waren, Bittersohn aufzutreiben?«

Lala gähnte, machte sich aber nicht die Mühe, die Hand vor den Mund zu halten. Ihr Gatte stierte sie wütend an. Percy Kelling hätte seine Cousine vielleicht auch gern wütend angestiert, doch das wäre unfein gewesen. Er holte tief Luft und verzog seine Lippen zu einem grimmigen Lächeln.

»Vielleicht kannst du zur Klärung der Situation beitragen, Sarah?«

»Sehr gern, Percy. Aber ich möchte natürlich auf keinen Fall noch mehr von Mr. Turbots kostbarer Zeit verschwenden. Würden Sie mir bitte verraten, Mr. Turbot, wie lange Sie schon Kuratoriumsvorsitzender sind?«

Das war die reine Bosheit. Es war unvorstellbar, dass Sarah dies nicht längst wusste, immerhin hatten sie und Max schon seit Jahren mit dem Museum zu tun. Wenn Sarah die Augen schloss, konnte sie immer noch genau sehen, was sich bei ihrem ersten Besuch abgespielt hatte. Den schreienden Pfau, den zusammengekrümmten Körper unten im Hof, Max Bittersohn, wie er die Marmortreppe herunterrannte, Brooks Kelling, der unbeirrt zwischen einem falschen Gainsborough und einer zusammengebrochenen Sänfte mit schwerem Holzwurmbefall die Stellung hielt. Zum damaligen Zeitpunkt hatte Sarah Brooks seit Jahren nicht mehr gesehen. Als der Tumult abgeflaut war, hatte sie ihn zum Abendessen in ihre Pension eingeladen. Brooks erschien in Begleitung einer Angestellten des Museums namens Dolores Tawne, die sofort die Flammenschrift an der Wand erkannte, als Theonia Sorpende ihm ein Scheibchen von irgendetwas Köstlichem und Reichhaltigem reichte.

So war Madam Wilkins' Palazzo ein weiteres Mal Schauplatz der Kelling-Familiensaga geworden, auch wenn es darin ein Kapitel gab, über das Sarah absolutes Stillschweigen bewahrte. Als Max Bittersohn nach dem Tod des alten Museumswächters versucht hatte, den Fall zu lösen, hatte er seine damalige Pensionswirtin überredet, ihn im Rahmen einer Überwachungsaktion zu Madams Palazzo zu begleiten. Zu diesem Zweck hatten sie sich beide als Inder verkleidet. Mit Hilfe einer Sänfte und einer Sicherheitsnadel hatte Sarah gerade noch verhindern können, dass sich ihr Sari von selbst abwickelte. Doch richtig brenzlig wurde es erst, als sie danach in Max' Büro gingen, um sich ihrer Verkleidungen zu entledigen, und Sarah buchstäblich in ihrer viel zu engen Bluse stecken blieb.

Es hatte nur eine Rettungsmöglichkeit gegeben, und Max hatte sich der Situation gewachsen gezeigt. Doch diese Episode war nur ein Glied in einer langen Kette von Zufällen, die sie heute hierher geführt hatte und Turbot zuzugeben zwang, dass er das Amt erst seit Donnerstagnachmittag bekleidete. Sarah ging noch einen Schritt weiter.

»Stimmt es eigentlich, dass Sie keinerlei Erfahrung mit dem Kuratoriumsausschuss eines Museums haben?«

Diese Frage kam bei ihrem Gegenüber noch schlechter an als die erste. Turbot tobte wie der Nordwind an der Ecke Park und Boylston an einem Januartag.

»Es war höchste Zeit für frisches Blut! Der Laden ging doch buchstäblich vor die Hunde! Man hat mich auf Knien angefleht, die Position zu übernehmen, weil ich ein Mann der Tat bin. Die alten Kerle sind entweder längst senil oder kurz davor. Denen werde ich zeigen, was Sache ist, darauf können Sie Gift nehmen!«

»Das kann ich mir gut vorstellen«, gurrte Sarah und kreuzte heimlich zwei Finger. »Mein Mann und ich stellen Ihnen gern eine Liste kompetenter Kunstexperten zusammen, wenn Sie möchten. Sie sind doch sicher auch Sammler, Mr. Turbot?«

Falls dies zutraf, hatte Sarah bisher noch nichts davon bemerkt. Sie hatte lediglich die scheußliche Travestie in der Scheune und ein Hochglanz-Portrait von Lala über dem Kamin im Wohnzimmer gesehen. Es erinnerte sie an die Cover der entsetzlichen Schundromane, die Cousine Mabel spottbillig auf dem Flohmarkt erstand, um sie später zu Hause im Kamin zu verfeuern. Damit brachte sie ihre Verachtung für diesen Schmutz zum Ausdruck, den sie allerdings vorher zu lesen pflegte. Hier im Esszimmer gab es nur gerahmte matte Farbfotos von horngestutzten Herefords, die mit blauen Bandrosetten von irgendwelchen Viehausstellungen dekoriert waren.

An Lalas Rahmen prangte kein blaues Band. Sarah sah dafür auch keinen Grund. Als der übellaunige Kellner das Sorbet servierte, hatte er die Amarettoflasche in der Nähe von Mrs. Turbots Hand stehen lassen, und sie hatte sich nach Lust und Laune mehrfach ein paar Extraspritzer Likör auf ihr Sorbet geträufelt.

Inzwischen hatte sie einen ordentlichen Schluck angesammelt, hob den schweren Kelch zu einem raschen, alles umfassenden Toast, leerte ihn, fuhr sich mit der Zunge über die Lippen und erklärte sich bereit, Sarahs Frage zu beantworten.

»Darauf können Sie wetten, Schätzchen. Aber nicht, dass Sie auf falsche Gedanken kommen. Er sammelt ausschließlich Kühe.«

Während Turbot noch versuchte so zu tun, als fände er die Scherze seiner Gattin amüsant, räusperte sich Percy und übernahm das Kommando. »Wir entfernen uns anscheinend vom Thema. Du wolltest gerade erklären, Sarah, warum es zwischen dem Wilkins-Museum und der Detektivagentur Bittersohn keinen Vertrag gibt.«

»Danke, dass du mich daran erinnerst, Percy.«

Sarah war bei weitem die Jüngste hier und wirkte neben ihrer Cousine, der wettergegerbten Gärtnerin, und der wandelnden Hommage an die Kosmetikindustrie und Haute Couture sogar noch jünger. Mit ihrem dezenten Jackenkleid und dem Knoten, zu dem sie ihr feines hellbraunes Haar zusammengesteckt hatte, sah sie aus wie ein junges Mädchen, das die Kleider seiner Mutter trägt. Als Sarah weniger wohlhabend gewesen war, hatte sie genau das tatsächlich viele Jahre lang getan. Ihre Augenfarbe war eine interessante Mischung aus Grau und Braun, wobei das eine Auge eine Spur höher lag als das andere. Sarah hatte ein blasses, eckiges Gesicht, das wie eine Rose erröten oder wie das Antlitz von Tante Boadicea erstarren konnte, je nachdem, was die Situation erforderte. Momentan wirkte es auf vornehme Weise ausdruckslos, was jeden, der sie kannte, zur Vorsicht gemahnt hätte. Turbot würde seine Lektion bald lernen.

»Da Sie offenbar ein Neuling in der Kunstszene sind, Mr. Turbot, sollte ich Ihnen vielleicht kurz etwas erklären. Es ist gar nicht möglich, unseren Kunden in irgendeiner Weise zu garantieren, dass wir ihre Kunstwerke auch finden. Ein Problem bei Gemälden besteht nämlich darin, dass man sie so leicht tarnen kann.«

Turbot ließ sich nicht gern belehren und machte ein finsteres Gesicht. »Inwiefern tarnen?«

»In vielerlei Hinsicht. Einige Diebe grundieren die Oberfläche einfach neu und malen ein völlig anderes Bild darauf, das sich ohne Gefahr für das Original leicht wieder entfernen lässt.«

»Ach ja. Und was sind das für Bilder?«

»Ganz egal, da ist alles möglich. Es ist erstaunlich, welcher Mist heutzutage als Kunst durchkommt.« Sarah grämte sich immer noch über die verschandelten Holzplanken in der Scheune. »Außerdem kann man eine wertvolle Leinwand unter eine ganz gewöhnliche legen und beide auf den selben Rahmen spannen. Das ist zwar ein Amateurtrick, aber er wird immer wieder angewandt. Gelegentlich funktioniert er sogar.«

»Das könnte ich auch.« Nachdem sie neuen Treibstoff getankt hatte, zeigte Lala echtes Interesse. »Und was macht man sonst noch? Mal angenommen, ich würde einfach am helllichten Tage in ein Museum marschieren und mir ein Bild schnappen.«

»Dann würden Sie im Gefängnis landen. Aus diesem Grund haben die Museen ja schließlich Wachpersonal.«

»Und wenn ich einen Komplizen hätte? Wir könnten ja das Gleiche anziehen. Der eine kann den Wächter in ein Gespräch verwickeln, während der andere das Bild aus dem Rahmen schneidet. Mit einer Rasierklinge oder etwas anderem, das man in der Kleidung versteckt.«

»Das ist gar nicht so einfach, wie es sich anhört. Zuerst einmal würden zwei Frauen in identischer Kleidung sofort auffallen und beobachtet werden. Wenn es der einen gelänge, das Bild herauszuschneiden, müsste sie äußerst schnell und vorsichtig zu Werke gehen, damit die Klinge ihr nicht ausrutscht und das Bild ernsthaft beschädigt. Wenn sie die Leinwand unter ihre Kleidung stopft, würde sie höchstwahrscheinlich das Bild beschädigen und den Wert des Kunstwerkes schmälern. Trotzdem passiert es manchmal. Mein Mann hat einmal einen Dieb in der Herrentoilette eines Museums gefasst, dessen Namen ich besser nicht preisgebe. Er hatte eine hübsche kleine Strandszene von Sargent aus dem Rahmen geschnitten und klebte sie gerade auf ein Gipskorsett, das er trug.«

»Und was hat ihr Mann gemacht?«

»Seine Lizenz als Privatdetektiv gezückt und einem Wächter zugebrüllt, er solle sofort die Polizei holen. Glücklicherweise war das Gemälde nicht sehr stark beschädigt, auch wenn es natürlich durch das Herausschneiden ein ganzes Stück kleiner geworden war.«

»Hätte man es denn immer noch verkaufen können?« wollte Lala wissen.

»Wahrscheinlich. Der Käufer müsste nur leichtgläubig genug sein.«

»Was hältst du davon?« Lalas Armreifen machten einen derartigen Lärm, dass sie aufhören musste, mit den Armen herumzuwedeln, um sich verständlich zu machen. »Hast du gehört, Elwyn? Nach der nächsten Ausschusssitzung schiebst du dir einfach ein paar Meisterwerke unter den Mantel und bringst sie mit nach Hause. Dann kleben wir Fotos von den Kühen darauf, bringen sie nach Palm Springs, schälen die Kühe wieder ab und verscheuern die Rembrandts an Filmstars. Was halten Sie davon, Percy? Haben Sie Lust mitzumachen?«

Mr. Kelling war von der Vorstellung nicht angetan. »Vielen Dank, Lala, aber ich glaube kaum, dass Diebstahl in mein Metier fällt. Einfach mal so aus reiner Neugier, Sarah, was würde man tun, wenn das Bild, das man stehlen will, einfach zu groß wäre?«

»Wie der große – eh – Tizian, meinen Sie?« Elwyn Turbot hatte für seinen Geschmack bereits viel zu lange geschwiegen. »Das Bild mit der …«

Anne Kelling rutschte unruhig auf ihrem Stuhl hin und her und hüstelte in ihr Taschentuch. Percy warf seiner Gattin einen zustimmenden Blick zu und übernahm das Reden.

»Genau das, Elwyn. Der Tizian, ich meine natürlich den echten Tizian, war in der Tat das Juwel der Wilkins-Sammlung.«

»Den Bittersohn längst hätte finden sollen«, knurrte Turbot.

Percy ignorierte die Unterbrechung bewusst. »Denkt nur an die Tausenden und Abertausenden von Kunstliebhabern, die dieses geniale Werk bewundert haben, doch wie viele haben wohl den historischen Aspekt bemerkt? Selbst dir, Sarah, ist vielleicht nicht bewusst, auch wenn du es eigentlich wissen müsstest, dass die Frau auf dem Bild eine edle Römerin namens Lucretia darstellt. Ein Inbegriff von Schönheit und Tugend. Tizian malte sie, wie sie gerade von einem gewissen Tarquinius Sextus, dem Sohn des Tarquinius Superbus – eh – geschändet wird. Lucretias Gatte war ein Vetter ersten Grades von Lucius Junius Brutus, dem brillanten Staatsmann, der Tarquinius dem Älteren die Zügel der Macht entwand, die Tarquinier aus Rom vertrieb und eine Republik gründete.«

»Wohl zusammen mit seiner Cousine?«, scherzte Lala.

»Wozu hat man schließlich Verwandte?« Anscheinend hatte Sarah als Einzige gehört, was der unfreundlich Kellner vor sich hin murmelte. Er sammelte die Dessertteller ein, trug das volle Tablett zu einer Schwingtür, die wahrscheinlich in die Küche führte, und trat sie mit unnötiger Gewalt auf. Percy beendete seine Geschichtsstunde, ohne mit der Wimper zu zucken.

»Nachdem sie ihren Gatten und ihren Vater über die schändliche Tat informiert und von ihnen verlangt hatte, Rache an den Tarquiniern zu üben, entleibte sich die edle Dame, die den Tod der Entehrung vorzog.«

»Wie sich die Zeiten ändern.« Lala war wieder in die Rolle der Gastgeberin geschlüpft und erhob sich. »Was meint ihr? Habt ihr Lust, nochmal raus auf die Weide zu gehen und die süßen Muhkühe zu streicheln?«

Kapitel 3

Niemand schien Lust zu haben. Percy schaute Anne an, Anne schaute Sarah an. Sarah nickte. Anne tat wie immer genau das Richtige.

»Es war wie immer reizend bei euch, Lala, aber wir sollten uns wirklich allmählich auf den Heimweg machen. Percy hat noch einiges an Arbeit zu erledigen.« Die Arbeit würde darin bestehen, sich in den Sessel zu lümmeln, irgendeine Sportsendung im Fernsehen einzuschalten und vor der Glotze einzuschlafen. »Und Sarah erwartet ein Ferngespräch von ihrem Mann.«

Turbot nutzte die Gelegenheit, um zum Abschied noch eine Gemeinheit loszuwerden. »Bitte erinnern Sie Ihren Herrn Gatten daran, Mrs. Bittersohn, dass es auch ohne schriftlichen Vertrag mit dem Wilkins immer noch so etwas wie ein Gentlemen's Agreement gibt. Ich hatte nicht die Zeit, mich eingehend mit der Materie zu befassen, aber bisher sieht es so aus, als liege Bittersohn schon ganze sechs Jahre auf der faulen Haut, was den Tizian betrifft. Höchste Zeit, dass endlich etwas passiert. Außerdem können Sie ihm bestellen, dass es in seiner Branche genügend andere Spezialisten gibt, die liebend gern für uns arbeiten würden, und zwar ohne uns die fetten Honorare abzuknöpfen, die ihr Gatte immer so pünktlich einstreicht.«

Cousin Percy erstarrte wie eine Fliege in Bernstein. Cousine Anne betrachtete Turbot, als sei er ein hässliches Unkraut, das die Frechheit hatte, urplötzlich mitten zwischen dem Schleierkraut aus dem Boden zu schießen. Sarah behielt von den dreien den kühlsten Kopf.

»Da scheinen Sie falsch informiert zu sein, Mr. Turbot. Mein Mann liegt weder auf der faulen Haut noch hat er je auch nur einen Penny verlangt, den er sich nicht mehrfach verdient hat. Außerdem hat er sich größte Mühe gegeben, andere Detektive dazu zu bewegen, wenigstens einen Teil der Arbeit für das Wilkins zu übernehmen. Leider waren die Reaktionen meist negativ. Die Spuren waren nicht heiß genug, und die Bezahlung ist für einen derart zeitaufwendigen und riskanten Job viel zu schlecht. Wenn Sie eine angesehene Agentur finden, die willens ist, die Arbeit ohne Bedingungen und fette Honorarvorschüsse zu übernehmen, kann ich Ihnen nur wärmstens empfehlen, das Angebot anzunehmen.«

»Ha! Sie wollen doch nur kneifen!«

»Nein, Mr. Turbot, das wollen wir keineswegs. Ich versuche lediglich, Ihnen einige Fakten zu erläutern, über die Sie besser nachgedacht hätten, bevor Sie den Vorsitz übernommen haben. Momentan kann ich Ihnen nur sagen, dass wir immer noch nicht den kleinsten Hinweis haben, wo der Tizian sein könnte.«

Turbot hatte anscheinend mit einem seiner Bullen Schnauben geübt, denn er klang wirklich eindrucksvoll. »Man hat ihn natürlich außer Landes geschafft. Wie dämlich sind Sie eigentlich?«

»Jedenfalls nicht dämlich genug, um auf eine Erklärung hereinzufallen, die so wenig persuasiv ist, Mr. Turbot.« Sarah erwartete ein weiteres Schnauben, doch Turbot schien das Wort persuasiv nicht zu kennen, daher fuhr sie fort. »Wir verfügen über ein großes internationales Netz von Informanten. Keiner hat von dem Bild etwas gehört. Der Tizian ist viel zu groß und viel zu kostbar. Der Versuch, ihn über große Entfernungen zu schmuggeln, wäre äußerst riskant. Wahrscheinlich wird er irgendwo ganz in der Nähe des Tatorts versteckt gehalten. Das scheint mir die logischste Erklärung. Da kein Lösegeld verlangt wurde, nehmen wir an, dass er aus anderen Gründen zurückgehalten wird.«

»Beispielsweise?«

»Vielleicht glauben die Diebe, dass er noch zu heiß ist, um verkauft zu werden. Oder vielleicht schaut sich irgendein komischer Kauz das Bild gern allein an.«

Sarah machte eine Bewegung in Richtung Tür, doch Lala war noch nicht bereit, die Party für beendet zu erklären.

»Percy, Sie kennen sich doch in der Hochfinanz so gut aus. Wie viel könnte man denn als Lösegeld für so ein Bild verlangen? Gibt es denn wirklich Verbrecher, die Bilder statt Menschen kidnappen?«

Las diese Frau eigentlich nie die Zeitung? »O ja, Lala.« Percy musste sich inzwischen bestimmt vehement ins Gedächtnis rufen, dass die Turbots zu seinen wichtigsten Mandanten zählten. »Es passiert durchaus. Häufig sind die Versicherungen davon betroffen.«

Sarah hatte allmählich genug von dieser Unterhaltung. »In diesem Fall gibt es keine Versicherung. Madam Wilkins hat völlig auf ihre Sicherheitsvorkehrungen vertraut. Sie hätte nie geglaubt, dass jemand es wagen könnte, einen ihrer Schätze zu stehlen. Natürlich war Kunstraub zu ihrer Zeit auch noch nicht so lukrativ wie heute. Außerdem ist die Stiftung, die zum Zeitpunkt ihres Todes so großzügig ausgestattet schien, inzwischen drastisch geschrumpft. Zum einen, weil heutzutage alles viel teurer ist, zum anderen, wie Sie sicher bei der Kuratoriumssitzung erfahren haben, Mr. Turbot, weil der Fond während der Amtszeit Ihres Vorgängers ziemlich gemolken wurde.«

»Soll das etwa ein Wink mit dem Zaunpfahl sein?« knurrte Turbot.

»Nur wenn Sie es als solchen verstehen. Ich habe meine Handtasche zusammen mit deiner in der Eingangshalle gelassen, nicht, Anne? Vielen Dank für den überaus interessanten Nachmittag, Mr. Turbot.«

Es war eine Riesenerleichterung, wieder im Wagen zu sitzen, selbst wenn Percy am Steuer saß. Da Anne und Sarah wussten, wie er über Frauen dachte, die schwatzten, während der Mann sich auf die Straße konzentrieren musste, hatten sie sich für den Rücksitz entschieden. Anne nutzte die Gelegenheit, ein geneigtes Ohr neben sich zu haben, und schilderte *en detail*, was der Gärtner der Turbots alles falsch gemacht hatte und wie man es hätte besser machen können. Sarah gab hin und wieder die passenden sozialen Geräusche von sich und fragte sich, wie die Mitglieder des Kuratoriums, von denen zumindest einige doch noch halbwegs im Besitz ihrer geistigen Kräfte waren, die Zügel einem Mann wie Elwyn Fleesom Turbot hatten überlassen können, der so offenkundig ungeeignet für diesen Posten war.

Sarah bedauerte sehr, dass sie nicht Mäuschen hatte spielen können, als Turbot zum ersten Mal auf Dolores Tawne gestoßen war. Mrs. Tawne war kein Mitglied des Kuratoriums, doch sie hätte einen weit besseren Vorsitzenden abgegeben als der ganze Herrenclub zusammen. Seit etwa dreißig Jahren war Dolores Halt und Stütze des Wilkins. Sie übernahm alle Arbeiten, die gerade anfielen, angefangen vom Flicken der Mottenlöcher in den alten Gobelins bis hin zum Verarzten der Pfaue und Ausputzen jeder Blüte, die es wagte, vor dem wöchentlichen Besuch des Gärtners zu welken. Alles in allem hatte man sich ihrer Hingabe und ihres Geschick so erfolgreich zu bedienen gewusst, dass dabei am Ende neben diversen Schandtaten zwei Morde und ein Mordversuch herausgekommen waren.

Die Herren des Kuratoriums konnten sich nicht vorstellen, wie das Museum ohne Dolores überhaupt geöffnet bleiben konnte, vor allem, nachdem die Besuchermassen ausblieben und die Einnahmen vom reißenden Strom zum tropfenden Rinnsal wurden. Daher beschloss man einstimmig, dass Dolores keine Schuld an der Katastrophe traf. Dolores Tawne teilte diese Meinung und nahm das Vertrauensvotum des Kuratoriums dankend an. Sie stieg aus den Ruinen empor und schuftete weiter wie zuvor, staubte die Nippsachen ab und stauchte mit unermüdlichem Eifer die Museumswächter zusammen.

Dolores könnte eigentlich Turbots größte Trumpfkarte sein, dachte Sarah. Wenn er nur genug Verstand besaß, ihr eine Chance zu geben. Nicht etwa, dass Dolores irgendeiner Chance bedurfte, sie war dickköpfig genug, um sich von einem großmäuligen Anfänger nichts gefallen zu lassen, und alt genug, um ihn zurechtzuweisen. Sarah hatte schon oft genug erlebt, wie große, starke Helden vor Frauen zu Kreuze krochen, die sie an ihre Mutter erinnerten. Turbot hätte sein Dominanzgehabe sicher nicht an Sarah Kelling Bittersohn ausprobiert, dachte sie verächtlich, wenn sie zwanzig Jahre älter und fünfzig Pfund schwerer wäre.

Anne Kelling sagte gerade etwas, das in die gleiche Richtung ging, sprach aber so leise, dass Percy sie nicht hören und ärgerlich die Lippen zusammenpressen konnte. Nachdem sie die fantasielose Gartenanlage, Lalas Armreifen und die mangelhaften Umgangsformen des jungen Hausangestellten abgehakt hatte, meinte sie: »Findest du es nicht auch unmöglich von Elwyn, sich derart aufzuregen, dass Max nicht da war? Aber ich muss sagen, du hast ihn genau richtig behandelt.«

Sarah zuckte mit den Achseln. »Du auch. Wahrscheinlich hat Mr. Turbot nur versucht, mir die Hölle heiß zu machen, weil er nicht damit rechnete, dass ich zurückbeißen könnte. Cousin Dolph hatte früher auch solche Ausbrüche, bevor Mary sich um ihn gekümmert hat. Ich kann sie nur bewundern. Sie hat einen richtigen Menschen aus Dolph gemacht.«

»Ist mir auch schon aufgefallen. Ich muss Mary unbedingt kurz wegen der Pflanzen für das Senior Citizens' Recycling Center schreiben.«

»Du bist wirklich ein Engel, Anne. Weißt du, ich glaube, ich halte mich besser nicht lange bei euch auf. Ich hole nur schnell meinen Wagen. Ich muss unbedingt zur Tulip Street und dort nach dem Rechten sehen.«

»Ach, wie schade. Ich hatte gehofft, du würdest noch einen Tee mit uns trinken. Wie lange bleibst du denn in Boston?«

»Das weiß ich leider selbst nicht genau. Jetzt wo Mariposa weg ist, möchte ich Charles nur ungern längere Zeit allein in dem Haus lassen. Als Schauspieler ist er an einen Regisseur gewöhnt. Wenn er den Butler spielt, sagt Mariposa ihm immer, was er tun soll. Er braucht dringend jemanden, der ihm das Stichwort gibt, damit er seinen Text sprechen kann. Wenn er versucht, selbst die Initiative zu ergreifen, geht es meistens schief.«

»Aber Onkel Jem wohnt doch auch auf dem Hill«, meinte Anne. »Könnte er nicht mit seinem netten Kammerdiener für ein paar Tage bei euch einziehen und Charles Gesellschaft leisten?«

»Die Frage ist, ob in diesem Fall die Medizin nicht schlimmer ist als die Krankheit«, erwiderte Sarah. »Egbert allein wäre genau richtig. Aber Onkel Jem ist ohne ihn völlig hilflos, so dass sie nur zusammen einziehen könnten.«

»Ich wollte, ich könnte dir irgendwie helfen«, meinte Anne besorgt. »Vielleicht könnte ich morgen in Ireson's Landing vorbeischauen und mich ein wenig um die Blumenbeete kümmern.«

Es wäre Anne nicht einmal im Traum eingefallen, Sarahs Kind einen Tag lang zu hüten, Sarahs Stauden hingegen waren etwas ganz anderes. Doch Sarah verstand sie sehr gut und gab ihr als Gärtnerin die Bestnote.

»Würdest du das wirklich tun, Anne? Mr. Lomax wird da sein, aber sein Rheuma macht ihm derzeit so zu schaffen, dass er sich kaum bücken kann. Aber frag ihn bitte nicht nach seinem Befinden. Er tut nämlich so, als sei er genauso fit wie eh und je. Ich habe zwar keinen zweiten Haustürschlüssel, den ich dir geben könnte, aber Mr. Lomax hat bestimmt einen. Er kennt dich ja. Du brauchst nur zu sagen, ich hätte dich geschickt. Du kannst natürlich jederzeit die Küche benutzen. Du möchtest dir bestimmt Tee machen. Außerdem hat Max' Mutter uns ein paar köstliche Pflaumentaschen geschickt. Du kannst sie gern essen, sie sind im Kühlschrank.«

»Großartig! Was für eine wunderbare Abwechslung!«

Sarah konnte zwar nicht ganz verstehen, inwiefern das Unkrautjäten in fremden Beeten anders war als im eigenen Garten, doch sie hätte natürlich nicht für alle Zierpflanzen dieser Welt etwas davon verlauten lassen. Das Gespräch konzentrierte sich jetzt auf Sarahs Vorstellungen von Gartengestaltung, was bedeutete, dass Anne redete und Sarah ihr pflichtbewusst zuhörte. Im Hinblick auf den zu erwartenden Goldenen Oktober schlug

Anne vor, als herbstliche Farbtupfer für das obere Ende der Auffahrt große Mengen Chrysanthemen in verschiedenen Farbnuancen von Gelb bis Rost zu pflanzen. Es klang wunderhübsch. Sarah nahm auf der Stelle Stift und Scheckheft heraus, schrieb einen Scheck auf Annes Lieblingsgärtnerei aus und ermunterte ihre Cousine, das zu tun, was sie für das Beste hielt. Anne akzeptierte den Scheck mit Ehrfurcht und Verwunderung und schwor feierlich, das in sie gesetzte Vertauen nicht zu enttäuschen, wenn auch nicht genau mit diesen Worten.

Anne war auf ihre komische Art wirklich ein lieber Kerl, dachte Sarah, als sie ihr Portemonnaie wieder in die Handtasche steckte. Max hatte seine Gattin inzwischen gut trainiert. Sarahs Hausschlüssel befanden sich im Handschuhfach des Wagens, den sie in Percys Auffahrt geparkt hatte. Kreditkarten, Scheckheft, Führerschein und Bargeld bewahrte sie in einer schmalen Geldbörse auf, die sie in einer eigens eingenähten Innentasche ihres Rockes verstaut hatte, bevor sie ihre Handtasche neben der von Anne auf dem Refektoriumstisch in der Turbotschen Diele zurückgelassen hatte. Jeder, der Lust haben sollte, sich ihren Kamm, Lippenstift und ihr sauberes Taschentuch anzusehen, war herzlich dazu eingeladen.

Ständig auf dem Quivive zu sein, hielt zwar die Reflexe auf Trab, konnte einen manchmal aber auch ganz schön nerven. Sarah fragte sich, wie es wohl wäre, zur Abwechslung einmal nicht auf Kriminelle, sondern auf Chrysanthemen fixiert zu sein. Wahrscheinlich stinklangweilig. Trotzdem wäre sie liebend gern nach Ireson's Landing zurückgekehrt, selbst wenn es nur für eine Stunde war. Doch das wäre töricht. Schließlich hatte sie ihren Wagen nur hierher zu Percy gefahren, um den Weg nach Boston zu verkürzen.

Brooks und Theonia hatten Max' in die Jahre gekommenen Leviathan gekapert. Er war ideal für weite Fahrten, seit Ira einen weniger durstigen Motor und sämtliche anderen umweltfreundlichen Sicherheitsvorrichtungen eingebaut hatte, die ihm eingefallen waren. Aber im Großen und Ganzen war es immer noch derselbe Wagen, in dem einst der geheimnisvolle Mr. Bittersohn die halbhysterische Mrs. Alexander Kelling von Ireson's Landing nach Beacon Hill gefahren hatte, nachdem sie wenige Stunden zuvor erfahren hatte, dass sie Witwe geworden war. Damals war der Wagen noch fast neu gewesen. Seit sie Mrs. Bittersohn geworden war, hatte Sarah das Auto unzählige Male benutzt. Sollten die Reisenden ruhig ihren Komfort haben. Sie war durchaus zufrieden mit dem weniger luxuriösen, aber dafür leichter zu parkenden amerikanischen Mittelklassemodell, das sie sich zugelegt hatte, als sich herausstellte, dass ein Zweitwagen für den wachsenden Familienbetrieb unabdingbar war.

Sarah hatte sich diesen Wagen nicht nur ausgesucht, weil er sich angenehm fahren ließ, sondern auch weil er zwischen den vielen anderen Autos dieser Marke und Farbe nicht auffiel. Manchmal war es durchaus von Vorteil, in der Menge zu verschwinden. Auf dem Parkplatz des Supermarktes konnte es allerdings recht mühsam sein, den eigenen Wagen aus den zahlreichen Klonen herauszufischen, daher hatte Sarah immer grellrosa Band dabei, das sie vor dem Einkaufen an der Antenne befestigte. Außerdem hatte sie einen kleinen knallorangen Wimpel für besondere Notfälle, den sie jedoch bisher noch nie hatte benutzen müssen. Während sie sich von Percy und Anne verabschiedete und den Schlüssel ins Zündschloss steckte, hoffte sie inständig, dass sie um Gottes Willen in der Tulip Street keine weiteren Katastrophen vorfinden würde.

Beinahe wäre sie schon vorher in eine geschliddert. Zwei Idioten in einem grauen Toyota versuchten, ihr durch dichtes Auffahren das Leben schwer zu machen. Sie konnten allerdings nicht ahnen, dass die zierliche Frau diese Straßen seit frühester Jugend wie ihre Westentasche kannte und mit jedem Höcker und Schlagloch vertraut war. Sarah fuhr ihnen fröhlich davon, bis sie das blaue Licht eines Streifenwagens sah. Daraufhin hängte sie den Toyota flink wie ein Wiesel ab, verlangsamte ihr eigenes Fahrzeug auf schickliche siebzig und beobachtete zufrieden im Rückspiegel, wie die beiden dummen Kerle – sie nahm zumindest an, dass es sich um männliche Wesen handelte – angehalten wurden und die Quittung bekamen, die sie verdienten.

Anscheinend war dies genau der richtige Tag, um wohlverdiente Strafen auszuteilen. Sarah war ziemlich zufrieden mit sich, als sie die Tulip Street erreichte. Offenbar waren einige Nachbarn noch nicht von ihren Sonntagsausflügen zurück, denn es war weniger schwierig als sonst, einen Parkplatz zu finden. Charles hatte sie wohl vom Fenster aus kommen sehen, denn er stand bereits auf dem Bürgersteig und hielt ihr den Schlag auf, bevor sie Zeit genug hatte, den Motor abzustellen und ihren Sicherheitsgut zu öffnen.

»Darf ich Moddom beim Aussteigen behülflich sein?«

Sarah versuchte vergeblich, ein ernstes Gesicht zu machen. »Übertreiben Sie nicht, Charles. Hier, nehmen Sie bitte die Blumen.«

Den hübschen Strauß hatte ihr Anne zum Abschied überreicht. Sie hatte die Blumen in einem Eimer neben dem Gewächshaus bereitgestellt, für den Fall, dass Cousine Sarah aufgrund all der exotischen und wichtigen Dinge, die sie noch zu erledigen hatte, nicht zum Tee bleiben konnte. Anne hatte ihr florales Präsent für den Transport professionell in feuchte Papiertücher und Plastikbeutel gewickelt, während Percy die Tür aufgeschlossen und die Alarmanlage ausgeschaltet hatte, die er unbedingt hatte kaufen wollen, nachdem ein schlanker Dieb sich durch die Lüftungsklappe im Dach des Gewächshauses geschlängelt hatte. Es war wirklich reizend von Anne, ihr die Blumen zu schenken, doch momentan hatte Sarah anderes im Kopf.

»Hat Max schon angerufen?«

»Der Mahster meldete sich Punkt vierzehn Uhr dreiundzwanzig. Die Verhandlungen scheinen erfolgreich zu verlaufen, wenn auch weniger zügig als erhofft, weil sich die Leute ständig zurückziehen und Siesta auf dem Rücken ihrer Pferde machen. Er hat eine Nummer dagelassen, unter der Sie ihn erreichen können, auch wenn er wenig Hoffnung hat, dass Sie in unmittelbarer Zukunft zu ihm durchdringen werden. Er sagt, dort unten wisse niemand, was unmittelbar bedeute. Und was die Zukunft betreffe, herrsche ebenfalls Unklarheit. Aber Sie kennen ja die Vorliebe des Mahsters für Übertreibungen. Ziehen Sie vor, den Wagen hier stehen zu lassen, oder soll ich ihn in die Remise garagieren?«

»Gute Frage. Ich werde darüber nachdenken.«

Sarah eilte ins Haus und lief sofort zum Telefon. Charles sah davon ab, ihr anzubieten, für Sie zu wählen, und machte sich auf die Suche nach einer passenden Vase, Fase oder Vahs, je nachdem, in welcher Stimmung er sich gerade befand. Er hatte in seiner sporadischen Schauspielerlaufbahn so viele Butler und Kammerdiener und gelegentlich sogar Dienstmädchen gespielt, dass er über einige Übung im Arrangieren von Blumen verfügte. Annes herrlicher Strauß war bei ihm in guten Händen. Nur schade, dachte Sarah, als sie zu wählen begann, dass niemand da war, um das Ergebnis angemessen zu würdigen.

Sie meisterte erfolgreich die Komplikationen, die eine internationale Verbindung nun einmal mit sich brachte, und wartete nervös, bis jemand etwas auf Spanisch sagte. Leider machte sie dann den Fehler, nach Mr. Bittersohn zu fragen. Hätte sie Señor Max gesagt, wäre ihr viel Mühe erspart geblieben. Nach einer Ewigkeit gelang es ihr endlich, die Stimme ihres Gatten in dem ohrenbetäubenden Dröhnen auszumachen, das sie für eine Störung in der Leitung hielt.

»Max, bist du das? Wir haben ja eine schrecklich schlechte Verbindung.«

»Tut mir leid, *querida*, ich tue wirklich mein Bestes. Aus irgendeinem mir unverständlichen Grund ist jedes Telefon hier in der Gegend kaputt. Außer diesem hier, doch das befindet sich ausgerechnet in der einzigen Bar innerhalb der nächsten fünfzig Meilen oder so. *Ay, compadres, quieto!* Ruhe jetzt! Meine *esposa* ist am *teléfono*.«

»Wen schreist du da an?« verlangte die *esposa* zu wissen.

»Zwanzig besoffene Gitarrenspieler, die dir ein Ständchen bringen wollen. Sie haben zwei geschlagene Stunden lang ›La Paloma‹ gespielt, während ich hier gesessen und auf deinen Anruf gewartet habe. Warum zum Teufel hast du so lange gebraucht?«

»Weil ich dumm bin. Ich habe den Fehler gemacht, mich von Anne und Percy zum Lunch bei dem neuen Vorsitzenden des Wilkins-Kuratoriums schleppen zu lassen.«

»Hast du ihm von den Watteaus erzählt?«

»Dazu hatte ich gar keine Gelegenheit«, gestand Sarah. »Max! Hast du sie etwa schon?«

»*Si, señora*. Zumindest denke ich, dass ich sie habe. Es gibt immer noch ein paar Formalitäten zu erledigen, wenn du verstehst, was ich meine. Wie ist er denn so? Dir fällt sicher auf, dass ich von vornherein davon ausgehe, dass es sich um einen Mann handelt. Das kommt davon, wenn man den ganzen Tag mit *macho vaqueros* herumhängt.«

»Oh, dann hast du mit Mr. Turbot ja schon eine Gemeinsamkeit. Er züchtet nämlich horngestutzte Herefords.«

»Horngestutzt oder hirnamputiert?«

»Ersteres. Jedenfalls sind sie unglaublich reinrassig. Liebling, was macht dein Bein? Du versuchst doch wohl nicht, Lamas zu reiten oder irgendetwas Dummes in der Richtung?«

»Nein, *querida*, ich spare mich für dich auf. Wie läuft es denn so bei euch zu Hause? Wo ist Davy? Kannst du ihn mal ans Telefon holen?«

»Nein, leider nicht. Er ist am See bei Ira und Miriam. Wir haben hier ein kleines Problem.«

»Was denn für ein Problem? Stimmt was nicht mit Davy?«

»Keine Sorge, es ist alles in Ordnung. Brooks und Theonia sind wie geplant mit Jesse im Auto weggefahren. Was weiter nicht schlimm war. Aber dann ist Mrs. Blufert krank geworden und konnte nicht kommen. Freitagabend erfuhr Mariposa, dass ihre Großtante – die nette mit den siebenundzwanzig Ziegen – entweder im Sterben lag oder schon tot war. Also ist Mariposa gestern Morgen nach Puerto Rico geflogen, und ich habe keine Ahnung, wann sie zurückkommt. Aber Charles ist hier. Und Anne hat sich bereit erklärt, Mr. Lomax zu helfen, in Ireson's Landing die Auffahrt mit Chrysanthemen einzufassen. Also irgendwie werden wir uns schon durchwursteln. Aber du fehlst mir so, Liebling.«

»Das will ich verdammt nochmal hoffen. Weißt du was? Wenn ich die Sache hier nicht innerhalb der nächsten paar Tage erledigen kann, schmeiß ich einfach den ganzen Kram hin, komm zurück nach Hause und steh dir bei. Okay, *Kätzele*?«

»Von wegen okay! Du kannst doch nicht einfach aufgeben, solange noch die Möglichkeit besteht, dass du die Bilder zurückbekommst. Vertrau mir einfach, Max. Ich schaff das schon.«

Kapitel 4

Mutige Worte, aber Sarah glaubte keinen Augenblick, dass Max sich davon täuschen ließ. Während sie noch überlegte, was sie ihm Angenehmeres zum Abschied sagen konnte, begann es in der Leitung wie wild zu knattern, und die Verbindung wurde unterbrochen. Sie legte den Hörer auf und blieb ratlos neben dem Telefon stehen, bis Charles mit seinem Blumenstrauß zurückkam.

»Wunderschön, Charles. Das ging ja wirklich schnell.«

»Das reinste Kinderspiel. Mrs. Percy hatte die Blätter schon von den Stängeln entfernt, damit das Wasser nicht von den toten Blättern verunreinigt wird. Ich brauchte nur die Plumen in die Vahs zu setzen und sie ein wönziges böschen in Form zu zupfen. Soll ich sie ins Erkerfenster stellen?«

»Warum nicht auf den Couchtisch?«

»Weil Mrs. Tawne zum Tee kommt.«

»Charles, Sie Ungeheuer! Warum haben Sie mir das nicht gleich gesagt?«

»Das wollte ich ja, aber Sie haben mir keine Chance gegeben.«

»Wahrscheinlich habe ich das wirklich nicht, wenn ich genauer darüber nachdenke. Hat Dolores gesagt, wann sie kommt?«

Es wäre zwecklos gewesen, Dolores Tawne zu sagen, sie solle lieber nicht kommen. Sie lud sich mit Vorliebe selber ein, bestimmte die Zeit selbst, erschien pünktlich auf die Minute und erwartete, ein fertiges Teetablett und einen Kessel mit sprudelndem Teewasser vorzufinden. Irgendwie, entweder durch Telepathie oder Rauchzeichen, musste sie von Sarahs Besuch bei den Turbots erfahren haben. Wahrscheinlich konnte sie es kaum erwarten, ihre Meinung über den neuen Vorsitzenden kundzutun.

Was Sarah gut verstehen konnte. Sie wäre selbst nicht abgeneigt gewesen, ein paar ihrer Eindrücke in Worte zu fassen, doch sie wusste, wie viel Unheil schon die kleinste unbedachte Bemerkung anrichten konnte. »Fünf Uhr, wie üblich, stimmt's? Haben wir etwas, das wir ihr vorsetzen können?«

»Keine Sorge. Sofort nachdem sie angerufen hatte, bin ich runtergelaufen und habe an der Ecke einen Beutel von dem klebrigen Schaumzuckerzeug gekauft, das sie so gern isst. Außerdem haben wir noch einen ordentlichen Vorrat Käse und Cracker. Und notfalls kann ich jederzeit einen Teller mit Thunfischsandwiches aus dem Ärmel schütteln. Entrindet, stimmt's?«

»Eindeutig entrindet. Am besten machen Sie das Kaminfeuer an, Charles, damit das Zimmer warm ist, wenn Mrs. Tawne kommt.«

Nicht dass es Dolores etwas ausgemacht hätte. Sie war einem Feuer speienden Drachen ungefähr so ähnlich, wie es für einen Menschen überhaupt möglich ist, doch Sarah selbst spürte, dass es kühler wurde, seit die Sonne um das Haus herumgewandert war. Sie erinnerte sich, dass sie neben einigen anderen Kleidungsstücken auch eine Strickjacke im Schlafzimmer im unteren Stock zurückgelassen hatte, und war froh darüber.

»Ich setze mich kurz in die Bibliothek und schreibe ein paar Briefe. Achten Sie bitte auf die Uhr.«

»Ihr Wunsch sei mir Befehl. Soll ich stampfen oder nur brüllen?«

»Was immer das Drehbuch Ihrer Meinung nach erfordert. Also dann, bis später.«

Während ihrer Zeit als Pensionswirtin hatte Sarah ihr Wohnzimmer für einen älteren Mieter in ein Schlafzimmer umgewandelt. Nachdem Brooks und Theonia das Haus übernommen hatten und aus der Pension wieder ein privates Wohnhaus geworden war, hatte man erwogen, es wieder in seinen ursprünglichen Zustand zurückzuverwandeln, doch bisher war dies nicht geschehen. Wenn ältere Verwandte zu Besuch kamen, waren sie froh, nicht zwei oder drei Treppen hochsteigen zu müssen, um einen Schlafplatz zu finden. Das Zimmer war besonders praktisch gewesen, als Max letzten April mit mehreren gebrochenen Rippen und einem übel zugerichteten Bein viel zu lange im Massachusetts General Hospital hatte verbringen müssen und Ende Mai entlassen worden war, allerdings unter der Bedingung, dass er weiterhin in der Stadt blieb und sich weiterhin regelmäßig behandeln ließ.

Sie hatten sehr bedauert, den Sommer nicht in Ireson's Landing verbringen zu können. Doch Max ständig hin und her zu kutschieren, wäre sowohl für den Patienten als auch für seine Familie noch viel schlimmer gewesen. Er, Sarah und Davy waren zu Brooks und Theonia gezogen, und das Leben in der Tulip Street* hatte sich als sehr viel interessanter herausgestellt, als sie erwartet hatten. Zusehen zu dürfen, wie Max' Genesung fortschritt und er vom Gehwägelchen zu Krücken und dann zum Spazierstock wechselte, bis er schließlich wieder allein und ohne Hilfe gehen konnte, wäre Sarah jedes Opfer wert gewesen.

Während der ersten Wochen, als Max noch viel Ruhe brauchte, hatte Sarah einen kleinen stabilen Tisch in das Schlafzimmer gestellt, sich zur Sekretärin ernannt, Briefe geschrieben und seine Diktate aufgenommen. Dass er aktiv in seinem ausgedehnten Unternehmen mitwirken konnte, obwohl er kaum imstande war, die Zehen zu bewegen, war für Max wahrscheinlich die beste Therapie. Das Wissen, dass auch sie Teil seines Heilungsprozesses war, hatte Sarah geholfen, sowohl sich selbst als auch ihren Mann bei guter Laune zu halten.

Während sie jetzt hier saß und einige Dinge erledigte, um die sie sich in seiner Abwesenheit kümmern wollte, hatte Sarah das Gefühl, Max irgendwie näher zu sein. Sie konzentrierte sich auf ihre Arbeit und vergaß Zeit und Raum, bis Charles plötzlich an

*Arbalests Atelier, DuMonts Kriminal-Bibliothek, Band 1097

die Tür klopfte und verkündete, Dolores Tawne werde in haargenau zehn Minuten erscheinen. Sie zog die Strickjacke wieder aus, schlüpfte in ihre blaue Seidenjacke, kämmte sich das Haar, frischte ihren Lippenstift auf und machte sich bereit, ihren Gast zu begrüßen.

Sarah hätte sich die Mühe sparen können. Es wurde fünf Uhr, doch Dolores kam nicht. Die Zeit verging. Um halb sechs starrten sich Sarah und Charles entgeistert an.

»Sind Sie ganz sicher, dass sie fünf gesagt hat, Charles?«

»Absolut sicher, Moddom. Ich habe mir die Zeit auf dem Block notiert, bevor ich raus bin, um dieses scheußliche Schaumzeug zu holen. Ein echter Butler macht keine Fehler.«

»Aber Dolores kommt grundsätzlich niemals zu spät, nicht mal eine Minute. Sind Sie nicht auch der Meinung …«

»Ich habe keine Meinung. Es steht mir in meiner Stellung nicht an. Darf ich Ihnen vorschlagen, zur Beruhigung Ihrer Nerven ein Thunfischsandwich zu sich zu nehmen?«

»Oh, Charles, hören Sie auf zu schauspielern. Klingelt da nicht das Telefon?«

Sarah war schneller als Charles. »Hallo, Dolores?«

»Oh, M-Mrs. K-K- hab' ich die r-r-r-richtige N-n-n?«

»Mr. Melanson! Von Ihnen habe ich ja seit Ewigkeiten nichts mehr gehört!«

»Und trotzdem erk-k-« überwältigt von der unglaublichen Ehre, dass sich jemand an seine Stimme erinnerte, verlor der schüchterne Mann völlig den Faden.

»Herrgott nochmal, Milky! Jetzt gib mir mal das Telefon!«

Sarah war gut im Erkennen von Stimmen. Vieuxchamps unangenehm hohe laute Stimme war genauso unverwechselbar wie Melansons Stottern. Sarah hätte sicher nicht ausgerechnet Philip Vieuxchamp zum Nachfolger des alten Hausverwalters Mr. Fitzroy gemacht. Doch Dolores Tawne war anderer Meinung gewesen, da er in seiner dunkelgrünen Uniform eine gute Figur machte und faul genug war, sich nicht daran zu stören, dass sie die Zügel in der Hand hielt und das Museum nach eigenem Gutdünken leitete. Er und Melanson waren die dienstältesten Museumswächter. Melanson war sehr viel gewissenhafter, doch nicht einmal in der Lage, einen Pfau zu erschrecken, ganz zu schweigen davon, einen Autoritätsposten zu bekleiden.

Vieuxchamp war alles andere als schüchtern und brüllte gerade ins Telefon: »Wo ist Brooks?«

»Tut mir leid«, erwiderte Sarah ein wenig spitz, »aber Brooks ist nicht hier.«

»Dann finden Sie ihn! Ich muss unbedingt mit Brooks sprechen!«

»Ich sagte Ihnen doch gerade, dass er nicht hier sei. Wir erwarten Dolores Tawne zum Tee, kann sie nicht vielleicht ...«

»Nein, kann sie nicht!« Das Geschrei hatte sich in Kreischen verwandelt. »Jessas noch, ist denn keiner da, mit dem ich sprechen kann?«

»Mr. Vieuxchamp, hören Sie bitte auf, so zu schreien. Ich bin Sarah Kelling Bittersohn. Sie kennen mich doch. Warum kann Dolores Ihnen nicht helfen? Wo ist sie überhaupt?«

»Sie liegt ausgestreckt unten im Hof. Das Gesicht mitten in dem grünen Zeug direkt neben dem rosa Zeug. Wir kriegen sie einfach nicht wach.«

»Wie lange liegt sie denn schon da?«

»Woher zum Teufel soll ich das wissen? Dieser neue Vorsitzende hat mir Donnerstag die Hölle heiß gemacht, dass hier keiner mehr Überstunden machen soll. Daher habe ich alle weggeschickt. Nur Milky und ich sind noch da. Wir wollten gerade abschließen. Und dann hat Milky sie gefunden.«

Demnach war also alles Milkys Schuld. Sarah bekam langsam Lust zurückzuschreien. »Mr. Vieuxchamp, wollen Sie damit etwa sagen, dass Dolores tot ist?«

»Woher soll ich das wissen? Ich bin schließlich kein Arzt.«

»Dann holen Sie gefälligst einen. Wählen Sie sofort den Notruf. Sagen Sie, man soll sofort einen Krankenwagen zum

Wilkins-Museum schicken. Rühren Sie nichts an, bis jemand da ist.«

»Ich kann die Polizei nicht anrufen!«

»Das müssen Sie aber. Sonst machen Sie sich nämlich strafbar.«

»Können Sie das nicht machen?«

»Nein, das kann ich nicht. Hören Sie mir genau zu, Mr. Vieuxchamp. Sie sind derjenige, der Mr. Fitzroys Platz eingenommen hat. Können Sie sich vorstellen, dass er sich vor einem simplen Telefonanruf gedrückt hätte?«

»Ach, zum Teufel! Warum müssen Frauen immer alles so kompliziert machen?«

Er knallte den Hörer auf die Gabel. Sarah griff nach einem von Charles' sorgfältig entrindeten Thunfischsandwiches und biss hinein. Kein Grund, das gute Essen zu verschwenden. Das Sandwich schmeckte ausgezeichnet. Sarah nahm noch eins. Sie wollte gerade vorschlagen, Charles solle endlich die Kanne mit Tee machen, die sie immer noch nicht gehabt hatten, als das Telefon erneut klingelte. Es war schon wieder Vieuxchamp.

»Okay, Miz Kelling, sie sind jetzt hier. Sie sagen, dass sie tot ist. Schlaganfall oder sowas, sie wissen es nicht. Was soll ich jetzt machen?«

»Rufen Sie Mr. Turbot an. Hat er Ihnen seine Privatnummer gegeben, als Sie am Donnerstag miteinander gesprochen haben?«

»Dolores hatte sie bestimmt. Sie kümmert sich immer um diese Dinge.« Seine Stimme erstarb, anscheinend dämmerte ihm, dass Dolores nicht mehr da war, um sich um diese Dinge zu kümmern. »Ich nehme an, Sie sind nicht bereit …«

»Nein, das bin ich in der Tat nicht, Mr. Vieuxchamp. Ich weiß nur, dass sein vollständiger Name Elwyn Fleesom Turbot lautet und er auf einer Rinderfarm in Cowley lebt. Am besten schreiben Sie sich das auf.«

»Und wo ist Cowley?«

»Irgendwo in der Nähe von Foxford, mehr kann ich dazu auch nicht sagen. Rufen Sie die Auskunft an, da kann man Ihnen sicher weiterhelfen. Und falls das nicht klappt, fragen Sie einfach einen der Polizisten.«

Das war gemein, aber Vieuxchamp verdiente es nicht besser. Inzwischen war der Tee fertig. Sarah trank ihn ohne Gewissensbisse, und fragte sich, was jetzt wohl mit dem Wilkins geschehen würde. Das übrige Personal hatte Dolores Tawne zähneknirschend respektiert, manchmal auch gefürchtet, aber auf keinen Fall geliebt. So lange Mr. Fitzroy für alles verantwortlich gewesen war, hatte er Dolores höflich, aber bestimmt in ihre Schranken verwiesen oder dies zumindest geglaubt. Seit seiner Pensionierung vor etwa einem Jahr war viel darüber geredet worden, dass man unbedingt einen neuen Direktor suchen müsse, doch unternommen hatte man nichts. In der Zwischenzeit hatte Dolores Vieuxchamp in Fitzroys Stelle gehievt, seine Funktion systematisch immer mehr beschnitten und seine ohnehin schon schwache Position weiter unterminiert. Zum Zeitpunkt von Turbots Ernennung hatte sie den Laden mehr oder weniger nach eigenem Gutdünken geführt.

Tatsächlich hatte Dolores weitaus besser ihren Mann gestanden als alle anderen zusammen, auch wenn es natürlich keiner der Museumswächter zugeben würde, außer vielleicht Melanson. Dass Dolores Agnew Tawne ausgerechnet in dem Moment starb, als ein neuer Vorsitzender sich anschickte, die Zügel in die Hand zu nehmen, schien Sarah fast zu viel Zufall auf einmal zu sein.

Jetzt, wo Turbot auf der Bildfläche erschienen war, waren Veränderungen unausweichlich. Er hatte eindeutig vor, bei der Leitung des Museums eine aktive Rolle zu spielen, und würde genau wissen wollen, woher die Gelder kamen und wohin sie flossen. Vielleicht hatte irgendjemand guten Grund zur Sorge gehabt, welche Informationen Dolores Mr. Turbot wohl ins Ohr flüstern könnte.

Dolores hatte ihre Stärken, aber auch ihre Schwächen gehabt. Sie war eine überaus begabte Malerin gewesen, allerdings ohne jeden Funken von Kreativität. Sie war eine fleißige, kompetente Arbeiterin gewesen und hatte bereitwillig jede Aufgabe übernommen, die erledigt werden musste. Doch sie hatte nie darüber nachgedacht, welche Folgen sie damit heraufbeschwor. Selbst der kataklystische Schock vor sieben Jahren schien sie nicht vorsichtiger gemacht zu haben. Als Sarah sie das letzte Mal gesehen hatte, war sie genau so stur wie eh und je gewesen. Ihre letzte Begegnung musste ungefähr einen Monat zurückliegen. War es wirklich so undenkbar, dass man sie ein zweites Mal ausgenutzt hatte? Hatte vielleicht wieder jemand ihren blinden Fleck ausgenutzt, um aus ihren Fähigkeiten Profit zu ziehen? Möglicherweise einer von ihren Mitarbeitern, da sich in ihrem Leben ja alles um das Wilkins-Museum gedreht hatte?

Doch dann war ein neuer Besen aufgetaucht, der es kaum erwarten konnte, alles wegzukehren. Vielleicht wirkte ein derart bulliger und verbohrter Mensch wie Elwyn Turbot bedrohlich auf jemanden, der sich auf Kosten des Museums einen lukrativen kleinen Nebenjob zugelegt hatte. Es konnte eigentlich nur ein Mann sein, denn außer Madam Wilkins war Dolores die einzige Frau, der man je gestattet hatte, im Palazzobetrieb eine aktive Rolle zu spielen.

Nach der jahrelangen Somnolenz hatte Turbots Besuch am Donnerstag im Kuratorium wohl für ein rüdes Erwachen gesorgt. Sarah konnte sich genau vorstellen, wie Turbot von einer Etage in die andere und von einem Wächter zum nächsten stürmte, überall lautstark seine Befehle bellte und jeden wissen ließ, wer hier der Boss war. Dass er einen Rembrandt nicht von einem Rubens und einen Monet nicht von einem Manet unterscheiden konnte, tat nichts zur Sache. Dolores Tawne, die noch am Donnerstagmorgen unbestrittener Eckpfeiler des Museums gewesen war, hatte sich vielleicht schon am Abend dieses Tages in ein unkalkulierbares Risiko verwandelt. Vielleicht sogar zu gefährlich, um sie bis zu Mr. Turbots nächstem Besuch am Leben zu lassen.

Doch das waren natürlich alles nur Vermutungen. Möglicherweise war Dolores tatsächlich an einem Herzinfarkt gestorben oder an einem Hustenbonbon erstickt. Sarah warf einen Blick auf die wenigen Thunfischsandwiches, die noch auf dem Tablett lagen, und zuckte mit den Achseln.

»Charles, nehmen Sie doch bitte das schreckliche Schaumgedöns oder wie Sie es nennen wieder weg. Die arme Dolores. Sie wirkte immer so unverwüstlich. Hoffentlich weiß jemand, wo ihre Verwandten leben. Vorausgesetzt, sie hatte nach dem Tod ihres Bruders überhaupt noch welche. Brooks wüsste es vielleicht. Schade, dass wir ihn momentan nicht erreichen können.«

Doch das hätte auch nichts mehr genutzt, dachte Sarah. Irgendein lang verschollener Neffe oder Cousin oder vielleicht sogar der Ehemann, von dem Dolores nie erzählt hatte und den ihre Mitarbeiter für längst verstorben hielten, würde bestimmt auftauchen und die Herausgabe der Leiche verlangen. Und natürlich auch sämtliche Wertsachen aus dem Atelier, in dem Dolores gelebt und ihre mehr als kuriosen Hausaufgaben gemacht hatte. Sie hatte bestimmt etwas Geld beiseite gelegt. Vielleicht nicht viel, aber genug für eine anständige Beerdigung.

Zumindest in dieser Hinsicht war Dolores sicher vorausschauend gewesen. Das entsprach ihrem Wesen. Da Jimmy tot war, hatte sie wahrscheinlich ihr ganzes Hab und Gut dem Wilkins hinterlassen, zusammen mit einem hübschen kalligraphierten Epitaph, der die künstlerische Begabung von Dolores Agnew Tawne und die vielen Jahre ihrer hingebungsvollen Arbeit für das Museum pries. Möglicherweise gab es bereits eine entsprechende Notiz mit genauen Angaben, an welcher Stelle der Hofmauer eine bronzene Plakette anzubringen war. Oder die Plakette war sogar schon fertig graviert und wartete nur darauf, aufgehängt zu werden, sobald das Datum ihres Hinscheidens hinzugefügt worden war.

Was für ein verrückter Gedanke. Nein, so verrückt nun auch wieder nicht, denn es war genau das, was Dolores gewollt und entsprechend vorbereitet hätte, wenn sie nicht so plötzlich gestorben wäre. Aber wer würde sich die Mühe machen, eine derartige Plakette aufzuhängen, falls sie tatsächlich existierte oder in ihrem Testament erwähnt wurde? Sarah würde es tun, Max würde es tun, und auch Brooks Kelling, wenn man ihnen die Gelegenheit dazu gab. Doch keiner von ihnen gehörte zum offiziellen Mitarbeiterstab des Wilkins. Selbst Jimmy Agnew hätte mehr Einfluss gehabt, wenn er nicht längst unter der Erde wäre.

Jimmy war fast so lange wie seine Schwester für das Museum tätig gewesen. Doch hatte er seine Stelle angeblich nur behalten, weil Dolores seine alkoholbedingten Fehlzeiten gedeckt hatte. Im Nachhinein hatte sich sogar herausgestellt, dass Jimmy als Kurier auf der Lohnliste eines ehemals großen Tieres gestanden hatte, das inzwischen auf Kosten der Allgemeinheit hinter Gittern gehalten wurde. Niemand hatte Jimmy das, was er getan hatte, übel genommen, da man von vornherein nicht viel von ihm erwartet hatte. Bei seinen Kollegen war er eigentlich recht beliebt gewesen, denn er war auf seine Art ein netter Kerl. Außerdem hatte man ihn bemitleidet, weil er mit einer Schwester wie Dolores geschlagen war.

Als er überfahren worden war, hatten die anderen Wächter nicht übermäßig um ihn getrauert. Einige hatten sich verwundert gefragt, wie es wohl zu dem Unfall gekommen war. Es war ein schöner Tag gewesen, der Bürgersteig war kein bisschen glatt, der Verkehr war nicht stärker als an anderen Tagen und Jimmy nicht betrunkener als sonst. Er hatte diese Kreuzung jahrelang täglich benutzt, weil seine Lieblingskneipe genau gegenüber vom Hintereingang des Museums lag. Doch jetzt war er tot, und es blieb seinen ehemaligen Kollegen nichts anderes übrig, als an den Trauerfeierlichkeiten teilzunehmen und sich danach am Tresen zu versammeln und einen auf Jimmys Wohl zu heben.

Sarah und Brooks hatten aus Rücksicht auf Dolores ebenfalls an der Beerdigung teilgenommen. Dolores hatte nicht gerade gramgebeugt gewirkt. Nachdem Jimmy sicher unter der Erde war, hatte sie Sarahs Einladung angenommen und war mit in die Tulip Street gegangen, um sich dort mit Tee und Mitgefühl verwöhnen zu lassen. Mit einem Glas Sherry im Magen hatte sie schließlich mehr oder weniger zugegeben, dass sie froh war, ihren Bruder endlich los zu sein. Er war in der letzten Zeit immer unverschämter geworden und zunehmend schwerer zu lenken gewesen. Konnte dies bedeuten, dass Jimmy Agnew klammheimlich einen zweiten Nebenjob als Kurier für ein anderes Mitglied des Museumspersonals angenommen hatte?

Noch mehr Mutmaßungen. Sarah goss sich und Charles Tee ein, während Charles ein weiteres Holzscheit auf das Kaminfeuer legte, und bot ihm mit einer Handbewegung die restlichen Thunfischsandwiches an. Als der Thunfisch verschwunden war, aßen sie Käse und Cracker und ein paar frühe Klaräpfel, die Sarah von einem der Bäume in Ireson's Landing gepflückt hatte. Nachdem alles verzehrt und die Teekanne leer war, ging Charles ins Wohnzimmer und kehrte mit der Brandy-Karaffe und zwei Gläsern zurück.

»Auf Dolores, Moddom?«

»Auf Dolores, Charles.«

Sarah nahm einen rituellen Schluck und fragte sich, ob es wohl sonst noch irgendwo jemanden gab, dem es leid tat, dass Dolores Tawne tot war. Vieuxchamp hatte alles andere als trauernd geklungen, sein Mitgefühl galt höchstens sich selbst, weil er ab jetzt mehr tun musste, da Dolores nicht mehr da war, um ihm die Arbeit abzunehmen. Tawne würde ihm zweifellos bald die Hölle heiß machen, wenn er erst herausfand, dass das Museum nicht ordentlich geführt wurde. Und das war bestimmt schon bald der Fall, wenn man nicht schnellstens einen Ersatz für Dolores einstellte. Das Kuratorium würde alle Hände voll zu tun haben, um jemanden zu finden, der gleichzeitig als fähiger Kurator, Hausmeister, Hilfsgärtner und Pfauenarzt fungierte und noch dazu willens war, für einen Hungerlohn zu schuften.

Und was war mit Max, fragte sich Sarah, der weit weg in Argentinien auf eigene Kosten sein ganzes Können und diplomatisches Geschick einsetzte, um einen weiteren aus dem Wilkins gestohlenen Schatz heimzuholen? Jetzt gab es niemanden mehr, dem so viel an dem Museum gelegen war, dass er sich wirklich über seinen Fund freute, oder in der Lage war, Original und Kopie voneinander zu unterscheiden.

Andere Museen hatten Vereine, die von interessierten Mäzenen ins Leben gerufen wurden und sich um die Beschaffung von Geldern und Spenden kümmerten. Aber einen Verein der Freunde und Förderer des Wilkins-Museums hatte es noch nie gegeben. Selbst wenn das Kuratorium es erlaubt hätte, wäre Dolores Tawne sofort auf die Barrikaden gestiegen und hätte einen derartig dilettantischen Schwachsinn in ihrer Domäne sogleich im Keim erstickt. Vielleicht konnte sich Lala Turbot dafür erwärmen, immerhin war es etwas anderes, als immer nur Rinderherden zu betrachten. Doch was auch geschehen würde, eines war Sarah klar: Nachdem Sarah Elwyn Turbot derart deutlich die Meinung gesagt hatte, war die Zusammenarbeit mit der Detektivagentur Bittersohn beendet, sobald Max die Watteaus zurückgebracht hatte und der neue Kuratoriumsvorsitzende vergeblich versucht hatte, ihn um sein Honorar zu prellen. Es war das Ende einer Ära. Sie hob erneut ihr Glas.

»Ex, Charles. Diesmal trinken wir auf uns.«

Kapitel 5

Sarah war früh zu Bett gegangen, doch sie fand nur wenig Schlaf. Immer wieder wachte sie auf und versuchte, sich an all die Dinge zu erinnern, die jetzt unbedingt erledigt werden mussten, nachdem die übliche Mannschaft – hoffentlich nur vorübergehend – auf Charles und sie selbst zusammengeschrumpft war. Doch vor allem spukte ihr die Erinnerung an Dolores Tawne im Kopf herum. Sie hatte Sarah immer auf frappierende Weise an einen Wasserkessel kurz vor dem Siedepunkt erinnert. Dolores liebte es, in soliden, dicksohligen, braunen Wanderschuhen umherzustapfen, und trug besonders gern solide, beigefarbene Gabardinehemden mit Kittelkleidern, denen man ansah, dass sie häufig gewaschen wurden und mindestens einmal zu oft unter den Armen gestopft worden waren. Dolores strahlte eine Art grimmiger Wärme aus, wenn alles so lief, wie sie es sich vorstellte, und wurde zu einem wahren Hochofen, wenn jemand versuchte, ihr Widerstand zu leisten.

Auf ihre Weise war Dolores eine eindrucksvolle Persönlichkeit gewesen. Man konnte sich kaum vorstellen, wie sie jetzt aussah, wie sie steif und still in einem Fach in der Leichenhalle lag, ein Pappschildchen am nackten großen Zeh. Sie hätte es bestimmt gehasst, nackt gesehen zu werden. Wer immer die Autopsie durchführte, tat gut daran, sich in Acht zu nehmen. Es war Dolores durchaus zuzutrauen, dass sie sich sogar unter dem Leichentuch lange genug aufrichtete, um mit dem Betreffenden ein oder zwei Hühnchen zu rupfen. Ein Glück, dass Sarah etwas eingefallen war, worüber sie lächeln konnte, während sie hier allein im Dunkeln lag. Sie sandte eine Welle freundschaftlicher Abschiedsgrüße hinaus in die Schwärze und vertraute darauf, dass sie ihren Weg schon finden würden. Danach schlief sie endlich tief und fest.

In Ireson's Landing hörte man nachts nur den Wind und das

Wasser und gelegentlich auch die einheimische Fauna bei der Jagd. Doch der Sommer in der Stadt hatte sie sogar gegen Feuerwehr- und Polizeisirenen immun gemacht. Sarah wachte erst auf, als es schon fast halb acht war. Als sie fertig geduscht hatte und etwas einigermaßen Kleidsames aus dem Schrank fischte, hörte sie Charles in der Küche hantieren. Sie hoffte inständig, dass er nicht mit dem Gedanken spielte, eine Exkursion in die Haute Cuisine zu wagen und sich möglicherweise an Eier Benedict zu versuchen. Toast und Kaffee bildeten so ungefähr den Höhepunkt seines kulinarischen Könnens.

Glücklicherweise war er noch damit beschäftigt, das Paket mit der Pfannkuchenbackmischung auf Armeslänge zu halten, um die Gebrauchsanweisung ohne Brille lesen zu können, als Sarah die Küche betrat.

»Machen Sie bitte meinetwegen keine Umstände, Charles. Gibt es noch Brot im Haus? Oder haben Sie gestern alles für die Sandwiches gebraucht?«

»Ja, habe ich. Aber es ist noch einer von Mrs. Brooks' Streuselkuchen im Kühlschrank. Sie hat zwei dagelassen, aber einer ist irgendwie weggeschmolzen.«

»Das ist völlig normal. Warum holen Sie nicht das, was noch übrig ist, und gießen uns eine Tasse Kaffee ein?«

Sarah hätte sich durchaus selbst bedienen können, doch Charles brannte förmlich darauf, sich nützlich zu machen, und es war im Allgemeinen sicherer, die Grenzen zu ziehen, wenn man noch genug Zeit dazu hatte. Charles hatte vielleicht allmählich genug von Streuselkuchen, doch das war sein Pech. Am besten überprüfte sie nachher noch schnell die Speisekammer, um sicherzugehen, dass sie während der nächsten Tage auch genug zu essen hatten. Charles konnte in der Charles Street alles einkaufen, was sie noch brauchten. Es erfüllte den selbst ernannten Butler jedes Mal mit einem stolzen Gefühl der Privilegiertheit, außerdem tat ihm ein bisschen Bewegung sicher gut. Er konnte sich die Zeit mit seinen zahlreichen Freunden vertreiben und am Nachmittag einige der Arbeiten erledigen, die Mariposa ihm vor ihrer Abreise aufgetragen hatte.

Sarahs eigene Pläne bestanden darin, zuerst Miriam anzurufen und herauszufinden, ob Davy Heimweh hatte und es ihm am See gefiel, und dann entweder hinzufahren und ihn zu holen oder durch den Boston Common zum Büro zu schlendern. Dort konnte sie dann die Post durchsehen und den Anrufbeantworter abhören und in aller Ruhe ein bisschen an den Büchern arbeiten. Kurz nach ihrer Heirat mit Max hatte sie diese Aufgaben freiwillig übernommen. Während der Jahre mit Alexander hatte sie recht gut gelernt, die Korrespondenz und Buchhaltung für verschiedene Wohltätigkeitsorganisationen zu erledigen, in denen ihre taube, blinde, scharfsinnige und noch scharfzüngigere Schwiegermutter aktiv tätig war. Nach ihrer Wiederverheiratung war ihr diese Erfahrung zugute gekommen. Ihr Hauptbeitrag zum reibungslosen – manchmal allerdings nur relativ reibungslosen – Geschäftsbetrieb der Detektivagentur Bittersohn bestand darin, sorgfältig Buch zu führen, eine Arbeit, um die Max sich aus Zeitmangel nicht kümmern konnte.

Sie hatten mit dem Gedanken gespielt, einen Buchhalter einzustellen, doch das Allroundtalent Cousin Brooks hatte ein Computerprogramm entwickelt und Sarah genauestens instruiert. Er hatte auch nichts dagegen, gelegentlich selbst einzuspringen, wenn er die Zeit dazu hatte. Doch das war nur selten der Fall, weil Brooks ständig neue Herausforderungen für seinen Einfallsreichtum fand. Sarah wünschte sich inständig, er und Theonia würden sich bei ihr melden, doch das war leider ziemlich unwahrscheinlich. Sie hatten Charles den Eindruck vermittelt, dass sie während der meisten Zeit ihrer Abwesenheit *incommunicado* zu bleiben gedachten. Warum, hatten sie nicht verraten, und seiner Meinung nach war es eines Butlers unwürdig zu fragen.

Dagegen war ja auch nichts zu sagen. Brooks und Theonia hatten bestimmt ihre Gründe, und Jesse stellte sich als beinahe zu trickreich heraus. Sie würden ihr Schweigen schon brechen, wenn sie es für nötig oder ratsam hielten. Sarah hielt es für unwahrscheinlich, dass sie die Hilfe der Heimatfront benötigten. Trotzdem sollte jemand hier sein, um notfalls ihren Anruf entgegenzunehmen. Das war das wenigste, das sie tun konnte.

Zusammen mit Charles beschäftigte sie sich eine Zeit lang mit der Einkaufsliste, dann rief sie die Rivkins am See an und hörte genau das, was sie erwartet hatte. Davy war mit Ira unten am See. Er hatte sein Frühstück bis auf den letzten Krümel aufgegessen und ein Stück Brot mitgenommen, um die Elritzen zu füttern. Er trug Iras alten Strohhut und eins von Mikes T-Shirts, damit er keinen Sonnenbrand bekam. Mittags würde man ein Picknick am Ufer machen. Sarah habe doch sicherlich nichts dagegen, wenn Davy bei ihnen bleibe, bis Max zurück sei, damit sie auch in Ruhe ihre Arbeit erledigen könne.

Was konnte eine Mutter darauf erwidern? Sarah berichtete, dass sie mit Max gesprochen habe. Er habe gesund und munter geklungen. Leider habe es Probleme mit der Verbindung gegeben, so dass sie nicht wisse, wann er zurückkomme. Und dass Mr. Lomax und Cousine Anne sich um das Haus in Ireson's Landing kümmern würden. Dass Anne Mrs. Blufert anrufen und ihr sagen könne, sie solle zu Hause bleiben und ihre Erkrankung auskurieren, da Davy ja jetzt bei Miriam und Ira sei. Ja, Charles sei hier und kümmere sich darum, dass niemand ins Haus einbrach und Sarah kidnappte. Ihren Besuch bei den Turbots erwähnte sie ebenso wenig wie das plötzliche Ableben von Dolores Tawne. Sie bat Miriam, Davy einen dicken Kuss von ihr zu geben und ihn ganz fest zu drücken. Als sie begann, sich allzu einsam und verlassen zu fühlen, beendete sie das Gespräch und machte sich wieder an die Arbeit.

»Denken Sie bitte daran, den *Globe* mitzubringen, wenn Sie einkaufen gehen, Charles. Vielleicht steht schon eine Todesanzeige von Dolores Tawne darin.«

»Sehr wohl, Moddom.«

Das Haus zu verlassen, fiel ihr immer besonders schwer. Sarah zog sich einen leichten Regenmantel über die allzu sommerliche Kleidung, die sie ausgewählt hatte, weil blaue Seide zu schick für das Büro war und sich ansonsten nicht viel im Kleiderschrank befand, das sie hätte tragen können. Doch als sie erst einmal draußen war, genoss sie den Spaziergang zur Windy Corner, die heute gar nicht so windig war, denn es wehte nur eine angenehme Brise. Dann betrat sie die Eingangshalle und meldete sich an der Rezeption. Der Portier kannte sie natürlich.

»Guten Tag, Mrs. Bittersohn. Lange nicht gesehen.«

»Stimmt. Ich war die meiste Zeit zu Hause und habe versucht, Liegengebliebenes aufzuarbeiten. Das Büro bleibt heute geschlossen. Ich bin nur hier, um mich um die Bücher zu kümmern, und möchte nicht gestört werden. Schicken Sie also bitte niemanden hoch. Es sei denn, ich rufe um Hilfe.«

Beide fanden die letzte Bemerkung recht amüsant. Sarah nahm den Aufzug zu ihrem Stockwerk, schloss die Bürotür mit Brooks' magischem Schlüssel auf, der nur funktionierte, wenn man das richtige Mantra zitierte, ging hinein und zog sich den Regenmantel aus. Das Eindrucksvollste im Hauptquartier der Detektivagentur Bittersohn waren die Goldbuchstaben an der Tür. Der alte Eichenschreibtisch und der quietschende Drehstuhl, den Max von einem früheren Eigentümer geerbt hatte, nahmen in dem kleinen Zimmer viel zu viel Platz ein. Die einzigen anderen Möbelstücke waren ein eindrucksvolles Arrangement von Aktenschränken an der einen Wand und zwei dünn gepolsterte Stühle mit geraden Rückenlehnen, die Besucher nicht gerade zum Sitzen und Plaudern einluden, nachdem der geschäftliche Teil vorüber war. Es sei denn, man zählte ein paar Regale mit Bürobedarf und einige Haken dazu, die Brooks in die Wand geschraubt hatte, weil für eine Garderobe nicht genug Platz vorhanden war. Sarah hängte ihren Regenmantel an einen der Haken und machte sich an die Arbeit.

Es war eine Menge Post durch den Briefkastenschlitz geschoben worden, seit Brooks das letzte Mal hier gewesen war. Sarah sammelte die Umschläge ein, die auf dem schäbigen grünen Linoleumboden lagen, warf sie auf den Schreibtisch und hörte den Anrufbeantworter ab. Es gab nur einige wenige Nachrichten. Keine davon klang wichtig oder dringend. Wie immer gab es ein oder zwei von Personen, die entweder nicht ganz richtig im Kopf waren oder sich für besonders witzig hielten. Sarah notierte sich die Namen und Nummern, die sie für einigermaßen viel versprechend hielt, und wandte sich der Post zu.

Nachdem sie alles Unwichtige aussortiert hatte, machte sich ihre Arbeit im wahrsten Sinne des Wortes bezahlt. Es gab nicht weniger als fünf Schecks, zwei davon über große Summen, die seit langem überfällig waren. Zwei weitere waren fast ebenso eindrucksvoll, und einen konnte man fast schon als großzügig bezeichnen. Sie würde sie während der Mittagspause bei der Bank einreichen. Sarah nahm sich vor, diesmal weder zu spät noch zu frugal zu speisen. Es war höchste Zeit, dass sie zur Abwechslung endlich wieder einmal eine richtige Mahlzeit einnahm. Seit Max fort war, hatte sie sich viel zu oft mit Snacks begnügt. Auch Charles' Thunfischsandwiches waren nicht sonderlich sättigend gewesen. Und über das Sonntagslunch bei den Turbots konnte man bestenfalls sagen, dass es nicht schlechter geschmeckt hatte als das, was Cousine Mabel einem vorgesetzt hätte. Sarah hatte schon ewig nicht mehr mit Mabel telefoniert. Gott sei Dank.

Nachdem sie die dringlichsten Arbeiten erledigt hatte, öffnete Sarah eines der Hauptbücher und widmete sich dem eigentlichen Grund ihres Kommens. Für viele Leute war diese Arbeit wahrscheinlich langweilig. Vielleicht wäre sie es auch für Sarah gewesen. Doch sie wusste, dass sie es für Max und Davy und den Rest der Mannschaft tat. Sie nickte dem kleinen Scheckstapel zufrieden zu und nahm ihre nächste Pflicht in Angriff. Das Geschäftsbuch musste auf den neuesten Stand gebracht werden.

Sie musste aufschreiben, wie viele Stunden für einen bestimmten Fall benötigt worden waren, wie hoch die Ausgaben des betreffenden Mitarbeiters gewesen waren, kurz, all die vielen kleinen Einzelheiten, die das Finanzamt so aufregten, wenn man sie nicht peinlich genau auflistete.

Sarahs ganzer Stolz waren die sorgfältig geführten großen Notizbücher, in denen die zahlreichen Wertgegenstände, die Max und seine Kohorten entweder bereits gefunden hatten oder noch suchten, genau beschrieben waren. Oft waren sie sogar durch detaillierte Skizzen aus ihrer eigenen Feder ergänzt. Hier hatte sie Alter, Herkunft, geschätzten Wert, exakte Beschreibungen, alle wichtigen Einsatzdaten und sämtliche möglichen Verweise zu anderen Fällen verzeichnet. Da die Notizbücher Sarahs Spezialgebiet waren und im Büro und in den kleinen Zimmern im Haus in der Tulip Street höchstens Platz für ein oder zwei dieser Bücher vorhanden war, befanden sich die meisten in ihrem Haus in Ireson's Landing. Dort waren sie als Teil der umfangreichen Referenzbibliothek in einem eigenen ziemlich großen Raum untergebracht und würden sicher schon bald einen zweiten beanspruchen, wenn Sarah weitermachte wie bisher.

Zuerst hatte Sarah sich durch die zahlreichen Regale mit Kunstbüchern der Boston Public Library und die noch zahlreicheren Regale im Museum of Fine Arts gewühlt. Danach wusste sie genau, was sie brauchten, und begann, die Buchgeschäfte nach den geeigneten Bänden zu durchforsten. Ihre Privatbibliothek erwies sich für die Detektivagentur immer wieder als immens wertvoll, ganz zu schweigen von den Versicherungsgesellschaften, die zu Max' Stammkunden gehörten. Für sie selbst bedeutete dies, dass sie mehr Zeit bei ihrem Kind in ihrem wunderschönen Hause verbringen konnte und trotzdem kräftig im Boot der Agentur mitruderte.

Dennoch mussten der Computer, das Auftragsbuch, die Post und all die vielen Kleinigkeiten, die man tagtäglich brauchte und für die man doch oft genug keine Zeit fand, im Büro bleiben. Theonia hätte in diesem Punkt hilfreich sein können, wenn die Zahlen Teeblätter wären und die Aktenschränke Tarotkarten enthalten hätten. Doch leider waren ihre Vorstellungen von Büroarbeit so esoterisch, dass man sie davon abhalten musste, irgendwelche Aufgaben anzunehmen. Allerdings konnte sie wunderbar Kaffee kochen und ins Telefon gurren, wenn zufällig ein potentieller Kunde anrief, der klang, als sei er steinreich. Wenn sie anfing, wie eine *Zenaida asiatica* oder Weißflügeltaube zu gurren, war sogar ihr Gatte sofort bereit, das Feld zu räumen und sie das tun zu lassen, was sie am besten konnte – natürlich stets zur vollsten Zufriedenheit aller Beteiligten. Mit Ausnahme des irregeleiteten Schurken, der sie unvorsichtigerweise für einen leicht beeinflussbaren Menschen gehalten hatte.

Gegen Mittag hatte Sarah das Gefühl, sich ein üppiges Mahl redlich verdient zu haben. Sie schlüpfte in ihren Regenmantel, verstaute die Schecks und das Formular für die Einreichung in ihrer Handtasche und überprüfte, ob sie ihre Schlüssel eingesteckt hatte. Die Tür würde sich zwar hinter ihr automatisch schließen, doch Cousin Brooks' magischer Schlüssel musste trotzdem gedreht werden, um den Zaubermechanismus zu aktivieren, damit er auch beim nächsten Mal funktionierte. Der Zugang zur Damentoilette war weniger kompliziert, man brauchte lediglich durch den Korridor zu gehen und die Tür mit dem Schlüssel aufzuschließen, den die Hausverwaltung den Mietern gegeben hatte.

Sarah war ganz allein in der Damentoilette, und es sah aus, als sei außer den Reinigungskräften niemand dort gewesen. Genau so sollte es auch sein. Eine große Firma, die mehr Platz benötigte, hatte darum gebeten, das ganze Stockwerk zur alleinigen Verfügung zu haben. Die anderen Firmen hatten sich bereit erklärt, neue Räume in anderen Stockwerken zu beziehen. Nur das Detektivbüro Bittersohn hatte sich widersetzt. Man hatte versucht, Max mit verschiedenen Anreizen zu ködern, hatte ihm einen schicken neuen Anstrich und eine zeitgemäßere Tür angeboten, doch er hatte alle Angebote abgelehnt. Er hatte nichts dagegen, ein Anachronismus zu sein. Er kannte inzwischen so viele Kellings, dass er begonnen hatte, selbst wie einer zu denken. Max hatte auf seinem Standpunkt beharrt und den Sieg davongetragen. Sarah war stolz auf ihn, weil er die Familientradition aufrechterhalten hatte, fand es jedoch ein bisschen unheimlich, ganz allein in diesem Stockwerk zu sein. Sie war froh, als der Aufzug leer hochkam und sie allein nach unten fahren konnte. Dann ging sie zur Bank, reichte die Schecks ein und machte sich auf den Weg zu dem Restaurant, das sie und ihre Mitarbeiter häufig besuchten.

»Heute ganz allein, Mrs. Bittersohn?« Der Oberkellner führte sie höchstpersönlich zum gemütlichsten Tisch, überreichte ihr mit einer höflichen Verbeugung die Speisekarte und schenkte ihr eine rote Rose aus dem herrlichen Strauß im Empfangsbereich. »Wo ist denn der Rest der Mannschaft?«

Sarah hatte nicht vor auszuposaunen, dass sie allein im Büro war. »Oh, wie üblich in alle Himmelsrichtungen versprengt. Vielleicht stößt später noch jemand dazu. Aber ich bin so hungrig, dass ich sofort essen möchte. Wie sind Ihre Jakobsmuscheln heute?«

Als man ihr versicherte, die saftigen Bivalven seien erstklassig und absolut zu empfehlen, bestellte sie eine Portion. Einfach nur gegrillt, dazu Krautsalat und eine Kanne Tee. Sie brauchte nicht eigens zu sagen, welchen Tee sie wünschte, denn das wusste der Ober bereits. Er brachte auch Graubrot statt Weißbrot und bot ihr weder Milch noch Zitrone zum Tee an, weil Mrs. Bittersohn für überflüssigen Firlefanz nichts übrig hatte. Er verschwand, um mit dem Koch zu sprechen, und kehrte mit den Muscheln zurück, die genauso waren, wie Sarah sie am liebsten mochte. Dann wartete er und sah mit quasi-väterlichem Stolz zu, wie sie eine Muschel probierte und für gut befand.

Sarah wäre auch mit weniger Fürsorge zufrieden gewesen. Glücklicherweise füllte sich das Restaurant schnell, und der

Ober musste fort, um andere mit seinem Lächeln und der Speisekarte zu beglücken. Sie verzehrte ihr ausgezeichnetes Essen langsam und genüsslich, bezahlte die Rechnung, nahm ihre Rose und überlegte, ob sie noch ein wenig spazieren gehen sollte, bevor sie sich wieder an die Arbeit machte. Doch als sie draußen war, nahm sie davon Abstand. Der Himmel sah finster aus, und der Wind frischte auf. Es war vernünftiger, noch ein oder zwei Stunden über den Büchern zu verbringen und dann zurück zur Tulip Street zu gehen, bevor der Sturm losbrach. Selbst wenn sie zu lange wartete und nass wurde, war das nicht weiter schlimm. Zu Hause konnte sie in einen bequemen Bademantel und Pantoffeln schlüpfen.

Es würde nur ein einfaches Abendessen geben. Charles war kein Koch, und Sarah hatte keine Lust zu kochen. Sie würden das Steak braten, das zu kaufen sie Charles aufgetragen hatte. Dazu würden sie Pilze und Tomatenhälften grillen und auf den Nachtisch verzichten. Später konnte Charles sich nach unten in seine Gemächer zurückziehen, sich irgendetwas im Fernsehen anschauen und darüber grübeln, wann Mariposa zurückkam. Sarah war kein Fernsehfan, sie setzte sich lieber in die Bibliothek und las oder hörte sich in einem der hervorragenden Bostoner Klassiksender ein Konzert an.

Wahrscheinlich sollte sie höflichkeitshalber Onkel Jem anrufen und ihn wissen lassen, dass sie auf unbegrenzte, aber hoffentlich nicht allzu lange Zeit wieder in der Stadt war. Jeremy Kelling und sein leidgeprüfter Gefolgsmann Egbert wohnten ganz in der Nähe in der Pinckney Street. Vielleicht hatten die beiden Lust, morgen zum Abendessen zu kommen, es sei denn, Jem hatte etwas Aufregenderes vor. Was wahrscheinlich nicht der Fall war. J. Lemuel Kelling war längst nicht mehr der Bonvivant aus jenen halkyonischen Jahren, als eine grausame Bürokratie noch nicht den Scollay Square hatte abreißen und als Government Center wiederaufbauen lassen. Obwohl er selbst sich gern noch so sah.

Doch dann fiel Sarah ein, dass sie lieber zuerst herausfinden sollte, ob schon etwas über Dolores Tawnes Beerdigung in der Zeitung stand, bevor sie irgendwelche Pläne machte. Charles hatte keine Nachricht auf dem Anrufbeantworter hinterlassen, während Sarah beim Mittagessen war. Dies hätte er wahrscheinlich getan, wenn er in der Zeitung etwas darüber gefunden hätte. Am besten kaufte sie sich auf dem Heimweg noch rasch eine Spätausgabe. Wenn alles schief ging, musste sie versuchen, Vieuxchamp im Museum zu erreichen. Wenn es irgendetwas zu wissen gab, wusste er es bestimmt.

Sarah war froh, nicht mehr draußen sein zu müssen, als sie sich endlich zurück in die Boylston Street und ins Little Building gekämpft hatte. Es machte ihr nicht das Geringste aus, in Ireson's Landing auf den Klippen hoch über dem Meer vom Wind durchgepustet zu werden. In der Stadt war das etwas ganz anderes. Hier warfen die Leute ihren Abfall auf die Straße, und Sarah hasste es, wenn ihr schmutziges Hamburger-Papier am Knöchel klebte. Nachdem sie sich durch einen prüfenden Blick nach unten vergewissert hatte, dass sie keine fremden Abfälle mit ins Gebäude schleppte, begab sie sich zum Portier.

»Ich werde noch eine Weile im Büro sein. Es hat ja wahrscheinlich in der Zwischenzeit niemand nach uns gefragt, oder?«

»Sie haben ihn gerade verpasst«, teilte ihr der Dienst habende Portier mit. »Oder sie. Oder es. Wer weiß das heute schon? Es war jedenfalls ein Kurier. Und das hier soll wohl für Sie sein.«

»Mal sehen. ›Biterman Det.Ag.‹ Könnte hinhauen. Vielleicht hat sich jemand einen Scherz erlaubt. Sie haben ihm hoffentlich kein Trinkgeld gegeben?«

»Sie machen wohl Witze! Das ist bei denen immer schon in der Rechnung drin. Sie haben doch nicht vor, bis nach fünf zu bleiben?«

»Oh, nein«, versicherte Sarah. »Bis dahin bin ich längst wieder fort. Der Himmel gefällt mir ganz und gar nicht. Danke, dass sie das Päckchen angenommen haben.«

Kapitel 6

Braune Umschläge, die von anonymen Boten undefinierbaren Geschlechts gebracht wurden, waren für die Detektivagentur Bittersohn nichts Ungewöhnliches. Auch an diverse falsche Schreibweisen von Max' Familiennamen war man inzwischen gewöhnt. In dem Umschlag konnte alles Mögliche sein. Vielleicht war es irgendetwas Ominöses, das Brooks aus Gründen, die nur ihm einfallen konnten, über eine seiner fragwürdigen Quellen hatte aufspüren lassen. Vielleicht aber auch ein gestohlener Gegenstand, den ein anonymer Jemand nicht länger behalten wollte, weil er ihm zu heiß wurde.

Bisher hatte die Agentur noch nie eine Briefbombe bekommen, doch es war natürlich nicht völlig auszuschließen, dass es eines Tages passierte. Sarah brach normalerweise nicht leicht in Panik aus, doch einen Moment lang war ihr doch etwas mulmig zumute. Sollte sie den Umschlag öffnen? Oder lieber doch nicht? Sollte sie ihn in die Damentoilette bringen und dort in ein Waschbecken voll Wasser tauchen? Oder einfach auf dem Schreibtisch liegen lassen, zusammen mit einer warnenden Notiz? Sollte sie Max davon erzählen, falls die Verbindung durch irgendein Wunder doch funktionierte und er sich heute Abend wieder bei ihr meldete? Sollte sie den Umschlag stillschweigend in den Papierkorb werfen und so tun, als habe sie ihn nie erhalten? Oder das Ding einfach beiseite auf die Fensterbank legen und sich wieder ihren Pflichten widmen?

Sarah schämte sich, weil sie so zaghaft war. Sie schob den Umschlag auf die äußerste Ecke des Schreibtisches, öffnete das Auftragsbuch und griff nach ihrem Stift. Es fiel ihr schwer, sich zu konzentrieren, doch sie gab nicht auf. Als sie endlich wieder einigermaßen bei der Sache war, klingelte das Telefon. Es war Charles, der sie wissen lassen wollte, dass er nichts über Mrs. Tawne in der Morgenzeitung gefunden habe und sich frage, ob er das Geld für die Spätausgabe verschwenden solle. Sarah sagte, er könne sich die Mühe sparen, sie würde sich auf dem Heimweg darum kümmern. Sie erkundigte sich, ob Mariposa schon angerufen habe, und erfuhr, dass dies nicht der Fall war. Sie schlug vor, Charles könne doch das Silber putzen, als besondere Überraschung für Mariposa, wenn sie aus Puerto Rico zurückkäme. Es war ganz sicher nicht das, was Charles hören wollte, doch etwas Besseres fiel Sarah momentan nicht ein. Sie beendete das Gespräch und griff wieder nach ihrem Stift.

Es wollte einfach nicht klappen. Die Muscheln waren vielleicht ein Fehler gewesen, auch wenn Sarah nicht verstand, wieso. Ihr war nicht übel, und sie fühlte sich weder müde noch sonst wie beeinträchtigt. Sie spürte nur, wie ihr merkwürdige Schauern über den Rücken liefen. Vielleicht hing es mit dem heraufziehenden Sturm zusammen, aber wahrscheinlich kam es einfach daher, dass sie ganz allein hier oben war. Falls es nicht der Geist von Dolores Tawne war, der ihr keine Ruhe ließ, weil irgendetwas nicht richtig erledigt worden war, bevor Dolores ins Jenseits entschwunden war. Zu dumm, dass Theonia nicht da war, um die Botschaft zu empfangen. Herumspukende Geister gehörten eher in ihr Fachgebiet. Sarah schloss das Auftragsbuch wieder in eine Schublade ein, auf der »Vogelbeobachtungen« stand, und machte Anstalten, sich den Regenmantel anzuziehen. Doch dann zögerte sie.

Was für ein Unsinn! Bestimmt war alles ganz harmlos. Sie griff nach dem ungeöffneten Umschlag und betastete ihn vorsichtig. Was immer darin sein mochte war federleicht. Sie konnte nur etwas Stricknadelartiges mit einem kleinen Hubbel an der Spitze fühlen. Sie riss den Umschlag auf und brach in befreiendes Lachen aus.

Vor kurzem war eine alte Freundin der Familie namens Lydia Ouspenska bei einer Beerdigung in einem Kostüm aus der Zeit der Jahrhundertwende erschienen. Sie hatte einen schwarzen Humpelrock, eine Redingote mit Aufschlägen bis zu den

Knien und einem riesigen schwarzen Wagenradhut getragen, der ziemlich keck auf einer Seite ihres Kopfes saß und mit einer riesigen Hutnadel befestigt war. Lydia hatte einfach umwerfend ausgesehen. Sarah hätte so etwas niemals tragen können, doch Theonia hatte es begehrlich beäugt. Vor allem der Hut hatte es ihr sehr angetan. Als begnadete Schneiderin war sie leicht in der Lage, ein ähnliches Exemplar zu kreieren. Sie benötigte dazu lediglich einen Hula-Hoop-Reifen, ein oder zwei Meter schwarzen Samt, ein paar weitere Meter weißen Satin und einige Federn von Madam Wilkins' weißen Pfauen. Letztere hatte Theonia Dolores Tawne abgeschwatzt, im Austausch gegen eine Zweipfunddose mit hausgemachtem Erdnussgebäck, nach dem Dolores regelrecht süchtig war. Der Hut war ein umwerfender Erfolg, das einzige Problem bestand darin, ihn auf dem Kopf zu verankern.

Vor dem Ersten Weltkrieg hatten Frauen unglaublich viel Haar, Unmengen von Haar. Die Schöne, deren Löwenmähne so lang war, dass sie darauf sitzen konnte, hatte allen Grund anzugeben und tat sich dabei im Allgemeinen auch keinen Zwang an. Minderbemittelte ohne eine derartige Haarpracht versuchten vielleicht, ihre spärlichen Locken mit Polstern aus ihren eigenen ausgekämmten Haaren aufzubessern, die aus guten und einleuchtenden Gründen als Ratten bezeichnet wurden. Andere griffen vielleicht auf falsche Zöpfe oder Locken zurück, die zwar aus Echthaar bestanden, doch nicht von der jetzigen Besitzerin stammten. Für Damen, die es sich finanziell nicht erlauben konnten, mit der Mode zu gehen, war ein dichter Haarschopf möglicherweise durchaus eine Einnahmequelle. Man brauchte nur an das Opfer von Jo March in »Betty und ihre Schwestern« oder die junge Ehefrau in der Erzählung »Das Geschenk der Weisen aus dem Morgenland« zu denken, die ihr wunderschönes Haar verkauft, um ihrem Mann eine Kette für seine goldene Uhr schenken zu können, welche dieser gerade versetzt hat, um hübsche Kämme für ihr wunderschönes Haar kaufen zu können.

Logischerweise mussten Hutnadeln, die so herrlichen Flitterkram und Firlefanz auf prächtigen Frisuren verankerten, höchste Anforderungen erfüllen, um sowohl extrem belastbar und dauerhaft als auch modisch elegant zu sein. Der sichtbare Teil war entsprechend mit aufwendigem Zierrat versehen: vergoldeten Schmetterlingen, feinsten chinesischen Schnitzereien aus Zinnober, bunten Glasperlen, kleinen Kegeln oder Kugeln, die über und über mit unechten Saphiren oder Rubinen besetzt waren, hübschem Tand, der nicht sonderlich wertvoll war, doch Myladys Toilette einen individuellen Zauber verlieh.

Der untere Teil der Hutnadel dagegen bestand aus einem fünfzehn bis zwanzig Zentimeter langen gehärteten Stahldraht, stocksteif und so scharf, dass er selbst die ausgefallenste Kreation einer Putzmacherin mühelos durchdringen konnte. Er glitt durch festen Stoff, durch falsche Zöpfe und Ratten, kurzum durch alles, das ihm im Wege war, um auf der anderen Seite wieder hervorzukommen. Wenn man vorsichtig war, sogar ohne der Kopfhaut der betreffenden Dame schmerzhafte Verletzungen zuzufügen. Nebenbei hatte besagte Dame gleich noch für alle Fälle eine mörderische Waffe zur Hand. Falls man in Bedrängnis kam, konnte man durch die richtige Handhabung des nadelscharfen Stahls die Hoffnungen eines allzu feurigen männlichen Wesens auf wirksame Weise zunichte machen. Ängstliche Mütter und kecke Revuetänzerinnen erinnerten gleichermaßen besonders kokette junge Damen daran, dass Mädchen, die ohne Hutnadel spazieren gingen, weit mehr als nur den Verlust ihrer Hüte riskierten.

Theonia Kelling besaß wunderschönes und völlig echtes Haar und hatte, soweit Sarah wusste, noch nie auf kalten Stahl zurückgreifen müssen, um einen feurigen Verehrer in seine Schranken zu weisen. Sie brauchte Hutnadeln nur, um ihre Hüte auf dem Kopf zu behalten. Natürlich wollte Theonia nicht irgendeinen hässlichen Krötenspieß, nachdem sie so viel Mühe und Zeit in die Kreation ihres antiken Huts investiert hatte. Vorige Woche hatten sie und Lydia Ouspenska fast einen ganzen Nachmittag damit verbracht, auf der Suche nach einem geeigneten Stück die zahlreichen Antiquitätenläden Bostons zu durchkämmen. Doch sie waren mit leeren Händen nach Hause gekommen.

Es hatte natürlich in mehreren Läden Hutnadeln gegeben, doch keine, die Theonias Vorstellungen entsprach. Die meisten langen Nadeln waren gekürzt worden, da weder Ehemänner noch Polizisten die Vorstellung goutierten, in den Boudoirs der Damen gefährliche Waffen herumliegen zu wissen. Die wenigen Hutnadeln, die lang genug waren, erfüllten ihre ästhetischen Erwartungen nicht. Ehemals mit Edelsteinen besetzte Ornamente hatten ihre Steine verloren, und vergoldeter Tand, der vor hundert Jahren gefunkelt hatte wie Sterne, war stumpf und unansehnlich geworden, und war es nicht wert, restauriert zu werden.

Anscheinend hatte Lydia doch noch eine Hutnadel aufgetrieben, die sie einigermaßen akzeptabel fand, und sie von jemandem herbringen lassen. Wahrscheinlich sollte es eine Überraschung für Theonia sein, wenn sie wieder zurückkam. Das erklärte auch die merkwürdige Adresse. Lydia sprach nur gebrochen und mit einem ausgeprägten Akzent, mit ihrer Orthographie sah es sicher noch schlimmer aus. Sarah ließ die Nadel aus dem Umschlag gleiten, um sie sich genauer anzusehen.

Theonia würde mit Sicherheit enttäuscht sein. Zum einen war die Verzierung alles andere als spektakulär, bloß eine kleine Kugel, die mit winzigen schwarzen Perlchen besetzt war. Vielleicht hatte die Nadel ursprünglich den langen Schleier einer trauernden Witwe an ihrem Platz gehalten. Zu viele Perlchen waren inzwischen abgefallen, der Stahlschaft war zwar immer noch spitz, wies jedoch Verfärbungen und Rostspuren auf. Sarah hatte den Eindruck, als habe jemand damit eine verstopfte Flasche Ketchup aufgestochen.

Was hatte sich Lydia bloß dabei gedacht? Es gab doch bestimmt hübschere und besser erhaltene Hutnadeln als diese.

Vielleicht hatte sie das Ding irgendwo liegen sehen und als gutes Omen gedeutet. Vielleicht als eine Art Talisman, nach dem Motto: »Finde eine Nadel und trage sie den ganzen Tag bei dir, dann ist das Glück dir hold.« Es gab sicher viele Leute, die an so etwas glaubten. Und eine Nadel dieser Größe müsste eigentlich eine ganze Woche Glück garantieren.

Doch so richtig überzeugt war Sarah davon nicht. Lydia nahm ihren Aberglauben sehr ernst. Sie wusste sicher, dass man sein Glück nicht einfach auf eine andere Person übertragen konnte. Außerdem hätte Lydia, Glück hin oder her, dieses hässliche Objekt sicher nicht geschickt, ohne vorher wenigstens den Schaft mit ein wenig Stahlwolle zu reinigen und die unansehnliche Kugel irgendwie zu verschönern. Selbst wenn sie das Ding nur in Goldfarbe getaucht und als Nugget ausgegeben hätte. Warum hatte sie sich die Mühe nicht gemacht?

Weil offensichtlich Lydia Ouspenska diese Hutnadel nicht geschickt hatte. Sarah versuchte zu überlegen, wer sonst noch von der Hutnadeljagd gehört haben konnte und entweder versucht hatte, Theonia einen Gefallen zu tun, oder sich einen Scherz erlaubt hatte. In der Flut von Gegenständen, die Cousin Dolph von Großonkel Frederick geerbt hatte, waren sicher noch einige von Tante Matildas Hutnadeln gewesen. Doch alles, was nicht festgenagelt war, hatte man vor einiger Zeit zugunsten des Senior Citizens' Recycling Center versteigern lassen.

Tante Appollonia in Cambridge war da eine aussichtsreichere Kandidatin. Ihr Haus war fast so groß wie das von Dolph und sogar noch voller. Auch Tante Appie wäre sicher nur allzu gern bereit, sich für die liebe Cousine Theonia nach einer Hutnadel umzuschauen. Es war unwahrscheinlich, dass bei ihr nicht irgendwo eine herumlag. Noch unwahrscheinlicher war allerdings, dass Appie sich nach kürzester Zeit noch daran erinnerte, wonach sie überhaupt suchte. Und es war geradezu undenkbar, dass sie das Ding eigens per Kurier schickte. Immerhin war das sündhaft teuer, und außerdem flüsterte ihr sicher stets die Stimme von Onkel Samuels Geist ins Ohr: »Was verschwendet wird, fehlt einem später.«

Drei von Appies Enkelkindern – Jesses fürchterliche Brüder Woodson, James und der süße kleine Frank – wären zweifellos liebend gern auf Hutnadelsuche gegangen, wenn auch aus etwas anderen Beweggründen. Doch sie waren momentan sicher in einem teuren Internat untergebracht, das die besseren Merkmale einer Lehranstalt mit denen einer erstklassigen Besserungsanstalt verband. Bis Thanksgiving waren sie noch in sicherem Gewahrsam, danach würden zweifellos sämtliche Lehrer aus Erleichterung drei Kreuze schlagen. Sarah verwarf diese Möglichkeit mit ehrlichem Bedauern und zermarterte sich weiter den Kopf auf der Suche nach wahrscheinlicheren Absendern.

Es war reine Zeitvergeudung. Es brachte nicht das Geringste, der Himmel sah immer bedrohlicher aus, und der Wind begann, vor dem Fenster zu heulen. Oder war es gar nicht der Wind? Nein, es war etwas anderes. Der Lärm kam nicht von draußen, sondern aus dem angeblich leeren Büro nebenan. Irgendein Handwerker musste dort mit einer Bohrmaschine zugange sein.

Aber warum? Brooks hatte Sarah vor seiner Abreise erzählt, dass die Renovierungen frühestens in einem Monat beginnen würden. Doch selbst bei einem vorgezogenen Zeitplan war drei Uhr nachmittags eine merkwürdige Zeit, um die Arbeiten aufzunehmen. Fast automatisch griff ihre Hand nach dem Telefon und wählte die Nummer des Portiers.

»Hallo, hier spricht Sarah Bittersohn. Tut mir leid, dass ich Sie störe, aber ich dachte, nebenan würde noch nicht gearbeitet. Bisher war es die ganze Zeit ruhig hier oben, aber jetzt ist nebenan jemand mit der Bohrmaschine zugange. Es klingt fast so, als wolle er sich bis in unser Büro durchbohren.«

Das interessierte den Portier. »Seit wann hören Sie das Geräusch schon, Mrs. Bittersohn?«

»Erst seit ein paar Minuten. Ich dachte zuerst, es wäre der

Wind, aber es klang irgendwie falsch. Glauben Sie, dass dort versehentlich ein Arbeiter gelandet ist?«

»Das kann ich mir nicht vorstellen, dann müsste er wirklich ziemlich dämlich sein. Von irgendwelchen Arbeiten auf Ihrer Etage hat mir keiner etwas gesagt. Doch ich prüfe das lieber rasch bei der Wartung nach. In der Zwischenzeit bleiben Sie bitte, wo Sie sind. Und schließen Sie besser die Tür ab.«

»Die ist Gott sei Dank schon verschlossen. Ich hoffe nur, dass ich hier nicht umsonst die Pferde scheu mache.«

»Machen Sie sich da mal keine Sorge, Mrs. Bittersohn. Bleiben Sie einfach in Ihrem Büro. Wir schicken Ihnen jemanden hoch.«

Der Portier legte auf. Sarah blieb nichts anderes übrig, als zu warten und zu hoffen, dass sie nicht in eine Situation geriet, in der sie gezwungen war, die Hutnadel zu benutzen. Eigentlich brauchte sie sich keine Sorgen zu machen, denn jeder, der versuchte, sich durch die angrenzende Wand zu bohren, würde auf größere Schwierigkeiten als erwartet stoßen. Die Stahlschränke der Agentur bedeckten die gesamte Wand und waren ein Meter fünfzig hoch. Außerdem war jede Schublade hinten mit alten Telefonbüchern ausgepolstert.

Das war Brooks' Idee gewesen. Er hatte irgendwann gehört, dass man in potentiell explosiven Ländern Eisenbahnwaggons zum Schutz gegen Guerillaangriffe mit ausgedienten Telefonbüchern ausgepolstert hatte. Brooks rechnete zwar nicht unbedingt mit einem Angriff vom Nebenraum. Doch als echter Kelling fand er, dass es nicht schaden könne, die dicken Wälzer irgendwie zu nutzen, denn zum damaligen Zeitpunkt hatten sie nicht einmal die Müllmänner mitnehmen wollen.

Es war unmöglich, sich auf irgendetwas anderes zu konzentrieren als auf den Krach nebenan. Das Bohren ging weiter, wo blieb der Wachmann? Auch wenn der plötzliche Lärm sie beunruhigte, reagierte Sarah noch nervöser, als er plötzlich aufhörte. Kurze Zeit war es ganz still. Dann hörte sie jemanden an die

Tür klopfen, und eine Männerstimme rief leise: »Ist da jemand?«

Sarah erkannte die Stimme nicht, zögerte einen Moment, griff nach dem Telefon und rief erneut den Portier an. Sie sprach so leise wie möglich.

»Hallo, hier ist noch mal Sarah Bittersohn. Der Krach hat aufgehört. Und jetzt steht ein Mann vor der Tür und fragt, ob jemand hier drin sei. Ich habe nicht geantwortet und habe dies auch nicht vor, bis ich ganz sicher bin, dass es jemand ist, den ich kenne.«

»Das kann ich gut verstehen, Mrs. Bittersohn. Das Problem ist nur, dass ich hier nicht weg kann. Ich habe beim Wartungspersonal nachgefragt. Man hat mir versichert, es sei nicht vorgesehen, dass jemand auf Ihrer Etage arbeitet, bevor die Renovierungspläne fertig sind. Und das kann noch ein paar Wochen dauern. Sie haben versprochen, bald jemanden nach oben zu schicken, um nach dem Rechten zu sehen, aber …«

»Schon gut, ich habe verstanden. Ich öffne die Tür jedenfalls erst, wenn ich unseren Angestellten Charles angerufen habe, damit er mich abholt und nach Hause begleitet. Sie kennen ihn bestimmt, er war schon oft hier im Gebäude. Er ist relativ groß, gut angezogen und hat lockiges blondes Haar. Zu seiner Identifikation wird er Ihnen ein Foto vorlegen, auf dem er mit mir, meinem Mann, Mr. und Mrs. Brooks und unserem neuen Assistenten Jesse Kelling zu sehen ist. Er wird Ihnen das Foto zeigen und darum bitten, nach oben begleitet zu werden. Ich mache die Tür nicht eher auf, bis die beiden gemeinsam hier eintreffen. Ich bin keine hysterische Frau, falls Sie das annehmen sollten, aber ich will kein unnötiges Risiko eingehen.«

»Wie lange wird es Ihrer Meinung nach dauern, bis ihr Angestellter hier ist?«

»Zehn bis fünfzehn Minuten, wenn er jetzt zu Hause ist. Er braucht nur von der Tulip Street durch den Common zu gehen. Ich rufe ihn sofort an, nachdem ich aufgelegt habe.«

»Und wenn er nicht zu Hause ist?«

»Dann rufe ich die Polizei.«

Doch das war nicht nötig. Charles stand auf Abruf bereit und brannte darauf, zu ihrer Rettung herbeizueilen. Er wollte nicht nur das Foto mitbringen, sondern auch den Kelling-Regenschirm, ein Relikt aus einer längst vergangenen Ära, mit einer gewaltigen Stahlstange und einem schweren Schwarzdorngriff. Sarahs Vater hatte ihn benutzt, genau wie sein Vater und der Vater seines Vaters. Nach Walter Kellings Tod hatte sein Lieblingscousin Alexander den Parapluie seiner Vorfahren geerbt. Alexander hatte auch Walters unvollendete Familiengeschichte der Kellings geerbt, seine Sammlung getrockneter Pilze und ein Paar aufwendig gearbeitete goldene Manschettenknöpfe, die wiederum von dem Großonkel stammten, nach dem Walter benannt war. Er hatte sie allerdings nie getragen, weil er sie zu protzig fand. Auch Alexander hatte sie nie getragen, und zwar aus dem gleichen Grund. Sarah besaß die Manschettenknöpfe noch, konnte sich jedoch nicht vorstellen, dass Davy mit der Tradition seiner Vorfahren brechen würde. Mehr oder weniger nachträglich hatte Walter seinem Vetter Alexander auch die Vormundschaft für seine Tochter Sarah vererbt, doch das war für das momentane Problem nicht von Belang.

Es war immer wieder zu Situationen in der langen Geschichte des Kelling-Schirms gekommen, in denen er seinen Wert als Waffe unter Beweis gestellt hatte. Charles hatte gut daran getan, ihn jetzt mitzubringen. Im Notfall konnte er durchaus nützlich sein, auch wenn die hässliche alte Hutnadel sehr viel handlicher und vielleicht auch effektiver sein würde.

Sarah hätte die Hutnadel am liebsten vergessen, sie entwickelte diesem Ding gegenüber allmählich eine Haltung, die Jesse als Tick bezeichnen würde. Aber irgendjemand musste sich etwas dabei gedacht haben. Sarah hätte den Umschlag nicht so unbekümmert aufreißen sollen. Nicht dass es etwas ausmachte, die Fingerabdrücke darauf waren sicher ohnehin nur ihre eigenen und die des anonymen Kuriers. Und die von unzähligen Unbekannten. Woher wollte sie wissen, woher dieses hässliche Ding kam und durch wie viele Hände es gegangen war, bevor es schließlich hier bei ihr landete?

Sarah schob die Nadel wieder in den zerrissenen Umschlag, steckte beides in einen der verschließbaren Plastikbeutel, die Brooks aus unerfindlichen Gründen in allen Größen hortete, und stopfte alles in eine Tragetasche, die Theonia an einem der Haken hatte hängen lassen. Vielleicht war es albern, doch sie hatte keine Lust, eine potentielle Waffe offen in der Handtasche mit sich herumzutragen.

Jetzt gab es nichts weiter mehr zu tun, als einige der wahrscheinlich in Frage kommenden Schubladen zu inspizieren, um nachzusehen, ob der Bohrer schon durch die Wand gedrungen war. Sarah kam mit ihren Nachforschungen nicht sehr weit. Es gab zu viele Schubladen in verschiedenen Höhen und die Telefonbücher waren zu fest hineingepresst. Sie war unglaublich erleichtert, als sie die Schritte von zwei Personen näher kommen hörte, jemand auf die richtige Weise an die Tür klopfte und die richtige Stimme rief: »Sind Sie da, Moddom?«

Kapitel 7

»Ich bin so froh, dass Sie hier sind.« Sarah zog den Regenmantel an, den Charles ihr hielt, während sie noch mit der Frau im Overall sprach, die ihn begleitete. »Gehören Sie zum Sicherheits- oder Wartungspersonal?«

»Wartung.« Die Dame verschwendete keine Zeit mit Höflichkeiten. Sie schlüpfte in das vermeintlich leere Nachbarbüro, schaute sich kurz um und kam wieder zurück. »Könnten Sie mal eben mitkommen, Mrs. Bittersohn? Haben Sie das Bohrgeräusch an dieser Stelle hier gehört?«

»Ich glaube schon.« Sarah betrachtete zuerst das kleine Loch in der Rigipswand und ging dann in die Hocke, um sich auf dem Boden ein kleines weißes Häufchen anzusehen, nicht viel mehr als die Erde aus einem Ameisenloch. »Ja, das ist es.«

»Ganz sicher? Sieht meiner Meinung nach aus wie Gipsstaub.«

»Ganz so einfach ist es wohl nicht. Charles, würden Sie mit bitte die Lupe von Brooks' Schreibtisch bringen?«

»Tuht swieht.«

In Windeseile war Charles verschwunden und wieder zurück. Ohne Rücksicht auf ihre Nylonstrümpfe kniete sich Sarah neben das Beweisstück, nahm die Lupe und stellte mit einer gewissen Befriedigung fest, dass sie genau das sah, was sie erwartet hatte.

»Schauen Sie sich das hier mal an.«

Die Wartungsdame zuckte mit den Schultern und tat ihr den Gefallen. »Einfacher Gipsstaub. Nein, warten Sie! Metallspäne! Und – was zum Teufel ist das denn? Sieht aus wie zermahlenes Zeitungspapier.«

»Dreimal richtig geraten. Die Metallspäne stammen vom Rücken eines Aktenschranks, der innen mit alten Telefonbüchern ausgepolstert ist. Das zermahlene Papier hat wohl den Bohreinsatz ruiniert. Genau, hier liegt er ja.«

Charles zog einen von Brooks' kleinen Plastikbeuteln hervor. »Ich nehme an, Sie können das hier gebrauchen?«

»Danke.« Sarah fasste das kleine spiralförmige Metallstück sehr vorsichtig am zugesetzten Ende und ließ es in den Beutel gleiten. »Holen Sie mir bitte noch einen Beutel, Charles. Und ein Stück Pappe, damit ich den Staub damit aufnehmen kann.«

»Darf ich das für Sie übernehmen?«

Während Charles den verräterischen Abfall in einen neuen Beutel füllte, unterhielt sich Sarah kurz mit der Dame vom Wartungspersonal. »Jetzt haben Sie selbst gesehen, dass ich mir das alles nicht etwa eingebildet habe, falls Ihr Chef Sie danach fragen sollte. Ich würde gern schnell eine kurze Notiz über unseren Fund tippen. Hätten Sie etwas dagegen, als Zeugin zu unterschreiben?«

»Nein, kein Problem. Sie sind wohl eine richtige Detektivin, was? Wollen Sie die Polizei rufen?«

»Nein, ich glaube, wir geben unseren Fund lediglich im Revier ab. Etwas Besseres gibt es hier momentan nicht zu tun, nachdem der Phantombohrer weg ist«, antwortete Sarah, als sie zurück in ihr eigenes Büro gingen. »Haben Sie eine Ahnung, wie diese Person es geschafft hat, unbehelligt ins Gebäude zu kommen? Ich dachte, Ihre Leute wären ziemlich streng, wenn es darum geht, jemanden nach oben zu lassen, der sich nicht eindeutig identifizieren kann.«

»Sind sie auch, aber Sie wissen ja, wie so was ist. Es gibt immer irgendwelche Schlupflöcher. Wenn jemand in Jeans mit einem Werkzeugkasten auftaucht und behauptet, er habe den Auftrag, für einen der Mieter etwas zu installieren, ruft der Portier den jeweiligen Mieter an. Die Person sagt, schicken Sie ihn nur rauf, wir erwarten ihn schon. Aber der Portier kann natürlich nicht wissen, dass er gerade mit der Freundin des Mannes geredet hat. Also bekommt der Mann einen Besucherausweis und geht hoch. Wenn man erst mal im Gebäude ist, ist man drin, wenn Sie wissen, was ich meine. Wie gesagt, es gibt gewisse

Schlupflöcher. Man muss nur dran denken, den Besucherausweis wieder abzugeben, wenn man geht, und bei der Anmeldung einen falschen Namen zu benutzen. Natürlich ist das ziemlich aufwendig, und wenn man sich auf seine Komplizen nicht absolut verlassen kann, ist man aufgeschmissen.«

»Verstehe. Vielen Dank für die Information.« Sarah hatte während des Zuhörens ihre Notiz getippt. »Würden Sie das hier bitte unterschreiben? Name, genaue Berufsbezeichnung, Datum und Uhrzeit? Und bitte auch Ihre Privatnummer, wenn es Ihnen nichts ausmacht.«

»Sicher, mach' ich gern.«

Die Frau, deren Name sich als Pansy Pottle herausstellte, unterschrieb mit einem Schnörkel und kehrte zurück zu ihrer Arbeit. Inzwischen war der längst erwartete Sturm losgebrochen. Sarah rief im Polizeirevier an, schilderte, was geschehen war, und sagte, man brauche nicht eigens jemanden herzuschicken. Sie und Charles würden das Beweismaterial auf dem Heimweg vorbeibringen, sie wollten ohnehin gerade losgehen, und Charles habe einen Schirm dabei.

Bostons Gesetzeshüter waren einverstanden. Sarah und Charles vollzogen problemlos Brooks' mantrisches Ritual mit dem Bürotürschloss, gingen zum Aufzug und dachten sich dabei die unmöglichsten Methoden aus, mit denen man die Sicherheitsleute austricksen konnte. Dann checkten sie brav aus, wie es sich gehörte, gaben dem Portier eine kurze Schilderung der Ereignisse und bedankten sich ganz besonders dafür, dass er Sarah gerettet hatte. Daraufhin aktivierte Charles den Kelling-Schirm, und sie traten hinaus in das Unwetter, das seinem Namen alle Ehre machte.

Der Schirm war groß genug für sie beide, es hätten sogar ohne weiteres noch ein oder zwei weitere Personen darunter Platz gefunden. Zur Polizeistation war es nicht weit. Sarah bedauerte, dass sie sich kein geeigneteres Schuhwerk angezogen hatte. Am besten wären sicher Gummistiefel gewesen. Mit Ausnahme ihrer Füße war sie dank Charles' geschickter Handhabung des Familienerbstücks immer noch einigermaßen trocken, als sie das Gebäude aus rotem Backstein mit den blauen Lichtern am Eingang betraten.

Der Dienst habende Sergeant war ein alter Bekannter. Sarah hatte zwar eine freundliche Begrüßung erwartet, aber nicht mit Jubelschreien gerechnet. »Mrs. Bittersohn! Was bin ich froh, Sie zu sehen! Lieutenant Harris hat hier schon die Drähte heißlaufen lassen, um Sie zu erreichen. Einen Moment, ich sage ihm schnell, dass Sie hier sind.«

Er hatte die Worte kaum gesprochen, da erschien bereits ein großer, müde wirkender Mann in Zivilkleidung, um sie zu begrüßen. »Also, das ging ja wirklich schnell, Mrs. Bittersohn. Wir haben eben erst eine Nachricht auf Ihrem Anrufbeantworter im Büro hinterlassen. Sie waren wahrscheinlich gerade kurz – ähm – draußen im Flur oder so. Würden Sie mir bitte folgen? Wir müssen uns dringend unterhalten.«

Er führte Sarah und Charles in einen schäbigen kleinen Raum, der außer einem abgenutzten Holztisch und einigen einfachen Stühlen fast leer war. Charles stand stramm, bis Sarah ihn vorgestellt hatte, rückte ihr dann einen Stuhl zurecht und blieb mit zusammengefaltetem, aber gezücktem Schirm dahinter stehen. Sarah wusste nicht, wozu dies gut sein sollte.

»Bitte setzen Sie sich doch, Charles. Es macht mich nervös, wenn jemand hinter mit steht. Lieutenant, ich verstehe gar nicht, warum Sie mich so dringend erreichen wollten. Hat der Sergeant Ihnen denn nicht gesagt, dass ich bereits angerufen hatte, um mein Kommen anzukündigen? Ich will nur ein paar Beweisstücke abliefern.«

»Was für Beweisstücke?«

»Eine Mischung aus Gipsstaub, Stahlspänen und Papierschnitzeln aus einem alten Telefonbuch, die wir im Büro nebenan sichergestellt haben, nachdem dort jemand versucht hat, ein Loch durch die Wand zu bohren. Er kam nicht sehr weit, weil

Ihr Freund Brooks die ganze Wand mit Aktenschränken vollgestellt und die Rückwände sämtlicher Schubladen mit alten Telefonbüchern ausgestopft hat. Aber das habe ich eben alles schon am Telefon erklärt.«

Harris schüttelte den Kopf. »Da haben sich unsere Anrufe wohl überschnitten. Würden Sie mir bitte erklären, warum es so furchtbar wichtig ist, dass jemand ein Loch durch die falsche Wand gebohrt hat? Könnte es nicht ein Elektriker gewesen sein, der ein Kabel verlegen wollte oder so? Sind Sie in den Raum gegangen und haben mit ihm gesprochen?«

»Nein, ganz im Gegenteil«, antwortete Sarah. »Ich bin in unserem Büro geblieben, habe die Tür abgeschlossen und den Portier angerufen. Er hat mir mitteilt, dass die Renovierungsarbeiten auf unserer Etage erst nächsten Monat beginnen. Also habe ich Charles, unseren Butler und Mädchen für alles in der Tulip Street, kommen lassen. Und den Portier gebeten, er solle ihn mit jemandem nach oben schicken, weil ich erst herunterkommen würde, wenn die beiden da seien. Als Charles mit einer Frau vom Wartungspersonal erschien, sind wir gemeinsam in den inzwischen leeren Raum gegangen. Wir fanden ein Loch in der Wand, und auf dem Boden ein Häufchen Staub und einen Bohreinsatz, der mit dem Papier von den Telefonbüchern zugesetzt war. Charles, würden Sie Lieutenant Harris bitte das Beweismaterial zeigen?«

Der Lieutenant musterte den Beutel von allen Seiten. »Na sowas! Nur gut, dass Sie kühlen Kopf behalten haben. Wie kommt es, dass Sie ganz allein dort waren, Mrs. Bittersohn?«

»Das Büro ist in dieser Woche geschlossen, weil alle Mitarbeiter unterwegs sind«, erklärte sie. »Ich hielt es für eine gute Gelegenheit, mich ein bisschen um die Buchhaltung zu kümmern. Aber inzwischen bin ich da nicht mehr so sicher. Und warum wollten Sie mich unbedingt sehen?«

»Es handelt sich um Mrs. Dolores Agnew Tawne, Jim Agnews Schwester, aus dem Wilkins-Museum. Ich nehme an,

Sie wissen bereits, dass sie Sonntagnachmittag dort verstorben ist.«

»Ja, aber mehr weiß ich nicht. Charles hat versucht, etwas über die Beerdigung herauszufinden, vorausgesetzt, dass es überhaupt eine gibt.«

Harris zuckte mit den Achseln. »Ich denke, das liegt ganz bei Ihnen, Mrs. Bittersohn. Wissen Sie denn nicht, dass Mrs. Tawne Sie als Testamentsvollstreckerin eingesetzt hat?«

»Wie bitte?« Sarah war wie vom Donner gerührt. »Das kann doch unmöglich Ihr Ernst sein! Warum ausgerechnet mich?«

»Wer weiß? Vielleicht hatte sie nach Jims Tod sonst niemanden mehr.«

Das war nur allzu gut möglich. Sarah wusste nicht, was sie sagen sollte. Lieutenant Harris hatte keine Zeit für ergreifende Pausen.

»Einer der Museumswächter hat uns Mrs. Tawnes Handtasche übergeben. In dem Adressbuch, das wir darin gefunden haben, hatte sie als Adresse die Fenway Studios eingetragen. Ist das richtig?«

»Ja«, antwortete Sarah, wohl wissend, dass sie etwas sagen musste, auch wenn ihr ganz und gar nicht danach zumute war. »Sie wohnte schon lange dort. Aber wie haben Sie das mit Ihrem Testament herausgefunden? Dolores hatte es doch sicher nicht bei sich in der Handtasche?«

»Nein, aber in dem Adressbuch stand der Name ihres Anwalts. Und seine Telefonnummer. Wir haben vor einer Weile in der Kanzlei angerufen, und seine Sekretärin oder wer immer es war meinte, wir sollten uns an Sie wenden. Redfern und Redfern in der Milk Street. Sagt Ihnen der Name etwas?«

»Allerdings. Redferns haben schon lange vor meiner Geburt die rechtlichen Interessen diverser Kellings vertreten. Inzwischen gibt es nur noch einen Redfern. Da fällt mir gerade ein, dass ich ihn Dolores Tawne sogar selbst empfohlen habe. Das war nach dem Skandal im Museum, bevor ihr Bruder gestorben ist. Ich habe ihr Mr. Redferns Namen gegeben, weil er der einzige Anwalt ist, den ich kenne. Komisch, das hatte ich total vergessen.«

»Scheint mir jedenfalls ziemlich merkwürdig, dass sie hingegangen ist und Sie als ihre Testamentsvollstreckerin eingesetzt hat, ohne Sie vorher gefragt zu haben«, meinte Harris.

»Für mich ist es genauso merkwürdig«, erwiderte Sarah schroff. »Aber das ist typisch Dolores. Sie hat immer nur ihren eigenen Standpunkt gesehen, alles andere war ihr gleichgültig. Es passt sehr gut zu ihr, dass sie es für selbstverständlich hielt, dass ich ohne Widerrede alles tun würde, was sie wollte. Womit sie in diesem Fall vielleicht sogar Recht hat. Aber es wäre mir wirklich lieber, sie hätte jemand anderen damit beglückt.«

»Sie mochten sie wohl nicht.«

»Nein, Lieutenant, so einfach ist das nicht. Ich habe sie durchaus gemocht. Aber es gibt sehr unterschiedliche Grade von mögen und nicht mögen. Wahrscheinlich wäre es passender zu sagen, dass ich sie respektiert habe. Dolores war ein unbequemer Mensch, sie war sehr ruppig und dominierend. Außerdem war sie sofort beleidigt, wenn jemand wagte, eine andere Meinung zu vertreten als sie. Andererseits war sie loyal, kompetent und auf ihre kratzbürstige Art sogar irgendwie freundlich. Und so absolut ehrlich, wie Sie selbst wissen, dass sie für einen geschickten Ganoven eine leichte Beute darstellte.«

»Ich kann es bis heute nicht fassen«, gestand Harris. »Da kopiert eine einzige Frau all die Bilder so perfekt, dass selbst die Experten nichts merken. Für einen Mann, der sich die Originale genauso schnell unter den Nagel reißt, wie sie die Fälschungen anfertigt. Und das zwanzig Jahre lang. Mein Gott! Und sie hat wirklich keinen Cent dafür bekommen?«

»Sie hätte gar nichts angenommen. Sie glaubte felsenfest, eine großartige und edle Tat für das Museum zu vollbringen. Als alles aufflog, hätte sie in den Medien groß herauskommen können. Sie wartete nur darauf, die Bühne zu betreten und die

Ovationen entgegenzunehmen. Doch dann wurde sie mit der grausamen Wahrheit konfrontiert. Zwei Menschen waren tot, ein dritter war gerade noch mit dem Leben davongekommen. Sie war eine Kunstfälscherin. Wenn ihr Name bekannt geworden wäre, hätte man sie entweder wegen Mittäterschaft bei Diebstahl und Mord eingesperrt oder sie als leichtgläubige Närrin gebrandmarkt, was noch schlimmer für sie gewesen wäre. Also hielt sie den Mund und fuhr fort, die Majolika abzustauben und die Pfauen zu verarzten. Und sie hat nie auch nur mit einem Wort darüber geklagt, auf welch gemeine Weise man sie ausgebeutet und getäuscht hat.«

Sarah hätte am liebsten geweint. Der Himmel allein wusste, wie viele Tränen schon an diesem schäbigen alten Tisch vergossen worden waren. Harris reichte ihr eine offene Schachtel mit Papiertüchern und wartete, bis sie sich die Nase geputzt und frischen Lippenstift aufgetragen hatte.

»Vielen Dank, Lieutenant. Und jetzt erwartet man von mir, dass ich die Leiche freigebe und das Begräbnis arrangiere. Das stimmt doch, oder?«

Harris räusperte sich. »Ähm – es ist mehr als nur das. Der Gerichtsmediziner ist noch nicht bereit, die Leiche freizugeben, weil er immer noch nicht sicher ist, woran sie gestorben ist. Sie wurde zwar unten im Hof gefunden, aber es weist einiges darauf hin, dass sie möglicherweise eine Weile in einer der Sänften oben auf dem ersten Balkon zugebracht hat. Wissen Sie, was ich meine?«

»O ja.« Sarah versuchte, kühl und sachlich zu klingen, damit ihr nicht wieder die Tränen kamen. »Ich bin einmal in einer dieser Sänften eingeschlafen, als ich eigentlich Wache hätte halten sollen. Es war an dem Abend, als Max und Cousin Brooks zwei alternde Hippies, die gerade den großen Tizian stehlen wollten, auf frischer Tat ertappten. Sie hatten keine Ahnung, dass es in Wirklichkeit kein Tizian, sonder ein Tawne war. Die arme Dolores hat das Bild immer für ihr Meisterwerk gehalten, womit sie sicher Recht hatte. Es ist wirklich eine außerordentliche Leistung.«

»Aber das Original haben Sie nie gefunden.«

»Wir sagen niemals nie. Der Tizian war ungefähr das letzte Bild, das ›aufgehoben‹ werden sollte, wie Dolores sich auszudrücken pflegte. Nachdem die Bombe hochgegangen war, erwies sich Dolores als sehr kooperativ. Sie gab bereitwillig Auskunft darüber, wann die jeweiligen Gemälde aus dem Museum entfernt worden waren. Dadurch war es leichter, die verschwundenen Kunstwerke aufzuspüren. Ich kann einfach nicht glauben, dass sie tot ist. Hat der Gerichtsmediziner denn gar keine Idee, woran sie gestorben sein könnte?«

»Er hat etwas über eine mögliche Hirnverletzung gesagt, aber weiter konnte er nichts …«

»Hirnverletzung?« Sarah verspürte ein unangenehmes Kribbeln auf der Kopfhaut. »Hat er vielleicht zufällig eine winzige Wunde bemerkt, kaum größer als den Einstich einer Nadel? Unten an der Schädelbasis?«

»Moment mal! Worauf wollen Sie hinaus?«

»Schauen Sie sich das mal an.« Sarah griff in Theonias Tragetasche und zog den Plastikbeutel mit der Hutnadel und dem Umschlag heraus. »Das wurde beim Portier abgegeben, während ich in der Mittagspause war. Wie Sie sehen, ist der Umschlag fehlerhaft adressiert, aber wir sind an derartige Post gewöhnt.« Sie schüttelte die Hutnadel aus dem zerrissenen Umschlag. »Was halten Sie davon?«

Harris war kein bisschen beeindruckt. »Ich sehe nur ein Stück Stahldraht.«

»Schauen Sie mal genauer hin, aber berühren Sie die Spitze nicht.« Sarah schilderte Harris kurz Theonia Kellings Suche nach der perfekten Hutnadel. Harris blieb weiterhin unbeeindruckt.

»Sie wollte also eine Hutnadel, und jetzt hat sie eine. Wenn Sie mich fragen, würde ich sagen, eine von Mrs.

Kellings Freundinnen hat versucht, ihr eine Freude zu machen.«

Nach allem, was an diesem Tag passiert war, hatte Sarah wenig Lust, sich von oben herab behandeln zu lassen. »Ich glaube nicht, dass diese Hutnadel als Geschenk gedacht war, Lieutenant. Erstens ist sie hässlich und in einem beklagenswerten Zustand. Zweitens deuten die kleinen schwarzen Perlen, die noch übrig geblieben sind, darauf hin, dass die Hutnadel ursprünglich für eine trauernde Witwe gedacht war. Eine Tatsache, über die man besser keine Witze macht. Drittens sieht das Zeug, mit dem die Nadelspitze beschmiert ist, meiner Meinung nach aus wie – ich dachte zuerst, es könnte vielleicht Ketchup oder etwas Ähnliches sein, aber inzwischen – ugh!«

Harris wusste, was »Ugh!« zu bedeuten hatte, wenn er es hörte, und machte ihr schleunigst den Weg frei. »Erst rechts, und dann um die Ecke.«

Sarah schaffte es gerade noch bis zur Toilette. Sieben oder acht Minuten später kehrte sie zurück, zittrig und immer noch ein wenig grün um den Mund. Charles stand schon parat, in der einen Hand einen Pappbecher, in der anderen eine offene Coladose.

»Am besten, Sie setzen sich, Moddom. Ich weiß zwar, dass Sie dieses Zeug hassen, aber es ist gut für den Magen.«

Sarah beäugte den bereits gefüllten Becher misstrauisch, erschauerte und wandte sich ab. Doch Charles ließ sich nicht beirren. Schließlich überwand sie sich und trank, zuerst einen Schluck, dann einen zweiten. Charles und Harris beobachteten sie dabei wie zwei männliche Glucken. Es gelang ihr, die Cola bei sich zu behalten und noch ein wenig mehr zu trinken.

»Vielen Dank, Charles, es geht mir wieder besser. Ich sollte vielleicht anmerken, dass ich gerade die veröffentlichten Tagebücher von Amelia Peabody Emerson lese. Sie war eine wirklich bemerkenswerte Archäologin im späten viktorianischen und frühen edwardianischen Zeitalter. Sie führte ein unglaublich abenteuerliches Leben und war auch unter dem Namen Sitt Hakim bekannt, was Ärztin bedeutet. Obwohl sie nie Medizin studiert hatte. An einer Stelle erwähnt sie ganz nebenbei, wie leicht es sei, den perfekten Mord zu begehen. Und zwar mit einer Hutnadel, die man dem Opfer in die Schädelbasis bohrt. Hutnadeln waren damals genauso notwendig für die Garderobe einer Frau wie Stiefelknöpfer oder Handschuhspanner. Das Haar des Opfers würde die winzige Wunde verdecken, und wenn die Nadel direkt ins Rückenmark dringt, ist das Opfer auf der Stelle …«

Sarah musste eine Pause machen und noch einen Schluck Cola trinken. »Sehen Sie, die wenigsten Menschen denken heutzutage noch an so eine Hutnadel, und noch weniger besitzen eine. Vielleicht möchten Sie dem Gerichtsmediziner davon erzählen und die Nadel genauer untersuchen lassen. Vielleicht gib es ja Spuren von …«

Harris griff hastig nach der Coladose. »Ganz ruhig, Mrs. Bittersohn. Möchten Sie vielleicht noch etwas trinken?«

»Nein, vielen Dank.« Sarah stieß einen Seufzer aus, der so tief war, als käme er geradewegs aus ihren nassen Füßen. »Ich will endlich nach Hause und mich ein bisschen hinlegen.«

Kapitel 8

»Sind Sie sicher, dass Sie sich gut genug dazu fühlen?«

Sarah kannte den Grund für die übertriebene Fürsorge. »Machen Sie sich keine Sorgen, Lieutenant, ich werde Mr. Redfern morgen früh sofort anrufen. Sobald er mir erklärt hat, was ich als Testamentsvollstreckerin zu tun habe, werde ich die Sache angehen. Die Hausverwaltung will sicher, dass Mrs. Tawnes Atelier so schnell wie möglich geräumt wird. Wahrscheinlich gibt es bereits eine Warteliste mit Interessenten.«

»Fenway Studio Building, richtig? Wissen Sie, wo es ist?«

»O ja, ich war schon ein paar Mal dort. Haben Sie die Schlüssel in ihrer Handtasche gefunden?«

»Die Frau hatte einen Riesenschlüsselbund. Ich werde veranlassen, dass jemand sich darum kümmert und Ihnen den richtigen Schlüssel heraussucht. Sagen Sie mir einfach Bescheid, sobald Sie mit dem Anwalt gesprochen haben.«

»Falls es Ihnen zu viel Umstände bereitet, könnte der Hausverwalter mich vielleicht auch so hereinlassen. Vorausgesetzt, das Atelier ist nicht versiegelt und ich habe eine schriftliche Vollmacht von Ihnen und Mr. Redfern. Aber darum können wir uns auch morgen noch kümmern. Sie haben unsere Büronummer. Ich werde wahrscheinlich nicht da sein, aber Charles kann Ihre Nachricht zu Hause entgegennehmen. Sind wir fertig zum Aufbruch, Charles?«

»Alles startklar. Hier geht es nach draußen, nicht wahr?«

Sarah war erleichtert, wieder an der frischen Luft zu sein, auch wenn die Ozonwerte wahrscheinlich hoch genug waren, um einen Kanarienvogel umzubringen. Die Stoßzeit hatte begonnen. Die Straßen waren verstopft mit Fahrzeugen, die versuchten, zum Storrow Drive oder zur Autobahn zu gelangen. Der Regen machte die ganze Situation wie üblich noch schlimmer. Heimwärts strebende Büroangestellte hasteten zu den

U-Bahn-Eingängen, verstopften die Bürgersteige, marschierten ohne Rücksicht auf andere, die genauso nass, müde, hungrig und rücksichtslos wie sie selbst waren, einfach über die Straße und durch den zähfließenden Verkehr.

Zu versuchen, sich ein Taxi heranzuwinken, wäre absolut sinnlos gewesen. Sarah und Charles schlossen sich der hastenden Menge an und strebten in Richtung Common. Charles schaffte es wunderbarerweise, seine Dienstherrin und sich zu beschirmen, ohne dabei jemandem das Auge auszustechen. Einige hoffnungsvolle Seelen hatten Schutz in Hauseingängen gesucht und warteten darauf, dass der Regen nachließ, was er allem Anschein nach jedoch nicht zu tun gedachte. Es würde sicher die ganze Nacht hindurch regnen. Sarah hätte es den Leuten sagen können, sie kannte sich aus mit dem Wetter, schließlich war sie am Meer groß geworden. Es gab nichts, aber auch absolut gar nichts, was man jetzt tun konnte. Es blieb einem nichts anderes übrig, als die Fluten grinsend zu ertragen oder mit finsterer Miene die Art von Flüchen auszustoßen, die Tante Appollonia Kelling zu sofortiger Gegenwehr aktiviert hätten. Tante Appie pflegte Fluchende freundlich darauf aufmerksam zu machen, dass es doch so viele wunderschöne Wörter gebe und es für die Betreffenden sehr, sehr viel besser wäre, einige davon zu lernen.

Das Ergebnis von Appies Bemühungen bestand meist darin, dass sie selbst einige neue Ausdrücke lernte, deren Bedeutung ihr zwar verschlossen blieb, von denen sie jedoch befürchtete, dass sie nicht sehr nett waren. Dennoch ließ sie sich in ihrem Entschluss, durch ihr heiteres Gemüt jede Ecke, in der sie sich zufällig aufhielt, zu erhellen, von niemandem beirren. Sarah verspürte einen Anflug von Erleichterung darüber, dass ihre Tante jetzt nicht hier war. Sie selbst war jedenfalls nicht in der Stimmung, irgendwelche Ecken zu erhellen. Besonders nicht die des Idioten, der plötzlich aus einem Hauseingang stürzte, als sie gerade vorbeiging, und sie so heftig anrempelte, dass sie gegen Charles fiel. Dies hatte zur Folge, dass er beinahe seiner

Würde und seiner Kontrolle über den Kelling-Schirm verlustig gegangen wäre.

»Tut mir leid, Charles, aber der Mann hat mich absichtlich angerempelt. Meinen Sie, es war ein Handtaschendieb?«

Es stand einem Butler zwar nicht an zu lächeln, doch Charles tat es trotzdem. Die Handtasche, die Sarah bei sich trug, hatte Max speziell für sie anfertigen lassen. Es war eine moderne Version des soliden alten Boston Bag, mit einem gewaltigen Messingschloss, Lederriemen, die um die Tasche liefen und mit Messingschnallen befestigt waren, und Griffen, die so stark waren, dass sie selbst einem sich aufbäumenden Mustang standgehalten hätten.

»Ich möchte dazu anmerken, Moddom, dass jeder, der versuchen sollte, Ihnen diesen Koffer zu entwenden, entweder einen Schneidbrenner oder eine Kettensäge benötigt. Der Rüpel hat Sie doch nicht etwa verletzt?«

»Nein, aber erschreckt. Charles, ich glaube, wir sollten die U-Bahn nehmen.«

»Aber es ist doch nur eine Haltestelle von Boylston bis Park. Und wir müssen immer noch die Beacon Street runter bis zur Tulip Street gehen.«

»Das weiß ich selbst. Tun Sie mir doch bitte den Gefallen, ja? Haben Sie Münzen für die Drehkreuze dabei?«

»Haufenweise. Wäre es anmaßend von mir zu fragen, wo wir hinfahren?«

»Das ist völlig egal. Ich glaube nur, wir sollten fahren. Wir nehmen die erste Bahn, die wir kriegen.«

Sarah verstand selbst nicht, warum sie sich so exzentrisch gebärdete. Die persönlich abgegebene Hutnadel und das Loch in der Wand und in einem von Brooks' Telefonbüchern so kurz nach Dolores Tawnes mysteriösem Tod waren für einen Tag mehr als genug. Sie hatte keine Lust, von der Person, die sie gerade so rücksichtslos angerempelt hatte, bis nach Hause verfolgt zu werden.

Die Geschäftsadresse der Detektivagentur Bittersohn war leicht herauszufinden. Man brauchte nur ein Bostoner Telefonbuch auf der richtigen Seite aufzuschlagen und nachzuschauen. Außerdem stand der Name auf der Tafel in der Lobby. Jemand konnte an der Rezeption gestanden haben, als sie von ihrer Mittagspause zurückgekommen war, und gesehen haben, wie sie den Umschlag mit der Hutnadel darin entgegengenommen hatte. Er konnte auch gehört haben, wie der Portier sie mit ihrem Namen angeredet hatte. Vielleicht war man ihr und Charles sogar bis zur Polizeistation gefolgt. Vielleicht beschattete sie der angebliche Kurier immer noch, weil er auf diese Weise herauszufinden hoffte, wo sie wohnte.

Andererseits war es natürlich auch möglich, dass die betreffende Person, ob Mann oder Frau, dies nicht tat. Was bezweckte sie damit, zusammen mit Charles solch ein Verwirrspiel zu veranstalten? Schließlich waren sie nur zwei Regenmäntel unter vielen. Sarah war absolut nicht danach zumute, sich in einen gnadenlos überfüllten Zug zu quetschen und wieder hinauszukämpfen, wenn er irgendwo hielt, wo sie eigentlich gar nicht hinwollte. Die Treppe, die sie hinuntersteigen mussten, war bereits eine Belastungsprobe. Ganz zu schweigen von der drängelnden Menschenmenge, die sie so rücksichtslos durch das Drehkreuz schob, dass sie beinahe auf den Gleisen gelandet wäre.

Wunderbarerweise hielt eine Riverside Bahn genau an der richtigen Stelle und spuckte genug Körper aus, so dass Charles Sarah mit Hilfe einiger geschickter Ausfälle mit dem inzwischen zusammengefalteten Schirm auf einen der wenigen leeren Plätze manövrieren konnte. Er selbst hängte sich wie eine Klette an einen der Haltegriffe hinter ihr. Sarah hörte auf zu denken und ließ sich von den Wellen der Müdigkeit hinwegschwemmen. Sie kam erst wieder zu sich, als die Frau auf dem Fenstersitz ein Danielle-Steele-Taschenbuch in ihre bereits überquellende Tragetasche stopfte und versuchte, sich an ihr vorbeizuzwängen.

»Entschuldigen Sie bitte, aber ich möchte gern aussteigen.«

»Oh, tut mir leid.« Sarah stand auf, um die Frau vorbeizulassen, wobei sie feststellte, dass sie den Tunnel gerade verließen und in die Station Brookline Village einfuhren. Eigentlich hatte sie in Kenmore umsteigen wollen, um ihre Spur noch mehr zu verwischen. Mit ihren Kriegslisten war es nicht weit her.

Aber wenigstens wusste sie jetzt, wo sie waren. Die Haltestelle war genauso gut wie jede andere auch. Sie war mit Max in der Nacht, als die Geschichte in Madam Wilkins' Palast passiert war, hier gewesen. Sie hatten in einem Taxi gesessen und folgten einem anderen Taxi, in dem Lydia Ouspenska und ein betrunkener Pianist namens Bernie saßen. Es war das erste Mal gewesen, dass sie jemand leidenschaftlich in einem Taxi geküsst hatte.

Oder sonst irgendwo, wenn sie ganz ehrlich war. Die Zärtlichkeiten ihres sehr viel älteren Mannes waren bei den seltenen Malen, an denen er sie in den Genuss hatte kommen lassen, so keusch gewesen, dass sie eher eine Novizin in einem Kloster als eine verheiratete Frau hätte sein können. Der arme Alexander. Wie merkwürdig, dass er ihr ausgerechnet jetzt einfiel. Sie ergriff den Arm, den ihr Charles anbot, nicht um der guten alten Zeiten willen, sondern weil es ein steiler Tritt nach unten war, und sie sich immer noch unsicher auf den Beinen fühlte.

Nachdem er sie unbeschadet aus der Bahn geleitet hatte, stellte Charles die verständliche Frage: »Und wo gehen wir jetzt hin?« Er hatte vergessen, sein Moddom hinzuzufügen. Vielleicht wurde er es allmählich leid, den treuen Diener zu spielen. Sarah konnte es ihm nicht verdenken.

»Sie kennen sich doch hier im Village aus, Charles. Wo kann man hier etwas zu trinken und etwas Anständiges zu essen bekommen? Am liebsten ruhig, nicht zu exotisch oder ausgefallen und in der Nähe.«

»Schon verstanden. Folgen Sie mir vertrauensvoll. Hier lang geht's zu Ruhe und Frieden.«

Sarah war relativ selten hier gewesen, hatte jedoch jedes Mal den Eindruck gehabt, dass Brookline Village ein angenehmer Ort sei. Charles wusste genau, was sie gemeint hatte. Wenige Minuten später kehrten sie in ein freundliches Bistro ein und schälten sich aus ihren Regenmänteln. Charles schien mit allen drei Serviererinnen und den meisten Gästen auf freundschaftlichem Fuß zu stehen. Jetzt stellte sich nur noch die Frage, was sie trinken sollten. Sarah trank normalerweise nichts Stärkeres als Weißwein oder ein Gläschen von dem Sherry, der in ihrer ehemaligen Pension zum Dinner-Ritual gehört hatte. Charles hatte ihn damals in riesigen Flaschen zu Spottpreisen erstanden und in Waterford-Kristall-Karaffen serviert, um dem Ganzen ein wenig Eleganz zu verleihen, da man den Geschmack kaum verbessern konnte. Heute Abend jedoch bestellte sie Scotch mit Soda.

»Aus medizinischen Gründen«, erklärte sie, während sie ihre nassen Schuhe unter dem Tisch abstreifte, in der Hoffnung, sich unbemerkt wieder hineinzwängen zu können, bevor sie sich auf den Heimweg machten. »Ich bin immer noch nicht sicher, warum ich uns in diese Sache hineingezogen habe, Charles. Irgendetwas stimmte nicht mit diesem Mann eben – ich bin sicher, dass es ein Mann war, fragen Sie mich bitte nicht, warum – und der Art, wie er mich angerempelt hat. Er hat mich an jemanden erinnert. Ich weiß nur nicht, an wen. Ich wollte, ich hätte den Kurier gesehen, der die Hutnadel abgegeben hat.«

»Es ist wahrscheinlich besser so.«

Die Getränke kamen, die Serviererin schwebte herbei. Charles bestellte das Spezialmenü, was immer es sein mochte, ohne auch nur einen Blick auf die Speisekarte zu werfen. Sarah entschied, dass einfacher gegrillter Kabeljau für ihren ohnehin gereizten Magen genau das Richtige wäre, und nippte vorsichtig an ihrem verwässerten Scotch.

»Wahrscheinlich reagiere ich einfach nur auf die – ach, die ganze Situation. Den merkwürdigen Tod von Dolores Tawne. Dass ich ihre Testamentsvollstreckerin bin. Bitte erinnern Sie mich daran, dass ich Mr. Redfern morgen früh um zehn anrufe.

Um diese Zeit kommt er nämlich in seine Kanzlei. Wie furchtbar, dass ich diese schreckliche Szene vor Lieutenant Harris gemacht habe. Vielleicht habe ich danach völlig überreagiert, aber ich konnte es einfach nicht über mich bringen, sofort zurück nach Hause zu gehen.«

Sarah und Charles sprachen sehr leise. Als die Serviererin mit Salat und warmen Brötchen erschien, wechselten sie das Thema und unterhielten sich wieder in normaler Lautstärke.

»Haben Sie schon etwas von Mariposa gehört, Charles?«

»Ja, sie hat gegen Mittag angerufen. Sie haben da unten natürlich einen Zeitunterschied, ich glaube, sie sind uns ein paar Stunden voraus. Die Tante ist inzwischen gestorben und hat ihr etwas hinterlassen. Ich habe nicht verstanden, was genau es war, eine Ziege oder eine Liege oder was weiß ich. Sie kennen ja Mariposa, wenn sie aufgeregt ist und in zwei Sprachen gleichzeitig redet. Ich habe nur etwa jedes sechste Wort verstanden. Aber *›hasta la vista‹* habe ich genau gehört. Und ich hoffe sehr, dass es ihr damit ernst war. Übrigens möchte sie, dass Sie bei ihr anrufen.«

»Hat sie gesagt, wann?«

»*Mañana*, was sowohl heute Abend als auch morgen oder irgendwann, wenn Sie dazu in Stimmung sind, bedeuten kann. Sie hat mir die Telefonnummer gegeben. Ich werde sie Ihnen aufschreiben, wenn wir wieder zu Hause sind.«

Ein einsamer weiblicher Gast am Nebentisch begann Zeichen von Interesse zu zeigen. Charles zwinkerte Sarah zu und begann zu improvisieren.

»Wollen Sie immer noch heute Abend nach Bimini fliegen? Oder sollen wir es mit dem Marionettentheater versuchen?«

»Das muss ich mir noch überlegen«, erwiderte Sarah. »Wissen Sie schon, dass George Junior eine Riesengeburtstagsparty für Anora plant? Er wird Sie sicher wegen des Caterings anhauen.«

»Klingt lustig. Wann soll denn das Fest stattfinden?«

»Wenn George die Zeit dazu findet, nehme ich an. Sie kennen ihn ja, er ist ganz wie sein Vater. Sehen Sie jetzt nicht hin, Charles, die üppige Blondine da vorn versucht, Ihnen schöne Augen zu machen.«

»Ach die. Das versucht sie schon die ganze Zeit.« Charles schüttelte seine ureigenen blonden Locken und beglückte seine Verehrerin mit einem sirupsüßen Lächeln. »Ich werde ihr sagen, Sie wären meine reiche Tante. Aus Brasilien, wo die Nüsse herkommen.«

»Von mir aus können Sie ihr erzählen, was Sie wollen. Aber erwarten Sie bloß nicht, dass ich die Scherben aufsammele, wenn Mariposa Ihnen auf die Schliche kommt.«

Sie führten ihre unverfängliche Plauderei fort und ließen hin und wieder ein paar falsche Informationen fallen, für den Fall, dass einer der anderen Gäste vielleicht Sarahs verkleideter Angreifer sein könnte. Sie wurden immer alberner. Der Scotch tat das seine dazu, doch Sarah hielt es für besser, keinen weiteren zu bestellen. Perfekt gegrillter Kabeljau mit Reis und Zucchini waren die beste Medizin für jemanden, der vor kurzem sein Mittagessen verloren hatte. Das Restaurant war genauso angenehm wie das Essen, anheimelnd, aber nicht kitschig, sauber und gemütlich. In den Vasen standen echte Blumen, und es gab echte Kerzen, von denen echtes Wachs auf die Untertassen unter den Kerzenhaltern tropfte. Sie nahmen sich Zeit und genossen ihre Mahlzeit.

Als grandioses Finale bestellte sich Charles ein üppiges Dessert, irgendetwas Süßes, Weiches mit Schlagsahne, Nüssen, Kirschen und diversen anderen Schleckereien, die Sarah lieber nicht anschaute, während sie mit ihrer bescheidenen Kugel Limonensorbet spielte. Charles bestellte sich Kaffee, Sarah Tee. Charles klebte sich einen schmucken blonden Schnäuzer und einen dazu passenden schmucken Vandyke-Bart an. Sarah schlüpfte in ihre immer noch feuchten, aber nicht mehr ganz so quietschnassen Schuhe. Sie kabbelten sich mit Rücksicht auf

Charles' Publikum ein bisschen wegen der Rechnung. Doch im Grunde war gleichgültig, wer bezahlte. Die Kosten gingen ohnehin auf das Spesenkonto des Büros. Sie warfen eine Münze, woraufhin Charles Sarah großzügig erlaubte, die Rechnung zu begleichen.

Schließlich zogen sie ihre Regenmäntel wieder an, wagten sich erneut in die vor Menschen wimmelnde Nacht hinaus und überlegten lautstark, ob sie sich lieber ein Taxi zu Georges Haus nehmen oder mit der U-Bahn nach Chestnut Hill fahren sollten, um Mary einen Überraschungsbesuch abzustatten und ihr Charles' wunderschönen neuen Bart vorzuführen. Inzwischen war Sarah alles egal. Sie ließ sich von Charles in das Taxi helfen, das der Kellner freundlicherweise für sie bestellt hatte, und überließ es ihm, dem Fahrer mitzuteilen, wohin sie zu fahren gedachten.

Charles entschied sich für einen Feinkostladen in Allston, wo er genug Pastrami, Salami, Corned Beef, Gehackte Leber, Roggenbrot und koschere Pickles kaufte, um ihr leibliches Wohl für den Rest der Woche zu sichern. Dann fuhren sie zurück nach Brookline, bezahlten den Fahrer und sprangen schnell in eine Bäckerei, um dort Croissants und Käseteilchen zu kaufen. Der Fahrer hatte anscheinend nicht bemerkt, dass Charles im Taxi seinen hübschen Vandyke-Bart durch einen buschigen schwarzen Bart ersetzt und sich einen exotischen schwarzen Regenhut übergestülpt hatte, der vorn spitz zulief und hinten einen kleinen Vorhang hatte, so dass er an die Kopfbedeckung eines Fremdenlegionärs erinnerte. Vielleicht hatte es ihn auch schlichtweg nicht interessiert.

Charles hatte außerdem aus der Tasche seines Regenmantels einen geschmacklosen bunten Schal gezogen, der Mariposa gehörte. Sarah hatte ihn sich um den Kopf geschlungen und so tief wie irgend möglich ins Gesicht gezogen. Ihre auffällige Handtasche war nicht mehr zu sehen. Sie steckte gemeinsam mit den Teilchen und Croissants in der Tragetasche. Sarah und Charles standen an den Gleisen unter dem Schirm. Eine zu drei Viertel leere Bahn mit der Aufschrift »North Station« hielt neben ihnen. Sie kletterten hinein und setzten sich mehrere Sitze voneinander entfernt in entgegengesetzte Fahrtrichtung, und zwar nicht nur, weil sie nicht auffallen wollten, sondern auch, weil Sarah im Taxi gemerkt hatte, dass ihr angeschlagener Magen den Geruch von Salami aus nächster Nähe momentan nicht verkraften konnte.

Park Street Station erschien ihnen wie Mekka. Sie stiegen die Treppe hoch, überquerten die Beacon Street, glitten hinter das State House und durch schmale Seitenstraßen, bis sie schließlich eine stabile, grün gestrichene Holztür erreichten, die zunächst in Cousin Brooks winzigen Garten und dann zum Eingang des Kellingschen Backsteinhauses führte. Alles in allem war es ein ziemlich ereignisreicher Tag gewesen.

Kapitel 9

Zu ihrer eigenen Überraschung schlief Sarah lange und wachte erfrischt auf. Charles hatte Kaffee gekocht, und die Croissants waren schon warm, als sie die Küche betrat, dezent von Kopf bis Fuß in einen bodenlangen Morgenmantel mit Kapuze gehüllt, der in unterschiedlichen Pink- und Rottönen gewebt war. Dazu trug sie passende Hausschuhe aus weichem roten Leder, die Max ihr aus einem marokkanischen Bazar mitgebracht hatte. Sie ließ sich von Charles Kaffee einschenken, ein Croissant, Butter und Aprikosenkonfitüre reichen, und sagte ihm dann, er solle sich um Gottes willen endlich hinsetzen und essen.

»Sehr wohl, Moddom. Ich wollte eigentlich noch die Morgenzeitung für Sie bügeln, doch ich habe mich von der Witzseite ablenken lassen.«

»Das macht nichts. Die Zeitung ist noch von gestern, und ich habe ohnehin keine Zeit, sie zu lesen. Zuerst muss ich Miriam anrufen und herausfinden, ob Davy noch kein Heimweh hat. Und dann ziehe ich mich an und gehe zu Mr. Redfern. Wahrscheinlich muss ich irgendwelche Papiere unterzeichnen. Ich war noch nie Testamentsvollstreckerin. Die arme Dolores! Sie geht mir gar nicht mehr aus dem Kopf.«

»Sie sollten ein Teilchen essen«, schlug Charles vor.

»Ich werde darüber nachdenken. Haben Sie heute Morgen schon den Anrufbeantworter abgehört?«

»Das habe ich. Wünschen wir eine hochwertige Aluminiumverkleidung für das Haus zu erstehen, die momentan zu einmaligen Sonderpreisen angeboten wird?«

»Nein, heute nicht, vielen Dank. Ist noch Kaffee da?«

»*Si, Señora.* Darf ich die Nachfrage als Kompliment für meine kulinarischen Bemühungen verstehen?«

»Das dürfen Sie verstehen, wie Sie wollen. Schenken Sie mir einfach noch eine halbe Tasse ein, und trinken Sie den Rest selbst. Und gehen Sie um Gottes willen zu Fuzzley's, sobald Sie die Zeit dazu finden, und lassen Sie sich dort einen neuen Bart machen. Das scheußliche Gestrüpp, das Sie sich gestern Abend angeklebt haben, sah aus, als hätten die Spatzen darin genistet.«

»Ich bin zutiefst verletzt. Sie hätten wenigstens Wellensittiche sagen können. Wellensittiche haben immerhin eine gewisse Klasse. Dann wünschen Sie also, dass ich heute Morgen zu Fuzzley's gehe?«

»Selbstverständlich nicht. Ich wünsche, dass Sie hier die Küche aufräumen und sich um das Telefon kümmern. Lieutenant Harris ruft vielleicht an, während ich weg bin, und dann müssen Sie mit ihm sprechen. Ich habe keine Ahnung, was mit Dolores Tawnes Sachen aus dem Atelier geschehen soll oder ob sich inzwischen irgendwelche Erben gemeldet haben. Möglicherweise benötige ich Sie auch später noch als Chauffeur.«

Sarah schnitt sich ein kleines Stück von einem der Teilchen ab und schob den Rest Charles hin. »Hier, das ist für Sie. Ich muss unbedingt herausfinden, wie es am See läuft.«

Miriam erwartete Sarahs Anruf bereits, oder behauptete dies zumindest. Es war alles in Butter. Davy war dabei, sich zu einem erfolgreichen Fischer zu entwickeln. Er hatte bereits eine lebende Elritze in sein Netz gelockt, sie allen gezeigt, vorsichtig wieder ins Wasser gleiten lassen und ihr zum Abschied zugewunken, als sie davonschwamm. Er erzählte seiner Mutter, dass er die Elritze heute wieder fangen wolle, weil sie so nett sei und ihn gern habe.

Sarah erinnerte ihren Sohn daran, dass es im See noch viele nette Elritzen gebe, und dass sich heute vielleicht eine andere gern von ihm fangen lassen würde. Dann nahm Ira Davy mit nach draußen, um sich nach passenden Stellen für mögliche Sandburgen umzusehen. Sarah erzählte Miriam, dass ihr die zweifelhafte Ehre zuteil geworden sei, von Dolores Tawne als Testamentsvollstreckerin eingesetzt worden zu sein, und dass sie sich sehnlichst wünsche, Max würde endlich nach Hause kommen. Sie erwähnte weder die geheimnisvolle Hutnadel noch das Loch, das jemand in die Bürowand gebohrt hatte, als sie ganz allein dort gewesen war. Warum sollte sie die Rivkins in Unruhe versetzen, wenn sie sich so wohl fühlten?

Nachdem sie sich den Luxus gegönnt hatte, noch ein paar Minuten zu plaudern, teilte sie Miriam mit, dass sie sich jetzt wohl besser anziehen sollte. Schließlich musste sie endlich herausfinden, was Mr. Redfern zu sagen hatte, auch wenn es sicher nichts war, was sie gerne hören wollte. Sie versprach weitere Bulletins, sobald es wieder etwas zu berichten gab, nannte Miriam einen Engel, was gar nicht so weit von der Wahrheit entfernt war, und machte sich bereit, das zu tun, was getan werden musste.

Das blaue Seidenjackett, das sie bei den Turbots getragen hatte, war sicher auch das Richtige für einen Besuch bei einem Rechtsanwalt, der immer noch in gestärkten Hemden herumlief, eine perlenverzierte Krawattennadel trug und dessen Schreibtisch ein gefülltes Tintenfass zierte. Auch wenn Sie die Mündelgelder, die ihr Vater für sie angelegt hatte, inzwischen selbst verwaltete und mit einem Mann verheiratet war, der ihr bereitwillig den Mond vom Himmel holen würde, wenn sie genug Platz dafür hätten, erfüllte sie die Vorstellung, dass sie dem pedantischen alten Mr. Redfern nie mehr in einem abgelegten Kleid ihrer verstorbenen Mutter entgegenzutreten brauchte, immer noch mit Freude. Sie legte die schlichte, aber echte antike Perlenkette ihrer verstorbenen Mutter an, borgte sich eine Mohairstola von Theonia, denn der gestrige Sturm hatte der Luft eine herbstliche Kühle verliehen, und überließ Charles sich selbst.

Die Kanzlei befand sich im Finanzdistrikt, also nur einen angenehmen Morgenspaziergang entfernt für eine gesunde junge Frau, die damit aufgewachsen war, die gewundenen Straßen Bostons zu meistern. Angeblich hatten sie die Kühe der ersten

Siedler angelegt, als sie für ihr gemeinschaftliches Grasen nach unten mäanderten. Da Pünktlichkeit zu den Tugenden der Könige und Kellings gehörte – zumindest galt das für einige von ihnen – fand sich Sarah wie verabredet pünktlich um halb elf bei Redfern ein. Seit ihrem letzten Besuch, der einige Zeit zurücklag, hatte sich in der Kanzlei nichts verändert. Es hatte sich bisher noch nie etwas verändert, und Sarah vermutete, dass dies auch in Zukunft so bleiben würde. Miss Tremblay, die zu unterschiedlichen Zeiten schon mindestens drei Kelling-Generationen in diesen Wänden begrüßt hatte, erhob sich von dem Drehstuhl hinter ihrem schlichten Schreibtisch und begrüßte Sarah mit dem üblichen Ritual: einem angedeuteten Nicken, einem flüchtigen Lächeln und einem einigermaßen herzlichen »Guten Morgen, Mrs. Bittersohn.«

Da es Dienstag war, trug Mrs. Tremblay ein dunkelbraunes Kleid. Montags wäre es ein pflaumenblaues Kleid gewesen. Mittwochs trug sie Marineblau, donnerstags Jägergrün, freitags Schiefergrau. Sämtliche Kleider wurden von Miss Tremblay höchstpersönlich nach haargenau demselben Muster genäht. Keines zeigte auch nur ein Fältchen, ganz zu schweigen von einem Fleckchen. Jedes hatte seinen eigenen handgehäkelten Spitzenkragen. Violett für montags, Beige für dienstags, Himmelblau für mittwochs, Laubgrün für donnerstags, und Silbergrau für freitags. Was sie an ihren Wochenenden zu tragen pflegte, hatte bisher noch kein Kelling herausfinden können.

Am Kragen trug sie stets eine wirklich gute antike goldene Anstecknadel, die mit kleinen Perlen und drei winzigen, aber hochwertigen Saphiren verziert war. Wahrscheinlich ein Familienerbstück. Ihr grau meliertes Haar hatte sie im Nacken zu einem Knoten zusammengebunden, der von Permutthaarnadeln und einem fast unsichtbaren Haarnetz zusammengehalten wurde. Sie duftete äußerst dezent nach Veilchen-Körperpuder. Sie trug solide Schnürschuhe mit flachem Absatz, dazu Strümpfe in dunklem Maulwurfsgrau, die weder durchsichtig noch durchscheinend waren. Man konnte den Eindruck gewinnen, sie habe irgendwann in ferner Vergangenheit einmal eine Riesenmenge davon gekauft und versuche immer noch, sie aufzutragen, wogegen natürlich nicht das Geringste einzuwenden war. Miss Tremblay hatte für sich den passenden Stil gefunden und sah keinen Grund, daran etwas zu ändern. Sarah fand sie absolut bewundernswert.

Das Protokoll war Sarah vertraut. Sie lächelte, nicht zu herzlich, und verzichtete darauf, ihrem Gegenüber die Hand zu reichen. »Guten Morgen, Miss Tremblay. Schön, dass die Sonne wieder scheint, nach dem fürchterlichen Regenguss gestern Abend.«

»Ja, es war wirklich schlimm. Aber wenigstens hat der Regen einiges an Schmutz und Unrat von den Bürgersteigen gewaschen. Ich glaube, Mr. Redfern erwartet Sie bereits, Mrs. Bittersohn. Lassen Sie mich nur eben nachsehen, ob er nicht vielleicht gerade telefoniert.«

Auch dies gehörte zum Ritual. Wie üblich schritt Miss Tremblay völlig geräuschlos über den dunkelgrünen strapazierfähigen Teppichboden und öffnete die innere Bürotür genau zwanzig Zentimeter weit. »Mrs. Bittersohn ist hier, Mr. Redfern.«

»Ah, gut, absolut pünktlich. Vielen Dank, Miss Tremblay, Bitte führen Sie Mrs. Bittersohn herein.«

Wie immer öffnete Miss Tremblay die Tür weiter und trat zur Seite. Wie immer schwenkte Mr. Redfern mit einer pedantischen Geste einen Papierstapel durch die Luft. Sarah hatte sich schon oft gefragt, ob er immer denselben Stapel benutzte, weil er ebenfalls zum Ritual gehörte. Wie immer legte er die Blätter ganz gerade auf seine makellose grüne Schreibtischunterlage. Dann erhob er sich halb, um seiner Besucherin über den Tisch hinweg die Hand zu schütteln, statt wertvolle Zeit damit zu verschwenden, um den Tisch herumzugehen.

Obwohl es ihr im Grunde vollkommen schnurzegal war, schoss Sarah der Gedanke durch den Kopf, dass Mr. Redfern bestimmt um den Tisch herumgehen würde, wenn er Cousin Dolph oder Onkel Jem vor sich hätte. Und das trotz der Tatsache, dass Jeremy Kelling vermögenstechnisch die Sünde begangen hatte, sein Kapital anzugreifen, und Adolphus Kelling den größten Teil des riesigen Vermögens, das er von seinem verstorbenen Onkel Frederick Kelling geerbt hatte, dafür verschwendet hatte, eine alte Fabrik am Flussufer in eine viel zu aufwendig gestaltete Pension für bedürftige ältere Mitbürger zu verwandeln.

Doch wie ungeheuerlich ihre Entgleisungen auch waren, Mr. Redfern würde die Familie weiter hoch schätzen. Ein Kelling war und blieb schließlich ein Kelling. Und die meisten Kellings, selbst die oft so wirre Appollonia, waren immer noch vernünftig genug, ihre juristischen Angelegenheiten vertrauensvoll in seine fähigen, konservativen Händen zu legen. Die wahrhaft abscheuliche Art und Weise, in der die verstorbene Caroline Kelling das Vermögen ihres toten Gatten missbraucht hatte, hatte Mr. Redfern aufs Höchste befremdet, was man ihm nicht verdenken konnte. Doch der düsterste aller Tage war angebrochen, als die junge Sarah Kelling jemanden geheiratet hatte, der nicht zur Familie und nicht einmal zu ihrer eigenen Kaste gehörte, und außerdem den Großteil ihrer Rechtsgeschäfte dem Onkel ihres zweiten Mannes, Rechtsanwalt Jacob Bittersohn, übertragen hatte.

Doch Sarah hatte ihren Besitz in der Tulip Street weiterhin in Redferns Händen belassen, daher konnte er bei der Begrüßung gar nicht höflich genug sein. Wie üblich betete er die Litanei von freundlichen Nachfragen nach dem Wohlbefinden der verschiedenen Mitglieder des Kelling-Clans herunter, wobei er die Familie Bittersohn allerdings mit keinem Wort erwähnte, bevor er wie immer die Hände über seinem goldenen Krawattenclip mit der Waage der Justitia faltete und zum geschäftlichen Teil des Treffens überging.

»Nun denn, Sarah.«

Mr. Redfern hatte das einzige Kind des verstorbenen Walter Kelling beim Vornamen genannt, seit die Kleine zum ersten

Mal mit weißen Kniestrümpfen und schwarzen Lackschuhen in seinem Büro erschienen war. Sarah hatte nicht erwartet, dass er diese Gewohnheit aufgeben würde, schließlich fing sie ja auch nicht plötzlich an, ihn James zu nennen. Er räusperte sich, wie immer, und wechselte galant von der Rolle eines alten Freundes der Familie in die eines erfahrenen Mitglieds der Anwaltskammer von Massachusetts.

»Wir scheinen uns hier einen etwas betrüblichen Fall aufgeladen zu haben, Sarah. Sie erinnern sich vielleicht, dass Sie mich vor sechs Jahren, wenn mich mein Gedächtnis nicht täuscht, Mrs. Dolores Tawne, einer Angestellten am Wilkins-Museum, empfohlen haben, da sie ein Testament aufzusetzen gedachte. Die Sache selbst war kaum der Rede wert. Ich habe das Testament ihren Wünschen gemäß aufgesetzt. Wenn ich ganz ehrlich sein soll, habe ich seitdem weder an die Mandantin noch an das Testament gedacht, bis ich gestern Abend um sechs Uhr einen Anruf vom Bostoner Polizeirevier erhielt.«

Mr. Redfern liebte dramatische Pausen, doch Sarah war nicht in Stimmung für Theatralik. »Ja, ich weiß«, sagte sie. »Zwei der Museumswächter haben mich um halb sechs angerufen. Die beiden hatten sie tot im Garten gefunden und wussten nicht, was sie tun sollten. Ich habe ihnen geraten, die Polizei und den Vorsitzenden des Kuratoriums zu benachrichtigen. Was sie anscheinend auch getan haben.«

»Ähm – ja. Ihre Leiche war, wie man mir mitteilte, ins Leichenschauhaus gebracht worden, wie es in solchen Fällen üblich ist. Der Dienst habende Beamte hatte ihre Handtasche am Ort ihres Dahinscheidens geöffnet, da man ihre Adresse festzustellen und etwaige Angehörige zu informieren gedachte, falls sie überhaupt Angehörige hatte. Zum Zeitpunkt des Anrufs hatte man noch keinen nächsten Angehörigen gefunden und suchte nun nach einem Testamentsvollstrecker. Glücklicherweise war ich in der Lage, den Herren Ihren Namen und Ihre Adresse in der Tulip Street zu geben.«

»Aber warum ausgerechnet ich?«

Der Anwalt ging so weit, eine Braue zu heben. »Weil Sie die Testamentsvollstreckerin sind, selbstverständlich. Sarah, ist es denn möglich, dass Mrs. Tawne versäumt hat, zuvor Ihr Einverständnis einzuholen?«

»O ja, und ob das möglich ist. Das passt gut zu Dolores. Ich habe keine Ahnung, warum sie nicht Cousin Brooks eingesetzt hat. Ihn kannte sie sehr viel länger als mich.« Doch damals war er noch nicht mit der schönen Theonia verheiratet gewesen. Auch egal. Man hatte Sarah seit ihrem zwölften Lebensjahr ständig die unmöglichsten Pflichten aufgehalst. Warum sollte sie sich also jetzt aufregen? Irgendjemand musste es schließlich tun, und mal ganz ehrlich, wer sollte es sonst tun?

»Schon gut, Mr. Redfern«, sagte sie. »Was muss ich machen?«

»Ar-rhäm.« Erwartungsgemäß nahm Mr. Redfern, nachdem er sich geräuspert hatte, sein Taschentuch und begann, damit die Gläser seiner Brille zu putzen. Wie üblich sprach er erst wieder, als seine Brille wieder sicher und makellos sauber auf seiner Nase thronte, die aussah wie ein scharfer kleiner Schnabel, sein Taschentuch wieder ordnungsgemäß zusammengefaltet in der Brusttasche steckte und er sämtliche Finger über dem winzigen Emblem der Justitia an seinem Krawattenclip verschränkt hatte.

»Im Prinzip, Sarah, muss der Testamentsvollstrecker – oder, wie in Ihrem Fall, die Testamentsvollstreckerin – zuerst einen Gerichtsbeschluss erwirken, der ihm oder ihr – in diesem Fall Ihnen – die Verantwortung für den Nachlass der Verstorbenen und alles, was damit zusammenhängt, überträgt.«

Ach herrje. »Und wie komme ich an diesen Beschluss?«

»Im vorliegenden Fall liegt dieser bereits vor, dank der – äh – Bemühungen eines übereifrigen Untergebenen aus den Büros von Mr. Elwyn Fleesom Turbot, der es mir auf der Stelle hergebracht hat, nachdem er es von dem Gerichtsangestellten erhalten hatte. Wenn Sie bitte diese Empfangsbestätigung für die Unterlagen unterzeichnen wollen ...«

Wer A sagt, muss auch B sagen, dachte Sarah. Sie nahm den eleganten Goldfüller mit dem kleinen Rubin an der Spitze heraus, den Max ihr geschenkt hatte, um ihrer Buchhaltung einen Anflug von Glamour zu verleihen, und unterschrieb mit ihrem Namen. Mr. Redfern nickte zustimmend.

»Das wäre dann alles, Sarah. Jetzt sind Sie voll und ganz verantwortlich für den Nachlass von Mrs. Tawne, wie immer dieser Nachlass auch aussehen mag. Es müssen noch einige Formalitäten erledigt werden. Man muss beispielsweise nach etwaigen Erben forschen, was ich als Anwalt im Rahmen der Nachlassabwicklung gern für Sie übernehmen werde. Selbstverständlich nur in Ihrem Auftrag und mit Ihrer Zustimmung. Geben Sie mir Ihre Erlaubnis dazu?«

»Natürlich.« Sarah hoffte, dass genug Vermögen vorhanden war, um Redfern für seine Dienste zu bezahlen, doch natürlich bestand immer das Risiko, dass sie selbst die Rechnungen begleichen musste. Nun ja, wie Max' Mutter immer so schön sagt: Was kann man machen? »Sagen Sie mir nur, was ich als Erstes tun muss.«

»Ah, ja. Ihre dringlichste Pflicht besteht darin, eine Entscheidung zu fällen, was mit den – äh – sterblichen Überresten geschehen soll, und das Begräbnis in die Wege zu leiten. Falls Sie ein solches überhaupt für angebracht halten. Alle Kosten, die aufgrund der Einäscherung oder Beerdigung anfallen, werden unmittelbar aus dem Nachlass gedeckt. Es sei denn, Sie entschließen sich, die Kosten selbst zu tragen und sich Ihre Ausgaben erstatten zu lassen, wenn das Testament eröffnet und für rechtskräftig erklärt worden ist sowie der Nachlass freigegeben worden ist. Ich sollte vielleicht noch erwähnen, dass keinerlei Notwendigkeit besteht, auf eigenes Geld zurückzugreifen, da Bestattungsunternehmer daran gewöhnt sind, Kredite zu gewähren.«

»Für wie lange?«

Redfern zuckte mit den Achseln. »Solange wie nötig, ist die beste Antwort, die ich Ihnen auf diese Frage geben kann. Für gewöhnlich etwa ein Jahr. Das bringt uns zu Ihrer nächsten dringlichen Pflicht, die darin besteht, das Original-Testament zu beschaffen. Da Mrs. Tawne die Wahl traf, es selbst zu behalten und uns für unsere Akten nur eine Kopie zur Verfügung zu stellen, gehe ich davon aus, dass sich das Original unter ihren Papieren im Schließfach ihrer Bank befindet, falls ein solches existiert. Sobald Sie das Testament gefunden haben, brauchen Sie nichts weiter zu tun, als es mir zu bringen, und ich werde das Nachlassverfahren in Gang setzen. Wir können davon ausgehen, dass der Richter des Nachlassgerichtes das Testament für rechtens and angemessen erklärt. Jedenfalls kann ich keinerlei Gründe sehen, die dagegen sprechen. Dies dauert für gewöhnlich etwa einen Monat, und danach kann das Nachlassverfahren beginnen. Im Rahmen des Nachlassverfahrens werden alle Verbindlichkeiten gedeckt, bestehende Schulden und Zurückbehaltungsrechte gegen den Erblasser beglichen, beispielsweise Einkommensteuer und dergleichen. Ich hatte nicht den Eindruck, dass Mrs. Tawnes Nachlass sonderlich groß oder kompliziert ist, aber man kann natürlich nie wissen.«

»Da haben Sie völlig Recht«, sagte Sarah. »Wahrscheinlich sollte ich als Erstes zum Polizeirevier gehen und Mrs. Tawnes Schlüssel holen. Darf ich Ihr Telefon benutzen und mich erkundigen, ob dies schon möglich ist?«

»Dies wird nicht nötig sein.« Mr. Redfern arrangierte planlos ein paar weitere Papiere. »Lieutenant Harris hat eine Nachricht auf unserem Anrufbeantworter hinterlassen, aus der hervorgeht, dass die Schlüssel zu Mrs. Tawnes – ähem – Atelier Ihnen ausgehändigt werden, sobald Sie den Gerichtsbeschluss vorlegen. Er hat keine andere Wahl, als Ihnen den Zugang zu gestatten«, fügte der Anwalt ein wenig boshaft hinzu. »Er sagte, Mrs. Tawnes Handtasche und ihre Museumsschlüssel würden als Beweismaterial dort aufbewahrt, ließ sich jedoch nicht genauer über die Gründe aus. Außerdem hat er Mrs. Tawnes Adresse hinterlassen. Sie wohnte …«

»Im Fenway Studio Building in der Ipswich Street«, beendete Sarah seinen Satz. »Ich war schon mehrmals dort. Dann sollte ich mich jetzt wohl auf den Weg zum Polizeirevier machen.«

»Also wirklich, Sarah, es besteht absolut kein Grund, die Sache zu überstürzen. Vielleicht möchten Sie vorher noch eine Tasse Kaffee trinken. Ich bin sicher, Miss Tremblay würde sich freuen …«

Sarah glaubte nicht, dass Miss Tremblay sehr glücklich darüber sein würde, wenn man ihre Morgenroutine durch eine Tasse Kaffee störte. Sie fragte sich, ob der Anwalt ihr dieses freundliche Angebot machte, weil er sich um ihre zarte weibliche Psyche sorgte, oder ob er schlicht und ergreifend neugierig war. »Mr. Redfern«, sagte sie, »Sie versuchen doch wohl nicht etwa, meine empfindsamen weiblichen Nerven zu schonen? Ich war immerhin die Erste, die den Verdacht hatte, Dolores Tawne könne ermordet worden sein. Und zwar mit Hilfe einer altmodischen Hutnadel, die man ihr ins Rückenmark gebohrt hatte. Ich war sogar diejenige, die Lieutenant Harris die Hutnadel übergeben hat, und vorschlug, den Gerichtsmediziner nach einem Einstich im Nacken suchen zu lassen.«

»Also wirklich, Sarah!« Der Hals des alten Anwalts war inzwischen so rot wie der Kehllappen eines Truthahns. »Ich muss schon sagen, ich – Herrgott, was hätte Ihr Vater wohl gedacht, wenn er das gehört hätte?«

»Ich habe keine Ahnung, was mein Vater gedacht hätte, Mr. Redfern. Doch ich kann Ihnen versichern, dass er an mich immer zu allerletzt gedacht hat. Gibt es sonst noch etwas, das ich wissen müsste, bevor ich gehe? Wie sieht es mit Geld für Stromrechnungen und dergleichen aus? Darf ich das Geld von Dolores' Bankkonto nehmen?«

Redfern atmete mehrfach tief durch und kehrte wieder auf

vertrautes Terrain zurück. »Sie täten sicher gut daran, sich als Nachlassverwalterin von Dolores Tawne sämtliche Giro- oder Sparkonten auf Ihren Namen überschreiben zu lassen. Wissen Sie schon, bei welcher Bank Mrs. Tawne ihre finanziellen Geschäfte zu erledigen pflegte?«

»Ich glaube, in der High Street Bank, aber absolut sicher bin ich nicht«, antwortete Sarah. »Dolores war weniger eine Freundin als eine geschäftliche Bekannte, wissen Sie. Brooks kannte sie am besten. Er arbeitete gelegentlich mit ihr zusammen am Museum. Sie pflegten auch privat Kontakt, aber so weit ich weiß, standen sie sich nie sehr nahe. Dolores schien nicht zu der Art von Personen zu gehören, die enge Beziehungen eingingen. Dazu war sie zu selbständig.«

»Zu sehr von sich eingenommen« wäre wohl die passendere Beschreibung gewesen, doch das hätte Sarah nie sagen können. Jedenfalls nicht zu diesem steifen alten Mr. Redfern. »Ich mache mich besser langsam auf den Weg. Vielen Dank, dass Sie mir so viel von Ihrer Zeit geschenkt haben.«

»Aber ich bitte Sie, dafür bin ich doch da.«

Redfern setzte gerade zu einem langen, väterlichen Schwätzchen an, doch Sarah hatte nicht vor, ihm den Gefallen zu tun. Sie brachte das, was noch gesagt werden musste, so schnell wie irgend möglich hinter sich, griff nach ihren Handschuhen, der Handtasche und der geborgten Stola. »Ich bringe Ihnen das Testament, sobald ich es gefunden habe. Vielen Dank für Ihre Hilfe.«

Als sie wieder draußen auf der Straße war, sah sie, wie der Wind Staub und Abfall vom Bürgersteig hochwirbelte. Sie schmiegte sich noch tiefer in Theonias Stola und entschied, dass es keine schlechte Idee wäre, ein bisschen Zeit mit Einkaufen zu verbringen. Ihr Seidenkostüm war zu dünn, und die dunkellila Stola fiel zu sehr auf. Sie brauchte etwas, das passend für die Jahreszeit war und möglichst anders aussah als ihre momentane Garderobe, ohne dabei zu ausgefallen zu wirken. Je langweiliger, desto besser, wenn man es genau bedachte.

Kapitel 10

Der Verstorbenen war es gleichgültig, ob Sarah sich noch schnell etwas Neues zum Anziehen kaufte, bevor sie die Schlüssel bei Harris abholte und weiter zur Ipswich Street ging. Falls an den Theorien, an die einige von Theonias ehemaligen Kolleginnen im transzendenten Bereich glaubten, wirklich etwas dran war, müsste Dolores eigentlich vollauf damit beschäftigt sein, die Astralwelt hinter sich zu lassen und ihren Transmigrationszustand zu genießen. Da bisher noch nie jemand in der Lage gewesen war, Sarah mit Sicherheit mitzuteilen, was genau mit dem befreiten Geist geschah, nachdem er ins Jenseits hinüber gewechselt war, gab sie sich damit zufrieden, das Beste zu hoffen und ihre Aufmerksamkeit weltlicheren Dingen zuzuwenden.

Eine Schaufensterpuppe in der Newbury Street stach ihr ins Auge. Sie trug eine warm wirkende grüne Jacke und einen Kilt, dessen Muster vorwiegend grün und blau mit einem schmalen roten Streifen war. Sarah hatte seit Ewigkeiten nichts Grünes mehr gekauft. Sie betrat den Laden und durchforstete die Regale. Sie entschied sich gegen Grün. Die geschäftsmäßig wirkende junge Frau, die den Laden eine halbe Stunde später verließ, war solide, aber geschmackvoll gekleidet. Sie trug eine dunkelgraue Flanelljacke mit passendem Rock und eine hellgraue Bluse. Ihr hellbraunes Haar war zum größten Teil unter einem weichen grauen Filzhut versteckt, den ein schwarzes Seidenband zierte, wie ihn die Kelling-Damen seit den lang vergangenen Tagen der von Charles Gibson gezeichneten braven Mädchen trugen, ganz egal, ob andere sie auch trugen oder nicht. Ihre Perlenohrringe waren klein, aber echt. Sie trug schwarze Ziegenlederhandschuhe und flache schwarze Halbschuhe, dazu eine schwarze Handtasche, die genauso gut ihrer Großmutter hätte gehören können, und eine Papiertragetasche mit dem Namen der ziemlich exklusiven Boutique, die sie gerade besucht hatte.

Hätte irgendjemand einen Blick in die Tasche geworfen, hätte er möglicherweise eine weiche dunkellila Mohairmasse und dazwischen vielleicht ein Stückchen blaue Seide aufblitzen sehen. Doch das tat niemand, da der Inhalt der Tasche von mehreren Lagen rosa Seidenpapier bedeckt war, das man an den Seiten fein säuberlich nach innen geschlagen hatte. Die Trägerin hätte die Chefsekretärin einer wichtigen Persönlichkeit, vielleicht aber auch eine aufstrebende junge Anwältin sein können. Ein geschulteres Auge hätte eine engagierte junge Dame der vermögenden Oberschicht gesehen, die unterwegs war, um etwas zu organisieren, das wichtig war und Anerkennung verdiente.

Doch Sarah Kelling Bittersohn hatte ihre eigenen Angelegenheiten zu organisieren, und es galt, sie möglichst umgehend in Angriff zu nehmen, nachdem sie jetzt die richtige Tarnung gefunden hatte. Sie musste noch Dolores' Schlüssel abholen und das Original-Testament finden. An die Beerdigung hatte sie bisher nur flüchtig gedacht. Sie hoffte inständig, dass Dolores Anweisungen darüber hinterlassen hatte, welche Art von Abschiedszeremonie sie wünschte.

Sie hätte Mr. Redfern bitten sollen, ihr die Kopie des Testaments zu zeigen, als sie noch in seiner Kanzlei war, dachte Sarah. Aber er machte immer so viel Aufhebens um alles. Er hätte bestimmt darauf bestanden, ihr das gesamte Dokument von vorne bis hinten laut vorzulesen, mit unzähligen Kommentaren in langweiligem Anwaltschinesisch. Und sie wäre schon dem Nervenzusammenbruch nahe gewesen, bevor er auch nur in die Nähe der für sie wichtigen Textstellen gekommen wäre.

Ihre Einkaufstasche war voluminös, aber nicht schwer. Statt ein Taxi zu nehmen und im Verkehr stecken zu bleiben, überquerte sie die Boylston und eilte zu Fuß zum Polizeirevier. Niemand beachtete die kleine Frau in ihren langweiligen, soliden Sachen, ihren langweiligen, soliden Schuhen und dem tief ins Gesicht gezogenen Hut. Sie ging den anderen Fußgängern aus dem Weg, wich dem Verkehr aus und erreichte rasch die Polizeistation. Lieutenant Harris war zwar nicht im Hause, doch er hatte einen Umschlag für sie hinterlegt. Außerdem hatte er einem uniformierten Polizisten aufgetragen, Mrs. Bittersohn zum Fenway Studio Building zu fahren und nicht von ihrer Seite zu weichen, während sie das Apartment der verstorbenen Mrs. Tawne durchsuchte.

Für Sarah war dies eine gute Nachricht. Die Vorstellung, mutterseelenallein die Habseligkeiten einer Ermordeten zu durchwühlen, war nicht angenehm. Wie sich herausstellte, handelte es sich bei besagtem Polizisten um Officer Drummond. Er verstaute ihre Tragetasche auf dem Rücksitz des Streifenwagens und schlug vor, dass sie vorn bei ihm sitzen solle, weil er vor kurzem nach einem Autounfall einen verletzten Hund zum Angell Memorial hatte fahren müssen und noch keine Zeit gehabt hatte, die Haare vom Rücksitzpolster zu entfernen. Nach dieser Erklärung überließ er seinen Fahrgast sich selbst und konzentrierte sich auf den Verkehr, während Sarah sich Lieutenant Harris' Umschlag ansah.

Wie erwartet befanden sich Dolores Tawnes Schlüssel darin, leicht identifizierbar durch ein Namensschildchen an einem Stück Kordel. Eine mit Kugelschreiber auf gelbem linierten Papier geschriebene Notiz teilte Sarah mit, was sie bereits vermutet hatte. Dem Bericht des Gerichtsmediziners zufolge war die Hutnadel, die Mrs. Bittersohn bei der Polizei abgegeben hatte, tatsächlich die Mordwaffe. Wessen Hand sie geführt hatte, wusste man nicht und würde man vielleicht auch nie erfahren. Eine perlenbesetzte Hutnadel in einem beklagenswerten Zustand war wirklich nicht das beste Objekt für den Nachweis von Fingerabdrücken. Was Mrs. Tawnes Habseligkeiten betraf, hatte Harris sich bereits umgesehen, jedoch nichts Erhellendes gefunden. Er hatte zwar ein Testament entdeckt, aber keinerlei Sparbücher oder Kontoauszüge, weder in der Handtasche noch im Apartment. Er hoffte nur, dass Mrs. Bittersohn mehr Glück haben würde.

Das hoffte Sarah auch. Es war sehr aufmerksam von dem Lieutenant, ihr eine Eskorte zuzuteilen, wobei sie sich den Gedanken nicht verkneifen konnte, dass es auch nachlässig gewesen wäre, sie allein gehen zu lassen, wenn man an den Vorfall gestern im Büro dachte. Vielleicht sollte sie mit Officer Drummond nach dem Besuch in Dolores Tawnes Atelier schnell noch beim Little Building vorbeischauen, um nachzusehen, ob dort jemand eingedrungen war oder potentiell tödliche Souvenirs hinterlassen hatte. Aber vielleicht lieber doch nicht. Sie musste in Ruhe darüber nachdenken. Doch immer der Reihe nach, außerdem bogen sie gerade in die Ipswich Street ein. Sarah wäre lieber sonst wo gewesen, versuchte den Gedanken jedoch zu unterdrücken.

Als junger Spross einer alten Familie hatte Sarah schon mehrfach die traurige Aufgabe übernehmen müssen, den Nachlass eines verstorbenen Verwandten einer kritischen Prüfung zu unterziehen. Zuerst war es ihre Mutter gewesen. Sie war in jungen Jahren langsam an Krebs gestorben. Dann ihr Vater. Er starb, bevor er überhaupt Zeit hatte herauszufinden, wie ihm geschah. Ihr sanfter, schöner, selbstloser erster Mann sowie seine blinde, taube und herrschsüchtige Mutter waren gemeinsam im Wrack seines Elektroautos, eines 1920 Milburn, ums Leben gekommen. Das waren die schlimmsten Schicksalsschläge gewesen. Auch bei den anderen Todesfällen waren es immer Menschen gewesen, die sie gut gekannt hatte. Wie würde sie sich wohl fühlen, wenn sie ein Atelier durchwühlte, in dem sie erst dreimal im Leben gewesen war? Und selbst das war noch vor ihrer Heirat mit Max gewesen.

Das erste Mal hatte sich Sarah mehr oder weniger selbst zum Tee eingeladen. Ein Mann, den sie kannte, aber nicht ausstehen konnte, war dort aufgekreuzt, und Lydia Ouspenska war mit Dolores' Teekuchen, eingewickelt in Dolores' Servietten, von dannen gezogen. Die anderen beiden Besuche waren unangemeldet gewesen und hatten an zwei aufeinander folgenden

Abenden stattgefunden. Beide Male hatte Dolores die Tür in einem Plisseemorgenrock geöffnet, auf dem Kopf altmodische Lockenwickler aus Metall. Und beide Male war sie stocksauer gewesen.

Jedes Mal war das Studio in nahezu makellosem Zustand gewesen. Wie mochte es wohl jetzt darin aussehen, mit den Fußabdrücken der Polizisten im Staub auf dem Boden, wenn niemand mehr da war, der sich die Mühe machte aufzuwischen? Sarah erinnerte sich an eine Zeile aus *Der Bürgermeister von Casterbridge*: »Und all ihre glänzenden Schlüssel werden ihr weggenommen und ihre Schränke geöffnet werden; und die kleinen Dinge, die sie niemand zeigen wollte, wird nun jeder sehen, und all ihr Wünschen und Wollen wird sein wie nichts!«

Dolores hatte gewünscht und gewollt. Das hatte sie oft genug klar und deutlich zur Sprache gebracht. Aber wie hatte das Verarzten von Pfauen und Staubwischen von Madam Wilkins' Nippsachen dazu führen können, dass sie tot im Hof des blumengeschmückten Museums lag, das ihre große und wahrscheinlich sogar einzige Liebe gewesen war? Und noch dazu ermordet mit einer Hutnadel?

Vielleicht gab es irgendwelche Hinweise in dem Testament, das Harris gefunden und noch nicht gelesen hatte. Harris hatte in seiner Notiz nur geschrieben, er habe das Testament in Mrs. Tawnes oberster Schublade gefunden. Er habe nur einen kurzen Blick darauf geworfen und überlasse alles Weitere der Testamentsvollstreckerin. Wogegen natürlich nichts einzuwenden war, doch Sarah fragte sich, warum Dolores ein so wichtiges Dokument – zumindest wichtig für sie selbst – an einer so leicht zugänglichen Stelle aufbewahrt hatte. Sie hatte nicht etwa wie eine Einsiedlerin gelebt, wenn sie nicht im Museum war. Sarah wusste, dass sie mehrfach eines der Direktoriumsmitglieder zum Tee bei sich gehabt hatte. Auch ihr Bruder war sicher ein häufiger Besucher gewesen, ebenso wie Lydia Ouspenska, während der Jahre, als sie noch im Atelier unter Dolores gewohnt hatte und sich ihren kargen Lebensunterhalt mit dem Malen antiker byzantinischer Ikonen verdient hatte.

Es war Lydia durchaus zuzutrauen, dass sie in der Wohnung herumgeschnüffelt hatte. Und wenn sie etwas Interessantes gefunden hätte, hätte sie sicher jedem davon erzählt, der bereit war, ihr zuzuhören. Max' Freund Bill Jones beispielsweise. Bill war immer gern über alles informiert. Sarah hatte keine Ahnung, wo Bill inzwischen seine Nächte verbrachte. Früher hatte er oft mit Lydia das Bett geteilt, doch das war in der Zeit gewesen, bevor sie *la vie bohème* zugunsten einer festen Arbeitsstelle, eines bequemen Zimmers in einem Haus mit Gleichgesinnten und dreier ordentlicher Mahlzeiten am Tag aufgegeben hatte. Nicht dass Bill irgendwelche Tratschgeschichten über Lydia oder Dolores weitererzählt hätte, außer vielleicht an Max Bittersohn oder Brooks Kelling, doch möglich war es schon.

Wenn Max doch nur da wäre! Oder Brooks oder Theonia, oder selbst Jesse. Sarah hatte ohnehin schon den ganzen Sommer in der Stadt verbringen müssen, jetzt war sie erst seit Sonntagnachmittag wieder hier und hatte bereits die Nase voll. Warum konnte sie diese unangenehme Pflicht nicht einfach jemand anderem aufbürden, zum Ferienhaus der Rivkins fahren, Davy zuschauen, wie er sich mit seiner Elritze unterhielt, nach Ireson's Landing fahren und sich von Anne beibringen lassen, wie man Chrysanthemen pflanzte? Sarah wollte endlich wieder mit ihrem Mann zusammen sein. Sie wollte bei ihrem Kind sein, in ihrem Haus in Ireson's Landing sein, ihr eigenes Leben führen. Doch sie musste sich die Erfüllung ihrer Wünsche erst verdienen, so war sie nun einmal erzogen worden. Das war die Strafe dafür, dass sie nicht stark genug gewesen war, sich von der puritanischen Ethik zu befreien.

Nachdem sie ihre Unzufriedenheit überwunden hatte, nahm Sarah Dolores Tawnes Schlüssel aus Harris' Umschlag und bereitete sich innerlich darauf vor, das Atelier zu betreten. Sie musste einfach vergessen, dass sie hier mehrmals mit der Ermordeten zusammengesessen und gegessen hatte. Doch wie konnte sie je ihren letzten Besuch vergessen? Damals hatten sie Dolores mitten in der Nacht aus dem Bett geklingelt, und Max hatte die Künstlerin unbeabsichtigt in Ekstase versetzt, als er die hervorragenden Kopien lobte, die sie von den größten Schätzen des Museums angefertigt hatte. Dolores war in Morgenmantel und Lockenwicklern in die Küche gestürzt, um den Teekessel aufzusetzen, und mit einem Tablett voller Schokoladenmarshmallows mit Kokosflocken zurückgeeilt. Und Max war angewidert zurückgewichen, als sie versucht hatte, ihm eins davon aufzudrängen.

Dolores war damals mitten in ihrem absoluten Höhenflug in tiefste Tiefen gestürzt. Doch sie hatte sich wieder aufgerappelt, hatte ihre Wunden geleckt und mit ihrer Arbeit weitergemacht. Auf ihre Art war sie wirklich eine bewundernswerte Person gewesen.

Wie Miss Tremblay, dachte Sarah. Bewundernswerte Menschen bekamen nicht immer die besten Plätze oder das größte Stück vom Kuchen. Vielleicht hatte es ja auch irgendwo sein Gutes, dass Dolores Agnew Tawne weitere Demütigungen erspart blieben. Es war völlig undenkbar, dass es zwischen Dolores und dem neuen Kuratoriumsvorsitzenden eine auch nur entfernt harmonische Zusammenarbeit hätte geben können, dachte Sarah.

Elwyn Fleesom Turbot hatte keinerlei Hehl daraus gemacht, dass von nun an seine Hand die Peitsche schwingen würde. Dolores Agnew Tawne hatte sich schon vor Jahren zum obersten Sklaventreiber ernannt. Sie wusste alles, was es über das Wilkins zu wissen gab. Es war allein ihrem Wissen, ihrer Erfahrung und ihrer Geschicklichkeit zu verdanken, dass dieses Museum so lange erfolgreich geführt worden war. Besonders während der dunklen Jahre, die allmählich wieder heller zu werden begannen. Turbot hatte keinen blassen Schimmer von der Leitung eines Museums, doch er hatte das Sagen. Er hätte Dolores vorwärtsgepeitscht, bis sie gescheut hätte, und dann wegen Aufsässigkeit und Unfähigkeit gefeuert.

Ob jemand eine Pension erhielt oder nicht, lag laut Satzung des Museums im Ermessen des Kuratoriums. Mr. Fitzroy hatte seine Pension bekommen, er hatte sie sich auch redlich verdient. Eine ältere, unattraktive Frau, die Turbots Herrschaft in Frage stellte, was Dolores sicher getan hätte, wäre möglicherweise als Bettlerin auf der Straße gelandet. Und keiner der verwirrten alten Kuratoren hätte die Entscheidung des obersten Gebieters in Zweifel gezogen. Doch jetzt war nicht der richtige Zeitpunkt, sich darüber aufzuregen, was hätte sein können. Officer Drummond parkte gerade in zweiter Reihe vor dem Eingang, da es am Straßenrand keine freien Parkplätze mehr gab.

»Warum steigen Sie nicht aus und warten drinnen auf mich, Mrs. Bittersohn? Ich suche in der Zwischenzeit einen Parkplatz.«

»Ich könnte auch schon ins Atelier vorgehen«, schlug Sarah vor. »Ich weiß, wo es ist.«

»Wenn es Ihnen nichts ausmacht, wäre es mir lieber, wenn Sie unten in der Eingangshalle auf mich warten würden. Ich habe die Anweisung, mich nach Möglichkeit immer in Ihrer Nähe aufzuhalten. Hier ist Ihre Einkaufstasche.«

Sarah verstand zwar nicht, warum er die Tasche während ihres hoffentlich kurzen Aufenthaltes nicht einfach im Streifenwagen einschloss, doch Officer Drummond hatte sicher gute Gründe für seine Entscheidung. Sie nahm die Tasche, erwischte direkt beim zweiten Versuch den richtigen Schlüssel und schloss die Tür zum Foyer auf. Etwa zwei Minuten später klopfte Drummond bereits an die Tür und rief: »Mrs. Bittersohn?«

»Das ging aber schnell«, meinte Sarah.

Der Polizist zuckte mit den Achseln. »Einen Polizisten im Einsatz kann man kaum wegen unvermeidlichen Falschparkens verhaften. Wohin müssen wir jetzt?«

»Erst nach oben und dann rechts, soweit ich mich erinnere.«

Es gab im Foyer zwar einen Aufzug, doch Sarah sparte sich die Mühe. Ihre Füße schienen den Weg gut zu kennen, sie führten sie genau vor die Tür, auf der Dolores Agnew Tawnes Karte in einem angelaufenen Messingrähmchen steckte. Sarah suchte den richtigen Schlüssel heraus, schloss die Tür auf und betrat mit Drummond das Atelier, halb in der Erwartung, jemanden in soliden Schuhen die kurze Treppe hochkommen zu hören, die vom Atelier auf den kleinen Balkon hinaufführte, auf dem sie jetzt standen. Dolores hätte sie bestimmt hereingebeten und wäre nach unten galoppiert, um den Kessel aufzusetzen und die Schokoladenmarshmallows mit Kokosflocken zu holen. Es sei denn, die Uniform des Polizisten hätte sie abgeschreckt. Aber Dolores war nicht da.

Sarah war sowohl erheitert als auch gerührt, als sie sah, dass Dolores das lebensgroße Portrait einer gewissen Ernestina Kelling an höchst prominenter Stelle aufgehängt hatte. Ernestinas Gatte war dereinst Attaché am Hof von St. James gewesen, als John Adams Gesandter in England war, und hatte versucht, neue diplomatische Verbindungen zwischen dem ehemaligen Mutterland und den inzwischen bereits existierenden Vereinigten Staaten von Amerika zu knüpfen.

Warum Ernestina, eine hohlwangige Matrone mittleren Alters und zäh wie der Stiefel eines Freiwilligen im amerikanischen Unabhängigkeitskrieg, beschlossen hatte, sich von dem berühmten Maler Romney als Venus porträtieren zu lassen, und zwar nebst Rosen und Tauben, wusste niemand zu sagen. Warum Dolores Tawne nie gemerkt hatte, dass das angeblich echte Portrait, das Madam Wilkins für ihren Palazzo erstanden hatte, in Wirklichkeit nur eine ziemlich gute Kopie von Romneys eher zweitklassigem Werk war, war eine Frage, die nicht einmal Max Bittersohn beantworten konnte.

Der wirkliche, waschechte, unbestrittene Romney, den Romney tatsächlich höchstpersönlich gemalt hatte, befand sich im Besitz der Familie Kelling und zwar bereits seit der Zeit, als Ernestina sich mit Abigail Adams in die Haare geraten war. Damals hatte Abigail ihr ordentlich die Meinung gesagt und sie mitsamt ihrer Rosen und Tauben wieder zurückgeschickt. Seit zwei Jahrhunderten hing das Originalportrait an irgendeinem Kelling-Kamin, in jüngster Zeit im geräumigen Salon von Sarahs Tante Emma. Der angebliche Romney des Museums, der weder ein Romney noch ein Tawne war, kehrte ohne große Schwierigkeiten wieder ins Wilkins zurück, nachdem ein allzu leichtgläubiger Käufer hatte erkennen müssen, dass seine Ernestina nicht nur gestohlen, sondern noch dazu eine Fälschung war. Jetzt hing das Gemälde wieder im Wilkins, und nur wenige Besucher wussten oder kümmerten sich darum, dass es nur eine Ernestina aus einer ganzen Serie war.

Trotz seiner fraglichen Herkunft hatte Dolores dem Tawne-Romney ihr ganzes Können angedeihen lassen. Sie hatte selbst das fitzeligste Federchen auf dem magersten Täubchen und die fahlste just errötende Blüte der schwächlichsten Rose liebevoll ausgestaltet. Sogar das berechnende Glitzern in Ernestinas Augen hatte sie verewigt. Sie hatte sich mit dem Bild größte Mühe gegeben, wahrscheinlich mehr Mühe als Romney selbst. Ein Maler mit einer Vorliebe für junge hübsche Modelle, der es geschafft hatte, in zwanzig Jahren neuntausend Sitzungen in seinen Terminkalender zu zwängen, hatte sicher möglichst wenig Zeit mit einer Dame vergeudet, die seinem Schönheitsideal so wenig entsprach wie dieser Zankteufel mittleren Alters aus Boston, Massachusetts.

Dolores hatte ein höchst professionelles Duplikat geschaffen. Sie hatte die für die damalige Zeit typischen Pigmente benutzt und hatte sogar eine alte Leinwand aufgetrieben, die genau die richtige Größe besaß und sicher nur mit viel Mühe zu finden gewesen war. Als das Bild erst einmal fertig und trocken war, hatte sie ihm mit allerlei geheimnisvollen und suspekten Mitteln genau die richtige Patina verliehen, so dass es überzeugend alt und angeschmutzt, aber auch wieder nicht zu angeschmutzt aussah. Dolores hatte Ernestina für eines ihrer größten Meisterwerke gehalten und sicher jedes Recht gehabt, ihr Werk endlich ganz für sich allein genießen zu dürfen. Die Ärmste hatte teuer genug dafür bezahlt.

Dolores Agnew Tawne war wirklich eine hervorragende Kopistin gewesen, viel zu gut, um frei in einem kleinen Museum herumzulaufen, wo sie mehr oder weniger tun und lassen konnte was sie wollte. Es grenzte an ein Wunder, dass man eine derart talentierte und so unendlich leichtgläubige Person überhaupt so lange hatte leben lassen. Warum war Dolores nicht schon viel früher umgebracht worden?

Was für ein schrecklicher Gedanke, besonders hier in diesem Atelier, das Dolores so viele Jahre als Heim gedient hatte. Doch man musste sich wirklich fragen, wie sie es geschafft hatte, das fürchterliche Debakel vor sieben Jahren zu überleben, wie es ihr durch reine Frechheit gelungen war, ihre Stellung im Wilkins zu behalten und, praktisch gesehen, die selbstgeschaffene Stelle einer Direktorin einzunehmen.

Dabei hatte Dolores, soweit Sarah wusste, niemals im Wilkins gemalt. Jeden Pinselstrich in dieser grotesken Fälschungsgeschichte hatte sie hier in diesem Atelier getan. Meist hatte sie nachts gearbeitet, mit Hilfe von Speziallampen, und ihrem Werk im Morgenlicht den letzten Schliff verliehen. Zum Schluss hatte sie tabakspuckebraunen Firnis aufgetragen, um kleine Abweichungen vom Original zu kaschieren. Doch was hatte sie in der letzten Zeit gemacht? Es hing kein Terpentin- oder Ölgeruch in der Luft, wie es früher der Fall gewesen war. Selbst das halbfertige Stillleben mit dem toten Fasan auf der Silberschale, das Dolores als Versatzstück benutzt hatte, um vor den wenigen Bekannten, die sich zu ihr verirrten, zu verbergen, was sie wirklich tat, fehlte jetzt. Hatte sie etwa ganz aufgehört zu malen?

Ihr Werkzeug war noch da, die große Staffelei, daneben der abgenutzte Holztisch, auf dem die Farbtuben fein säuberlich nebeneinander aufgereiht lagen, eine abgeschabte Palette, ein

Krug mit Pinseln. Doch auf der Staffelei befand sich keine Leinwand, auch keine Skizze, nicht einmal ein Stück Kohle. Dies war kein Arbeitsplatz, sondern ein Stillleben, völlig tot. Das ganze Zeug sollte weggeschafft und verbrannt werden. Sarah drehte der Staffelei den Rücken zu und sah sich im restlichen Atelier um.

Neben der Treppe hatte Dolores sich eine Art Wohnzimmer eingerichtet, mit einem bequemen Lehnstuhl, einer wackeligen schmiedeeisernen Stehlampe, zwei dünn gepolsterten Holzstühlen, die früher einmal zu jemandes Esszimmergarnitur gehört haben mussten, und einem schwer zu beschreibender Couchtisch, über den man nichts weiter sagen konnte, als dass er stabil genug war, um ein Tablett mit Teesachen und sehr vielen Schokoladenmarshmallows mit Kokosflocken zu tragen.

Sarah hatte ein hervorragendes Gedächtnis für Einzelheiten. Diese Stühle hatten schon schäbig ausgesehen, als sie das erste Mal in diesem Atelier gewesen war. Weitere sieben Jahre Großstadtluft hatten sie nicht gerade schöner gemacht. Ganz zu schweigen von dem gleißenden Licht, das durch die riesigen Fenster fiel, die im Laufe der Jahre ein Segen für so viele Künstler gewesen waren, selbst wenn sie durch den endlosen Verkehr, der hier auf die Autobahn strömte oder wieder von ihr abfuhr, mit einer dicken Staubschicht bedeckt waren. Es war unmöglich, sie sauber zu halten, weder die Fenster selbst noch die dünnen Gardinen, die man in Ateliers benutzte, um das Licht den jeweiligen Bedürfnissen des Künstlers gemäß zu dämpfen oder zu verstärken. Sarah erinnerte sich, dass Dolores' Vorhänge im Gegensatz zu dem makellosen Raum einen hässlichen gelbgrauen Farbton aufgewiesen hatten. Die Vorhänge, die sie jetzt sah, waren fast schneeweiß.

Das war irgendwie interessant. Die Gardinen konnten noch nicht lange hängen, sonst hätte der Smog sie längst verfärbt. Die Tatsache, dass Dolores weder Mühen noch Kosten gescheut hatte, sie wieder aufzuhängen, ließ darauf schließen, dass sie nicht vorgehabt hatte auszuziehen, auch wenn die Miete inzwischen ziemlich hoch sein musste.

Dolores war eine sparsame Frau gewesen. Bei dem, was ihr das Wilkins zahlte, war ihr nichts anderes übrig geblieben. Sie musste gewusst haben, dass es unmöglich war, hier saubere Vorhänge zu erwarten. Als Lichtdämpfer konnten sie auch nicht gedient haben, denn Dolores hatte ja anscheinend nicht mehr gemalt. Sie hätte die Vorhänge sicher hängen lassen, bis sie zu Staub zerfallen wären. Bedeutete die Tatsache, dass sie noch vor kurzem Geld für neue Vorhänge ausgegeben hatte, dass sie beabsichtigte, zu ihrer Staffelei zurückzukehren? Hatte sie Elwyn Fleesom Turbot bereits Maß genommen und eingesehen, dass sie nicht in der Lage sein würde, ihn so zu dominieren wie die tatterigen Kuratoren? Hätte sie es ertragen, sich wieder mit der Rolle einer x-beliebigen Angestellten zu begnügen, nachdem sie so viel Macht gehabt hatte? War der Gedanke, dass sie vielleicht schon bald völlig ohne Arbeit dastehen würde, bis in ihren sturen Schädel vorgedrungen? Hatte sie sich für die Krise gewappnet, indem sie ihre Pinsel schon zurechtgelegt hatte?

Kapitel 11

Vor Jahren war Dolores Agnew Tawne als Malerin von technisch hervorragenden, jedoch todlangweiligen Porträts von Firmenbossen und verstorbenen Verwandten ziemlich gefragt gewesen. Dann kam ein cleverer Ganove, der scharfsichtig genug war zu erkennen, dass hier ein einzigartiges Talent ungenutzt brachlag, und brachte sie ins Wilkins. Dolores hatte stets nach Fotografien gemalt. Hatte sie vielleicht vorgehabt, in diesem Bereich einen neuen Kundenstamm aufzubauen? Sie konnte doch unmöglich vorgehabt haben, erneut alte Meister zu kopieren?

»Kann ich Ihnen irgendwie helfen, Mrs. Bittersohn?«

»Oh.« Sarah hätte fast vergessen, dass Officer Drummond bei ihr war. Es war nicht sehr nett, ihn herumstehen zu lassen, ohne ihm etwas zu tun zu geben. »Entschuldigen Sie bitte. Ich habe nur versucht, mich zurechtzufinden. Es ist schon so lange her, dass ich hier war. Warum setzen Sie sich nicht einfach in den Sessel und ruhen sich ein bisschen aus, während ich mich umschaue? Es dauert bestimmt nicht lange.«

Sie fand ziemlich genau das, was sie erwartet hatte. Von dem großen Atelier war ein schmales Schlafzimmer abgetrennt, in dem gerade genug Platz war für ein Bett, eine hohe, nicht sehr breite Kommode und einen schmalen Schrank aus emailliertem Stahl. Er enthielt Dolores Tawnes wenige beigefarbene oder gelbbraune Kleider und Röcke, ihre soliden braunen Arbeitsschuhe nebst einem etwas weniger soliden Paar für besondere Anlässe, einen Morgenmantel, ein Nachthemd, Hausschuhe und zwei Filzhüte, einen beigefarbenen und einen gelbbraunen.

An das Schlafzimmer grenzte eine noch winzigere Kochnische. Sie war kaum mehr als eine Abstellkammer, mit einer winzigen Porzellanspüle, einer Kochplatte, einem Toaster und einem kleinen elektrischen Kühlschrank, der gleichzeitig als

Vorratsschrank und Arbeitsfläche diente. Über der Spüle hingen Regale mit Untertellern, Tellern, rostfreien Messern, Gabeln und Löffeln für vier Personen und einigen wenigen Kochutensilien. Unter anderem stand dort ein noch ungeöffnetes Paket Schokoladenmarshmallows mit Kokosflocken. Sarah verspürte das wahnwitzige Bedürfnis, sie der Frau ins Grab zu legen, die nicht mehr dazu gekommen war, sie zu essen.

Im Atelier gab es kein Bad. Dolores hatte Sarah gegenüber einmal Witze darüber gemacht. Sie hatte ihr erzählt, sie müsse immer mit Seife und Handtuch bewaffnet nach oben gehen und in Morgenmantel und Pantoffeln durch den Flur wandern, stets in der Hoffnung, dass keiner der Nachbarn sie pudelnackt überraschte, wie sie sich in einem langen schwarzen Becken, das ursprünglich für mehr künstlerische Zwecke dort installiert worden war, mit ihrem Schwamm wusch und die Haare shampoonierte. Damals hatte sie erzählt, sie lebe schon so lange unter diesen Bedingungen, dass derartige Notbehelfe für sie normal waren.

Sarah wünschte sich, sie hätte nicht an die im Becken kauernde Dolores gedacht. Es war ihr unangenehm, so tief in die Privatsphäre einer Toten einzudringen. Obwohl sie das Recht hatte, hier zu sein, und es inzwischen niemanden mehr gab, in dessen Privatleben sie eindringen konnte, fühlte sie sich als Eindringling. Der bloße Gedanke, die oberste Schublade herauszuziehen, war ihr zuwider. Sie wusste genau, dass sie den Moment der Wahrheit nur aufschob, als sie beschloss, als Erstes nach den vielen Bildern zu sehen, die Max zurückgegeben hatte, nachdem er die Originale gefunden und wiederbeschafft hatte.

Was hatte Dolores mit ihren Bildern gemacht? Unter dem Bett lagen sie nicht. Alles, was Sarah dort sehen konnte, war eine frische Staubschicht. Im Atelier waren sie auch nicht, und in der Miniküche schon gar nicht. Sie mussten in der Abstellkammer sein, eine andere Möglichkeit gab es nichts. Officer Drummond hatte es sich inzwischen in seinem Sessel bequem gemacht und war eingeschlafen. Sarah schlüpfte an ihm vorbei und stieg auf Zehenspitzen die Treppe hoch.

Tatsächlich, hier waren die Bilder. In allen Größen und Formen, aber nicht in den kostbaren Rahmen, in denen steckten jetzt wieder die Originale, sondern auf ihren Keilrahmen, mit der Vorderseite gegen die Wände der Kammer gelehnt. Sie drehte eines um. Die Leinwand war leer. Auch die nächste, die übernächste und alle anderen. Offenbar handelte es sich um alte Leinwände, genau wie diejenigen, nach denen Dolores auf Geheiß ihres verbrecherischen Auftraggebers die Trödelläden abgesucht hatte. Bei allen war die Oberfläche glatt geschmirgelt und dann neu weiß grundiert worden. Anscheinend von Dolores selbst. Aber warum?

Vielleicht hatte Dolores wieder angefangen, alte Leinwände zu suchen, weil sie keine Lust hatte, Geld für neue auszugeben. Vorausgesetzt, sie hatte überhaupt vorgehabt, wieder mit dem Malen anzufangen. Eine hübsche Szene, die sie von einer Postkarte kopiert hatte, ließ sich vielleicht besser verkaufen, wenn sie auf antik getrimmt war. Eine in die Jahre gekommene Künstlerin, die möglicherweise bald ihre Arbeitsstelle verlor, musste an derartige Dinge denken. Dolores hatte ihre Arbeit im Wilkins immer als eine Art heilige Pflicht gesehen, auch wenn es ihr sicher nur durch enorme Selbsttäuschung gelungen war, an dem Glauben festzuhalten, in nichts Unrechtmäßiges verwickelt zu sein.

Sarah konnte natürlich nur vermuten, was Dolores mit den Leinwänden vorgehabt hatte. Doch sie konnte sich beim besten Willen nicht vorstellen, dass es die Kopien waren, die Max ihr zurückgegeben hatte. Dolores war ungeheuer stolz auf ihre Arbeit gewesen, was ihr gutes Recht gewesen war, wenn man bedachte, wie viele Jahre sie kunstbeflissene Museumsbesucher an der Nase herumgeführt hatte. Sie hätte bestimmt nicht die Farbe von ihren Leinwänden geschabt und ihre Werke übermalt, nur um ein paar Dollar zu sparen. Aber wo waren dann ihre Kopien?

Außer den geheimnisvollen leeren Leinwänden gab es in dieser Kammer nicht viel Interessantes. Sarah fand eine gelbbraune gefütterte Windjacke mit blankgescheuerten Ärmeln, ein Paar altmodische warme Winterstiefel mit einem Riss im hinteren Teil des linken Stiefels, einen gelbbraunen Regenmantel, dessen Glanzzeit ebenfalls vorüber war, und einen ausgeblichenen braunen Regenschirm, der an einer Seite wegen einer verbogenen Speiche ausgebeult war. Außerdem mehrere farbverschmierte Kittel, ein Bügelbrett, ein schweres altes elektrisches Bügeleisen, einen zusammenklappbaren Einkaufswagen aus Metall, einen Mopp, einen Besen, einen Staubwedel mit langem Stiel, verschiedene Putzmittel und diverse Konserven, die auf den überfüllten Regalen in der Kochnische keinen Platz mehr gefunden hatten, all die Kleinigkeiten eben, die man sonst nirgends unterbringen konnte. Doch sie fand kein einziges fertiges Bild.

Vielleicht würde Dolores' Testament Licht ins Dunkel bringen. Widerwillig ging Sarah zurück nach unten. Officer Drummond schlummerte immer noch glücklich vor sich hin. Sie schlich hinter seinem Sessel vorbei ins Schlafzimmer und zog vorsichtig die oberste Kommodenschublade heraus.

Ja, da lag das Testament, oben auf einer sorgfältig gebügelten und zusammengefalteten beigefarbenen Polyesterbluse. Sarah setzte sich auf das ordentlich gemachte Bett und begann zu lesen. Mr. Redferns langweiliger Stil war unverkennbar, und sie arbeitete sich mit einiger Mühe durch den Text, in dem es von ›diesbezüglich‹ and ›von Rechts wegen‹ nur so wimmelte, bis sie plötzlich wie vom Donner gerührt innehielt.

»Oh Gott!«

Officer Drummond hatte offenbar doch nicht sehr tief geschlafen, denn er war sofort bei ihr. »Was ist passiert, Mrs. Bittersohn?«

»Dieses schreckliche Testament. Hier steht, dass Mrs. Tawne eingeäschert werden will und ihre Asche zwischen den Blumen im Garten des Wilkins-Museums verstreut werden soll.«

»Und?«

»Nun ja, denken Sie an die Folgen, die das haben wird«, sprudelte Sarah hervor. »Können Sie sich vorstellen, wie die Besucher über die Gartenpfade wandeln und plötzlich kleine Stückchen der armen Dolores zwischen der Kapuzinerkresse entdecken? Ich weiß nicht, ob Sie schon mal gesehen haben, was aus dem Krematorium zurückkommt, Officer Drummond. Es sieht ganz und gar nicht so aus, wie man es sich vorstellen würde. Meine Cousine Mabel bewahrt die Asche ihrer Mutter mit der ihres Vaters vermischt in einer scheußlichen Porzellanurne auf, die im Wohnzimmer auf dem Kaminsims steht. Sie hat darauf bestanden, dass ich sie mir einmal ansehe. Es waren lauter Klumpen und Bruchstücke von Arm- und Beinknochen darin. Man konnte genau erkennen, was es einmal gewesen war. Bei manchen jedenfalls.«

»Und sie hebt das Ding in ihrem Esszimmer auf?«

Sarah konnte verstehen, dass Drummond grinste. »O ja, Cousine Mabel hebt alles auf. Der Himmel weiß, was aus dieser Urne wird, wenn Mabel stirbt. Falls sie überhaupt jemals stirbt. Ich hoffe nur, dass ich das Ding nicht erbe. Mabel hat mich noch nie gemocht. Aber dieser letzte Wunsch von Dolores Tawne – obwohl ich ihn irgendwie verstehen kann. Das Wilkins war anscheinend seit vielen Jahren so ziemlich alles, was sie hatte, besonders nach dem Tod ihres Bruders. Er scheint ihr einziger Verwandter gewesen zu sein. Wie ich sehe, hat sie alles dem Wilkins hinterlassen.«

»Inklusive ihrer Knochen.«

Drummond hatte eben seinen Spaß schon gehabt, ein zweites Mal fand Sarah nicht angebracht. »Ja, leider«, erwiderte sie. »Dabei habe ich ohnehin Probleme mit dem neuen Kuratoriumsvorsitzenden, außerdem will der Bestatter von mir wissen, was mit der Leiche geschehen soll. Und wer immer dieses Gebäude hier besitzt, wird mir sicher die Hölle heiß machen, damit ich das Atelier möglichst schnell leer räume, weil der nächste Mieter wartet. Ich glaube nicht, dass die Treuhänder irgendetwas von Mrs. Tawnes Sachen haben wollen. Die Möbel sind reif für den Sperrmüll, und außer ihren Kleidungsstücken und ein paar Vorräten gibt es hier nichts.«

Nur noch die Gemälde an den Atelierwänden und die vielen weißen Leinwände. Sarah erinnerte sich an den kleinen Vortrag über Kunstdiebstahl, den sie am Tisch der Turbots zum Besten gegeben hatte, und an Lalas wenig amüsanten Vorschlag, ihr Gatte solle ein paar der wiederbeschafften Originale des Museums zur Seite schaffen, um sie fälschen zu lassen und zu verkaufen. Sie hätte besser den Mund gehalten. Vielleicht war Dolores gar nicht so edel gewesen, wie sie sich immer gegeben hatte. Und vielleicht ließ sich die frische Grundierung ganz leicht wieder entfernen, wenn jemand schnell eine perfekte Kopie aus zweiter Hand benötigte.

Sarah selbst war eher Illustratorin als Malerin. Trotzdem konnte sie sich gut vorstellen, dass man eine Übermalung entfernen konnte, ohne das Original darunter zu beschädigen. Sie hätte es gern an einer der frisch grundierten Leinwände ausprobiert, doch hatte sie dazu überhaupt ein Recht? Alles in diesem Atelier, was immer es auch wert sein mochte, gehörte jetzt dem Wilkins-Museum. Auch wenn die Testamentsvollstreckerin anscheinend das Problem am Hals hatte, alles zu entsorgen, was das Museum nicht haben wollte, entschied allein das Kuratorium darüber, was blieb und was weggeworfen werden sollte.

Der bloße Gedanke daran, dass sie als einzige Testamentsvollstreckerin wahrscheinlich gezwungen sein würde, mit Turbot zusammenzuarbeiten, ließ ihr das Blut in den Adern gefrieren. Turbot war durch seine Sonderstellung bestens in der Lage, ihr das Leben wirklich schwer zu machen. Mr. Redfern hatte angeboten, die Einzelheiten zu regeln. Wenn sie ihm das Originaltestament brachte, konnte sie ihn vielleicht fragen, ob es möglich war, alles durch ihn erledigen zu lassen. Soweit Sarah sehen konnte, war es ohnehin ein Fall von viel Lärm um nichts. Je schneller sie mit der Abwicklung fertig waren, umso besser für sie.

Aber so viel besser wahrscheinlich auch nicht. Sie steckte das Testament in ihre Handtasche, seufzte tief, und begann, die Schubladen genauer zu inspizieren. Sie wollte Gewissheit haben, dass sie nichts Wertvolles übersehen hatte, und dann alles wieder zurücklegen, damit Mr. Turbot sie nicht etwa einer Gesetzesübertretung bezichtigen konnte. Sie freute sich nicht darauf, die Frage, was mit Dolores' welken alten Nachthemden und Dessous geschehen sollte, mit dem Kuratoriumsvorsitzenden besprechen zu müssen. Vielleicht fand Mr. Turbot das Thema unter seiner Würde und blieb zu Hause, um mit seinen horngestutzten Herefords zu plaudern. Man konnte schließlich immer noch hoffen.

Es war leicht zu sehen, dass Dolores eine Verfechterin des Mottos »Benutz es oder trag es auf, wenn's nicht mehr geht, verzichte drauf« war und zu den Leuten gehörte, die ihre Sachen auftrugen oder in Gebrauch hatten, bis sie auseinander fielen. Die meisten Sachen waren abgetragen. Einige waren geflickt oder gestopft, doch nichts war wirklich zerlumpt. Sarah nahm an, dass die völlig hoffnungslosen Fälle als Lappen zum Malen oder Putzen ausgemustert worden waren. Worin sie nichts Ungewöhnliches sah, schließlich hatte sie selbst während ihrer mageren Jahre ganz ähnlich verfahren müssen.

Sie fuhr fort, alles hochzuheben und aufzustapeln, und fand dabei kleine Einzelstücke wie ein schwarzes Satinbeutelchen mit Spitzenbesatz, den kleinen Rest einer Viertelliterflasche Brandy, ein Paar grellrosa Bettsöckchen, in dem Dolores Modeschmuck aus Messing- und Kupfer versteckt hatte. Warum Dolores befürchtet hatte, ein Einbrecher könne ausgerechnet dieses Zeug stehlen, konnte sich Sarah zwar beim besten Willen nicht erklären. Doch Schönheit lag bekanntlich im Auge des Betrachters, und das Messing- und Kupferzeug hatte bestimmt auch nicht lauter gescheppert und geklirrt als Lala Turbots Armreifen.

Die brüchige, mit Nikoläusen verzierte Geschenkschachtel ruhte anscheinend schon seit vielen Jahren in derselben Schublade. Sie enthielt eine billige braune Kunststoffhandtasche, die offenbar noch nie benutzt worden war. Sarah dachte zynisch, dass die Tasche vielleicht ein Geschenk von Dolores Tawnes verstorbenem Bruder gewesen sein konnte, an einem längst vergangenen Christfest, als Jimmy Agnew es ausnahmsweise einmal nicht geschafft hatte, sein gesamtes Geld zu vertrinken. Sie öffnete die Tasche aus Prinzip, zog das zerknüllte Papier heraus, das wegzuwerfen sich Dolores nie die Mühe gemacht hatte, und fand einen winzigen braunen Umschlag, der den Schlüssel zu einem Schließfach enthielt.

»Na sowas«, rief sie erfreut, »das ist ja interessant!«

Officer Drummond hatte im Türrahmen gestanden und an ihr vorbei auf das noch ungeöffnete Paket mit Schokoladenmarshmallows mit Kokosflocken gestarrt. Jetzt blickte er gespannt auf die offene Kommodenschublade. »Sagen Sie bloß, Sie haben was gefunden?«

»Ja, den Schlüssel zu einem Schließfach.« Sarah zeigte ihm den Schlüssel. »Gibt es hier irgendwo eine Zweigstelle der High Street Bank? Ich erinnere mich, dass Dolores einmal erwähnt hat, sie benutze dieselbe Bank wie ich, als sie zufällig mein Scheckbuch sah. Allerdings eine andere Zweigstelle. Wo könnte das sein?«

»Kenmore Square. Von hier aus brauchte sie dorthin höchstens zehn Minuten zu Fuß. Es sei denn, sie hatte Probleme mit ihren Hühneraugen.«

Sarah war nicht sicher, ob Drummond versuchte, witzig zu sein, doch sie lächelte vorsichtshalber trotzdem. Viel gab es hier nicht mehr zu tun. Sie musste sich nur noch die unterste Schublade ansehen. Anscheinend hatte Dolores hier die Dinge aufbewahrt, die man normalerweise im Schreibtisch hortete, wenn man einen hatte. Doch sie fand nur einen Schuhkarton voll Quittungen, ein Notizbuch, das fast zu groß für die

Schublade war, und einige Ausschnitte aus alten Bostoner Zeitungen.

Sarah erkannte das Buch wieder. Dolores hatte es ihr an dem ersten Nachmittag gezeigt, als Sarah zum Tee gekommen war und Dolores sie gezwungen hatte, ihr erstes und letztes Schokoladenmarshmallow mit Kokosflocken zu verzehren. Hier waren also alle Präsidenten des Vereinigten Handelshauses, die über hundert Jahre Firmengeschichte verkörperten, vom Gründer bis zum Urgroßenkel. Letzterer leitete das Handelshaus, als Dolores ihre Portraitreihe beendete. Ganz vorn prangte ein glänzendes zwanzig mal fünfundzwanzig Zentimeter großes Schwarzweißfoto der Künstlerin, deren Hand gerade von einem kräftigen Mann geschüttelt wurde, der bedauerlicherweise dem anscheinend gerade vollendeten Portrait äußerst ähnlich sah. Dolores selbst zeigte den überheblichen und selbstzufriedenen Gesichtsausdruck, den Max und Sarah schon oft an ihr gesehen hatten, wenn sie gerade einmal nicht den armen Melanson oder Vieuxchamp oder einen anderen Museumswärter zur Schnecke machte, die sie zu Sklaven zu machen verstanden hatte.

Alle Fotos und Ausschnitte, die mit der Dynastie des Vereinigten Handelshauses zu tun hatten, waren liebevoll eingeklebt, gemeinsam mit anderen, die von Dolores' Arbeit für andere Auftraggeber kündeten. Die lose in der Schublade liegenden Ausschnitte bezogen sich auf eine siebenköpfige Gruppe, die sich die Wilden Witwen nannte. Wahrscheinlich handelte es sich um Frauen, doch man konnte natürlich nie wissen. Die Fotos, die den Text begleiteten, zeigten sie in schwarzen Fischschwanz-Abendkleidern, die oben am Körper eng anlagen und von der Mitte der Hüfte abwärts in große Turnüren übergingen, die bis zum Boden reichten. Jede Witwe trug einen riesigen Wagenradhut, der fast senkrecht auf dem Kopf saß, genau wie Lydia Ouspenska ihren zu tragen pflegte.

Entweder hatten die Wilden Witwen langes Haar, das sie mit Kämmen und Haarnadeln hoch gesteckt hatten, oder sie trugen

Perücken. Hüte dieses Ausmaßes benötigten dringend einen sicheren Unterbau und lange Hutnadeln, um einen sicheren Sitz zu garantieren. Über die Hüte hatten sie lange schwarze Witwenschleier gehängt, die ihre Gesichter verhüllten. Über den Schultern waren die Schleier jedoch zurückgeschlagen, so dass so viel Dekolleté entblößt war wie überhaupt möglich, ohne dass der Inhalt herausfiel. Ob sie gesungen, getanzt oder einfach nur herumgestanden und wollüstig und rätselhaft ausgesehen hatten, war nicht ersichtlich, zumindest nicht aus den Legenden unter den undeutlichen Fotografien. Sarah warf einen Blick auf ihre Armbanduhr, verspürte ein leeres Gefühl im Magen und beschloss, dass es unfair sei, Officer Drummond von seinem Mittagessen fern zu halten. Sie konnte die vergilbten Zeitungsausschnitte später noch lesen. Wahrscheinlich waren sie wichtig. Dolores hatte sie sicher nicht ohne Grund aufgehoben.

Die Zeitungen stammten offenbar aus der Mitte der sechziger Jahre. Dass Dolores eine dieser Witwen gewesen sein konnte, war ziemlich unwahrscheinlich. Die Fotos der Vereinigten Handelsgesellschaft aus derselben Zeit zeigten die Künstlerin jedenfalls als kräftige, dickbeinige Matrone mit Schultern wie ein Football-Spieler und einem Gesicht, das einen zweiten Blick nicht lohnte. *La vie bohème* wäre für die Dolores Agnew Tawne, die Sarah kannte oder zu kennen geglaubt hatte, völlig undenkbar gewesen. Aber kannte man einen anderen Menschen je wirklich?

Bizarre Dinge waren in den sechziger und frühen siebziger Jahren passiert, jedenfalls behaupteten dies einige von Sarahs Verwandten. Sie selbst war damals noch zu jung und zu behütet gewesen, um irgendetwas über das heraufdämmernde Zeitalter des Wassermanns zu wissen, und ihre Eltern wären die Letzten gewesen, die ihr davon erzählt hätten. Die einzige Erinnerung aus jener Zeit, die sich ihr tief ins Gedächtnis eingeprägt hatte, war ein Besuch bei einem angeblichen Happening in der Back

Bay, wohin sie der entfernte Cousin und beste Freund ihres Vaters Alexander mitgenommen hatte.

Sie hatten eine Weile herumgestanden, die Menge beobachtet und sich gefragt, was wohl passieren würde. Doch sie hatten nur Leute in Overalls gesehen, die Abfalltonnen hin und her geschleppt hatten, so dass Alexander schließlich wieder mit ihr in den Public Garden gegangen war und sie zu einer Fahrt auf den Schwanenbooten und einem Beutel Popcorn zum Entenfüttern eingeladen hatte.

Sarah hatte schon als Teenager beide Eltern verloren und Alexander geheiratet. Die Hochzeit war ebenfalls kein besonderes Happening gewesen, genauso wenig wie die Ehe. Trotzdem hatte Sarah Alexander wirklich geliebt und gebührend um ihn getrauert. Doch wenn sie heute an ihn dachte, sah sie nie den verhärmten älteren Gatten, der mit allen Mitteln versucht hatte, den Puffer zwischen ihr und seiner dominierenden Mutter zu spielen, sondern immer nur den wunderschönen jungen Apoll in grauen Flannellhosen, der mit seiner einsamen kleinen Cousine im Schwanenboot gefahren war.

Alexander hatte Sarah nie einen Brief geschrieben. Dazu hatte er gar keine Gelegenheit gehabt, denn sie waren nie lange genug getrennt gewesen, um die Ausgabe für eine Briefmarke zu rechtfertigen. Trotzdem hätte sie gern Briefe von ihm bekommen. Vielleicht hatte Dolores sich auch nach Post gesehnt. Falls es Briefe gegeben hatte, hatte sie keinen davon aufbewahrt. Wenigstens gab es nichts dergleichen in der untersten Schublade, nicht einmal einen leeren Umschlag mit ihrem Namen und ihrer Adresse.

Es sei denn, Dolores hatte ihre Privatkorrespondenz in einem Schließfach aufbewahrt. Aber warum hätte sie sich die Mühe machen sollen, alles auf die Bank zu tragen, wenn es ohnehin niemanden gab, der die Briefe nach ihrem Tod las? Aber natürlich hatte die Ärmste zu diesem Zeitpunkt nicht ahnen können, wie bald sie sterben würde. Sarah blätterte schnell durch die

Ausschnitte. Erst als die Schublade ganz leer war, bemerkte sie die kleine Erhebung.

Er war nicht sehr auffällig. Irgendwann hatte Dolores ihre Schubladen mit braunem Packpapier ausgelegt, sauber und ordentlich, wie sie alles tat, und dabei das Papier auf das Holz geklebt. Als sie später versucht hatte, einen flachen, kleinen Gegenstand unter das Schrankpapier zu schieben, musste sie zuerst einen kleinen Schlitz in das Papier schneiden. Typisch Dolores, zuerst zu handeln und dann nachzudenken. Der kleine Gegenstand hatte herausgeragt und war durch den Schlitz sichtbar gewesen, so dass sie versucht hatte, ihren Fehler wiedergutzumachen, indem sie die auffällige Stelle mit einem neuen Streifen Papier überklebt. Inzwischen war der Papierstreifen wellig geworden und noch auffälliger, als es der Schlitz gewesen wäre. Sarah hob ihn mit dem Daumennagel an und fischte den Gegenstand heraus, der die Erhebung verursacht hatte. Es war ebenfalls ein Schlüssel zu einem Schließfach, doch er sah ganz anders aus als der Schlüssel, den sie bereits gefunden hatten.

»Officer Drummond, schauen Sie sich das mal an. Warum in aller Welt hätte Mrs. Tawne wohl in derselben Bank die Miete für zwei unterschiedliche Schließfächer zahlen sollen?«

»Keine Ahnung.«

Drummonds Magen wählte diesen günstigen Moment, um ein Knurren zu produzieren, das unüberhörbar war. Sarah legte die Zeitungsausschnitte, das Notizbuch und die Schachtel mit den Quittungen zurück in die Schublade und sprang auf.

»Tut mir leid. Wir gehen jetzt besser zum Kenmore Square und essen eine Kleinigkeit. Ich werde die Schlüssel mitnehmen. Als Testamentsvollstreckerin muss ich ohnehin das Guthaben, das sie möglicherweise auf der Bank hat, auf mein Konto überweisen. Wenn wir schon mal dort sind, können wir uns auch die Schließfächer ansehen.«

Kapitel 12

»Achtung!«

Es gab tatsächlich noch Wunder. Einen Zentimeter näher, und Sarah Kelling Bittersohn hätte als blutige Masse im Rinnstein gelegen. Officer Drummond hatte sie so fest am Arm gepackt, dass es wehtat. Er zerrte sie so heftig zurück über die Bordsteinkante, dass sie sich das Knie am Beton aufscheuerte. Sie fühlte, wie er zitterte. Wahrscheinlich zitterte sie selbst auch. Gott sei Dank hatte sie noch ein Knie, das sie sich aufschlagen konnte.

Als sie erst einmal sicher auf dem Bürgersteig war, half Drummond ihr auf die Füße und lockerte seinen Griff ein wenig. »Dieser Mistkerl! Er hat absichtlich versucht, Sie zu überfahren! Und ich habe noch nicht mal seine ganze Nummer. Sieben, fünf, irgendwas.«

»Sieben, fünf, drei, zwei, KG.« Sarah hatte keine Ahnung, woher sie das wusste. Sie fing an zu lachen, wobei sie versuchte, keinen hysterischen Anfall zu bekommen. Ihr linkes Bein war ramponiert, ihr Nylonstrumpf hatte eine Riesenlaufmasche, ihr Knie war aufgeschlagen, Blut rann ihr das Schienbein hinab. Sie öffnete die Handtasche, die irgendein freundlicher Passant netterweise für sie in Sicherheit gebracht hatte, und fischte eine Hand voll Papiertaschentücher heraus. »Wie ärgerlich. Jetzt muss ich mir eine neue Strumpfhose kaufen. Entschuldigen Sie bitte, Officer Drummond, ich rede Unsinn. Danke. Das klingt ziemlich schwach, nicht?«

Sie schien immer noch zu schwanken, denn Drummond hielt ihren Arm weiter umklammert. »Der Wagen war ein grauer Toyota, so viel habe ich sehen können. Es gibt sicher nicht mehr als tausend davon, die täglich hier durchbrettern. Sieben, fünf, drei, zwei, KG, haben Sie gesagt? Ich gebe es besser sofort weiter.«

Er ließ sie gerade so lange los, um Notizbuch und Stift herauszuholen und das Kennzeichen aufzuschreiben. »Sieben, fünf, drei, zwei, KG, richtig? Kommen Sie, Mrs. Bittersohn, wir gehen jetzt hier rein und trinken einen Kaffee. Sie können sich hinsetzen und sich wieder berappeln, während ich im Revier anrufe.«

»Danke.« Das klang einigermaßen vernünftig, daher sagte Sarah es noch einmal. Sie ließ sich von dem Polizisten in den Coffee Shop führen. Er schnappte sich einen Kellner, der hinter den Topfpflanzen am Fenster stand und damit beschäftigt war, nach draußen zu spähen.

»Würden Sie sich bitte um diese Dame kümmern? Sie ist gerade fast von einem Fahrerflüchtigen über den Haufen gefahren worden. Sie haben ja gesehen, was passiert ist, oder? Ich muss das Revier informieren. Wo ist das Telefon?«

»Direkt da drüben, neben der Bar. Klar, ich habe alles gesehen. Es war ein grauer Toyota. Der Kerl hat es absichtlich gemacht.«

»Sind Sie sicher, dass es ein Mann war?«

»Tja, also, ich glaube schon. Es hätten auch zwei Männer sein können, aber das habe ich nicht genau sehen können. Alles in Ordnung, Miss? Kann ich Ihnen etwas zu trinken bringen?«

»Kaffee, bitte. Schwarz.« Sarah war erstaunt, dass sie überhaupt sprechen konnte, sie fühlte sich, als wäre sie ausgestopft und auf ein Brett montiert wie die Trophäe eines Jägers.

»Kommt sofort. Zucker steht auf dem Tisch.«

Sarah hatte das vage Gefühl, dass sie Zucker in den Kaffee tun sollte, den der Kellner bringen würde. Sie hasste zwar Zucker in Getränken, doch angeblich war es gut für irgendetwas. Schock, genau, das war es. Es war ihr egal, sogar das Rühren wäre ihr zu anstrengend. Sie saß einfach nur da, trotz der Schmerzen, die sie jetzt in ihrem Knie verspürte, da ihr klar wurde, dass sie verletzt war. Sie fühlte sich wie betäubt. Am besten kämpfte sie gar nicht erst dagegen an.

Der junge Kellner kam mit einem Becher Kaffee zurück und setzte ihn so vor sie hin, dass sie den daraus aufsteigenden Dampf riechen konnte. Sie starrte auf den Becher, versuchte erst gar nicht, ihn in die Hand zu nehmen. Es schien jenseits aller Vorstellungskraft, dass jemand in einem grauen Toyota absichtlich und kaltblütig versucht hatte, sie zu überfahren. Doch genau dies war passiert. Officer Drummond hatte es gesagt, der Kellner hatte es gesagt, und die beiden würden sicher nicht lügen.

Sie versuchte, ihre Finger zu bewegen, um zu sehen, ob sie noch funktionierten. Ihre Hand berührte den Henkel des Bechers. Sie fragte sich, was sie als Nächstes tun sollte. Es gab irgendetwas, das Officer Drummond wissen musste, doch sie erinnerte sich erst wieder daran, als er mit seinem Bericht fertig war und sich zu ihr an den Tisch setzte.

»Mir ist gerade etwas eingefallen, Officer Drummond. Hinter diesem … Zwischenfall könnte mehr stecken. Sonntagnachmittag bin ich von der Nordküste nach Boston gefahren, und zwei Männer in einem grauen Toyota haben mich bedrängt. Sie wissen schon, sie hingen mir an der Stoßstange. Als ich versuchte, ihnen zu entkommen, haben sie mich plötzlich überholt und haben mir den Weg abgeschnitten. Der übliche Schwachsinn.«

»Sowas sollte man in den Zoo sperren«, knurrte der Polizist. »Am besten zusammen mit einem Tiger. Hier, trinken Sie Ihren Kaffee, solange er noch heiß ist. Und was haben Sie gemacht?«

Sarah gelang es, einen oder zwei Schluck zu sich zu nehmen. Es ging ihr schon ein bisschen besser. »Glücklicherweise bin ich die Strecke schon so oft gefahren, dass ich selbst ein paar gute Tricks auf Lager hatte. Ich habe die Jungs bis zu einer ganz bestimmten Stelle hingehalten und kurz davor ziemlich elegant abgehängt, könnte man sagen. Ich weiß selbst nicht, ob die Nummer, die ich Ihnen eben automatisch heruntergerasselt habe, vielleicht die war, die ich am Sonntag mehrfach deutlich gesehen habe, oder ob es beide Male ein und dieselbe Nummer war.«

»Sie haben sie nicht zufällig beim ersten Mal aufgeschrieben?«

»Nein. Ich war viel zu sehr damit beschäftigt, nicht in einen Unfall verwickelt zu werden und auf eine günstige Gelegenheit zu warten, meine Verfolger abzuschütteln.« Sie probierte noch ein wenig von dem Kaffee und fing an, sich schon wieder halbwegs wie ein Mensch zu fühlen. »Meinen Sie nicht, wir sollten langsam bestellen? Sie sind bestimmt halb verhungert. Ich werde etwas ganz Einfaches und Langweiliges nehmen, wie ein simples Omelette, aber Sie sollten sich etwas bestellen, worauf Sie wirklich Lust haben. Mrs. Tawnes Anwalt sagt, ein Testamentsvollstrecker darf seine Ausgaben aus dem Nachlass decken. Vorausgesetzt, es gibt einen.«

Drummond stieß ein Geräusch aus, das ein Lachen hätte werden können, wenn er es nicht im Keim erstickt hätte. »Sie sind wirklich tough, Mrs. Bittersohn, wenn ich mir die Bemerkung erlauben darf. Wo ist denn unser Kellner?«

Er blickte mit autoritärer Miene um sich, und der junge Mann erschien wieder auf der Bildfläche. »Ich glaube, wir sind so weit, dass wir bestellen können. Die Dame möchte gern ein einfaches Omelette, und ich hätte gern ein Roastbeef-Sandwich. Und zwar mit möglichst viel Sauce, das können Sie der Küche ausrichten.«

Während sie auf ihr Essen warteten, kamen sie automatisch wieder auf das Thema zu sprechen, das sie beide vorrangig beschäftigte. »Haben Sie den Fahrer gesehen?« erkundigte sich Sarah. »War sonst noch jemand in dem Wagen?«

»Möglich wär's. Alles, an das ich mich erinnere, ist der verrückte Mensch am Steuer.«

»Mann oder Frau?«

Drummond zuckte mit den Achseln. »Wer weiß das schon, wenn man bedenkt, wie sich die Leute heute anziehen. Aber ich bin trotzdem ziemlich sicher, dass es ein Mann war. Als Polizist entwickelt man ein Gespür für sowas. Sie haben nicht zufällig einen Blick in den Wagen werfen können?«

»O nein. Ich dachte gerade darüber nach, was Dolores wohl mit ihren Bankauszügen gemacht hat. Ich habe den Wagen überhaupt nicht bemerkt, bis er urplötzlich da war und mich fast überfahren hätte. Sind Sie sicher, dass er absichtlich ausgeschert ist? Sie wissen ja, wie nervös manche Fahrer sind, wenn sie nicht an den fürchterlichen Verkehr in Boston gewöhnt sind.«

»Und ob ich das weiß«, knurrte Drummond. »Aber ich habe genug Erfahrung als Verkehrspolizist, um zu erkennen, ob jemand nur ein dämlicher Sonntagsfahrer ist oder ob er es darauf anlegt, andere zu gefährden. Dieser Schwei…, äh, Fahrer wollte Blut sehen. Und ich werde ihn kriegen. Ich weiß zwar noch nicht wie, aber er gehört mir. Möchten Sie noch Kaffee?«

»Ich möchte endlich mein Omelette.« Sarah schaute auf ihre Armbanduhr. »Kein Wunder, es ist ja auch schon halb zwei. Tut mir wirklich leid.«

»Ah, das macht doch nichts. Ich bin daran gewöhnt, zu den unmöglichsten Zeiten zu essen.«

Inzwischen war der mittägliche Andrang vorbei, und das Essen ließ nicht lange auf sich warten. Sarahs einfaches Omelette war neckisch mit vier Weintrauben, einer Orangenscheibe und einem zierlich gekräuselten Kohlblättchen garniert. Drummonds Roastbeef-Sandwich war eine dicke Scheibe halbrohes Fleisch, das in Sauce schwamm. Sie versuchten beide, möglichst nicht auf das Essen des anderen zu schauen. Obwohl sie die warme Mahlzeit genossen, konnten sie sich immer noch nicht von dem bizarren Vorfall lösen, der sie so nachhaltig aus der Fassung gebracht hatte.

»Wissen Sie, Mrs. Bittersohn, es scheint fast, als habe sich der Fahrer absichtlich in der Nähe aufgehalten, um genau den richtigen Moment abzupassen. Der Kerl und wer immer auch bei ihm war hat vielleicht in zweiter Reihe an der U-Bahn-Station geparkt, als würden sie auf jemanden warten. Und als er sie auf dem Fußgängerüberweg gesehen hat, ist er losgebraust.«

»Aber Sie waren doch bei mir«, gab Sarah zu bedenken.

»Ich war auf der anderen Seite und habe aufgepasst, ob nicht irgendein Cowboy plötzlich nach links abbog. Der Typ im Toyota hat vielleicht gar nicht gemerkt, dass wir zusammengehörten.«

»Woher konnte er überhaupt wissen, dass ich dort war?«

»Ich will Sie wirklich nicht beunruhigen, Mrs. Bittersohn. Aber nehmen wir mal an, es war der Bote, der im Little Building die Hutnadel beim Portier hinterlegt hat. Vielleicht hat er dort gewartet und Sie beobachtet, als Sie den Umschlag abholten, und sich dann an Ihre Fersen geheftet.«

Sarah schüttelte den Kopf. »Ich nehme eher an, dass er mich und meinen Hausdiener Charles verloren hat, nachdem wir gestern am Spätnachmittag die Hutnadel bei Lieutenant Harris abgegeben haben. Wahrscheinlich hat er mich erst wieder heute Morgen abgepasst, als ich zum Polizeirevier ging, um Mrs. Tawnes Schlüssel zu holen. Ich weiß nicht, ob Lieutenant Harris Ihnen gegenüber erwähnt hat, dass gestern jemand versucht hat, ein Loch durch die Wand in unserem Büro zu bohren, als ich dort war und arbeitete. Aus diesem Grund habe ich auch Charles angerufen und ihn gebeten, mich abzuholen und nach Hause zu begleiten. Doch dann fiel mir ein, dass es keine besonders gute Idee war, jemanden mit einer Bohrmaschine zu meinem Haus in der Tulip Street zu locken. Daher haben Charles und ich den Abend damit verbracht, allerlei falsche Spuren zu legen. Ich habe sogar dieses Kostüm als Tarnung gekauft, nachdem ich heute Morgen in der Anwaltskanzlei war. Aber das war höchstwahrscheinlich reine Geldverschwendung. Mein Verfolger brauchte ja nur früh genug im Polizeirevier anzurufen und sich zu erkundigen, ob Mrs. Bittersohn schon da gewesen sei, um Mrs. Tawnes Schlüssel abzuholen. Danach brauchte er sich nur auf die Lauer zu legen und zu warten, bis eine Frau mit der richtigen Größe hineinging und kurze Zeit später wieder heraus kam. Er hat sicher einen Schrecken bekommen, als er sah, wie Sie mir in den Streifenwagen halfen.«

»Aber es hat ihn nicht abgehalten, oder?«, erwiderte Drummond ein wenig bitter. »Er ist uns wohl zu den Fenway Studios gefolgt und hat dann richtig geraten, dass wir zum Kenmore Square wollten, als er uns zu Fuß losziehen sah.«

»Ja, aber die Tatsache, dass Sie bei mir waren, hat ihn sicher veranlasst, seinen ursprünglichen Plan zu ändern. Wenn er wirklich darauf aus war, mich zu ermorden, wäre es einfacher und weniger riskant gewesen, mich allein im Atelier zu erwischen und zu erstechen, zu erwürgen oder mich aus dem Fenster hinunter auf die Straße vor einen Lkw zu stoßen. Möchten Sie Nachtisch?«

Das war zu viel für Officer Drummond. »Mein Gott! Bringt man euch das etwa auf diesen komischen Mädchenpensionaten bei?«

»Keine Ahnung«, sagte Sarah. »Mein Vater glaubte nicht an Mädchenschulen. Wenn Sie mich jetzt bitte entschuldigen würden, ich würde mich gern so gut es geht säubern. Ich habe schon sämtliche Papierservietten aufgebraucht, um das Blut von meinem Knie zu wischen. Könnten Sie vielleicht eben schnell zum Drugstore laufen, falls es hier überhaupt einen gibt, und etwas Gaze, Pflaster sowie ein paar Nylon-Kniestrümpfe für mich besorgen?«

»Tut mir leid, aber das geht nicht. Ich habe die strikte Anweisung, Sie nicht allein zu lassen.« Drummond machte einen halbherzigen Versuch, nach der Rechnung zu greifen, die der Kellner auf den Tisch gelegt hatte, doch Sarah kam ihm zuvor.

»Darum kümmere ich mich schon. Aber bitte lassen Sie mich jetzt wenigstens ein paar Minuten von der Leine, ja?«

»Okay, Mrs. Bittersohn, aber ich stelle mich direkt vor die Tür. Rufen Sie, wenn Sie mich brauchen.«

Sarah legte das Geld auf den Tisch, inklusive eines großzügigen Trinkgeldes für den hilfreichen jungen Kellner, und ließ sich von Drummond zur Tür der Damentoilette eskortieren. Er bestand darauf, dass sie die Tür so lange aufhielt, bis er auch ganz sicher sein konnte, dass niemand hinter der Toilettenschüssel lauerte.

Ihre Verletzungen und Abschürfungen konnte sie nur so weit behandeln, dass sie das getrocknete Blut und ein paar kleine Blutrinnsale abwusch, die ihr noch das Schienbein hinunterliefen. Glücklicherweise war der graue Flanellrock um die Taille ein wenig weit. Sie zog ihn so weit nach unten, wie es überhaupt möglich war, ohne dass er herunterrutschte, und versuchte auf diese Weise, ihre Verletzung einigermaßen zu verbergen. Nachdem sie sich die Hände gewaschen, das Haar gekämmt und frischen Lippenstift aufgetragen hatte, wobei sie auch ein klein wenig Farbe auf ihren Wangen verstrich, so dass sie nicht gar so sehr wie die Leiche aussah, die sie um ein Haar gewesen wäre, fühlte sie sich wieder etwas lebendiger. Mehr konnte sie nicht tun. Sie öffnete die Tür gerade noch rechtzeitig, um ihren angeblich so aufmerksamer Wachhund dabei zu erwischen, wie er aus der Herrentoilette kam.

»Da sind Sie ja«, sagte sie. »Und jetzt möchte ich gern in den Drugstore, wenn es Ihnen nichts ausmacht. Ich kann unmöglich in die Bank gehen, wenn ich aussehe, als hätte ich gerade einen Kampf gegen eine Wildkatze verloren.«

Sie hinkte heftig, doch das ließ sich nicht vermeiden. Glücklicherweise gibt es am Kenmore Square genügend Einkaufsmöglichkeiten. Officer Drummond erklärte einer freundlichen Apothekerin, dass sein Schützling gefallen sei und sich verletzt habe. Die freundliche Apothekerin, eine noch ziemlich junge Frau, bat Sarah zu sich hinter die Theke und half ihr, die traurigen Überreste ihrer Strumpfhose abzustreifen und den Bürgersteigdreck mit Wasserstoffperoxid zu entfernen. Dann versorgte sie die Wunde mit einer lindernden antibiotischen Salbe und Gazepads, die sich himmlisch anfühlten. Sie riet Sarah, zu Hause die Schwellung mit Eis zu behandeln, und schickte eine Angestellte zum Strumpfwarenregal, um dort ein Paar dunkelgraue Kniestrümpfe zu holen. Sie kannte sogar die Zweigstelle der High Street Bank, die angeblich in Humpelnähe lag. Da es nicht Kelling-Art war, wildfremde Apothekerinnen zu umarmen, brachte Sarah ihre Dankbarkeit mit ein paar herzlichen Worten zum Ausdruck, beglich die bescheidene Rechnung und hinkte so anmutig wie möglich von der Drogerie zur Bank.

Viel Zeit blieb ihnen nicht, denn die Bank schloss um drei. Sarah ging sofort zum Informationsschalter und sprach mit dem Mann mittleren Alters, der dort seinen Dienst versah.

»Mein Name ist Sarah Kelling Bittersohn. Ich bin selbst Kundin Ihrer Bank und Testamentsvollstreckerin einer anderen Kundin, die hier ihre Schließfächer hat. Es handelt sich um Dolores Agnew Tawne. Sie ist am Sonntagnachmittag verstorben. Ich soll alles Geld, das sie hier bei Ihnen hat, auf mein Treuhandkonto überweisen. Ich habe bisher keine Kontoauszüge oder Sparbücher gefunden, daher nehme ich an, sie befinden sich in ihren Schließfächern. Können Sie mir sagen, an wen ich mich wenden soll?«

»Einen Moment bitte.« Der Mann betätigte einen Schalter und sprach in sein Mikrophon. »Mrs. Fortune, hier ist eine Testamentsvollstreckerin für den Nachlass von Mrs. Agnes Torn. Sie möchte gern mit Ihnen sprechen. Sie hat einen Polizisten bei sich. Soll ich die beiden bitten zu warten?«

Er hörte zu und nickte dann. »Mrs. Fortune erwartet Sie. Hinter dem Schalter rechts, dritte Tür links.«

Mrs. Fortune, eine gequält wirkende Dame um die fünfzig in einem grauen Kostüm, das dem von Sarah ziemlich ähnlich sah, tauchte aus einer inneren Sicherheitszone auf. »Wie war der Name noch? Sind Sie eine Angehörige der Verstorbenen?«

»Nein, ich bin die Testamentsvollstreckerin der verstorbenen Dolores Agnew Tawne. Mein Name ist Sarah Kelling Bittersohn. Und das ist Officer Drummond, der mir bei der Angelegenheit behilflich ist. Wir haben eben in Mrs. Tawnes Atelier die Schlüssel zu den Schließfächern und das Originaltestament gefunden. Aber wir haben keine Auszüge oder Sparbücher gefunden, daher würde ich gern Einsicht in die Fächer nehmen, um dann etwaige Guthaben, die sie vielleicht hinterlassen hat, auf mein Treuhandkonto überschreiben zu lassen.«

Mrs. Fortune hatte ihr geschäftsmäßiges Kostüm mit einer Brille mit grünem Gestell aufgepeppt, die an einer Kette mit rosa und grünen Perlen hing. Sie setzte sich besagte Brille auf und musterte Sarah und ihren Begleiter misstrauisch. »Sie sprachen von Fächern. Wollen Sie damit sagen, dass Mrs. Tawne mehr als ein Fach hatte?«

»Sie hatte jedenfalls mehr als einen Schlüssel. Und zwar unterschiedliche.«

Sarah nahm die beiden winzigen Schlüssel aus ihrer Handtasche und legte sie nebeneinander auf Mrs. Fortunes Schreibtisch. »Diesen hier habe ich zusammen mit dem Testament in der obersten Kommodenschublade gefunden. Der andere lag versteckt unter dem Schrankpapier in der untersten Schublade. Hier sind die dazugehörigen Umschläge. Wie Sie sehen, tragen beide die Aufschrift ›High Street Bank‹ und haben verschiedene Nummern. Es ist natürlich möglich, dass einer der Schlüssel zu einem Fach gehört, das sie früher mal gemietet hatte und für das sie irgendwann die Miete nicht mehr bezahlt hat. Sie war immer sehr sparsam. Aber ich hielt es einfach für das Beste, beide Schlüssel mitzubringen.«

Mrs. Fortune schaute in ihren Computer und schüttelte den Kopf. »Unter Mrs. Tawnes Namen gibt es hier bei uns nur ein Fach.«

»Vielleicht hat sie das andere auf den Namen ihres Bruders gemietet?« Obwohl es höchst unwahrscheinlich war, dachte Sarah, dass der verstorbene Jimmy Agnew irgendetwas besessen hatte, das wertvoll genug war, um in einer Bank aufbewahrt zu werden. »Oder von sonst jemandem«, fuhr sie fort. »Sie haben doch wahrscheinlich die Möglichkeit, einen nummerierten Schlüssel einem bestimmten Namen zuzuordnen.«

»Ja, das können wir durchaus. Aber erst, wenn Sie sich mir gegenüber ordnungsgemäß ausgewiesen haben.«

»Natürlich. Hier haben Sie den Gerichtsbeschluss und meinen Führerschein mit einem Foto. Und das hier ist Mrs. Tawnes Testament, in dem ich als Vollstreckerin eingetragen bin. Ich werde das Testament später zur Kanzlei ihres Anwalts bringen. Er kann meine Angaben bestätigen. Sie brauchen ihn nur anzurufen. Sein Name ist Redfern, seine Adresse steht im Testament. Reicht Ihnen das als Identifikation?«

»Völlig.« Mrs. Fortune rang sich sogar ein grimmiges Lächeln ab. Der Schlüssel aus der obersten Schublade wurde sofort als der von Dolores Agnew Tawne identifiziert. Beim zweiten dauerte es etwas länger. Erst als ein Assistent Mrs. Fortune eine getippte Karte aus einem alten hölzernen Aktenschrank in irgendeinem Hinterzimmer holte, war der Computer in der Lage, die relevante Information auszuspucken. Das Fach war am 3. Dezember 1967 gemietet worden. Seitdem hatte niemand wieder Zugang dazu verlangt. Dies erklärte auch, warum die Karte bei den Karteileichen gelandet war, obwohl die Miete jedes Jahr pünktlich gezahlt wurde.

Der Name auf der alten Karte stimmte mit dem im Computer überein. Er lautete LaVonne LaVerne. Herauszufinden, wer diese Frau war oder gewesen war, würde jetzt, da Dolores tot war, wahrscheinlich einige Zeit dauern. Der Namen stand nicht im Bostoner Telefonbuch und war auch in keinem der Vororte aufgeführt. Dies waren die einzigen Informationsquellen, die Mrs. Fortune zur Hand hatte. Aber das machte nichts. Es gab genügend Möglichkeiten, Nachforschungen zu betreiben, etwa die Wählerverzeichnisse, die Ergebnisse der Volkszählung oder die unbezahlbare Referenzabteilung der Boston Public Library. Man konnte sogar Anzeigen in den Bostoner Zeitungen aufgeben, wenn alles andere fehlschlug. Doch das war unwahrscheinlich.

Mrs. Fortune hatte jedenfalls keine Lust, momentan tiefgründige Recherchen zu betreiben, so viel war klar. Sie wollte, dass LaVonne LaVerne erschien oder aufhörte, in dem so lange ungeöffneten Schließfach zu spuken. Es schien fast, als verdächtige sie Sarah, bewusst Informationen zurückzuhalten.

»Und Sie sind absolut sicher, Mrs. Bittersohn, dass Mrs. Tawne diese Frau LaVerne Ihnen gegenüber nie erwähnt hat?«

»Ganz sicher«, insistierte Sarah. »Wie ich bereits seit Sonntag immer wieder zu erklären versuche, war Mrs. Tawne keine persönliche Freundin, sondern nur jemand, mit dem wir geschäftlich zu tun hatten. Sie konnte durchaus umgänglich sein, wenn ihr danach war, aber normalerweise sprach sie ausschließlich über ihre Arbeit am Wilkins-Museum. Ihr Beruf schien ihr Ein und Alles zu sein.«

»Das Wilkins-Museum? O ja, jetzt erinnere ich mich wieder an sie! Eine kräftige Frau, mit einer lauten Stimme. Dann ist sie jetzt also tot. Nun ja, früher oder später müssen wir alle sterben. Wir gehen jetzt besser schnell zu den Schließfächern, wir haben nämlich nicht mehr viel Zeit.«

Kapitel 13

Sarah hoffte, dass ihr Knie nicht wieder zu bluten anfing. Glücklicherweise brauchten sie nicht weit zu gehen. Mrs. Fortune führte sie und ihren Leibwächter in einen fensterlosen Raum mit zahlreichen Schließfächern, jedes in einer eigenen mit Stahl ausgekleideten kleinen Nische und einem eigenen Schloss. Mrs. Fortune nahm die beiden Schlüssel, die Sarah ihr reichte, verglich die Nummer auf dem ersten Schließfach mit der auf dem Schlüssel und auf ihrer Liste und schloss die kleine Tür auf.

»Das ist Mrs. Tawnes Schließfach.« Mrs. Fortune zog die lange, schmale, grüne Kassette heraus. »Wollen Sie sich zuerst den Inhalt von dieser Kassette ansehen, Mrs. Bittersohn? Sie können sie dann wieder zurücklegen, bevor wir die LaVerne-Kassette herausnehmen. Oder wollen Sie lieber beide zusammen öffnen?«

»Beide zusammen, bitte.« Sarahs Hauptanliegen bestand inzwischen darin, alles, was hier getan werden musste, so schnell wie möglich hinter sich zu bringen und dann nach Hause zu fahren und ihr Bein hochzulegen.

»Dann kommen Sie bitte mit. Hier, halten Sie die erste Kassette, während ich die zweite herausnehme, damit wir sie nicht vertauschen. Sie fragen sich vielleicht, warum ich keine schriftliche Vollmacht verlangt habe, um die LaVerne-Kassette zu öffnen. Aber da sie in all der Zeit nie geöffnet wurde und der Schlüssel anscheinend im Besitz von Mrs. Tawne war und Sie jetzt die Testamentsvollstreckerin sind, liegt die Entscheidung bei Ihnen. Wissen Sie, es ist durchaus möglich, dass es diese LaVonne LaVerne nie gegeben hat. Manchmal passieren hier die verrücktesten Dinge. Menschen sterben ohne Testament und hinterlassen Kassetten mit falschen Zähnen, Glasaugen oder Aktien von Firmen, die vor einem halben Jahrhundert Pleite gemacht haben. Wir wissen nie, was uns erwartet.«

Noch während sie sprach, hatte Mrs. Fortune die zweite Kassette herausgenommen. Sie bedeutete Sarah mit einer Handbewegung, ihr zu einer Reihe von Kabinen an der vierten Wand zu folgen, öffnete eine der Türen und schaltete die Deckenbeleuchtung an. »Bitte lassen Sie sich nicht zu viel Zeit, wir schließen um Punkt drei. Achten Sie darauf, dass Sie die Tür von innen zuhaken.«

Sie stellte die LaVerne-Kassette auf das Regal, das gleichzeitig als Schreibtisch diente, verließ die Kabine und überließ Sarah sich selbst. Es fühlte sich fast so an, als wäre sie in einer Umzugskiste für ein Klavier eingeschlossen. Es war kaum genug Platz für den Holzstuhl, der vor dem Regal stand. Sarah hängte pflichtschuldig den altmodischen Haken ein und öffnete die von Dolores Tawne gemietete Kassette.

Gut, da waren die Kontobücher, zwei Stück. Auf dem einen Konto befand sich ein Betrag von knapp unter fünfzehntausend Dollar, auf dem anderen gerade ein paar hundert. Den zahlreichen kleinen Kontobewegungen nach zu urteilen, hatte Dolores das zweite offenbar für ihre wöchentlichen Ausgaben benutzt, während das erste ihre Lebensersparnisse enthielt. Auch von diesem Konto war Geld abgehoben worden, doch nicht in jüngster Zeit. Die größte und letzte Summe war wahrscheinlich für Jimmys Beerdigung bestimmt gewesen. Selbst als Toter hatte er seiner Schwester noch auf der Tasche gelegen. Wie viele ihrer schwer verdienten Dollars hatte seine Schwester wohl unwissentlich in seinen stets durstigen Schlund rinnen lassen?

Wenigstens war genug Geld vorhanden, um Dolores' kleinen Nachlass zu regeln. Sarah steckte die beiden Bücher in ihre Handtasche und hob einen gelbbraunen Seidenschal mit einem blauen Farbfleck in einer Ecke hoch, der den restlichen Inhalt der Kassette verdeckte. Sie hätte wissen müssen, dass Dolores alles in bester Ordnung hinterlassen würde, doch warum hatte sie sich die Mühe gemacht, all ihre kleinen Habseligkeiten in

Weihnachtspapier einzuwickeln und mit schmalem rotem Satinband zu dekorieren?

Es gab ziemlich viele dieser kleinen Päckchen. Sie waren ungefähr zehn bis fünfzehn Zentimeter lang und nicht mehr als drei bis acht Zentimeter breit. Neugierig geworden, entfernte Sarah das Papier von einem der Päckchen. Sie fand darin eine mit purpurrotem Samt bezogene Schmuckschatulle, die zwar ein wenig abgenutzt, aber ansonsten noch in Topzustand war. Sarah öffnete sie und schnappte nach Luft.

Die Ära der Stutzer und Schönlinge, der Gecken und Dandys und neuerdings auch der Eisenbahntycoone war vorbei. Kein Mann schmückte heutzutage noch seine Krawatte oder die Brust seines weißen Frackhemdes mit großen, funkelnden Edelsteinen. Doch das war irgendjemandem offenbar völlig gleichgültig. Sarah öffnete eine weitere elegante kleine Schatulle, dann noch eine, und wünschte sich, sie hätte genug Zeit, sich alle anzusehen. Einige der Krawattennadeln waren relativ unauffällig, wenn man Diamanten von nur zwei oder drei Karat in aufwendigen Goldfassungen als unauffällig bezeichnen konnte. Andere waren so prächtig gearbeitet, dass sie einen Raja mit Neid erfüllt hätten.

Sarah wusste sehr wohl, was sie vor sich hatte, und es machte ihr Angst. Es war völlig unmöglich, dass Dolores auf ehrliche Weise an diese Sammlung gekommen war. Wie in Dreiteufelsnamen hatte diese Pflegerin mausernder Pfaue und Hüterin von Madam Wilkins abscheulichen Majoliken es geschafft, einen Coup dieser Größenordnung zu landen? Und wie verhielt sich eine Testamentsvollstreckerin mit einem Gerichtsbescheid, der ihr die volle Verantwortung für den Nachlass von Dolores Agnew Tawne gab?

Wenn Max nur da wäre! Aber er war nicht da. Und Mrs. Fortune saß draußen vor der Kabine bestimmt schon auf heißen Kohlen, dabei hatte Sarah die LaVerne-Kassette noch nicht einmal geöffnet. Halb gespannt und halb ängstlich, was sie wohl darin finden würde, lüftete Sarah den Deckel, der seit dreißig Jahren nicht mehr geöffnet worden war.

Der Inhalt war kaum der Rede wert. Sie fand nur einen vergilbten briefgroßen Umschlag, der mit handgeschriebenen Blättern voll gestopft war, die durchzusehen sie jetzt nicht die Zeit hatte, ein halbes Dutzend Schwarzweiß-Fotos in der Größe zwanzig mal fünfundzwanzig. Sie waren schon so lange zusammengerollt, dass man sie nur mit Mühe auseinander halten konnte. Um sie genauer betrachten zu können, musste man sie zuerst unter einem schweren Gegenstand glätten. Außerdem fand sie noch etwas, das weder schön noch kostbar war, nämlich sechs lange, scharfe, nüchtern wirkende Hutnadeln aus Stahl.

Sie sahen alle ziemlich ähnlich aus. Jede war entweder mit einem Ornament oder einer Kugel in der Größe einer Glasmurmel verziert, die mit winzigen Perlen aus Jett besetzt war. Die Stahlschäfte waren von der Zeit oder irgendetwas anderem dunkel gefärbt. Alle Hutnadeln waren in einem besseren Zustand als die, welche Sarah Lieutenant Harris übergeben hatte, doch keine sah besonders hübsch aus. Dreißig Jahre Miete für ein Schließfach, in dem nur alte Hutnadeln lagen? Aus freien Stücken von Dolores Tawne bezahlt? Unvorstellbar! Von jemand anderem bezahlt? Aber von wem?

Dolores hatte sich einmal hereinlegen lassen, doch nur, weil man ihr eingeredet hatte, sie diene damit einem erhabenen and edlen Zweck, einmal abgesehen von den Vorteilen, die sich dabei für sie selbst ergaben. Endlich hatte sie die Möglichkeit, in großem Rahmen ihr phänomenales Talent als Kopistin unter Beweis zu stellen. Und endlich wurde auch ihr unersättliches Ego belohnt. Im Laufe der Jahre sah sie voll Stolz, wie Tausende von Besuchern vor Kunstwerken in Verzückung gerieten, die sie für einen echten Duccio, Boticelli, Rembrandt, Manet oder sogar Sargent hielten. Dabei bewunderten sie in Wirklichkeit jedes Mal einen echten Dolores Tawne.

Je mehr Sarah über die unglaublichen Krawattennadeln nachdachte, desto weniger konnte sie sich vorstellen, dass Dolores sie gestohlen hatte. War es möglich, dass die Frau so leichtgläubig gewesen war, dass sie schon wieder auf ein Märchen hereingefallen war? War sie dem gewissenlosen Gauner ein zweites Mal auf den Leim gegangen und hatte sich überreden lassen, Diebesgut zu horten, während er zweifellos versuchte, sich aus dem Gefängnis freizukaufen, nach dem Motto: Geld ist der beste Anwalt?

Dolores hatte zu den Menschen gehört, die zuerst handelten und dann erst dachten. Sie hätte leicht wieder in die gleiche Falle tappen können. Vielleicht hatte sie auch diesmal erst gemerkt, auf was sie sich eingelassen hatte, als es längst zu spät war. Oder Angst gehabt, etwas zu behalten, das nicht ihr gehörte. Doch vielleicht hatte sie noch mehr Angst gehabt, man würde sie erneut der Beihilfe zu einer Straftat beschuldigen, wenn sie versuchte, die Nadeln der Polizei zu übergeben. Sie einfach im Schließfach aufzubewahren, war ihr möglicherweise als die einzig kluge und vernünftige Lösung erschienen. Trotz aller gegenteiligen Beweise hatte sich Dolores selbst stets für klug und vernünftig gehalten.

Was sie von der LaVerne-Kassette halten sollte, wusste Sarah nicht. Dolores hatte nur wenig Geld gehabt. Warum hätte sie dann jahrelang die Miete für ein Schließfach bezahlen sollen? Es sei denn, sie hatte ein Versprechen gegeben, an das sie sich gebunden fühlte. Dolores hatte sich selbst immer vor allem als edelmütige Seele gesehen. Sie hatte edelmütig so lange an ihrem armen Saufsack von Bruder herumgenörgelt, bis er ihrer ständigen Meckerei ein Ende bereitet hatte und vor eine Huntington-Avenue-Straßenbahn gelaufen war. Sie hatte edelmütig all die Jahre den Mund gehalten, während sie sich die Seele aus dem Leib gemalt hatte. So hatte sie es selbst genannt, mit der ganzen Bitterkeit, die sie in der Nacht empfunden hatte, in der alles ans Licht gekommen war. Und das alles nur für ein paar gelegentliche Streicheleinheiten und hin und wieder eine Flasche billigen Champagner. Vielleicht hatte sie auch den geheimnisvollen kleinen Schlüssel aus edelmütigen Gründen gehütet. Aber was war schon edelmütig an dieser jämmerlichen Sammlung schäbiger Relikte?

Nach kurzem Kampf gelang es Sarah, eines der zusammengerollten Fotos von den anderen abzulösen und auf dem Regal auszubreiten. Es zeigte eine Reihe von sieben Frauen, bei denen es sich ihrer Meinung nach um Revuetänzerinnen handelte. Alle trugen tief ausgeschnittene schwarze Abendkleider mit auffälligen Fischschwanz-Volants aus steifem Tüll, schwarze Wagenradhüte, die fast vertikal an einer Kopfseite verankert waren, und schwarze Witwenschleier, die ihre Gesichter verdeckten, jedoch lässig nach hinten geschlagen waren, so dass der größte Teil ihrer vorderen Wölbungen enthüllt wurde.

Sarah erkannte die Revuegirls sofort. Sie hatte erst an diesem Morgen Zeitungsausschnitte mit genau den gleichen Fotos in Dolores' unterster Schublade gesehen. Sie bedauerte, dass sie die Ausschnitte nicht mitgenommen hatte, um sie nach dem Essen zu lesen, als Mrs. Fortune einen heftigen Zapfenstreich gegen die Kabinentür trommelte.

»Sind Sie fertig, Mrs. Bittersohn? Wir schließen in zwei Minuten!«

»Ich komme.«

Sobald Sarah das Foto losließ, rollte es sich von selbst wieder zusammen. Sie verstaute es zusammen mit dem immer noch ungeöffneten Umschlag in ihrer Handtasche, verschloss die beiden Kassetten und hakte die Tür auf. Die Krawattennadeln hatten ihr ein wenig Angst gemacht. Doch bis sie Max endlich erreichen und herausfinden konnte, was sie damit machen sollte, waren sie hier genauso sicher aufgehoben wie an jedem anderen Ort.

»Hier sind die Kassetten, Mrs. Fortune. Ich habe beide wieder verschlossen. Ich komme zurück, wenn wir mehr Zeit haben.«

Mrs. Fortune schien von dieser Vorstellung nicht gerade entzückt zu sein. Sie brachte die beiden Kassetten schnell wieder in die jeweiligen Nischen zurück. »Sie müssen sich beeilen. Gehen Sie so weit geradeaus, wie Sie können, und dann nach rechts. Dort finden Sie einen Wachmann.«

Officer Drummond, der kein Wort gesprochen hatte, seit sie den Tresorraum betreten hatten, bot Sarah hilfsbereit seinen Arm an. Sie nahm das Angebot dankbar an und ging so schnell sie konnte. Als sie an dem Wachmann vorbei waren und das Bankgebäude verließen, blutete ihr Knie wieder.

Drummond bemerkte es. »Alles in Ordnung, Mrs. Bittersohn? Ich würde gern den Streifenwagen holen, aber ich möchte Sie auf keinen Fall allein zurücklassen. Vielleicht kann der Wachmann …«

Sarah Kelling war so erzogen, dass sie nicht erwartete, verwöhnt zu werden. Was machte es schon, wenn das Blut ihrer Vorfahren momentan ein wenig ungehemmter floss? Der Verband war wieder völlig durchgeweicht, doch darum konnte sie sich kümmern, wenn sie den Streifenwagen erreicht hatten. Sie hatte sich ein paar Papiertücher von Mrs. Fortunes Schreibtisch stibitzt, bevor sie in das Gewölbe hinab gegangen waren. Und sie verspürte keinerlei Schuldgefühle deswegen. Immerhin hatten einige frühe Kellings mehr als nur einen Anflug von Freibeutergeist besessen, auch wenn sie für ihre Kaperei weniger pejorative Bezeichnungen verwendet hatten.

Als sie die Stelle erreicht hatten, wo Drummond das Auto geparkt hatte, war Sarah völlig erschöpft und ein klein wenig wackelig auf den Beinen, doch das machte nichts. Sie würde bald wieder in der Tulip Street sein, so Gott und der Verkehr es erlaubten. Sie kletterte nicht sehr elegant auf den Beifahrersitz und begutachtete den Schaden so gut es ging, ohne dabei Officer Drummonds Schamgefühl zu verletzen. Eigentlich war es gar nicht so schlimm. Ihr neuer Rock musste zwar gereinigt werden, bevor sie ihn wieder anziehen konnte, doch die Blutflecken am Saum fielen auf dem dunkelgrauen Flanell weniger auf als auf ihrem guten blauen Seidenrock. Sie durfte auf keinen Fall vergessen, ihre Einkaufstasche mitzunehmen. Sie hoffte nur, dass niemand die Frechheit besessen hatte, Theonias Mohairstola zu klauen. Sie formte einen Tupfer aus Mrs. Fortunes Papiertüchern und drückte ihn gegen ihr blutendes Knie. Als sie schließlich die Tulip Street erreichten, hatte sie die Blutung weitgehend gestillt.

»Bleiben Sie bitte sitzen, bis ich ausgestiegen bin, Mrs. Bittersohn.«

Officer Drummond ging um das Auto herum, öffnete die Beifahrertür und half ihr galant auf den Bürgersteig. Sie konnte ihn unmöglich gehen lassen, ohne ihm nochmals ihre Dankbarkeit ausgesprochen zu haben. »Ich weiß gar nicht, wie ich Ihnen danken soll, Officer Drummond, was sie hoffentlich auch wissen. Ich werde Lieutenant Harris anrufen, sobald ich im Haus bin, und ihm mitteilen, dass Sie Ihr Leben riskiert haben, um mich zu retten. Dieser Wahnsinnige hätte uns beide töten können, wissen Sie.«

»Der Gedanke ist mir auch schon durch den Kopf gegangen«, gab Drummond zu. »Aber das gehört nun mal zu meinem Job. Möchten Sie, dass ich Ihnen die Treppe hochhelfe?«

»Nein, danke, das schaffe ich schon. Da kommt ja auch mein Butler, er kann mir ins Haus helfen. Ich hoffe sehr, dass wir uns unter weniger haarsträubenden Umständen wiedersehen.«

»Vergessen Sie Ihre Einkaufstasche nicht.«

Er reichte ihr die Tasche. Für weitere Dankbarkeitsbekundungen blieb keine Zeit. Wie der größte Teil von Beacon Hill war auch die Tulip Street viel zu eng für den Verkehrsstrom, der hier jeden Tag vorbeikroch. Ein einziger Wagen, der neben den parkenden Fahrzeugen kurz anhielt, um einen Fahrgast aussteigen zu lassen, konnte bereits eine Kakophonie aus Hupen und Fluchen auslösen, die bis in die Charles Street zu hören war.

Polizeiwagen bildeten in dieser Hinsicht keine Ausnahme,

wie diverse Fahrer Officer Drummond lautstark wissen ließen. Drummond stieg wieder in sein Fahrzeug und löste den Stau auf, indem er mit heulender Sirene losbrauste. Charles eilte die Stufen hinunter, nahm Sarahs Taschen an sich und half ihr ins Haus, wie es sich für einen guten Butler gehörte. Er verhielt sich, als wäre er nichts weiter als eine Maschine, deren einziger Daseinszweck darin bestand, Damen in blutverschmierten Röcken mit Knieproblemen hilfreich zur Seite zu stehen.

Sarah erlaubte ihm gnädig, sie zum nächsten Stuhl zu führen. »Vielen Dank, Charles. Ich werde mich umziehen, sobald mir meine Beine wieder gehorchen. Haben wir noch irgendetwas anderes als Salami-Sandwiches zum Abendbrot?«

»Da ich diese Anfrage vorausgesehen habe, war ich kurz fort und habe ein Brathähnchen und etwas Grünzeug für Salat besorgt. Außerdem haben wir noch mehr als genug von dem leckeren Brot. Wünschen Sie einen Aperitif, bevor Sie sich umkleiden? Sie sehen aus, als hätten sie ein Schlückchen vom Whiskey unseres Mahsters dringend nötig, wenn ich mir die Bemerkung erlauben darf.«

»Sie sind wirklich äußerst scharfsichtig, Charles. Aber als allererstes möchte ich mich rasch duschen. Geben Sie mir etwa fünfzehn Minuten.«

Es war eine enorme Erleichterung, sich endlich ihrer Kleider entledigen und das Blut abwaschen zu können, ganz zu schweigen vom Staub aus Dolores Tawnes Atelier und dem allgemeinen Gefühl von Unsauberkeit. Die warme Dusche erschien ihr wie ein Geschenk des Himmels. Sarah gönnte sich noch einige zusätzliche Minuten, ohne an die Wasserrechnung zu denken, rieb sich ihr feines braunes Haar mit dem Handtuch mehr oder weniger trocken, kämmte sich und fuhr schließlich mit den Fingern durch ihre Naturwellen, die ihr so viel Mühe, Ärger und Friseurkosten ersparten. Ein sauberes Nachthemd, ihr alles verhüllender bodenlanger Bademantel, ein frischer Gazetupfer auf dem verletzten Knie und Pantoffeln an den Füßen reichten aus, um weder gegen die Konventionen noch das Schamgefühl der Trägerin zu verstoßen. Charles war schon in zu vielen Theatergarderoben gewesen, um sich über einen Bademantel bei einem unkonventionellen Abendessen in ihrem Haus aufzuregen.

Sarah bemerkte, dass Charles ihr bereits einen Whiskey mit Soda auf einen kleinen Tisch neben einem der Bibliothekssessel gestellt hatte. Sie ließ sich auf den Sessel fallen und griff nach dem Glas. Genau das hätte ihr der Arzt verordnet, wenn sie ihn nach seiner fachlichen Meinung gefragt hätte, sagte sie sich. Und die Kosten für den Arztbesuch hatte sie somit auch gespart.

Als Sarah in dem bequemen Sessel saß, das Bein auf einem Fußschemel, und ihren milden Whiskey mit Soda trank, kam es ihr vor, als wäre der Tag endlos lang gewesen. Doch wenn die Uhr auf dem Kaminsims richtig ging, war es erst kurz vor vier Uhr nachmittags. Also immer noch genug Zeit, um Lieutenant Harris anzurufen. Er sollte wissen, was sie und der unbezahlbare Officer Drummond erlebt hatten. Als Charles hereinkam und sich erkundigte, ob sie einen frischen Drink haben wolle, schüttelte sie den Kopf.

»Nein, danke. Ich habe diesen hier noch nicht mal ausgetrunken. Aber Sie können trotzdem etwas für mich tun. Würden Sie mir Max' schnurloses Telefon bringen und die Nummer von Lieutenant Harris im Polizeirevier wählen? Sie steht im Telefonregister. Ich möchte lieber nicht aufstehen, weil mein Knie immer noch wehtut, was Sie sicher bemerkt haben.«

»Soll ich Ihnen eine Eispackung bringen?«

»Ich weiß nicht. Haben wir denn sowas?«

»Im Kühlschrank liegt ein Beutel tiefgefrorene Erbsen, der sich gut dazu eignet und außerdem bedeutend billiger ist. Und man kann den Inhalt nachher essen.«

»Ich überlege es mir. Können Sie übrigens Blutflecken aus Wollstoff entfernen? Ich habe wenig Lust, meinen nagelneuen Rock jetzt schon in die Reinigung zu geben. Ich habe ihn schließlich erst einmal getragen.«

»Kein Problem. Ich habe in meinem Leben schon so oft den Kammerdiener gespielt, dass ich mich mit Flecken bestens auskenne. Wenn man die Stelle zuerst mit kaltem Wasser auswäscht und dann mit Hilfe eines feuchten Tuches und eines warmen Plätteisens richtig behandelt, müsste das Problem eigentlich leicht zu lösen sein. Wo haben Sie den Rock denn hingelegt?«

»Am Fußende unseres Bettes.« Das »unser« bezog sich natürlich auf Sarahs abwesenden Gatten. »Da ich sonst nichts Passendes für dieses Wetter habe, wäre ich froh, wenn ich ihn morgen wieder anziehen könnte.«

»Ihr Wunsch ist mir Befehl. Ich rufe besser als Erstes die Polizei an. Nein, bei Jupiter, ich hole Ihnen zuerst das Telefon unseres verehrten Mahsters.«

Nachdem er dafür gesorgt hatte, dass der Fußschemel unter Sarahs verletztem Bein sich in einer möglichst bequemen Position befand und Max' schnurloses Telefon griffbereit neben ihr lag, verschwand Charles, um den befleckten Rock zu versorgen. Sarah schaffte es ganz allein, Lieutenant Harris' Nummer zu wählen, erfuhr jedoch, dass er momentan im Einsatz war, weil er sich um eine Missetat kümmern musste, die abscheulich genug war, um seine persönliche Anwesenheit erforderlich zu machen. Doch er hatte ein Autotelefon und einen Fahrer, so dass er dennoch in der Lage und bereit war zu hören, was Mrs. Bittersohn zu sagen hatte. Ihr Bericht war eindrucksvoll genug, um seine gesamte Aufmerksamkeit zu beanspruchen.

»Ich werde dafür sorgen, dass es in Drummonds Personalakte vermerkt wird. Er ist ohnehin reif für eine Beförderung. Ist mit Ihnen denn alles in Ordnung, Mrs. Bittersohn?«

»Dank Officer Drummond, ja. Wenn man von einem bandagierten Knie und einem gewissen Schock absieht. Aber ich kann absolut nicht verstehen, warum Mrs. Tawne von diesen Krawattennadeln so besessen war. Es sei denn, sie hat sie von einem reichen Onkel geerbt oder für jemand anderen aufbewahrt, was eher zu ihr gepasst hätte.«

»Haben Sie irgendeine Vorstellung, wer diese Person sein könnte?«

»Mir fällt nur der Mann ein, den Sie damals ins Gefängnis gebracht haben. Was wiederum sehr unwahrscheinlich ist, wenn man bedenkt, was der Richter bei der Urteilsverkündigung gesagt hat. Vielleicht interessiert es Sie, dass Officer Drummond und ich den Schlüssel zu einem zweiten Schließfach gefunden haben. Er lag in Mrs. Tawnes unterster Kommodenschublade. Wie sich herausstellte, gehört er zu einer Kassette, die 1967 unter einem ganz anderen Namen gemietet wurde. Die Miete wurde immer pünktlich gezahlt, aber die Kassette ist seitdem nicht mehr geöffnet worden. Das Faszinierende daran ist, dass darin sechs dieser altmodischen jettbesetzten Hutnadeln liegen. Ansonsten ist die Kassette so gut wie leer. Können Sie sich zufällig an ein Revuegirl namens LaVonne LaVerne aus den sechziger Jahren erinnern?«

»Da muss ich leider passen. Ich bin erst seit neunzehn Jahren bei der Polizei und habe mich noch nie für Revuegirls interessiert. Früher hätte meine Mutter etwas dagegen gehabt, und heute würde es meiner Frau nicht gefallen. Aber ich könnte vielleicht jemanden in den Polizeiakten recherchieren lassen, für den Fall, dass …« was er als Nächstes sagte, ging in einem Geräusch unter, das Sarah als Maschinengewehrsalve interpretierte. »O je, ich muss aufhören! Bis später, Mrs. Bittersohn.«

Sarah legte Max' schnurloses Telefon auf den Tisch neben ihr leeres Whiskeyglas und schloss die Augen.

Kapitel 14

Sarah hätte schwören können, dass sie nur ein paar Minuten gedöst hatte, doch es war dreieinhalb Minuten nach fünf, als sie durch das Telefon geweckt wurde. Sie wusste instinktiv, wer am anderen Ende der Leitung war. Sie konnte sich genau vorstellen, wie Cousine Anne bis Punkt fünf gewartet hatte, weil das Telefonieren dann billiger war. Sicherheitshalber hatte sie noch ein paar weitere Minuten verstreichen lassen, für den Fall, dass ihre Uhr vielleicht ein wenig vorging. Dies war zwar noch nie der Fall gewesen, aber man konnte ja bekanntlich nie wissen, und ein bisschen Vorsorge war schließlich immer angebracht. Sarah nahm den Hörer ab und machte sich auf eine halbe Stunde Gartenreport gefasst.

»Hallo, Anne.«

»Sarah, wie klug du doch bist! Woher hast du gewusst, dass ich es bin? Hoffentlich kommt dir mein Anruf nicht ungelegen. Aber Percy ist noch nicht zu Hause, und ich dachte, es würde dich vielleicht interessieren, dass Mr. Lomax und ich die Terrassenbeete für die Chrysanthemen gegraben haben und er morgen früh eine Ladung Fischabfälle von der Fischfabrik holen will.«

Anne ging so weit, sich ein Kichern zu gestatten. »Aber so nennt Mr. Lomax sie nicht. Er ist wirklich lustig, findest du nicht? Wir wollen sie zusammen mit dem Torfmoos in den Boden einarbeiten, wenn wir frisch und ausgeruht sind, dann einen Bissen zu Mittag essen und in seinem Pritschenwagen zur Gärtnerei fahren. Ich habe Mr. Greengage schon gesagt, er soll genügend Pflanzen in den richtigen Farben bereitstellen, aber es wird natürlich trotzdem noch eine Weile dauern. Ich werde sie natürlich einzeln überprüfen, um auch sicher zu sein, dass sie in tadellosem Zustand sind und genau den richtigen Farbton haben. Ich weiß, dass er sich schon die Haare rauft, wenn er an meinen Besuch denkt, weil ich so eine Nervensäge bin, wenn es darum geht, wirklich nur die allerbesten Pflanzen zu kaufen. Aber auf lange Sicht erspart man sich damit viel Ärger und Geld.«

»Mr. Greengage wünscht sich bestimmt, er hätte mehr Kunden wie dich«, schwindelte Sarah höflich, während sie versuchte, ein Gähnen zu unterdrücken. »Es ist wirklich lieb von dir, dass du dir all die Mühe machst.«

»Und es ist reizend von dir, dass du mich lässt«, sprudelte Anne hervor. »Ich habe seit Ewigkeiten nicht so viel Spaß gehabt. Ich kann es gar nicht erwarten, all den kostenlosen tollen Dünger zu bekommen. Ich habe nicht einmal in meinen wildesten Träumen damit gerechnet, je einen ganzen völlig jungfräulichen Hang bepflanzen zu dürfen. Vielleicht ist jungfräulich nicht das richtige Wort, es gibt schließlich nicht mehr viel Jungfräuliches heutzutage, aber du weißt ja, was ich meine.«

Anne schien wirklich bester Laune zu sein. »Ehrlich, Sarah, ich spüre förmlich, wie ich meine Blütenblätter öffne wie eine Königin der Nacht. Als Gärtnerin braucht man wirklich immer wieder neue Herausforderungen. Aber du kennst ja Percy! Jedes Mal, wenn ich vorschlage, zu Hause eine wirklich tolle Veränderung vorzunehmen, zieht er seine alte Schmeichelmasche ab und beteuert mir, wie stolz er auf alles ist, was wir gemeinsam geschaffen haben. Aber das is' bloß 'n Haufen Fischköppe, wie Mr. Lomax so schön sagen würde, weil Percy nie auch nur einen Finger rührt, wenn es sich irgendwie vermeiden lässt. Ich lerne eine Menge von Mr. Lomax, das kannst du mir glauben.«

Für Anne Kelling war das alles ziemlich gewagt, so dass Sarah riskierte, ein Thema anzusprechen, das noch biologischer war. »Anne, da ist etwas, das ich dich schon lange fragen wollte. Ich weiß nur nicht genau, wie ich es am besten anfangen soll.« Sie machte eine Pause, um die verwässerten Reste ihres Whiskeys zu trinken. »Der Tod von Dolores Tawne hat mich in ein ziemliches Dilemma gestürzt. Ich habe erst heute Morgen erfahren, dass sie in ihrem Testament den Wunsch geäußert hat, kremiert zu werden und ihre Asche im Garten des Wilkins-Museums verstreuen zu lassen.«

»Darin sehe ich keinerlei Problem, Sarah. Knochenmehl hilft nicht nur bei der Bodenverbesserung, sondern schreckt auch Ameisen ab und verhindert, dass sie Blattläuse verbreiten, was ich bei einem öffentlichen Ort wie diesem für sehr vernünftig halte. Außerdem hält Knochenmehl Wicklerlarven von Erdbeeren fern, auch wenn ich nicht glaube, dass Wicklerlarven im Wilkins ein größeres Problem darstellen.«

»Wir sprechen hier nicht von der Art Knochenmehl, die man in Säcken im Gartencenter kauft«, protestierte Sarah. »Hat Cousine Mabel dir noch nie die Urne mit der Asche ihrer Eltern gezeigt, die bei ihr auf dem Kaminsims steht? Sie besteht aus lauter Klumpen und kleinen Knochenstücken, die so groß sind, dass man gut erkennen kann, um was es sich handelt. Der Wilkins-Garten ist der Teil des Museums, den alle Besucher unbedingt sehen wollen. Was werden sie bloß denken, wenn sie genüsslich an den Beeten vorüberschlendern und urplötzlich die Überreste eines Beinknochens oder einer Augenhöhle finden?«

Aus irgendeinem Grund schien Anne das Ganze für amüsant zu halten. »Klingt ganz so, als habe Mabel sich ein Krematorium mit Sonderpreisen ausgesucht, was ich ihr jederzeit zutrauen würde. Ich sehe jedenfalls keinerlei Problem. Man braucht die Asche nur in den Mixer zu geben, bis sie ganz fein gemahlen ist, und dann in eine Schachtel oder so etwas zu füllen. Dann wartet man, bis es Zeit ist, die Herbstbepflanzung zu entfernen und die Beete für den Frühling vorzubereiten. Und dann arbeitet man die Asche einfach in den Boden ein, wenn keiner hinsieht. Es handelt sich dabei ja nicht um riesige Mengen von Knochenmehl, weißt du. Ich an deiner Stelle würde einfach eine von Dolores Tawnes Lieblingsstellen in einem der Beete nehmen und ihre Asche dort ausstreuen. Wenn du möchtest, kann ich dir gern dabei helfen.«

Sarah fühlte, wie ihr wieder ganz schummerig wurde. Anne sah den Mixer als eine vernünftige, praktische Lösung und hatte damit keinerlei Probleme. Dolores selbst wäre sicher ebenfalls bereit gewesen, ohne mit der Wimper zu zucken jede Menge kalzinierte Knochen zu mahlen, wenn sie geglaubt hätte, dass der Museumsgarten eine Bodenkur gebraucht hätte. Ob die Kuratoren des Museums mit einem derartigen Unterfangen einverstanden waren, stand auf einem anderen Blatt.

Warum sollte man es ihnen dann überhaupt erzählen? Diejenigen, die mit Dolores Tag für Tag am Museum zusammengearbeitet hatten, mussten natürlich informiert werden. Aber wo war da das Problem? Konnten sie nicht einfach eine schlichte kleine Zeremonie im engsten Kreis abhalten, möglichst an einem Montag, wenn das Museum ohnehin geschlossen war? So konnte man die Bestattung auf würdige Weise rasch hinter sich bringen.

Dolores hätte sicher eine geschmackvolle Bronzeplakette schön gefunden, die an ihre langjährige hingebungsvolle Tätigkeit für das Museum erinnerte. Vielleicht ließen die Kuratoren mit sich reden, wenn sie nicht wussten, dass Dolores' pulverisierte Überreste darunter lagen. Und vielleicht waren sie noch zugänglicher, wenn sich herausstellte, dass die kostbaren Krawattennadeln, die in der Kassette ruhten, tatsächlich ihr gehört hatten und daher gemäß dem Originaltestament, das Sarah morgen früh Mr. Redfern überreichen würde, eine willkommene Ergänzung für die leeren Truhen des Wilkins-Museums darstellen würden. Sarah wünschte sich, sie könnte an ein derartiges Happy End glauben.

Aber egal. Wie immer das staubige Finale auch aussehen mochte, das Dolores Tawnes in ihrem unbegrenzten Eifer und Mangel an Vorausblick heraufbeschworen hatte, sie hatte sich das Recht verdient, ihre gesammelten Knochenreste an der Stelle ruhen zu lassen, die sie sich ausgesucht hatte. Vielleicht würde der Bestatter dafür sorgen, dass ihre Überreste pulverisiert wurden, dachte Sarah. Dort war man sicher an noch merkwürdigere Wünsche gewöhnt. Jedenfalls musste irgendetwas mit Dolores' Überresten geschehen, sie konnte schließlich nicht ewig in einem Kühlfach liegen. Und im Moment war Sarah Kelling Bittersohn der einzige Mensch, der autorisiert war, die Leiche einäschern zu lassen. Sie würde morgen früh Wassermann anrufen. Eigentlich konnte sie ihn auch sofort anrufen, sobald Anne endlich aus der Leitung war.

Doch Anne hatte wenig Lust, das Gespräch zu beenden. Percy war bei einem Arbeitsessen des Steuerberatervereins, und sie war momentan voll in Fahrt. Sie redete wie ein Wasserfall, bis Sarah schließlich nach vierzig Minuten derart erschöpft war, dass sie nichts anderes mehr tun konnte als zu essen, was immer Charles vor sie hinstellte, und dann ins Bett zu wanken.

Das Brathähnchen war genießbar, wenn auch nicht gerade schmackhaft. Dafür war Charles' Salat köstlich. Das leckere Brot, der Salat und ein oder zwei Bissen von den Vorräten, die sie gestern Abend im Feinkostladen gekauft hatten, entschädigten für alles, was dem Hähnchen an Geschmack und Saftigkeit fehlte. Sarah und Charles ließen sich Zeit mit ihrem kleinen Picknick, sprachen wenig und hofften beide, dass irgendjemand, der wenigstens einem von ihnen freundlich gesinnt war, das Schweigen brach. Merkwürdigerweise war diese Person ausgerechnet Jeremy Kelling. Charles reichte Sarah das Telefon.

Die Anatomie der Melancholie war das krasse Gegenteil von Jeremy Kellings Anatomie, doch was das cholerische Temperament betraf, war er kaum zu übertreffen. Jem kochte bereits, als Sarah das Telefon übernahm.

»Du bist mir ja eine feine Nichte! Warum hat man mich nicht darüber informiert, dass du in der Stadt bist?«

»Offenbar hat man das doch, sonst würdest du mir ja jetzt nicht die Leviten lesen«, konterte Sarah. »Wie hast du mein schlimmes Vergehen denn herausgefunden?«

»Einer von Egberts Spionen hat dich mit einem Polizisten zusammen in einem Streifenwagen gesehen. Warum hat man dich festgenommen?«

»Weil ich Umgang mit älteren Onkeln von zweifelhaftem Ruf habe. Mein Freund von der Polizei wird früher oder später auch bei dir vorbeikommen und dich verhaften. Nein, Spaß beiseite, Onkel Jem, ich habe mich noch nicht mit dir in Verbindung gesetzt, weil ich buchstäblich keine Zeit dazu hatte. Ich bin erst spät am Sonntagnachmittag gekommen, ungefähr zu dem Zeitpunkt, als Dolores Tawne, an die du dich bestimmt erinnerst, weil du nie ein Frauengesicht vergisst, mit einer altmodischen Hutnadel erstochen wurde. Und dann hat sich herausgestellt, dass ich ihre Testamentsvollstreckerin bin.«

»Humph. Vermute, das ist eine akzeptable Entschuldigung dafür, dass man einem leidenden Verwandten nicht zu Hilfe geeilt ist.«

»Woran leidest du denn? Sag bloß nicht, dir ist der Gin ausgegangen.«

»So schlimm ist es nun auch wieder nicht. Ich leide vor allem an Langeweile. Egbert ist die Nacht über weg, mit der weiblichen Gargantua, die früher mal Ed Ashbrooms Gärtnerin war.«

»Ashbroom? Der Name kommt mir irgendwie bekannt vor. Gehörte er nicht zu deinen Freunden vom Geselligen Kabeljau?«

»Edward Ashbroom war und bleibt ein wenig geachtetes Mitglied der Brüder des Geselligen Kabeljaus. Die Ashbrooms sind seit den Tagen des Urschleims Kabeljaue gewesen und haben sich seither nicht sonderlich weiterentwickelt. Ich kann leider nichts an Ed ändern, außer mir ab und zu ins Gedächtnis zu rufen, dass es Dinge gibt, die der Herr uns als Prüfung auferlegt, und gelegentlich in Schmerzensschreie und Wehklagen auszubrechen. Ich glaube, ich bin besser im Wehklagen. Du möchtest nicht vielleicht zufällig eine meiner herzergreifenden Arien hören?«

»Nein, möchte ich nicht. Ich habe schon genug Klagen gehört.«

Plötzlich hatte Sarah ihre Erleuchtung. »Onkel Jem, ich habe eine wunderbare Idee. Wie wäre es, wenn du hertappelst und ich dir ein Foto zeige, das dich vielleicht interessiert? Charles macht es sicher nichts aus, schnell zur Pinckney Street zu flitzen und dich abzuholen, wenn du lieber nicht allein kommen möchtest. Ich glaube, das Foto hat etwas mit dem Nachlass zu tun, um den ich mich kümmern muss. Aber ich weiß nicht genau, was.«

»Klingt wie der Beginn eines wunderbaren Abends. Wie kommst du darauf, dass ich mich für ein altes Foto interessieren könnte?«

»Meine weibliche Intuition und die Tatsache, dass auf dem Foto Damen zu sehen sind, die wie Revuegirls aussehen.«

»Oh. Na dann!« Revuegirls waren genau das Richtige für Jeremy Kelling. »Warum hast du das nicht gleich gesagt? Charles kann mich später zurück nach Hause bringen, wenn er Lust hat. Ich nehme schwer an, dass ich den Weg zur Tulip Street auch allein finde, da ich momentan gerade beklagenswert nüchtern bin. Wie bald soll ich kommen?«

»So schnell du kannst. Ich bitte Charles, dir eine Kerze ins Fenster zu stellen, damit du deine schwankenden Schritte in die richtige Richtung lenkst.«

»Jetzt werde bloß nicht frech, Fräulein! Eigentlich könntest du mir das Foto ja auch bringen.«

Doch Sarah ließ sich nicht erweichen. »Der Spaziergang wird dir gut tun. Ich kann leider nicht zu dir kommen, weil ich ein kaputtes Knie habe. Jemand in einem 1989er Toyota hat heute versucht, mich zu überfahren.«

»Beim Zeus! Hättest du nicht auf einen Cadillac oder einen Mercedes warten können? Du solltest an unsere Familienehre denken, wie deine Tante Bodie dir sicher nur zu gern erläutern würde, wenn sie momentan in der Nähe der Tulip Street wäre.

Sarah, du hast doch wohl nicht zufällig halluzinoge Substanzen genommen?«

»Weder zufällig noch absichtlich. Komm nur her, dann zeige ich dir mein Knie.«

»Musst du ständig auf deinem Knie herumreiten? Erzählst du mir auch nichts als die reine Wahrheit?«

»Ich erzähle dir immer die Wahrheit, nur dann nicht, wenn es nicht nett wäre. Was man von dir wohl kaum behaupten kann, aber das tut jetzt nichts zur Sache. Komm bitte schnell, Onkel Jem. Ich hatte einen schweren Tag, und ich will unbedingt noch wach sein, wenn du hier eintriffst.«

»Schon gut, du nörgelndes Weib. Ich bin schon unterwegs.«

Zur allgemeinen und vor allem seiner eigenen Überraschung schaffte Jeremy Kelling den Weg von der Pinckney zur Tulip Street in vierzehn Minuten und zweiunddreißig Sekunden. Charles hätte ihn in sechs geschafft, doch er machte ein Theater um den rundlichen kleinen Jeremy Kelling, als ob der alte Bock Paavo Nurmi wäre.

»Sie sind wirklich außerordentlich schnell, Sir, wenn ich mir die Bemerkung erlauben darf. Darf ich Ihnen eine Erfrischung anbieten?«

»Selbstverständlich dürfen Sie das. Ich nehme an, diesmal ohne Barbarei?«

Am Anfang ihrer Bekanntschaft hatte Sarahs neuer Butler den *faux pas* begangen, Jeremy Kellings Martini mit einem Zwiebelchen zu garnieren, und Jem ließ ihn dies nie vergessen. Heute Abend machte Charles keinen Fehler.

»O nein, Sir. Keine Olive, kein Zwiebelchen, keinerlei Verwässerung, kein Eis. Nur gut gekühlter Gin in einem gut gekühlten Glas. Und zum Schluss den Korken der Wermutflasche dreimal langsam über dem Glas schwenken, falls mich mein Gedächtnis nicht trügt.«

»Haargenau, Charles. Sie haben unter meiner Anleitung viel gelernt. Also, Sarah, was wolltest du mir zeigen?«

»Da bin ich mir selbst nicht sicher. Bei dem Foto liegt ein Brief. Ich wollte ihn eigentlich vor dem Essen lesen, doch dann bin ich eingeschlafen. Es ist vielleicht eine gute Idee, dir ein wenig Hintergrundwissen über die Ereignisse der letzten Tage zu vermitteln, wenn du die Zeit zum Zuhören aufbringen kannst.«

Nachdem er sich in dem bequemen braunen Bibliothekssessel niedergelassen hatte, den Alexander Kellings Großvater einst preiswert bei einer Haushaltsauflösung erstanden hatte, und zufrieden sein Martiniglas von der Hand zum Mund und wieder zurück reisen ließ, war Jeremy Kelling durchaus bereit, Sarahs Bericht über die Zwischenfälle anzuhören, die sich ereignet hatten, seit man Dolores Agnew Tawne tot zwischen den Pfauen gefunden hatte.

»Also, Sarah, habe ich das jetzt richtig verstanden, dass du ungefähr zu dem Zeitpunkt, als jemand Mrs. Tawne mit einer Hutnadel erstochen hat, auf der Straße nach Boston mit einem Wagen voll Rowdys Verfolgungsjagd gespielt hast?«

»Es war kein Wagen voll, Onkel Jem. Es waren nur zwei. Zu dem Zeitpunkt habe ich sie für zwei junge Taugenichtse gehalten, die sich auf ihre Weise amüsieren wollten. Wann genau Dolores' Leiche im Hof des Palazzos auftauchte, weiß ich nicht. Es war etwa halb sechs, als Vieuxchamp hier anrief und Brooks sprechen wollte. Das Museum schließt um fünf, daher nehme ich an, dass man sie kurz danach gefunden hat. Ich persönlich vermute allerdings, dass man sie vorher getötet und ihre Leiche versteckt hat, bis die Besucher und die meisten Wächter weg waren und die Luft rein war. Außer Vieuxchamp und Melanson war nämlich keiner mehr da. Die beiden waren noch da, weil sie abschließen wollten.«

»Nur die beiden in so einem großen Gebäude?«

»Genau. Das Kuratorium des Museums hat einen neuen Vorsitzenden, der gnadenlos alles streicht, was er als überflüssige Bezahlung von Überstunden ansieht. Wenn ich es mir recht überlege, weiß ich nicht mal, ob sie überhaupt noch einen Nachtwächter haben. Den einzusparen wäre ziemlich dumm, meinst du nicht?«

»Nicht dümmer als all die anderen Dinge, die man so hört, wenn du mich fragst. Und die Hutnadel hat man in Mrs. Tawnes Nacken gefunden?«

»Nein, ganz im Gegenteil. Der Gerichtsmediziner konnte sich bis Montag nicht einmal erklären, woran sie gestorben war. Aber dann hat ein Kurier einen Umschlag mit der furchtbaren alten Hutnadel bei uns abgegeben. Und wie sich herausstellte, war an der Nadel immer noch Blut. Und zwar das von Dolores Tawne.«

»Kaffee, Moddom?«

Jetzt, wo sie einen Besucher hatten, konnte Charles nicht widerstehen, seinen Auftritt noch ein wenig feierlicher zu gestalten. Um ihm einen Gefallen zu tun, nahm Sarah eine der winzigen, durchscheinenden Mokkatassen, nippte an dem merkwürdig schmeckenden Gebräu, das sich darin befand, und versuchte, sich nichts anmerken zu lassen.

»Aber eigentlich wollte ich dir ein Foto zeigen, Onkel Jem. Es stammt aus einer anderen Kassette, für die Dolores den Schlüssel besaß. Das Schließfach wurde 1967 unter dem Namen LaVonne LaVerne gemietet. Den Schlüssel habe ich in Dolores unterster Kommodenschublade gefunden, zusammen mit ein paar Zeitungsausschnitten, die mit dem Foto in Zusammenhang zu stehen scheinen. In der LaVerne-Kassette waren nur ein paar weitere, ganz ähnliche Fotos, ein handgeschriebener Brief, den ich aus der Bank mitgenommen habe, aber noch keine Zeit hatte zu lesen, und sechs weitere Hutnadeln. Genau wie die, mit der Dolores ermordet wurde. Besonders interessant ist dabei, dass die Miete all die Jahre pünktlich bezahlt wurde, aber die Kassette selbst in der ganzen Zeit kein einziges Mal geöffnet wurde. Bis heute Nachmittag, als ich sie aufgeschlossen habe. Charles, würden Sie mir bitte meine Handtasche bringen?«

»*Con placer*, Señora.« Charles schoss aus dem Zimmer und kehrte mit der Tasche zurück, stolz wie ein Spaniel, der ein Stöckchen apportiert. »Kann ich sonst noch etwas für Sie tun?«

»Ja, helfen Sie bitte Onkel Jem mit dem Foto. Es war so lange aufgerollt, dass es immer wieder zurückschnellt. Was hältst du davon, Onkel Jem?«

»Hetz mich nicht so! Haben Sie irgendwo ein Vergrößerungsglas, Charles?«

»Kommt sofort, Sir.«

Jeremy Kelling hatte immer eine geradezu unheimliche Sehkraft besessen, doch allmählich begann er an Altersweitsichtigkeit zu leiden. Während Charles noch mit dem steifen, glänzenden Papier kämpfte, holte Jem eine Brille im Ben-Franklin-Stil aus seiner Westentasche hervor. Er starrte das Ding wütend an, setzte es auf seine Nase und griff in echter Sherlock-Holmes-Manier nach der Lupe. Charles war es inzwischen gelungen, das Foto zu glätten. Er hielt es Jeremy Kelling zur Begutachtung hin. Dieser warf die Lupe auf den Tisch, fegte sich die Franklin-Brille von der Nase und riss Charles das Foto aus der Hand.

»Heiliger Strohsack, das sind ja die Wilden Witwen! Wie zum Teufel ist deine Mrs. Tawne denn daran gekommen?«

»Keine Ahnung, irgendwie muss sie es wohl geschafft haben«, meinte Sarah. »Vielleicht hat sie bloß den Schlüssel für jemand anderen aufbewahrt.«

»Dann hat sie seit einem Vierteljahrhundert oder noch länger auf einem echten Dynamitfass gesessen, auch wenn sie es vielleicht gar nicht gewusst hat.«

»Wie meinst du das? Wieso Dynamit?«

»Gute Frage. Ich vermute mal, du hast keine Ahnung, was ein Happening ist?«

»Doch, ob du es glaubst oder nicht. Alexander hat mich einmal zu so etwas mitgenommen, als ich noch weiße Kniestrümpfe und schwarze Lackschuhe trug. In der Back Bay gab es eine

Art Straßenfest, und man hatte ein Happening angekündigt. Ich erinnere mich noch vage daran. Wir haben eine Weile herumgestanden und auf das so genannte Happening gewartet, aber dann sind nur ein paar Leute in rosa Overalls erschienen und haben Leitern und Mülleimer hinter sich her geschleift. Daraufhin hat Alexander mir Popcorn gekauft und wir sind mit den Schwanenbooten gefahren, was sehr viel schöner war.«

»Kann ich mir vorstellen. Ich muss schon sagen, es überrascht mich, dass Alexander damals das Risiko eingegangen ist. Aber wahrscheinlich war es ihm nicht mal bewusst. Er war wirklich ein lieber Kerl, aber ohne Wärter konnte man ihn kaum frei herumlaufen lassen, dank seiner Giftschlange von Mutter. Jedenfalls gab es sieben von diesen Witwen, und sie waren immer genauso angezogen wie auf dem Foto. Mich wundert, dass dieses Foto überhaupt existiert. Die Damen hatten es nicht gern, wenn man sie während der Vorstellung fotografierte, wenn man ihre Auftritte denn so bezeichnen kann.«

»Was haben sie denn gemacht?«

»Sie tauchten einfach urplötzlich auf. Ob sie es wegen des Geldes oder bloß aus Spaß taten, konnte niemand genau sagen. Einmal sind sie an einem friedlichen Sommerabend bei einem der Esplanade-Konzerte im Hatch Shell aufgetreten und haben einen richtigen Aufruhr verursacht. Und im Wilbur sind sie während einer Macbeth-Aufführung auf die Bühne gerauscht und haben sich feiern lassen. Das Publikum hat vor Begeisterung getobt, sehr zum Kummer der Schauspieler. Auf der Bühne kam es zu einem fürchterlichen Gerangel, das sogar auf den Zuschauerraum übergriff. Menschen wurden verletzt, die Polizei musste kommen, und als sich die Wogen wieder ein wenig geglättet hatten, waren die Wilden Witwen wie vom Erdboden verschluckt. Genau wie sonst auch.«

Jem schwelgte in seinen Erinnerungen. »Ich habe eben von den Happenings gesprochen, weil die Wilden Witwen dabei immer besonders auffielen. Während der Hippie-Zeit waren solche Spontanereignisse besonders beliebt. Wenn der Ringelpiez, zu dem Alexander dich mitgenommen hat, den Witwen zugesagt hätte, wäre das langweilige Hantieren mit den Mülltonnen in eine Art saturnalische Orgie ausgeartet.«

Jem griff erneut nach der Lupe und studierte das Foto Millimeter für Millimeter. »Diese Schleier waren ganz schön teuflisch. Keiner konnte erkennen, wer da vorne stand. Und das gilt auch für deine Freunde die Polizisten, die in mehreren Fällen, an die ich mich persönlich erinnere, in großer Zahl anrücken mussten, und zweifellos in noch mehr Fällen, bei denen ich leider nicht anwesend war. Man wusste nie, ob oder wann die Witwen auftauchen würden, und wie sie es schafften, jedes Mal unerkannt zu entkommen. Man hat sie nie geschnappt. Keiner hat je Hand an sie gelegt. Nicht ein einziges Mal. Es schien ganz so, als wären sie böse Geister und keine Menschen aus Fleisch und Blut. Jessas, ich glaube, ich bin betrunken. Gibt es noch Kaffee, Charles?«

»Selbstverständlich, Sir. *Uno momento.*«

Charles nahm das leere Martiniglas, dem Jem wehmütig nachstarrte, und verschwand. Er blieb einige Minuten in der Küche und wärmte den Kaffee auf, während Jem sich weiter über die Witwen ausließ und Sarah die einzelnen Gesichter hinter den verhüllenden Schleiern so genau wie möglich betrachtete.

»Onkel Jem!«

»Höh?«

»Bist du eingeschlafen? Entschuldige bitte. Aber schau dir mal die Gesichter an.«

»Wozu? Für mich sehen sie alle gleich aus. Diese dämliche Brille …«

»Es liegt nicht an deiner Brille, genau das wollte ich dir ja zeigen. Die Witwen sehen alle gleich aus, weil sie alle das gleiche Gesicht haben. Sie sehen alle genauso aus wie die Mona Lisa.«

Kapitel 15

»Geben Sie mir nochmal die Lupe, Charles.«

Nachdem er die Tischlampe neben seinem Stuhl so lange hin und her geschoben hatte, bis das Licht im optimalen Winkel auf das Foto fiel, versuchte Jeremy Kelling mit Hilfe von Brooks' Lupe, das Bild im Abstand von verschiedenen Armlängen zu betrachten, bis er schließlich die richtige Entfernung für sich gefunden hatte. »Sarah, ich gebe es zwar nur ungern zu, aber ich glaube, du hast Recht, was die Masken betrifft. Schade, dass man sie nicht besser erkennen kann. Wir sollten das Foto zu einem Fotografen bringen und vergrößern lassen. Doppelt oder dreimal so groß, wie es jetzt ist. Dann könnten wir wirklich etwas erkennen. Jammerschade, dass Brooks nicht hier ist. Er wüsste, wie man es anstellt, und wir bräuchten ihn nicht mal zu bezahlen.«

Charles hielt die Faust vor den Mund und hüstelte höflich, wie man es von Bühnenbutlern erwartet, wenn sie sich bereitmachen, etwas zu sagen, was für die weitere Handlung wichtig ist. »Poddon, Mr. Jem, aber ich habe Mr. Brooks in der Dunkelkammer schon mehrfach assistiert. Ich könnte die Vergrößerung für Sie machen. Es würde allerdings eine Weile dauern. Aber wir könnten natürlich auch sofort in die Dunkelkammer gehen, das Bild auf den Vergrößerungsapparat legen und so weit vergrößern, wie es überhaupt geht. Auf diese Weise müssten wir einen guten Blick auf die Gesichter haben, wenn wir das Foto nicht so lange unter der Lampe lassen, dass es anfängt zu schmoren. Sie sagten eben, Moddom, Sie hätten noch mehr Bilder im LaVerne-Schließfach zurückgelassen. Waren sie alle gleich?«

»Ich denke schon«, erwiderte Sarah. »Aber ich hatte kaum Zeit, sie mir anzusehen, weil die Bank gerade im Begriff war zu schließen, und die Gewölbewächterin, oder wie immer sie heißt, Officer Drummond und mich unbedingt loswerden wollte. Mal sehen, was das Vergrößerungsgerät uns zeigt.«

Er zeigte genau das, was sie brauchten. Die Witwenschleier waren zwar immer noch sehr hinderlich, doch die Vergrößerung war so gut, dass sie Sarahs Vermutung bestätigte. Die sieben Gesichter waren eindeutig Masken, alle identisch, und zeigten das geheimnisvolle Lächeln der Mona Lisa.

Beim Betrachten des sehr viel größeren und deutlicheren Bildes hatte Sarah eine weitere Eingebung. Die Masken waren unglaublich gut. Es konnten unmöglich die üblichen weichen Gummikarikaturen sein, die man beim Kostümverleiher oder in Scherzartikelläden fand. Für Masken dieser Qualität musste man zunächst einen Prototyp aus Ton anfertigen, dann von diesem einen Gipsabdruck machen und die entstandene Form mit Pappmaché ausgießen. Anschließend musste jede Maske genau wie das Original bemalt werden. Wer immer die Masken angefertigt hatte, musste ein erfahrener Kopist sein und enormes Geschick und große Geduld besitzen, um sieben völlig identische Kopien zu schaffen. Es schien nur eine Erklärung zu geben.

Waren die Masken ein Freundschafts- oder Liebesdienst für jemanden gewesen? Oder hatte sich hier eine Porträtmalerin ihr Geld verdient, die unglaubliches Geschick im Kopieren, einen schmalen Geldbeutel und die Fähigkeit hatte, notfalls den Mund zu halten? Hatte Dolores deshalb die Zeitungsausschnitte behalten, sie aber nicht in ihr Buch geklebt? Wer war auf die Idee gekommen, sie zu LaVonne LaVernes Kustodin zu machen, falls es diese Person je gegeben hatte? Aber warum hätte sie so viel Aufhebens machen sollen wegen ein paar wenig wichtig erscheinender Beweisstücke gegen sieben Personen, bei denen es sich wahrscheinlich, aber nicht sicher um Frauen handelte, die vor nicht ganz drei Jahrzehnten nur ihre Taten, aber nicht ihre Namen in die Bostoner Zeitungen gebracht hatten?

»Onkel Jem«, sagte sie, nachdem Charles den Apparat ausgeschaltet hatte und vor ihnen die Treppe hinauf zur Bibliothek ging, »kannst du uns nicht ein wenig mehr über die Wilden Witwen erzählen? Glaubst du, sie waren wirklich Witwen? Oder Hausfrauen, die einfach ihre Fantasie auslebten? Oder bloß Fans von Franz Lehár, die ein wenig die Tatsachen durcheinander gebracht haben?«

»Das haben sich schon viele gefragt. Aber soweit ich weiß, hat es keiner je herausgefunden.« Der ehemalige Beau von Beacon Hill stieß einen nostalgischen Seufzer aus, im Gedenken an jene freudig vergeudeten Tage, die nie wiederkehren würden. »Es ist schon lange her, Sarah. Du darfst nicht vergessen, dass ich nie zu diesen aufgeblasenen Cliquen gehört habe, die sich einen Spaß daraus machten, von einem Happening zum nächsten zu eilen, in der gelegentlich erfüllten, aber meist unerfüllten Hoffnung, dass die Wilden Witwen unerwartet auf der Bildfläche erscheinen könnten. Ich selbst habe die Witwen übrigens mehrmals gesehen. Und ich muss gestehen, dass ich sie ziemlich eindrucksvoll fand.«

»Warum eindrucksvoll, Onkel Jem? Was haben sie denn gemacht?«

»Nicht viel, wenn man es sich recht überlegt. Sie haben nie einen Ton von sich gegeben, aber sie hatten eine enorme Ausstrahlung. Sie machten nie einen falschen Schritt, waren nie in Eile, aber immer in Bewegung, haben sich gedreht und gewunden und ihre Nixenröcke geschwungen. Alles in vollkommener Harmonie, als wären sie eine einzige große, schwarze Schlange. Jedenfalls haben sie mich daran erinnert, und genauso verhielten sie sich auch, wenn ihnen jemand zu nahe kam. Sie sind nicht immer nur auf der Bühne oder in abgesperrten Bereichen aufgetreten. Manchmal tauchten sie auch mitten in einer Menschenmenge auf, haben sich hinein- und hinausgeschlängelt. Aber sie waren nie so nah, dass man sie berühren konnte. Wenn irgendjemand dumm genug war, ihnen zu nahe zu kommen, griffen vierzehn schwarzbehandschuhte Hände an die großen schwarzen Hüte, und schon blitzten die Hutnadeln.«

»Aber sie sind doch bestimmt nicht herumgelaufen und haben Leute damit erstochen.«

»Ach ja? Ich war selbst Zeuge bei einem Vorfall, den ich leider nie vergessen habe. Und wahrscheinlich nie vergessen werde. Ich war auf einem dieser Straßenfeste, die damals in Back Bay so beliebt waren. Wohin man auch trat, überall stolperte man über irgendeinen Sägebock, an dem ein Strauß Luftballons befestigt war. Wouter Tolbathy war bei mir. Ich weiß nicht mehr, warum wir beschlossen mitzufeiern. Wahrscheinlich waren wir einfach mitten im Trubel und dachten uns, warum sollen wir eigentlich nicht mitmachen. Wir haben uns noch überlegt, ob wir nicht einen Riesenkabeljau kaufen und Ed Ashbroom überreichen sollten. Daran erinnere ich mich noch. Aber wir haben keinen gefunden. Daher beschloss Wouter, ihm selbst einen mit einem beweglichen Schwanz zu bauen.«

»Ist der Kabeljau wirklich so wichtig für die Beantwortung meiner Frage?« Sarah bedauerte langsam, dass sie das Thema überhaupt angeschnitten hatte. »Was war nun mit den Wilden Witwen, mit ihren Hutnadeln und dem Vorfall, den du nie vergessen wirst? Oder hast du ihn etwa doch vergessen?«

»Mit Sarkasmus kommt man nicht weit, junge Dame. Wie ich gerade sagen wollte, bevor du mich so rüde unterbrachst, spazierten Wouter und ich umher und ließen es uns gut gehen, als plötzlich diese sieben verschleierten Frauen erschienen und ihren üblichen Schlangentanz vorführten, wenn ich es denn mal so nennen darf. Natürlich blieben die Leute stehen, um ihnen zuzusehen. Die meisten in respektvoller Entfernung, weil sie von den Hutnadeln gehört hatten. Doch da gab es einen Burschen mittleren Alters in einem gelben Sweatshirt mit einem Diplodocus auf der Brust. Jedenfalls hat Wouter behauptet, dass es ein Diplodocus war. Typisch Wouter. Er kannte sich in solchen Dingen aus. Wo war ich stehen geblieben?«

»Bei dem Burschen mit dem Sweatshirt«, half Sarah ihm auf die Sprünge.

»Ach ja. Er sah eigentlich ganz normal aus. Übergewichtig, bekam langsam eine Glatze, jemand, den man sich wunderbar am unteren Ende des Tresens in einer Kneipe in irgendeiner heruntergekommenen Gegend vorstellen könnte. Er hatte offenbar dem Tag zu Ehren ordentlich getankt und schien der irrigen Annahme zu sein, dass dies eine Art öffentliche Striptease-Vorführung wäre. Er begann zu brüllen »Ausziehen! Ausziehen! Ausziehen!« Selbstverständlich ignorierten die Witwen ihn. Und was meinst du, was dieser irregeleitete Dipsomane machte? Er rannte los und packte eine der Witwen bei ihrem Fischschwanz.«

Jem hustete. »Herr des Himmels, mir ist der Betriebsstoff ausgegangen. Bitte retten Sie mich, Charles.«

»Schon dabei, Euer Durstlaucht.«

In Anbetracht von Sarahs missbilligenden Blicken goss Charles dem Gast jedoch keinen Gin, sondern Kaffee ein. Jem war zu sehr in seine Erzählung vertieft, um es zu bemerken. Er leerte seine Tasse in einem Zug und fuhr fort.

»Das war ein Schauspiel, das könnt ihr mir glauben. Sieben Arme in eng anliegenden schwarzen Handschuhen bis zu den Achselhöhlen schnellten nach oben. Sieben lange Hutnadeln blitzten auf. Ich fragte mich damals, ob die riesigen Hüte wohl herunterfallen würden, aber das war nicht der Fall.«

»Sie hatten bestimmt Spezialkämme in ihre Hüte eingenäht, die sie wie Anker in ihrem Haar versenken konnten«, warf Sarah ein. »Erzähl weiter, Onkel Jem. Was ist dann passiert?«

»Eine ganze Menge. Bevor er auch nur wusste, wie ihm geschah, hatten sie einen Kreis um den armen besoffenen Kerl gebildet. Jede Witwe hielt ihre Hutnadel in Taillenhöhe, die Spitze genau auf das Opfer gerichtet. Wir konnten sehen, wie die Sonne auf die scharfen Spitzen schien. Und wir wussten genau, dass es den Witwen bitterernst war. Bisher hatten sie sich wie gewöhnlich langsam und schlängelnd bewegt, doch jetzt wurden sie immer schneller, bewegten sich spiralförmig und umschlossen ihr Opfer nach jeder Runde enger.

Der arme Kerl in der Mitte wusste nicht, was er tun sollte. Er drehte sich wie ein Kreisel, suchte nach einem Ausweg, um den scharfen Spitzen zu entkommen. Aber es gab keinen. Inzwischen war der Kreis so eng geworden, dass es schwierig war, hinter den großen Hüten überhaupt noch etwas zu sehen. Alle Frauen schauten in die Mitte und schoben sich immer näher an den Mann heran, Zentimeter für Zentimeter, bis sie nah genug waren, um ihn mit den Nadelspitzen zu berühren. Sie fingen an, nach seinem gelben Sweatshirt zu stechen, er hat die schrecklichen Spitzen bestimmt gespürt. Der arme Teufel jaulte ein paar Mal auf, dann begann er zu wimmern wie ein Baby und machte das, was kleine Babys auch machen.»

»Du meinst, er … wie furchtbar!« rief Sarah. »Und ihr habt einfach nur dagestanden, ohne ihm zu helfen?«

»Ich glaube, wir waren alle wie gebannt. Keiner bewegte sich. Dann dämmerte mir langsam, dass ich gerade zusah, wie ein Mensch gefoltert wurde. Ich schaute Wouter an, Wouter schaute mich an, und wir begannen beide »Hilfe! Polizei!« zu schreien und uns einen Weg zu dem Kreis zu bahnen. Damit war der Bann gebrochen. Ein paar andere riefen jetzt auch um Hilfe, ein Polizist durchbrach die Menge und blies seine Trillerpfeife, dann kam noch einer. Als Wouter und ich endlich nah genug waren, um einzugreifen, lag der arme Saufsack zusammengekrümmt auf dem Boden, und auf seinem Diplodocus waren ein paar Blutflecken. Ob er einen Herzinfarkt bekommen hatte, tot umgefallen war, vor Schreck in Ohnmacht gefallen war oder sich einfach zu sehr schämte, der Menge in die Augen zu sehen, habe ich nie herausgefunden.«

»Und was passierte mit den Wilden Witwen?«

»Die waren spurlos verschwunden, hatten sich einfach in Luft aufgelöst. Gott allein weiß, wie sie das geschafft haben, mit ihren Riesenhüten und den hautengen Kleidern. Also schaute Wouter mich an, und ich schaute Wouter an, und dann gingen wir irgendwohin und genehmigten uns ein paar Martinis, um den scheußlichen Geschmack im Mund loszuwerden. Mehr kann ich dir nicht sagen. Ich meine mich zu erinnern, dass es eine noch dramatischere Episode gab. Danach sind die Witwen gänzlich von der Bildfläche verschwunden. Wahrscheinlich haben sie erkannt, dass sie zu weit gegangen waren.«

»Das könnte ich mir gut vorstellen«, sagte Sarah. »Und keiner hat je herausgefunden, wer sie waren und was aus ihnen wurde? Charles, Sie kennen doch den ganzen Theaterklatsch in Boston und Umgebung. Haben Sie je von den Wilden Witwen gehört?«

»Ich wage sehr zu bezweifeln, Moddom, dass die fraglichen Personen etwas mit dem Theater zu tun hatten. Mr. Jems Bericht nach zu urteilen, klingen sie mehr wie ein Haufen reiche Amateure. Sie wissen schon, was ich meine, Leute, die bei irgendeiner Wohltätigkeitsveranstaltung als Tanztruppe auftreten, Geschmack am Rampenlicht finden, und die glorreiche Idee haben, mit ihrer Show auf die Straße zu gehen. Das kann passieren, wenn man zu viel Geld und zu wenig zu tun hat. Aber diese Frauen waren wohl irgendwie anders. Ich kann mich gern mal umhören, wenn Sie wollen.«

Jem schüttelte den Kopf. »Das würde ich nicht tun, wenn ich Sie wäre, Charles. Zufällig habe ich das Pech, diese Pestbeule von Turbot flüchtig zu kennen, der sich im Wilkins ins Kuratorium eingeschleimt hat, mit der irrigen Vorstellung, dadurch gesellschaftlich akzeptabler zu werden, was absolut absurd ist. Er hat schon versucht, sich bei den Brüdern vom Geselligen Kabeljau einzuschleichen, wisst ihr. Vielleicht wisst ihr es ja auch nicht. Ich brauche wohl kaum zu erwähnen, dass seine Chancen, unserer erlauchten Gesellschaft beizutreten, genauso schlecht sind wie meine, wenn ich versuchen würde, bei den Pfadfinderinnen einzutreten. Und er hat den Fuß kaum in der Tür, und schon liegt ein ehrenwertes Mitglied seiner Belegschaft ermordet zwischen den Pfauen. Natürlich wird er alles so gut es geht unter den Teppich kehren, und Gott sei dem gnädig, der dabei nicht mitmacht. Meinst du nicht auch, Sarah?«

»Allerdings. Außerdem wird er mich wegen Dolores' Testament nerven, sobald er Wind davon bekommt, dass ich die Testamentsvollstreckerin bin. Und ich werde ihm nichts davon erzählen, bis Max wieder da ist, weil ich ihn nicht mag.«

»Kümmert sich denn Redfern nicht um den ganzen Kram?« Jeremy Kelling, der gerade feststellte, dass sein Martiniglas immer noch leer war und keiner Anstalten machte, es wieder aufzufüllen, fand sich mit seinem Schicksal ab. »Tja, ich nehme an, ich sollte mich allmählich auf den Heimweg machen. Sie brauchen mich wirklich nicht zu begleiten, Charles.«

Charles bemerkte den verletzten Unterton. Was konnte er sagen? »Es wäre mir eine Ehre und ein Vergnügen, Sie zu Ihrem Heim eskortieren zu dürfen, Mr. Jem. Wird Egbert da sein, wenn wir dort eintreffen?«

»Nein, Teufel noch eins, wird er nicht. Habe ich euch noch nicht erzählt, dass dieser schale Schuft mich wegen einer Guinevere schmählich im Stich gelassen hat? Sie hat ein Gewächshaus irgendwo mitten in der Wildnis gekauft und züchtet dort Tollkirschen und Giftpilze.«

»Und wie lange gedenkt Egbert fortzubleiben, Mr. Jem?«

»Das hängt vermutlich davon ab, ob sie ihm etwas aus ihrem Gewächshaus zu essen gibt. Man kann nur das Beste hoffen und sich auf das Schlimmste gefasst machen. Haben Sie je daran gedacht, Ihren Arbeitgeber zu wechseln, Charles?«

»Noch nie, Mr. Jem. Doch statt Sie einsam und allein schmachten zu lassen, darf ich mir vielleicht anmaßen, Ihnen vorzuschlagen, die Nacht hier zu verbringen? Natürlich nur, wenn es Moddom recht ist.«

»Eine hervorragende Idee«, stimmte Sarah zu. »Du kannst Brooks' Ersatzrasierapparat und eins seiner Nachthemden borgen, Onkel Jem. Da du Treppensteigen hasst, werde ich in den ersten Stock umziehen. Du kannst das Zimmer haben, in dem früher der Rauchsalon war. Falls du hier bleiben möchtest, bis Egbert zurückkommt, kann Charles dir morgen helfen, ein paar

Sachen zusammenzupacken und herzuholen. Ich denke nicht, dass irgendein Clanmitglied vor Ende der Woche zurückkommt, also gibt es genügend Platz. Vielleicht kannst du uns sogar ein bisschen helfen.«

»Ich werde selbstverständlich meinen Beitrag leisten. Habe ich das nicht immer getan?«

»Gute Frage. Suchen Sie ihm alles zusammen, was er braucht, Charles. Sie hatten schließlich die grandiose Idee. Ich bringe jetzt meine Habseligkeiten nach oben. Sie denken doch an meinen neuen Rock?«

»Ich habe ihn bereits ausgewaschen. Morgen früh werde ich ihn als Erstes bügeln. Wann sind Sie mit Mr. Redfern verabredet?«

»Ich bin mir nicht mal sicher, ob wir überhaupt verabredet sind. Ich dachte, ich schaue nur kurz bei ihm vorbei und lasse Dolores' Testament bei Miss Tremblay, falls Mr. Redfern zu beschäftigt ist, um mich zu sehen. Dann muss ich mit Wasserman besprechen, was mit Dolores geschehen soll. In ihrem Testament steht, dass sie eingeäschert werden will, was die Angelegenheit zumindest etwas erleichtert.«

Da sie bereits mit Cousine Anne gesprochen hatte, hielt Sarah es für besser, nicht näher auf die Einzelheiten einzugehen. »Vielleicht hast du Lust, mich zu begleiten, Onkel Jem. Miss Tremblay wäre sicher überglücklich. Du weißt ja, wie sie dich verehrt.«

»Warum sollte sie auch nicht? Marsch ins Bett mit dir. Charles und ich haben wichtige Dinge zu besprechen.«

»Kann ich mir gut vorstellen. Lassen Sie nicht zu, dass er Sie die ganze Nacht auf Trab hält, Charles.«

Sarah wartete nicht, bis ihr Onkel wieder mit seiner Schmährede über nörgelnden Frauen anfing. Sie ging in das Schlafzimmer, in dem sie die vorige Nacht verbracht hatte, suchte alles zusammen, was sie brauchte, und überlegte, ob sie eine gute Gastgeberin sein und das Bett frisch beziehen oder alles Charles überlassen sollte, und ging mit ihren Habseligkeiten die Treppe hoch.

Sie war schon fast oben, als ihr plötzlich einfiel, dass sie immer noch nicht dazu gekommen war, sich den Umschlag aus der LaVerne-Kassette anzusehen. Zu viel hatte sie abgelenkt – die Tatsache, dass sie fast angefahren worden war, Jems haarsträubende Geschichte über die Wilden Witwen und das Experiment mit Brooks' Vergrößerungsapparat. Sarah ging trotzdem zuerst die Treppe hinauf und warf die wenigen Sachen, die sie mit nach oben gebracht hatte, auf das Bett, das in der Zeit zwischen ihrer ersten und zweiten Ehe das ihre gewesen war und inzwischen von Brooks und Theonia geteilt wurde. Dann ging sie wieder nach unten, um den Brief zu holen. Sie hatte ihn auf dem Lampentisch neben ihrem Sessel liegen lassen, und Charles hatte ihn nicht weggeräumt. Sie nahm den Umschlag und steckte ihn in die Tasche ihres Bademantels.

»Entschuldigt bitte die Störung. Ich wollte das hier schon den ganzen Abend lesen und habe vergessen, es mit nach oben zu nehmen.«

»Das kommt wohl daher, dass Sie eigentlich gar nicht wissen wollen, was darin steht«, sagte Charles. »Das Unterbewusstsein kennt die inneren Gefühle besser als das Bewusstsein, wissen Sie.«

»Dann muss es ja furchtbar klug sein. Aber vielleicht haben Sie ja Recht, Charles. Ich hoffe nur, dass ich darin keine weitere Horrorgeschichte finde. Ich habe auch so schon genug Probleme mit meinem Unterbewusstsein.«

Sie ging wieder nach oben, führte ihre Waschungen durch, wie sie es von ihrer ersten Gouvernante gelernt hatte, und machte es sich in dem großen Doppelbett bequem, das die verstorbene Caroline Kelling üppig mit bestickten Kissen und Satin-Steppdecken ausgestattet hatte. Theonia war zu sparsam, um all die hübschen Sachen ungenutzt zu lassen, und zu sehr Grande Dame, um sie nicht zu genießen. Brooks liebte seine Frau zu sehr, um ihr ihre kleinen Freuden zu verderben.

Es war keine Nacht für eine Daunen-Steppdecke, doch es war kühl genug für eine leichte Decke. Sarah kuschelte sich in ihr Kissennest und wickelte sich in eine warme Decke aus Merinowolle, bevor sie den Inhalt des Umschlages herausnahm. Es waren vier Blätter, handgeschrieben auf weißem Papier. Die Handschrift war eindeutig die von Dolores Tawne. Sie war im Grundduktus der Norm entsprechend, jedoch sehr akkurat ausgeführt und aufgrund der geradezu aggressiven Rechtsneigung sowie der scharfen Winkel bei den Buchstabenbindungen durchaus dynamisch zu nennen. Dolores schien an niemand Bestimmten geschrieben zu haben, denn es gab weder eine Anrede noch irgendeine Form der Einleitung.

»Ich weiß nicht, warum ich das hier schreibe, ich habe nur das Gefühl, als sollte ich meine Rolle bei dem, was geschehen ist, aus meiner Sicht erklären. Ich habe in gutem Glauben und völliger Arglosigkeit gehandelt. Ich wusste nicht, was LaVonne LaVerne, wie sie sich selbst am Telefon nannte, wirklich vorhatte, als sie mir von den Wilden Witwen erzählte. Ich hatte den Eindruck, es hätte etwas mit Walzertanzen zu tun. Ich fand die Idee, sieben identische Mona-Lisa-Masken zu machen, fantastisch und genau das Richtige für mich, obwohl ich noch nie zuvor eine Maske gemacht hatte. Aber ich wusste, dass ich es konnte, und ergriff die Gelegenheit beim Schopf. Ich habe ihr versprochen, die ganze Arbeit allein zu machen und keiner Menschenseele auch nur ein Wort davon zu verraten. Daran habe ich mich bisher auch gehalten und werde es weiterhin tun, denn ich missbrauche niemals ein in mich gesetztes Vertrauen, egal was auch passiert, was ich ihr auch klar und deutlich gesagt habe.

Ich sagte ihr, es werde teuer sein und eine Weile dauern. Doch sie meinte, das sei in Ordnung. Sie und ihre Freundinnen müssten ohnehin vorher proben, und sie würde mir 500 Dollar in bar schicken, um zu zeigen, dass sie in der Lage seien, für das Material zu bezahlen und es ihnen ernst mit den Masken sei. Und dann noch mal 500 Dollar, wenn ich ihnen die erste fertige Maske geschickt hätte und sie genau ihren Vorstellungen entspräche, was natürlich der Fall war. Und weitere 2000 Dollar, wenn sie die anderen sechs erhalten hätte. Ebenfalls in bar, was mir zu dem Zeitpunkt sehr großzügig erschien. Und ich muss sagen, sie hielten ihr Wort und bezahlten auf der Stelle, was ich von einigen meiner Porträt-Kunden nicht behaupten kann.

Ich bin keine ausgebildete Bildhauerin, aber ich machte mich trotzdem an die Arbeit und modellierte das Gesicht nach einem Foto als Vorlage in Ton. Ich habe es allerdings ein bisschen größer gemacht als das der echten Mona Lisa, da sie kein sonderlich ausgeprägtes Kinn hatte, und ich mir dachte, ich kann mir ein wenig Spielraum erlauben, weil Gesichter immer so unterschiedlich ausfallen. Das Resultat meiner Arbeit war wirklich sehr gut, wenn ich so sagen darf. Sobald das Tonmodell trocken genug war, rieb ich es mit Vaseline ein und machte einen Gipsabdruck. Ich hatte noch nie zuvor eine Form gemacht, doch auch das klappte hervorragend. Danach hatte ich keinerlei Schwierigkeiten mehr, die Masken mit Hilfe der Form anzufertigen, und bemalte sie alle genau wie das Foto. Ich bezweifle, dass irgendeine andere Porträtmalerin diese Arbeit so gut hätte machen können wie ich, und meine geheimnisvolle Auftraggeberin war derselben Meinung. Mein Auftrag lautete, das Tonmodell und die Gipsform zu vernichten, was ich auch tat, als alle Masken bezahlt waren.

Ich muss immer daran denken, was wohl mit den Masken passieren wird. Wahrscheinlich sind sie schon vernichtet worden, was jammerschade wäre, nach all der Arbeit, die ich hineingesteckt habe. Aber ich würde nie wagen, sie zurückzuverlangen, selbst wenn ich die Möglichkeit dazu hätte, was höchst unwahrscheinlich ist.

Es war von Anfang an Teil der Abmachung, dass ich niemals

zu einem ihrer Auftritte gehen würde, sowohl um meine eigene als auch ihre Identität zu wahren, und sie niemals Dritten gegenüber erwähnen würde. Ich habe mich treu an mein Versprechen gehalten, auch wenn sich nicht vermeiden ließ, dass ich manchmal von ihnen hörte. Die Wilden Witwen waren schließlich zeitweise buchstäblich Stadtgespräch. Es hat mich gewundert, dass manche Leute behaupteten, sie wären in Wirklichkeit Männer und würden deshalb auch dichte Schleier und falsche Busen tragen. Ich weigere mich hartnäckig, dies zu glauben, aber es kann natürlich sein, dass ich mich irre, denn ich habe sie ja nie gesehen, was für mich wahrscheinlich auch nicht ungefährlich gewesen wäre.

Der einzige Name, den ich je gehört habe, war LaVonne LaVerne. Den hat nämlich die Person, die mich wegen der Masken angerufen hat, benutzt. Aber aus den Nachrichten habe ich erfahren, dass alle sieben diesen Namen angaben, als die Polizei mit den Reportern kämpfte, um sie ordnungsgemäß zu verhaften. Ich traute meinen Augen nicht, als ich sah, wie sie in den Polizeiwagen, oder wie immer das heute heißt, verfrachtet wurden. Das war das einzige Mal, dass ich einen Blick auf sie werfen konnte. Aber es war enttäuschend, weil ich die Masken nicht sehen konnte, nur die Schleier und die Fischschwanzröcke von hinten.

Noch schlimmer war es in den Spätnachrichten, nachdem man den Polizeiwagen im Franklin Park gefunden hatte, hinter der Voliere, mit drei toten Polizisten hinten im Wagen und einem vierten, dem Fahrer, tot hinter dem Steuer. Man konnte nicht feststellen, woran sie gestorben waren, und die Wilden Witwen waren spurlos verschwunden. Jetzt wird überall nach ihnen gefahndet, und es gibt einen Haftbefehl wegen Mordes. Ich glaube nicht, dass man sie fassen wird, weil niemand ihre Gesichter gesehen hat, mit Ausnahme vielleicht der Polizisten, bevor sie starben. Und niemand kennt ihre Namen, nur LaVonne LaVerne. Ein Name, den sie entweder von jemand anderem gestohlen haben oder sich aus irgendwelchen persönlichen

Gründen zugelegt haben. Ich frage mich manchmal, ob die Frau, die mich angerufen hat und mir das Geld geschickt hat, versuchen würde, die anderen umzubringen, wenn sie das Schweigegelübde brechen würden. Jedenfalls kam sie mir ziemlich merkwürdig vor. Mir gegenüber war sie fair, aber sie weiß auch genau, dass ich absolut zuverlässig und ehrlich bin. So lange ich lebe, werde ich niemandem verraten, dass ich mit der Sache irgendetwas zu tun hatte.

Das Schließfach habe ich gemietet, weil ich heute aus heiterem Himmel durch UPS ein Päckchen bekam, in dem sechs Hutnadeln waren und ein paar Fotos von ihr und ihren Freundinnen, die ich eigentlich nicht hätte kennen sollen. Was sich aber nicht vermeiden ließ, denn sie waren nach dem ganzen Aufruhr in der Zeitung und im Fernsehen veröffentlicht worden. Aber das hat sie sicher gewusst. Auf den Fotos sieht man die Masken nicht so deutlich, wie ich es mir wünschen würde, aber ich finde es trotzdem nett von ihr, dass sie während der turbulenten Zeit an mich gedacht hat, auch wenn ich ganz und gar gegen das bin, was im Polizeiwagen geschah. Vielleicht wollte sie, dass ich die Hutnadeln verschwinden lasse, aber ich war mir nicht sicher und konnte sie natürlich auch nicht fragen. Daher hielt ich ein Schließfach für das Beste. Vielleicht will sie die Sachen ja irgendwann wieder zurückhaben. Da in dem Päckchen nur sechs Hutnadeln waren, könnte ich mir vorstellen, dass sie vielleicht vorhat, ihre eigene noch zu benutzen, falls jemand aus der Reihe tanzt. Das bedeutet zwar, dass ich die Miete für das Schließfach bezahlen muss, aber sie ist nicht sehr hoch. Und sie war schließlich sehr nett zu mir, egal was man heutzutage über sie sagt, wovon das meiste wahrscheinlich stimmt, aber versprochen ist nun einmal versprochen. Ich werde also das Fach auf ihren Namen mieten und hier genauso unterschreiben wie die anderen auch.

LaVonne LaVerne

Kapitel 16

Wenn das nicht typisch Dolores war! Sarah wusste nicht, ob sie in hysterisches Lachen ausbrechen sollte oder ob sie sich eines von Theonias Seidenkissen packen und vor den Mund halten sollte, um dann zu schreien, so laut sie konnte. Und was bedeutete es schon, dass die Wilden Witwen Mörderinnen waren? Wenigstens waren sie aufmerksam genug gewesen, Dolores Agnew Tawnes außergewöhnliches Talent zu erkennen, ihre hervorragend gefertigten Masken vor einem bewundernden Publikum zu tragen – bewundert jedenfalls so lange, bis die Hutnadeln herausgezogen wurden – und schließlich, nachdem der Auftritt sein grauenvolles Ende gefunden hatte, die Hutnadeln ihrer Obhut anzuvertrauen.

Sarah konnte sich nicht vorstellen, dass Dolores je auch nur daran gedacht hatte, zur Polizei zu gehen und zu versuchen, ihnen mit dem wenigen, das sie wusste, weiterzuhelfen. Nicht einmal nach dem blutigen Massaker an den vier Polizisten. Aber was hätte sie ihnen auch schon erzählen können? Ihr Kontakt mit den Wilden Witwen beschränkte sich schließlich nur auf ein oder zwei Anrufe – Dolores' Angaben zu diesem Punkt waren etwas vage – und eine weibliche Stimme, die vielleicht sogar verstellt gewesen war, sowie drei Bargeldzahlungen für die Anfertigung der Masken. Und das Geld war wahrscheinlich von einem Boten gebracht worden, der kaum mit ihr gesprochen hatte. Dolores musste erkannt haben, dass sie mit den sieben Hutnadeln schwer in der Patsche saß, wenn sie ihr Versprechen, Stillschweigen zu wahren, brach und auch nur einen Ton weitererzählte.

Was war aus den Wilden Witwen geworden, nachdem sie mit ihrem Auftritt zu weit gegangen waren? Warum hatte Dolores trotz des schrecklichen Ausgangs die Wahl getroffen, sich mit einer Bande von Mörderinnen auf eine Stufe zu stellen, indem sie sich selbst ebenfalls den Decknamen LaVonne LaVerne zulegte? War das kampflustige Verhalten, das Dolores im Museum an den Tag zu legen pflegte, wenn nicht alles nach ihrer Pfeife tanzte, vielleicht nur ein Ventil für aufgestaute Aggressionen gewesen? Hatte sie vielleicht selbst insgeheim das Bedürfnis verspürt, jemandem eine der erwiesenermaßen tödlichen Hutnadeln in den Nacken zu bohren? Hatte sie aus diesem Grunde die Nadeln so viele Jahre lang weggeschlossen, ohne das Schließfach je wieder zu öffnen, wohl wissend, wo sie eine tödliche Waffe bekommen konnte, wenn der Drang zu stark werden sollte?

Sarah glaubte nicht, dass Dolores die Hutnadeln behalten hatte, weil sie weiche Knie bekommen hatte, wie sie in ihrem Brief andeutete. Sie hielt es für wahrscheinlicher, dass ihr das Wissen, die Nadeln in ihrer Obhut zu haben, ein Gefühl von Wichtigkeit gegeben hatte. Welche der sieben LaVonnes auch immer den ersten Anruf getätigt hatte, sie musste das unstillbare Verlangen der Künstlerin nach Anerkennung gekannt und ihr vor Beginn der Verhandlungen bestimmt genügend Honig um den Bart geschmiert haben. Die Darstellung, die Dolores in der Kassette zurückgelassen hatte, ließ darauf schließen, dass man sie sowohl gut bezahlt als auch gebührend gelobt hatte.

Hüterin eines Geheimnisses zu sein, das niemals gelüftet werden durfte, hatte ihrem unersättlichen Ego sicher genug geschmeichelt, um pflichtbewusst Stillschweigen zu bewahren, lange nachdem die Untaten der Witwen in Presse und Fernsehen breitgetreten worden waren. Die Künstlerin wusch ihre Hände in Unschuld. Sie hatte in gutem Glauben und nach bestem Vermögen nur das getan, was man ihr aufgetragen hatte. Sie hatte sich streng an ihr Schweigegelübde gehalten. Selbst Engel konnten es nicht besser machen.

Der Brief, den Sarah gerade gelesen hatte und von dem sie nicht genau wusste, was sie damit anfangen sollte, strotzte vor Selbstzufriedenheit. Die zahlreichen »ichs« überall auf den Seiten waren wie Trommelstöcke, die immer wieder »Seht mich an! Seht mich an!« schlugen. Doch es gab keinerlei Hinweis darauf, wer Dolores am Sonntagnachmittag mit der letzten der sieben Hutnadeln erstochen hatte.

Sarah hätte gern mit einem der älteren Wächter gesprochen, etwa Vieuxchamp oder Melanson. Doch momentan war ihre eigene Situation zu prekär. Außerdem war Vieuxchamp weder auf Max noch auf sie gut zu sprechen, weil er sich ihnen gegenüber minderwertig fühlte. Was auch zutraf, jedenfalls soweit es seine Arbeit im Wilkins betraf. Von seinem Privatleben wusste Sarah nichts, und sie hatte auch keine Lust, dies zu ändern. Und Melanson war sicher viel zu sehr damit beschäftigt, sich Sorgen zu machen, um sich auf ein vernünftiges Gespräch einlassen zu können.

Vielleicht brachte das Buch, das Dolores Tawne in ihrer untersten Schublade aufbewahrte, etwas Licht ins Dunkel. Es war voller Briefe, Fotos und Zeitungsausschnitte, die mit den Personen in Zusammenhang standen, die Dolores gemalt hatte. In den meisten Fällen handelte es sich dabei um Firmenbosse, deren Fabriken Dinge wie Plastikflaschen mit Badezusätzen in Form von Pinguinen und Krokodilen herstellten. Sämtliche Ausschnitte, ganz gleich, ob sie aus großen städtischen Zeitungen, kleinen Provinzblättchen oder Betriebszeitungen stammten, enthielten unweigerlich ein Bild der großen Künstlerin Dolores Tawne, die ihrem Modell die Hand schüttelte. Vorausgesetzt der oder die Betreffende weilte noch unter den Lebenden, ansonsten waren es die Erben und Rechtsnachfolger des Verstorbenen. Manchmal sah man nur die Künstlerin und ihr Modell, manchmal waren sie in Begleitung eines Gefolges von Vizepräsidenten und vielleicht einiger weniger wichtiger Würdenträger. Ziemlich oft vervollständigte auch die Direktorengattin das Ensemble, und gelegentlich auch seine liebe alte Mutter, ein Sohn, dessen Schicksal es war, in die väterlichen Fußstapfen zu treten, oder eine Tochter, die versuchte, in der

Riege der jüngeren Manager nach einem möglichen Begleiter Ausschau zu halten.

Wie immer die Szene auch aussah, Dolores Agnew Tawnes selbstzufriedener Gesichtsausdruck war für jeden, der Augen im Kopf hatte, unübersehbar. Einmal angenommen, dachte Sarah, dass während einer dieser Präsentationen die Gattin oder Tochter eines Managers – vielleicht eher eine Tochter als eine Gattin – bemerkt hatte, wie völlig ichbezogen die Künstlerin war. Einmal angenommen, sie hatte genug Kunstkurse in ihrer teuren Privatschule besucht, um erkennen zu können, wie hoch qualifiziert, wenn auch nicht kreativ, Dolores' Arbeit war, und hatte sich dies für die Zukunft gemerkt.

Industriekapitäne sind nicht automatisch aufregende Ehemänner. Eine gelangweilte Gattin, besonders eine jener jugendfrischen Ehefrauen, die während der Midlife-Crisis gewisser Industriemagnaten eine ältere, langweilig gewordene Vorgängerin abgelöst hatten, konnte sich durchaus, wie Charles vermutete, im Dienste irgendeiner wohltätigen Sache als Amateurschauspielerin engagiert haben. Doch dann wurde sie vom Theaterfieber ergriffen und entschied, dass es mehr Spaß machte, anstelle hehrer Ziele die eigenen niederen Gelüste zu verfolgen, und überredete einige ihrer ebenso gelangweilten Freundinnen, sich ihr anzuschließen.

Wie es ein Ermittler allerdings schaffen sollte, in Dolores' veralteter Sammlung aus unbedeutenden Titanen und deren Familien, Angestellten, Golfpartnern, Freunden, Feinden und flüchtigen Bekannten irgendwelche Anhaltspunkte zu finden, war eine Frage, mit der sich Sarah nach dem harten Tag wirklich nicht beschäftigen wollte. Ihr Knie tat verteufelt weh, jetzt wo sie Zeit hatte, darüber nachzudenken. Sie sollte aufstehen und ein Schmerzmittel nehmen.

Wenn Max hier wäre, würde er ihr ein Aspirin geben und sie liebevoll umsorgen. Langsam erinnerte sie sich durch den Schmerz hindurch vage an eine Zeitung, die ein Mann im Coffee-Shop gelesen hatte. Zum damaligen Zeitpunkt war sie zu aufgewühlt gewesen, um sich genauer damit zu beschäftigen, doch jetzt erinnerte sich ihr hyperaktives Unterbewusstsein an Wörter wie »argentinische Pampas« und »unblutiger Staatsstreich«. Charles hatte Zeitungen gekauft, um zu sehen, ob darin irgendetwas über Dolores stand. Sarah war eine sorgfältig zusammengefaltete Nachmittagsausgabe aufgefallen, die ungelesen auf dem Couchtisch gelegen hatte, als sie versucht hatte, sich nach dem schrecklichen Tag zu entspannen. Warum hatte Sarah nicht daran gedacht, sie mit nach oben zu nehmen?

Schon entbrannte einer dieser inneren Konflikte, die zu keinem Ergebnis führen. Wenn sie weiterhin immer wieder aufstand, würde sie nie Schlaf finden können. Argentinien war ein großes Land, es reichte von Bolivien bis Tierra del Fuego. Warum sollte Max ausgerechnet in dem Teil sein, in dem der Staatsstreich stattgefunden hatte? Doch wenn die Gegend nicht in politische Unruhen verwickelt war, warum funktionierten dann die Telefone dort nicht? Max wusste doch bestimmt, dass sie sich Sorgen machte, nachdem ihr Gespräch am Sonntag so plötzlich unterbrochen worden war.

Ihr Knie pochte, sie sollte es eigentlich nicht belasten. Trotzdem warf Sarah die Decke zur Seite, tastete mit den Zehen, bis sie den richtigen Pantoffel am richtigen Fuß hatte, kämpfte sich wieder in ihren Morgenmantel, hinkte ins Badezimmer, nahm zwei Aspirin und humpelte zum oberen Treppenabsatz.

Frauen, die eine gute Erziehung genossen haben, unterhielten sich nicht laut schreiend von der Treppe aus mit ihrem Butler. Sarah schrie trotzdem. »Charles, würden Sie mir bitte die Abendzeitung bringen?«

Normalerweise liebte es Charles, ihr etwas zu holen oder zu bringen, doch diesmal schien er ein Problem damit zu haben. »Tja, ähem, sie ist momentan nicht verfügbar, Moddom.«

»Warum denn nicht? Als ich hochging, lag sie doch noch auf dem Couchtisch.«

Plötzliches Gemurmel ließ darauf schließen, dass man sich beriet. Nach einer viel zu langen Pause rief Charles die Treppe hoch: »Mr. Jem hat seinen Drink darüber geschüttet.«

»Unsinn! Onkel Jem hat noch nie in seinem Leben einen Drink irgendwo anders hin geschüttet als in seine Kehle. Bringen Sie mir bitte die Zeitung, Charles.«

»Sehr wohl, Moddom.«

Man hätte denken können, er erwarte den Schinderkarren, der ihn zur Guillotine bringen sollte, wenn man die Verzweiflung in seiner Stimme hörte und sah, mit welch offensichtlichem Widerwillen er sich Schritt für Schritt die Treppe hoch zwang. Er überreichte ihr die immer noch zusammengerollte Zeitung auf einem Silbertablett, wie das Bühnenprotokoll es verlangte, und eilte schnellen Fußes zur Tür.

Doch damit kam er bei Sarah nicht durch. »Charles, kommen Sie sofort zurück! Was versucht ihr beiden mir hier so krampfhaft zu verheimlichen?«

Der Butler räusperte sich. »Es ist etwas – äh – beunruhigend.«

»Was ist es?«

Bevor er antworten konnte, begann das Telefon, das Brooks neben dem Bett installiert hatte, zu klingeln. Das war zu viel. Sarah platzte der Kragen.

»Finden Sie heraus, wer das ist, Charles. Außer für Max und die Rivkins bin ich für niemanden zu sprechen.«

»Sehr wohl, Moddom.«

In dem Bewusstsein, dass die Show weitergehen musste, doch mit einem Gesichtsausdruck, der darauf schließen ließ, dass er sich allmählich ernsthaft fragte, warum, nahm Charles das Telefon und informierte den Hörer, dass der Anrufer mit der Residenz der Kellings verbunden sei. Der Anrufer schien diese Information nicht sehr freundlich aufzunehmen. Charles schien einiges ertragen zu müssen.

»Das kann ich Ihnen leider auch nicht sagen, Moddom«, gelang es ihm schließlich einzuwerfen.

Der Anrufer gab sich mit dieser Antwort nicht zufrieden. Sarah formte mit den Lippen ein lautloses »Onkel Jem« und zeigte nach unten. Charles nahm den Vorschlag dankbar an.

»Aber Sie können mit Mr. Jeremey Kelling sprechen. Wenn Sie einen Moment am Apparat bleiben, werde ich ihn von Ihrem Wunsch, mit ihm zu kommunizieren, unterrichten.«

Er legte die Hand auf den Hörer. »Es ist Mrs. Boadicea Kelling.«

Tante Bodie gab ihr endgültig den Rest. Sarah seufzte. »Charles, ich tauche unter. Sagen Sie Onkel Jem, dass wir keinerlei Auskünfte geben, bis Max wieder erreichbar ist. Und dass er jetzt in Argentinien sei und die Verbindung zusammengebrochen sei.«

»Mit dem größten Vergnügen.«

Tante Bodie am Telefon abzuwürgen war unendlich viel angenehmer als ihr zuzuhören. Trotzdem hatte Sarah ein schlechtes Gewissen. Boadicea Kelling gehörte nicht zu den Personen, die ohne Grund am Telefon plauderten, und schon gar nicht abends nach acht Uhr. Da es inzwischen fast viertel vor zehn war, konnte sich Sarah den Anruf nur so erklären, dass irgendein Mitglied der Familie Kelling gestorben war. Sie legte den Hörer auf ihren Nachttisch, so dass sie hören konnte, wann Onkel Jem unten an den Apparat ging, griff nach dem *Globe*, versuchte dabei, nicht mit den Seiten zu rascheln, und schaute sich die Todesanzeigen an.

Da stand es schon, ganz am Anfang, kurz und knapp. »Mrs. Sara Biterman aus Ireson Town starb heute Morgen an den Verletzungen, die sie sich zuzog, als sie vor ein fahrendes Auto lief. Nähere Angaben zur Beisetzung sind noch nicht bekannt.«

Sarah legte nicht auf. Bodie war jetzt am Telefon und verlangte von Jem zu wissen, warum man sie nicht auf der Stelle informiert habe. Darum also hatte Charles versucht zu verhindern, dass Jems Nichte die Zeitung zu Gesicht bekam. Wie war die Meldung so schnell in die Zeitung gelangt? Handelte es sich um einen grotesken Streich? Oder war der Fahrer des grauen Toyota so sicher gewesen, die Frau getötet zu haben, auf die er es abgesehen hatte, dass er die Meldung schon vorher an die Zeitung weitergegeben hatte, um sich die Mühe zu sparen, es später tun zu müssen?

Boadicea Kelling klang wirklich fassungslos. Das war eigentlich das Merkwürdigste an der ganzen Geschichte, denn Bodie verlor fast nie die Fassung. Sarah wusste nicht, ob die Aufregung ihrer Tante von der Tatsache herrührte, dass die Anzeige nicht den Regeln des Familienprotokolls entsprach, oder weil man Sarahs Namen falsch geschrieben hatte. Bodie schien die einzige Verwandte zu sein, die sich von den Orthographiefehlern nicht hatte täuschen lassen und sich die Mühe gemacht hatte nachzuforschen, ob es in Ireson Town nicht vielleicht doch eine Mrs. Sara Biterman gab.

Die Schreibfehler waren anscheinend unbeabsichtigt, denn sie passten zu dem Umschlag mit der tödlichen Hutnadel, den man ihnen ins Büro geschickt hatte. Dass der Absender beim ersten Mal die Geschäftsadresse benutzt hatte und in der Todesanzeige von Ireson Town statt von Ireson's Landing als Heimatadresse die Rede war, ließ darauf schließen, dass der oder die Möchtegernmörder nicht viel von ihr wussten und zu faul, dumm oder selbstherrlich waren, um sich die Mühe zu machen, ordentlich zu recherchieren.

Entweder hatte man ihnen Sarah Bittersohn gezeigt oder sie hatten ein gutes Foto, an das sie sich halten konnten. Entweder kannte sie der unfallflüchtige Mann nicht persönlich oder tat so, als sei dies der Fall. Entweder glaubte er wirklich, sie getötet zu haben, oder er wusste genau, dass er sein Ziel verfehlt hatte. Falls es sich um das Paar gehandelt haben sollte, das sie am Sonntag belästigt hatte, hätte der Beifahrer als Späher fungieren können, um sicherzugehen, dass der Auftrag ordnungsgemäß erfüllt war. Stattdessen hatte er aber dann beobachtet, wie das vorgesehene Opfer von einem uniformierten Polizisten auf den Bürgersteig gezogen und in einen Coffee-Shop geführt wurde.

Es gab einfach zu viele Möglichkeiten. Sarah wusste nur, dass sie einen Mann und ein Kind hatte, für die es sich zu leben lohnte, ganz zu schweigen von ihren mannigfaltigen Bekannten. Sie hatte schon halb geschlafen und gar nicht mehr klar denken können, als sie Charles mitgeteilt hatte, dass sie untertauchen wolle. Aber warum sollte sie es nicht tatsächlich tun? Welche Alternative blieb ihr denn noch?

Sie brauchte Unterstützung, doch das war nicht schwer mit zwei erfinderischen Halunken wie Charles und Onkel Jem im Haus. Sie musste Lieutenant Harris informieren, damit er seine Zeit nicht mit der Verfolgung falscher Spuren verschwendete. Und sie musste sich mit Ira Rivkin in Verbindung setzen und ihn bitten, ihr einen Wagen zu leihen. Sie konnte nicht riskieren, ihren eigenen Wagen mit dem bekannten Nummernschild zu benutzen. Mit der Frage, wie sie das alles mit ihrem kaputten Knie schaffen sollte, würde sie sich am Morgen beschäftigen.

Onkel Jem würde schon etwas einfallen. Momentan spielte er gerade auf Boadicea wie auf einer Ukulele. Er tat so, als sei er sehr viel beschwipster, als er in Wirklichkeit war, und spann ein verworrenes Netz aus Trugschlüssen, was Bodies an der Logik orientierten Tunnelblick völlig verwirrte. Als er schließlich vorschlug, Bodie solle die noch wirrere alte Tante Appollonia anrufen, um die genauen Tatsachen in Erfahrung zu bringen, warf sie angewidert das Handtuch, nachdem sie bei dem ganzen Gespräch nichts weiter herausgefunden hatte, als dass es höchste Zeit war, Jem Kelling in ein Sanatorium abzuschieben.

Sarah legte ihren Hörer auf und hatte das Gefühl, ihr Kopf sei in Cousine Annes Mixer geraten. Es war alles andere als angenehm gewesen, ihren eigenen Namen in den Todesanzeigen zu lesen, auch wenn der Bericht über ihren Tod, wie Mark Twain unter ganz ähnlichen Umständen einst so treffend bemerkt hatte, reichlich übertrieben gewesen war. Und obendrein war ihr Name auch noch falsch geschrieben. Von dem Aspirin, das sie genommen hatte, wurde ihr langsam komisch. Sie knipste die Nachttischlampe aus und ließ sich von ihrem Unterbewusstsein dorthin tragen, wohin es wollte.

Sie hatte anscheinend ihren Schlaf dringend nötig gehabt, denn sie wurde erst wieder wach, als das Telefon neben ihrem Bett klingelte und sie hörte, wie Charles guten Morgen zu Miriam Rivkin sagte. Sie unterbrach die beiden, obwohl sie immer noch nicht ganz wach war.

»Hallo, Miriam. Ist mit Davy alles in Ordnung?«

»Ja, es geht ihm prächtig. Was ist denn los, Sarah? Du klingst wie der Morgen nach der Nacht davor.«

»Oh, ich hatte gestern einen dummen Unfall. Ich bin am Kenmore Square auf den Bordstein gefallen und habe mir das Knie aufgeschlagen. Es tat ziemlich weh, daher habe ich Aspirin genommen, und das ist mir nicht so gut bekommen.«

»Was hast du denn am Kenmore Square gemacht?«

»Ich wollte irgendwo eine Kleinigkeit essen. Ich habe dir doch erzählt, dass ich die Testamentsvollstreckerin von Dolores Tawne bin, nicht?«

»Ja, und du warst nicht sehr erfreut über die Tatsache.«

»Daran hat sich nichts geändert. Erwartet ihr heute Besuch?«

»Nicht dass ich wüsste«, sagte Miriam. »Warum fragst du?«

»Weil ich in der Patsche sitze und Hilfe brauche. Ist Ira da?«

»Er sitzt neben mir und trinkt seinen Orangensaft. Ira, Sarah hat ein Problem.«

»Okay, warum hat man dich diesmal verhaftet?« Das war Ira, ein Meter neunzig und munter wie ein Streifenhörnchen.

»Noch bin ich auf freiem Fuß«, erwiderte Sarah. »Aber ich brauche dringend einen Wagen. Nicht für sehr lange, hoffe ich. Ich habe keine Lust, mir einen zu leihen. Ich möchte kein neues oder auffälliges Auto. Und ich will auf keinen Fall mein eigenes benutzen, weil man es wiedererkennen könnte.«

»Ist das alles? Wie schnell brauchst du es denn?«

»Irgendwann heute im Laufe des Tages, wenn das möglich ist. Ich würde furchtbar gern ein bisschen bei euch am See bleiben und versuchen, meinen Kopf wieder ein wenig klarer zu bekommen. Ich muss mich irgendwie verkleiden, also wundert euch nicht, wenn plötzlich ein humpelndes altes Weib mit einem falschen Schnurrbart bei euch aufkreuzt.«

»Wir wundern uns grundsätzlich nie. Wie willst du denn herkommen?«

»Gute Frage. Vielleicht kann Charles den Wagen seines Freundes leihen. Wenn nicht, fahre ich so weit es geht mit der U-Bahn und rufe euch an, damit einer von euch mich abholen kann. Bist du den ganzen Tag da, Ira?«

»Hängt ganz davon ab, wie schnell ich einen Wagen für dich klauen kann. Wir haben gerade einen in der Werkstatt zur Inspektion, den sein Besitzer in der nächsten Zeit nicht braucht, da er sich auf einer Kreuzfahrt befindet. Ich schau mal nach, ob er schon fertig ist. Aber einer von uns wird bestimmt hier bei Davy sein, entweder Miriam oder ich. Soll ich deinen Sohn an den Apparat holen?«

»Nein, sag ihm nur, Mami würde später vorbeikommen. Ich muss noch einiges erledigen, bevor ich hier wegkann.«

»Weißt du, wie du fahren musst?«

»Kein Problem, ich finde euch schon. Vielleicht bleibe ich sogar über Nacht, wenn ihr Platz für mich habt.«

»Du weißt doch, dass wir für dich immer Platz haben«, sagte Ira. »Dann sehen wir dich, wenn du kommst.«

Charles hatte anscheinend vor der Tür gewartet. Sarah hatte kaum aufgelegt, als er auch schon wie der berühmte Butler Jeeves mit einem Tablett mit Tee und einer Notiz erschien.

»Lieutenant Harris wünscht Sie zu sprechen, Moddom. Seine Nummer steht auf dem Zettel. Soll ich für Sie wählen?«

»Nein, ich möchte gern vorher noch meinen Tee trinken. Ist Onkel Jem schon auf?«

»Merkwürdigerweise ja. Und in Bestform.«

»Gut. Geht bitte beide nicht weg, wir müssen uns dringend unterhalten. Ich komme nach unten, wenn ich mit Harris fertig bin.«

»Roger. Und Ende. Darf ich Ihnen Pfannkuchen à la Charles servieren oder gelüstet es Sie eher nach gebratener Salami und Eiern?«

»Essen Sie und Jem ruhig das, worauf Sie Lust haben. Ich koche mir selbst ein Ei, wenn ich nach unten komme. Sie dürfen sich zurückziehen, Charles.«

Als sie seinen Anruf endlich erwiderte, klang die Stimme von Lieutenant Harris höflich, aber mit der Art gereizter Nachsicht, die viel beschäftigte Polizisten plagt, wenn man sie länger hat warten lassen, als sie für angemessen halten. Der Lieutenant hatte den Bericht gelesen, den Officer Drummond am Vortag eingereicht hatte, und fragte sich, ob Mrs. Bittersohn ihm vielleicht ein paar Fragen beantworten könne.

Sarah goss sich eine zweite Tasse Tee ein und wappnete sich für ein langes Verhör, doch so schlimm war es gar nicht. Drummonds Bericht war detailliert und klar gewesen. Es gab nur wenig hinzuzufügen und noch weniger zu verbessern. Allerdings bot sie an, Dolores' Schilderung von ihrer Verwicklung mit den Wilden Witwen vorzulesen. Harris schien dies nicht für relevant zu halten.

»Okay, Mrs. Bittersohn. Ich glaube nicht, dass wir uns damit ausführlich beschäftigen müssen. Gibt es sonst noch etwas, worüber Sie sprechen möchten? Können Sie sich vorstellen, wo Mrs. Tawne diese komischen Krawattennadeln herhatte?«

»Ich könnte höchstens raten.«

»Mir ist alles recht.«

»Gut. Wie Sie natürlich wissen, hat Dolores Tawne perfekte Kopien von den wichtigeren Gemälden in der Wilkins-Sammlung angefertigt. Sie tat dies in dem Glauben, auf diese Weise die Originale zu konservieren. Doch in Wirklichkeit benutzte man sie, um einen Kunstraub zu vertuschen, der sich über viele

Jahre hinzog. Die Originale wurden fortgeschafft und für eine Menge Geld verkauft, wenn auch wahrscheinlich für weniger, als sie auf dem freien Markt gebracht hätten. Nachdem alles aufgedeckt worden war und die Originale nach und nach dem Museum zurückgegeben wurden, bekam auch Dolores ihre Kopien zur freien Verfügung zurück. Man hatte ihr sehr übel mitgespielt, wissen Sie, und das war das wenigste, was man für sie tun konnte.«

»So dass sie ihre Kopien verkaufen konnte?«

»Sie oder sonst jemand, nehme ich an. Als Officer Drummond und ich gestern in ihrem Atelier waren, habe ich bemerkt, dass sie einige ihrer Bilder aufgehängt hatte. Aber es ist nur ein Bruchteil der Gemälde, die sie zurückbekommen hat. Ich habe nach den anderen gesucht, aber nur ein paar alte Leinwände gefunden, die frisch grundiert, aber noch nicht übermalt waren.«

»Schließen Sie daraus, dass Mrs. Tawne wieder ein paar Fälschungen malen wollte?«

»So hätte sie es bestimmt nicht genannt. Dolores war auf ihre Art erstaunlich talentiert, wissen Sie. Kurz bevor Sie anriefen, habe ich allerdings tatsächlich daran gedacht, dass sie vielleicht wieder irgendeinem Gauner auf den Leim gegangen sein könnte. Vielleicht hat er ihr angeboten, ihre Arbeiten für sie zu verkaufen. Anders kann ich mir nicht erklären, was sie mit den Kopien gemacht haben könnte, die mein Mann ihr zurückgegeben hat, nachdem er die Originale dem Museum übergeben hatte.«

»Aber wie passen die Krawattennadeln ins Bild?«

»Eigentlich sehr gut. Wenn ich mich nicht irre, sind sie gestohlen, und jemand musste dringend ein sicheres Versteck für sie finden. Vermutlich hat man sie Dolores unter einem Vorwand angeboten. Sozusagen als Sicherheit für die Gemälde, die der Agent verkaufen wollte, und die Bilder, die sie aus Zeitmangel noch nicht gemalt hatte. Als ich gestern in ihrem Atelier war, sah es für mich so aus, als hätte sie alles vorbereitet, um wieder zu malen anzufangen. Was sie seit dem Fiasko vor sieben Jahren nicht mehr getan hatte.«

Dolores' Brief aus der LaVerne-Kassette lag immer noch auf dem Nachttisch. Sarah nahm ihn in die Hand und las Harris ein oder zwei Stellen daraus vor. »Das ist absolut typisch für sie, wissen Sie. Sie hätte so gut wie alles geglaubt, wenn man es ihr im richtigen Licht geschildert hätte.«

»Mal angenommen, Sie lägen mit Ihrer Vermutung richtig, Mrs. Bittersohn. Hätten Sie eine Idee, wer ihr neuer Partner gewesen sein könnte?«

»Nein, keinen Schimmer. Was besonders frustrierend ist, weil sie nämlich vorhatte, am Sonntag um fünf zum Tee zu uns zu kommen. Möglicherweise hatte sie das Museum gerade verlassen und wollte sich auf den Weg zu uns machen, als sie erstochen wurde.«

»Wann genau hatten Sie Mrs. Tawne denn eingeladen?«

»Ich habe sie überhaupt nicht eingeladen. Sie hat einfach bei uns angerufen und Charles gesagt, sie würde kommen. So war sie halt. Es würde mich nicht wundern, wenn sie vorgehabt hätte, mir alles über ihren wunderbaren neuen Agenten zu erzählen.«

»Wir wollen nur hoffen, dass sie ihm nichts von Ihnen erzählt hat«, knurrte Harris. »Sie sind die einzige Testamentsvollstreckerin, nicht?«

»Ja.«

»Was bedeutet, dass niemand außer Ihnen die Kassette mit den Krawattennadeln öffnen darf, stimmt's?«

»Oh Gott! Daran hatte ich noch gar nicht gedacht! Sie glauben doch wohl nicht, dass Dolores' Tod etwas damit zu tun hatte, dass ich gestern fast überfahren worden wäre?«

»Bisher ist Ihnen so etwas noch nie passiert, oder?«

»Nicht mit einem Auto. Aber selbst wenn man mich plattgefahren hätte, hätte doch niemand die Kassette öffnen können, oder?«

»Es wäre ein wenig aufwendig gewesen. Aber irgendwo findet sich immer ein lange vermisster Erbe, wenn man weiß, wo man suchen muss. Ich will Ihnen auf keinen Fall das Mittagessen verderben, Mrs. Bittersohn. Aber ich glaube, das Beste wäre, Sie würden zu Ihrem Mann nach Argentinien reisen.«

»Wahrscheinlich ist er gerade auf dem Weg nach Hause. Außerdem findet man in einer Familie, die so groß ist wie meine, immer einen Schlupfwinkel, in dem man sich verstecken kann.«

Es folgte eine Pause, die so lang war, dass Sarah dachte, die Verbindung wäre unterbrochen. »Sind Sie noch dran, Lieutenant Harris?«

»Ah – ja.«

»Dann möchte ich nur noch sagen, dass man Dolores' Kontakt mit den Wilden Witwen schon einiges an Bedeutung beimessen sollte. Ich weiß zwar, dass es lange zurückliegt, aber die Tatsache, dass sie immer noch die Miete für das LaVerne-Schließfach zahlte, lässt darauf schließen, dass sie noch in Verbindung mit jemandem aus der Truppe stand.«

»Und das bedeutet?«

»Das bedeutet, dass ich wissen möchte, was aus den Wilden Witwen geworden ist. Mein Onkel Jeremy Kelling ist momentan bei mir zu Besuch. Er hat mir von einem Auftritt erzählt, bei dem die Witwen etwas Furchtbares mit einem Zuschauer angestellt haben. Danach haben sie sich sozusagen in Luft aufgelöst, während Onkel Jem und der Freund, in dessen Begleitung er war, nach der Polizei gerufen und versucht haben, sich einen Weg durch die Menge zu bahnen. Sie haben doch sicher von den sieben schwarz gekleideten Frauen gehört, die vier Polizisten mit ihren Hutnadeln ermordet haben? In einem Polizeiwagen, der sie ins Gefängnis bringen sollte. Der Fall wurde nie gelöst, oder?«

»Soweit ich weiß, nicht. Im Revier spricht man nicht darüber. Wahrscheinlich geben Polizisten genau wie alle anderen

Menschen nicht gern zu, wenn sie versagt haben. Und worauf läuft es im Endeffekt hinaus, Mrs. Bittersohn?«

»Nadeln, würde ich sagen. Sie wissen ja, wie Dolores Tawne getötet wurde. Schließen Sie daraus nicht auch, dass die letzte Wilde Witwe noch lebt und immer noch ihre alten Tricks beherrscht? Oder seine, vielleicht ist es ja auch ein Mann. Möglicherweise waren es Transvestiten. Ich habe gestern eines der Fotos aus der LaVerne-Kassette mitgenommen. Es zeigt sieben Witwen mit schwarzen Handschuhen bis zu den Achseln, langen hautengen Nixenkleidern, die Mona-Lisa-Masken, die Dolores für sie gemacht hat, die Witwenschleier, die Wagenradhüte. Eigentlich war außer den Brüsten nichts entblößt, und die können genauso gut künstlich gewesen sein.«

»Ich weiß«, sagte Harris. »Haben Sie die Zeitungsausschnitte in der untersten Schublade von Mrs. Tawnes Kommode gesehen?«

»Ja. Ich wollte ursprünglich zurückgehen und sie holen, nachdem ich mit Officer Drummond zu Mittag gegessen hatte. Aber Sie wissen ja, was passiert ist. Außerdem glaube ich nicht, dass wir dadurch mehr erfahren hätten als von Onkel Jem. Es klingt vielleicht verrückt, aber ich wünsche mir wirklich, wir könnten irgendwie herausfinden, ob es noch irgendwelche LaVonne LaVernes hier in der Gegend von Boston gibt. Ich habe so eine Ahnung, dass wir mehr Glück haben, wenn wir nach ihren Totenscheinen suchen. In der LaVerne-Kassette sind sechs Hutnadeln. Und wie Sie wissen, ist die siebte, die Sie auf dem Revier haben, in einem schlechten Zustand. Es würde mich nicht wundern, wenn die wildeste Witwe ihre Hutnadel dazu benutzt hat, die sechs anderen umzubringen, bevor sie Dolores Tawne aus dem Weg räumte.«

»Um Gottes willen! Warum hätte sie das tun sollen?«

»Entweder um ihre eigene Haut zu retten, oder weil sie es lustig fand, sämtliche Witwenschwestern unter dem selben Pseudonym zu begraben. In diesem Fall hätten wir es natürlich mit einer Wahnsinnigen zu tun. Aber irgendwo muss man schließlich anfangen. Und soweit ich sehen kann, sind die Nadeln bisher der beste Ausgangspunkt. Sie können sich vorstellen, dass ich mich aus rein egoistischen Gründen dafür interessiere. Da draußen läuft nämlich jemand herum, der mich umbringen will. Und ich habe keine Lust, mich umbringen zu lassen.«

»Aber warum sollte er sich ausgerechnet Sie ausgesucht haben?«

»Ich kann nur vermuten, dass es etwas mit dem Mord an Dolores Tawne zu tun hat. Und möglicherweise mit der Tatsache, dass ich am Sonntag mit dem neuen Kuratoriumsvorsitzenden am Wilkins-Museum zu Mittag gegessen habe. Die beiden Spaßvögel in dem grauen Toyota fingen an, mich zu bedrängen, nachdem ich zusammen mit meinem Cousin und seiner Frau die Turbots verlassen hatte und mit zu ihnen nach Hause gefahren war, um dort meinen Wagen abzuholen. Sie hätten mir leicht von den Turbots aus nachfahren können. Auch wenn ich mir nicht vorstellen kann, warum. Als ich zur Tulip Street kam, teilte mir Charles mit, Dolores habe sich selbst zum Tee eingeladen. Doch sie kam nicht. Und dann erfuhren wir von ihrem Tod. Dass sie jemand umgebracht haben könnte, weil man sie daran hindern wollte, uns zu treffen, klingt zwar weit hergeholt, aber inzwischen bin ich bereit, alles zu glauben.«

Warum zog sie dieses Gespräch unnötig in die Länge? Jetzt war der richtige Moment für den Absprung. »Und jetzt werde ich auflegen und von der Bildfläche verschwinden. Entweder Charles, Onkel Jem oder sein Kammerdiener Egbert werden hier sein, um etwaige Nachrichten in Empfang zu nehmen. Aber ich werde auf jeden Fall mit Ihnen in Kontakt bleiben. *Au revoir*, Lieutenant.«

»Einen Moment noch, Mrs. Bittersohn. Wir haben gerade einen Bericht über den Wagen bekommen, der versucht hat, Sie zu überfahren. Er ist auf Dolores Agnew Tawne im Fenway Studio Building in der Ipswich Street zugelassen.«

»Aber das ist doch absurd! Dolores hat nie einen Wagen besessen, sie konnte nicht mal fahren! Das hat sie zumindest behauptet, aber anscheinend weiß ich so gut wie gar nichts über sie. Und jetzt bin ich als Testamentsvollstreckerin wohl auch noch für den Wagen verantwortlich, der versucht hat, mich zu überfahren. Wollen Sie das damit sagen?«

»Nein, darüber brauchen Sie sich wirklich keine Sorgen zu machen. Man hat das Fahrzeug gefunden. Jemand hat es zu Schrott gefahren und in Brand gesetzt. Um zwei Uhr vierundzwanzig heute Morgen, auf einem Parkplatz im Süden Bostons. *Au revoir*, Mrs. Bittersohn.«

Kapitel 17

»Tut mir leid, dass ich so lange telefoniert habe«, meinte Sarah halb entschuldigend, als sie die beiden Eier aufschlug, die Charles ihr trotz allem gekocht hatte. Sie trug immer noch ihren Morgenmantel, weil sie noch nicht wusste, wie sie sich am besten verkleiden sollte, doch ansonsten war sie startklar und hungrig. »Toast, bitte, Onkel Jem. Du bringst am besten Punkt zehn Dolores Tawnes Testament zu Mr. Redfern. Um die Zeit kommt er für gewöhnlich in sein Büro. Stell klar, dass du ein viel beschäftigter Mann bist. Du kannst nicht bleiben und mit Miss Tremblay plaudern, das Testament muss so schnell wie möglich für rechtskräftig erklärt werden. Und vergiss bloß nicht, das Testament mitzunehmen. Charles, sorgen Sie dafür, dass er es in seine Innentasche steckt.«

»Sehr wohl, Moddom«, erwiderte der bewundernswerte Charles.

»Pah, Humbug!« knurrte Jeremy Kelling. »Wann habe ich je etwas vergessen?«

»Kein Kommentar«, sagte Sarah. »Und falls Miss Tremblay oder Mr. Redfern zufällig auf die Todesanzeige zu sprechen kommen sollten, sag einfach, dass du eine dringende Verabredung mit irgendeinem großen Tier oder so etwas hast und unbedingt weg musst, was du daraufhin auch tust. Hast du alles verstanden?«

»Wenn du damit meinst ›Hast du alles verstanden, was ich dir zu sagen versuche, obwohl ich mich unmöglich ausgedrückt habe‹, dann lautet die Antwort ja«, erwiderte Jem gehässig. »Dann schau ich kurz an der Börse vorbei und bringe den Markt für schwarze Armbinden unter meine Kontrolle, richtig?«

»Was für eine reizende Idee, Onkel Jem! Verwahr mir auch eine, denn man kann schließlich nie wissen. So, Charles, wie machen Sie mich am besten unkenntlich? Gibt es irgendetwas hier im Haus, das wir nehmen können?«

»Gute Frage. Haben Sie eine bestimmte Vorstellung davon, wie Sie danach aussehen möchten, oder sollen wir uns einfach irgendetwas ausdenken?«

»Also, ich sehe aus wie eine Kelling, ganz egal, was ich auch mache. Wie wäre es mit irgendetwas in Richtung Großtante Matilda? Da ich ohnehin hinke, könnte ich den Schwarzdornstock mit dem Goldknauf nehmen, den sie immer bei sich hatte, als ihre Arthritis so schlimm wurde.«

»Den zum Aufschrauben mit dem Schluck Brandy im Knauf?«

»Warum nicht? Man kann schließlich nie wissen. Was die Kleidung betrifft, könnte das dunkelgraue Flanellkostüm, das ich gerade gekauft habe, ganz gut passen. Wir müssten es nur ein bisschen auf alt trimmen.«

»Nichts leichter als das. Wir wischen damit oben in den Schlafzimmern Staub, knuddeln den Rock zu einem Ball zusammen, und lassen Mr. Jem eine Weile darauf sitzen.«

»Ja, das klingt gut. Und ich könnte die scheußlichen grauen Zwirnstrümpfe anziehen, wie sie Großtante Matilda immer getragen hat. Wenn wir ein Paar davon finden. Halten Sie es für eine gute Idee, meine Haare ein wenig mit Mehl zu bestäuben, damit sie grau aussehen?«

»Nein. Sie würden aussehen, als hätten Sie schlimme Schuppen.«

»Na ja, irgendetwas muss ich aber tun. Wie schade, dass ich mir nicht Tante Bodies Queen-Mary-Toque ausleihen kann.«

Charles war entsetzt. »Niemand auf der Welt außer Mrs. Boadicea Kelling würde mit so einem Hut durchgehen. Da gibt es bessere Lösungen.«

»Welche, beispielsweise?«

»Das werden Sie schon bald sehen. Haben Sie abgelaufene alte Wanderschuhe? Oder, noch besser, schmutzige Stoffschuhe mit einem Loch in der Zehengegend?«

»Ja, Charles, zufällig habe ich tatsächlich so etwas. Ich bewahre sie im Kofferraum meines Wagens auf, für den Fall, dass Davy und ich Lust bekommen, ins Watt oder in den Wald zu gehen. Ich glaube, ich habe den Dreck abgewaschen, nachdem ich sie das letzte Mal benutzt habe, aber ich bin mir nicht sicher.«

»Macht nichts. Ich kann sie neu einweißen, falls sie zu eklig aussehen. Aber das ist wahrscheinlich gar nicht nötig. Nehmen wir Ihren Wagen?«

»Darüber bin ich mir noch nicht im Klaren. Ira besorgt mir ein Auto, aber ich möchte nicht, dass er es bis nach Boston fährt.«

»Was halten Sie davon, wenn ich die Turnschuhe aus Ihrem Kofferraum hole und eine Abmachung mit meinem Freund treffe? Er hat ein 1975er Dodge Sportcoupe mit Ralleystreifen. Sie könnten dann die sprichwörtliche kleine alte Dame sein, die immer nur sonntags damit zur Kirche fährt. Aber jetzt hat sie sich das Knie verletzt und kann selbst nicht fahren, also vollbringe ich eine gute Tat und fahre Sie zu Verwandten, bei denen sie wohnen kann. Okay, Moddom?«

»Wunderbar. Wie wäre es, wenn Sie sich in die Charles Street begeben und nachsehen würden, ob Sie im Billigladen etwas Passendes finden? Die Leute dort wissen doch, dass Sie Schauspieler sind, oder nicht?«

»Das wissen sie in der Tat, und sie sind höchst beeindruckt von mir. Also, wir wollen Sie auf keinen Fall als Freak verkleiden. Unser Ziel ist, Sie in eine dieser unauffälligen alten Damen zu verwandeln, die man zwar sieht, aber nicht bemerkt. Klingt wie eine interessante Herausforderung.«

»Hoffentlich lassen Sie sich nicht so sehr von Ihrer Kunst hinreißen, dass Sie den Zweck der Übung vergessen«, erinnerte ihn Sarah. »Ich würde vorschlagen, wir halten Ausschau nach einer welk aussehenden Seidenbluse in irgendeiner ziemlich scheußlichen Farbe, einem Hut mit einer breiten Krempe, die ich ins Gesicht ziehen kann, und nach einer Sonnenbrille. Vielleicht auch nach einer Anstecknadel oder einer unechten Camee-Brosche, etwas, das alt genug ist, um als Sammlerstück durchzugehen. Sie wissen schon, was ich meine. Meinen Sie, Sie könnten mir ein paar Falten verpassen?«

»Kein Problem. Dann bin ich jetzt weg. *Hasta la vista!* Hey, warum ziehen Sie sich nicht einfach ein paar von Mariposas Sachen an und sprechen Spanisch?«

»Aus verschiedenen Gründen, Charles. Erstens passen mir Mariposas Sachen nicht. Zweitens kann ich genauso wenig Spanisch sprechen wie Sie. Und drittens bin ich völlig anders als Mariposa. Ich bin ziemlich sicher, dass ich in der Lage bin, eine ältere Frau vom Beacon Hill zu spielen. Auf mehr lasse ich mich auf keinen Fall ein. Hier, nehmen Sie fünfzig Dollar, für den Fall, dass Sie etwas Passendes finden. Und jetzt nichts wie weg. Ich räume das Geschirr ab, während ich darauf warte, dass Sie zurückkommen.«

Charles flitzte los. Sarah wandte sich an Jem, der pflichtbewusst ihr neues Flanellkostüm plattsaß. »Oje, ich hatte gerade einen schrecklichen Gedanken. Was soll ich bloß mit Anne machen? Wahrscheinlich sollte ich einfach in Ireson's Landing vorbeifahren und es ihr sagen.«

»Ihr was sagen?« Jem rutschte ein wenig auf seinem Flanellhochsitz herum, um den Alterungsprozess zu verkürzen, da er schon bald zur Pinckney Street gehen wollte, um das saubere weiße Hemd und eine passende Trauerkrawatte anzuziehen, die Egbert für Jems fliegenden Besuch in Redferns Büro verdammt nochmal hoffentlich bereitgelegt hatte. Zuerst würde er pflichtschuldig Dolores Tawnes Originaltestament abliefern und vermeiden, irgendwelche Lügen über das angebliche Ableben seiner Nichte zu erzählen, einmal angenommen, dass Redfern oder Tremblay die falsche Todesanzeige gesehen und richtig dechiffriert hatten. Dann würde er in die Tulip Street zurückkehren, um mit sicherer Hand am Ruder zu stehen und dafür zu sorgen, dass genug Gin an Bord war, um dem Sturm zu trotzen.

In der Zwischenzeit konnte Egbert einige von Jems Kleidungsstücken aussortieren, um sie zur Tulip Street zu bringen, und zu absoluter Höchstform auflaufen, wo immer er gebraucht wurde. Doch das ganze Organisieren half Sarah kein bisschen bei der Entscheidung, was sie nun mit Cousine Anne und ihren Chrysanthemen anfangen sollte. Jems allzu verständliche Frage war immer noch nicht beantwortet. Es wäre äußerst ungehörig, wenn Sarah Anne und Mr. Lomax im Unklaren lassen würde.

»Ich brauche ihr eigentlich nur zu sagen, dass ich noch lebe und alles daran setze, dass es so bleibt. Ich weiß sehr gut, dass es schwierig für euch ist, die richtigen sozialen Geräusche zu machen, wenn es darum geht, ob die Leute nun kondolieren sollen oder nicht. Aber ich hoffe sehr, dass es in der Familie bleibt. Anne wird es natürlich Percy erzählen müssen. Aber Percy liebt es, diskret zu sein, daher sollten zumindest diese beiden kein Problem darstellen. Ich hoffe nur, dass sich die Geschichte nicht noch länger hinzieht. Es wäre furchtbar, wenn Max nach Hause käme und mit Fragen zu meiner Beerdigung bombardiert würde. Aber wie dem auch sei, am besten gehst du jetzt und tust, was zu tun ist. Und ich verstecke mich bis zu deiner Rückkehr unter dem Bett.«

Falls Jem dies für einen Scherz hielt, lag er völlig daneben. Sarah versuchte, ihre Nerven durch Aufräumen zu beruhigen. Das Haus hatte unter der Junggesellenwirtschaft sichtlich gelitten. Sie schaffte es, die untere Etage wieder ein bisschen auf Vordermann zu bringen, und fragte sich gerade, was sie am besten mit den Betten anfangen sollte, als Egbert erschien, einen gepackten Koffer in der linken Hand und ein paar Anzüge von Jem in einer Plastikhülle über dem rechten Arm. Er setzte seine Ladung in Jems momentanem Schlafzimmer im unteren Stock ab und übernahm sanft, aber bestimmt alle weiteren Hausarbeiten. Sarah fing gerade an, sich überflüssig zu fühlen, als Charles vom Billigladen zurückkehrte. Er hatte eine ziemlich große Tragetasche aus recyceltem Papier mitgebracht.

»Potzblitz, wir haben das Problem gelöst! Wie finden Sie das hier? Hat das nicht wirklich Stihil?«

Er griff in die Tasche und zog eine abgetragene, hochgeschlossene Seidenbluse mit einem fleckigen Muster heraus, das farblich zwischen Blaubeere und Granatapfel changierte, einige hässliche Accessoires, zwei Paar graue Zwirnstrümpfe, die immer noch hermetisch in brüchigem Zellophan eingeschweißt waren und wahrscheinlich viel zu lange in der Kommodenschublade irgendeiner Großmutter gelegen hatten. Außerdem präsentierte er ihr die gewünschte Sonnenbrille und einen verblassten lila Filzhut, der sich gerade genug mit der dyspeptischen Bluse biss, dass es einem in der Seele wehtat.

»Wunderbar, Charles. Besser geht es wirklich nicht. Aber was machen wir mit meinem Haar? Wollten Sie nicht zu Fuzzley's gehen?«

»Nein, ich hatte eine Erleuchtung. Erinnern Sie sich an den langen grauen Bart, den ich als Noah in der Parodie ›Zurück in die Arche‹ am Kindertheater getragen habe? Wir brauchen ihn bloß ein bisschen – Moment, ich zeige es Ihnen.«

Charles war ein leidenschaftlicher Bartfan. Er kehrte aus seiner Schatzkammer im Souterrain mit einer Unmenge an grauem Kunsthaar zurück, drehte es falsch herum, arrangierte es um Sarahs Gesicht und befestigte es mit einem elastischen schwarzen Stirnband. Wahrscheinlich ein Bikinislip von Mariposa, dachte Sarah hysterisch. Schließlich trat er zurück, um sein Werk zu bewundern.

»Nicht schlecht. Was sollen wir machen – schneiden oder feststecken?«

»Ach herrje! Es täte mir sehr leid, Noahs Bart zu verunstalten.«

»Keine Angst, Mylady. Kein Opfer ist mir groß genug.«

»Na gut, wenn Sie es sagen. Ich würde für Schneiden stimmen, hauptsächlich deshalb, weil ich zum Feststecken nicht die richtigen Haarnadeln habe. Am besten legen Sie ein paar Zeitungen unter meinen Stuhl, bevor sie zu schnippeln anfangen. Egbert hat eben erst den Boden geputzt.«

Wahrscheinlich waren die Kleidungsstücke aus dem Billigladen gereinigt worden, bevor sie zum Verkauf angeboten wurden, aber darüber wollte Sarah jetzt nicht nachdenken. Sie entschuldigte sich lange genug, um die schlaffe Bluse und den Rock anzuziehen, den Jem freundlicherweise antikisiert hatte, und kam dann zurück und setzte sich auf den Stuhl, unter dem Charles wie gewünscht die Zeitung von gestern ausgebreitet hatte.

»Dann mal los, Charles. Geben Sie Ihr Schlimmstes.«

Charles Schlimmstes war erstaunlich gut. Nachdem er seine Herrin in eine Tischdecke eingehüllt hatte, damit ihr die abgeschnittenen Haare nicht in die Bluse fielen, die der zierlichen jungen Frau ein wenig zu weit war, machte er sich an die Arbeit. Innerhalb weniger Minuten hatte er bereits genug von Noahs Bart abgeschnitten, um den modischen Blauhähernest-Look zu kreieren, den Großtante Matilda sich selbst mit einem von Großonkel Fredericks Rasiermessern mit Perlmuttgriff angetan hatte, im irrigen Vertrauen auf die eigene Barbierkunst, nur weil sie keine Lust hatte, drei- oder viermal im Jahr ein paar Dollars beim Friseur zu verschwenden.

Und jetzt das Make-up. In diesem Punkt brillierte Charles ganz im Gegensatz zu Sarah. Als seine Fettschminkestifte ihre unschöne Arbeit vollendet hatten, wirkten Sarahs rosige Wangen erloschen und ihre glänzenden Augen trübe. Charles hatte ihr zwar keine richtigen Falten verpasst, aber sie sah jetzt so aus, als hätte sie welche. Möglicherweise hätte selbst Max Bittersohn das hagere Weib nicht als seine Frau erkannt, oder zumindest nicht erkennen wollen.

Die grauen Zwirnstrümpfe waren problematisch gewesen. Wie die meisten Frauen ihrer Generation war Sarah direkt von Kniestrümpfen auf Strumpfhosen umgestiegen. Sie wusste wenig von Strumpfbändern und noch weniger von Hüfthaltern, hatte jedoch Zeichnungen von John Held von Backfischen aus der Frühzeit des Jazz gesehen, deren Strümpfe direkt über oder unter dem Knie zusammengerollt waren. Nach einer kurzen Zeit des Experimentierens und mit Hilfe von zwei stabilen Gummibändern hatte sie das Prinzip einigermaßen begriffen.

Die Tatsache, dass die Strümpfe locker saßen, war eher von Vorteil. Großtante Matildas Strümpfe beulten auch immer aus, genau wie die von Tante Appie und die der lieben alten Anora Protheroe. Natürlich nicht die von Tante Emma. Sie war eine elegante Dame und immer noch der Inbegriff von Schick. Wahrscheinlich wäre sie auf der Stelle in Ohnmacht gefallen, wenn sie jetzt hereingekommen wäre und ihre Lieblingsnichte in diesem Aufzug gesehen hätte.

Nachdem Charles Sarahs Gesicht zufrieden stellend verunstaltet hatte, schmierte er scheußliche gelbliche Theaterschminke auf ihre Handrücken, hob die Venen in einem ungesunden bläulichen Ton hervor und fügte hier und da nach Lust und Laune braune Altersflecken hinzu. Sarah fragte sich, wie sie wohl ihre Hände waschen sollte, ohne die Wirkung zu ruinieren, doch dann erinnerte sie sich an die pflaumenblauen Nylonhandschuhe, die Theonia in ihrer Rolle als Stadtstreicherin immer getragen hatte. Die konnte sie im Notfall überstreifen. Sie passten gut zum Hut und der Bluse, auch wenn sie vielleicht doch ein wenig zu modisch für die schmutzigen Leinenschuhe mit dem Loch an der Stelle des großen Zeh waren.

Aber das machte nichts. Die Person, die Sarah spielte, war zu alt, zu lahm und viel zu wunderlich, um sich auch nur einen Deut darum zu scheren, wie sie aussah. Sie versuchte, das Jackett ihres grauen Kostüms anzuziehen, fand jedoch, dass es noch ein wenig mehr auf alt getrimmt werden könne, und fragte Egbert, ob es ihm etwas ausmachen würde, ein paar Mal auf die Aufschläge zu treten. Wie immer erfüllte er seine Aufgabe äußerst gewissenhaft und fügte sicherheitshalber noch ein paar Fusseln aus dem trockenen Mopp hinzu.

Die Strategie war ausgearbeitet und die Truppen in ihre Stellungen gebracht, so dass Sarah nichts weiter mehr zu tun blieb, als zu gehen. Da sie nicht von irgendeinem Nachbarn erkannt werden wollte, schlüpfte sie aus der Kellertür hinaus, in der einen Hand ihre große schwarze Tasche, in der anderen Großtante Matildas Spazierstock. Sie mäanderte durch kleine Straßen und Nebenstraßen, bis sie auf dem kurvigen Umweg, den Tante Caroline vor vielen Jahren ausgearbeitet hatte, die Park Street erreichte. Dort nahm sie die U-Bahn zur North Station.

Ihr Timing war geradezu perfekt. Sie gesellte sich zu ein paar Leuten, die offensichtlich darauf warteten, mit ihrem Gepäck abgeholt zu werden, und hatte gerade noch genug Zeit, um ungeduldig auszusehen, als Charles in seinem geliehenen Wagen vorfuhr. Er sprang heraus, um ihr die Tasche abzunehmen, und half ihr auf den Rücksitz, wo sie ihr verletztes Knie beruhigen konnte, das von dem ziemlich langen Spaziergang und den U-Bahn-Treppen, die sie hatte bewältigen müssen, ziemlich schmerzte.

Sie freute sich schon darauf, Davy zu sehen. Sarah fragte sich, ob er sie wohl trotz des Make-ups erkennen würde. Hoffentlich würde er ihre Verkleidung nicht zu beängstigend finden. In diesem Fall würde sie sich einfach ihr Gesicht waschen und damit zwar Charles' Kunstwerk zerstören, dafür aber die zarte Psyche ihres Sohnes schonen. Vielleicht war es gar nicht so schwierig, notfalls ihr Gesicht selbst wieder auf alt zu schminken. Charles hatte ihr die entsprechenden Kosmetika zusammengepackt und genau aufgeschrieben, was sie tun musste.

»Sie wollten zuerst nach Ireson's Landing, nicht wahr?« sagte Charles, nachdem er das Auto seines Freundes in den viel geschmähten Bostoner Verkehr gelenkt hatte.

»Ja, Charles. Ich habe Anne zwar noch nicht angerufen, aber sie ist sicher da. Ich möchte nur sehen, wie weit sie mit dem Pflanzen ist, und erklären, warum ich dieses Halloween-Kostüm trage. Danach können Sie mich zum See bringen. Miriam Rivkin wird uns etwas zu essen geben, und danach können Sie wieder nach Boston fahren und den Wagen zurückgeben. Nehmen Sie während meiner Abwesenheit ruhig meinen Wagen. Ich wollte nur zu Ihrem eigenen Schutz nicht, dass uns jemand zusammen sieht. Ich rufe an, wenn ich wieder einen Fahrer brauche.«

Sarah konnte ohne Risiko im Haus in der Tulip Street anrufen. Die Bibliothek war einmal verwanzt gewesen, doch das würde nie wieder vorkommen. Brooks Kelling hatte gut vorgesorgt und ein Band installiert, auf dem er das Brummen einer Hummel, das Sirren einer Mücke und das Zirpen einer geschäftigen Zikade zusammengemischt hatte, und zwar in einer Lautstärke, die einem das Trommelfell bersten ließ. Jeder, der bei dem historischen Backsteinhaus der Kellings irgendwelche faulen Abhörtricks versuchte, was sicher bisher mehrfach vorgekommen war, bekam genau das, was ihm gebührte, nämlich eine intensive Insektenbeschallung und heftige Ohrenschmerzen.

Als sie die Tobin Bridge überquert hatten und in Richtung Nordküste fuhren, spürte Sarah, wie sie sich zu entspannen begann. Sie zog den linken Schuh aus und legte ihr schmerzendes Bein auf ein paar Kissen, die Charles' Freund auf dem Rücksitz hatte liegen lassen. Sie sahen zwar nicht sonderlich einladend aus, doch in ihrer Lage konnte sie sich kaum erlauben, wählerisch zu sein. Sie zog den verschossenen Hut tiefer ins Gesicht und fragte sich, wie oder ob sie Anne klar machen konnte, warum sie zu dieser Maskerade gezwungen war, die sie aussehen ließ wie ein längst vergessenes Mitglied des Kelling-Clans.

Als sie endlich Ireson's Landing erreichten, hatte sich Sarah eine hübsche kleine Rede zurechtgelegt. Und Anne war auch da, um sie sich anzuhören. Ihr Wagen parkte oben in der Einfahrt, und sie stand nicht weit entfernt mit einer cremefarbenen Chrysantheme in der einen und einer blassgelben in der anderen Hand. Mr. Lomax' Pritschenwagen war nirgends zu sehen, doch ein durchdringender Fischgeruch ließ darauf schließen, dass er noch nicht lange fort war.

Es waren schon genügend Pflanzen gesetzt worden, um Annes gärtnerisches Kunstwerk erkennen zu lassen. Statt dem rauen, steinigen Hang ihren Willen aufzuzwingen, nahm Anne auf die örtlichen Gegebenheiten Rücksicht, hatte aus einer schmalen Rinne einen Weg gemacht, der zu einem farblich geschickt abgestimmten Blütenteppich um einen verwitterten Felsblock führte und den Blick auf eine Gruppe junger Birken lenkte, zwischen denen unregelmäßig gesetzte Chrysanthemen in überraschendem Kontrast zu den schlanken weißen Birken strahlten. Nirgends war etwas übertrieben oder spärlich, nichts war zu auffällig oder zu gedämpft. Diese Frau war ein Genie. Sarah zog sich den Schuh wieder an, strich ihren zerknitterten Rock glatt und wartete darauf, dass Charles ihr aus dem Wagen half.

Erst als Charles die Wagentür wieder zugeworfen hatte, erwachte Anne aus ihrer Verzauberung und kam zu ihnen, um zu sehen, wer gekommen war. »Oh, guten Tag. Tut mir leid, aber ich hatte niemanden erwartet. Außer dem Mann, der die Fischköpfe bringt. Du bist – lass mich nachdenken, es ist schon so lange her, aber ich würde ein Kelling-Gesicht überall erkennen. Ah, jetzt weiß ich wieder! Du bist Tante Calpurnia aus Virgin Gorda. Was für einen nette Überraschung. Nur schade, dass Cousine Sarah nicht hier ist. Das ist nämlich ihr Haus, weißt du, sie haben das alte abgerissen. Ich bin Percys Frau, Anne. Aber du erinnerst dich sicher nicht an mich.«

Sarah räusperte sich und sprach mit ihrer normalen Stimme. »Oh doch, ich erinnere mich gut an dich, Anne. Erkennst du mich denn nicht?«

»Dann bist du nicht Tante Calpurnia?«

»Nein, ich bin's nur.«

»Sarah! Ich kann es nicht fassen! Du hast mich völlig hinters Licht geführt. Warte nur, bis ich das Tante Bodie erzähle.«

»Tu das bloß nicht! Entschuldige, dass ich so direkt bin, aber ...« Sarah konnte sich an kein einziges Wort ihrer sorgfältig vorbereiteten Rede erinnern. »Komm, wir gehen nach drinnen und setzen uns hin. Wir müssen unbedingt miteinander reden. Aber vorher möchte ich dir noch sagen, dass ich das, was du hier zustande gebracht hast, einfach atemberaubend finde. Ich hätte nie für möglich gehalten, dass unser schäbiger alter Hang so hübsch aussehen könnte. Komm, du kannst sicher eine Tasse Tee gebrauchen. Aber Charles hast du doch bestimmt erkannt, oder?«

»Nein, habe ich nicht. Mein Gott, Charles, was haben Sie denn mit sich angestellt?«

»Nur eine rote Perücke aufgesetzt und mir zwei Koteletten angeklebt. Wenn die Damen sich zu unterhalten wünschen, würde es Ihnen etwas ausmachen, wenn ich ein wenig allein hinunter zum Strand ginge?«

»Nicht im geringsten«, sagte Sarah. »Entfernen Sie sich nur nicht zu weit vom Haus, wir müssen nämlich bald wieder los.«

Sie schauten zu, wie er die lange Holztreppe hinunterging, die von der Klippe zum felsigen Strand tief unter ihnen führte.

»Hätten wir ihm nicht zuerst eine Tasse Tee anbieten sollen?«

Anne zog sich die Gartenhandschuhe und die Leinenschürze aus, warf den Pflanzen, die sie gerade zwischen den Fischköpfen hatte eingraben wollen, einen wehmütigen Blick zu und wandte sich dann schnell wieder dem interessanten Chamäleon zu, das ihre Cousine war.

»Nein«, sagte Sarah. »Charles hatte ein Riesenfrühstück. Bis zu den Rivkins schafft er es spielend, und du weißt ja, wie viel Miriam immer auftischt. Miriam und Ira passen für mich auf Davy auf, und darüber möchte ich jetzt auch mit dir reden. Zum Teil jedenfalls. Ist das Haus verschlossen?«

»Ja, aber ich mache immer ein paar Fenster auf, wenn ich hier bin. Du weißt ja, wie das ist, wenn man ein Haus nicht regelmäßig lüftet.«

»Du bist wirklich ein Schatz, Anne. Ich nehme an, Mrs. Blufert geht es immer noch nicht besser.«

»Anscheinend ja. Mr. Lomax sagt, es sei Malaria. Mrs. Blufert hat sie sich anscheinend zugezogen, während sie als Krankenschwester der Marine auf den Philippinen stationiert war. Offenbar bekommt sie jedes Jahr einen Schub.«

»Meine Güte«, sagte Sarah. »Du weißt schon mehr über die Leute hier als ich. Ich bin froh, dass ich dich allein vorfinde, Anne. Ich stecke nämlich in ernsthaften Schwierigkeiten. Charles hat mich so ausstaffiert, weil ich dich sehen wollte und nicht gewagt habe, unverkleidet zu kommen. Man hält mich nämlich für tot, weißt du.«

»Sarah, das kann doch nicht dein Ernst sein!«

»Ich weiß, dass es verrückt klingt, aber so ist es nun mal. Kannst du schnell den Wasserkessel aufsetzen? Ich schaue nach, was es hier zu essen gibt, falls überhaupt noch etwas da ist.«

»Mach dir meinetwegen bitte keine Umstände, Sarah. Ich habe mein Mittagessen mitgebracht. Es liegt im Kühlschrank. Wir könnten uns ein Eiersandwich teilen.«

»Vielen Dank, Anne, ich hatte schon Eier zum Frühstück. Aber du könntest mir ein Stückchen von deinem gefüllten Sellerie abgeben. Hoffentlich trinkst du deinen Tee nicht mit Milch. Es scheint nämlich keine zu geben.«

»Oh, das ist schon in Ordnung. Ich trinke ihn meist ohne alles.«

Die arme Anne. Sarah konnte sehen, wie sich ihre angeheiratete Cousine für die Geschichte von Leben und Tod wappnete. Wäre es ein Fall von weißer Fliege, Rosenrost oder sogar Kohlweißlingslarven gewesen, hätte Anne das Problem ohne mit der Wimper zu zucken zu lösen versucht. Doch die Aussicht, Tee mit einer totgeglaubten Verwandten zu trinken, war etwas anderes. Man konnte ihr kaum verdenken, dass sie sich an Belanglosigkeiten klammerte.

»Tut mir leid, dass ich dich erschreckt habe, Anne«, meinte Sarah entschuldigend. »Hier, probier mal den Havarti. Ich habe ihn erst Samstagmorgen gekauft. Die Cracker müssten eigentlich auch noch gut sein. Man muss sie in einer Dose aufbewahren, weißt du, wenn man so nah am Meer lebt.«

Der Kessel begann zu singen, die Tassen standen bereit, die Teekanne war gefüllt. Sarah fand, dass es an der Zeit war, auf das eigentliche Thema zu sprechen zu kommen.

»Ich wollte dich unbedingt einweihen, Anne. Tante Bodie hat die Todesanzeige gelesen, die jemand in den *Globe* gesetzt hat, und brennt darauf, die Beerdigung hinter sich zu bringen. Gott sei Dank war Onkel Jem in der Tulip Street, als sie anrief, und er hat sie wunderbar abgewimmelt. Er hat in einem fort wiederholt, dass man nichts unternehmen könne, bis Max wieder hier wäre, und schließlich war sie so wütend, dass sie eingehängt hat. Du kennst ja Onkel Jem, seine Vorstellungen sind einfach zu komisch. Ich muss zugeben, dass es ein wenig beunruhigend war, in der Zeitung zu lesen, ich sei unvorsichtig gewesen und von einem Auto überfahren worden. Gott sei Dank hat derjenige, der die Anzeige in die Zeitung gesetzt hat, meinen Namen falsch geschrieben und statt Ireson's Landing Ireson Town geschrieben. Daher nehme ich an, dass außer Tante Bodie keiner die richtigen Schlüsse gezogen hat.«

Anne war außer sich. »Wie kann man nur so etwas Scheußliches tun? Ich hasse diese so genannten Streiche! Ich kann beim besten Willen nichts Lustiges daran finden. Hast du eine Ahnung, wer es gewesen sein könnte?«

»Derjenige, der versucht, mich umzubringen. Ich will dir nicht das Mittagessen verderben, aber schau dir das mal an.«

Sarah zog ihren zerknitterten Rock hoch und rollte den grauen Strumpf bis zum Knöchel herunter. »Ich möchte den Verband nicht abmachen, weil sich gerade eine Kruste auf der Wunde bildet. Aber am Zustand meines Knies kannst du sehen, dass es sich keinesfalls um einen Scherz handelt. Ich wurde gestern gegen ein Uhr am Kenmore Square absichtlich von zwei Typen angefahren, die schon Sonntagnachmittag versucht haben, mich von der Straße zu drängen, als ich von euch aus zur Tulip Street fuhr. Es war beide Male derselbe Wagen, und das Nummernschild war auch dasselbe. Ein Bostoner Polizist hat mich gerade noch rechtzeitig weggerissen, sonst hätte ich unter den Rädern gelegen. Es gab noch andere Zeugen, ich kann dir eine unterzeichnete eidesstattliche Erklärung vorlegen, wenn du mir nicht glaubst.«

»Natürlich glaube ich dir, Sarah. Es ist bloß so, dass man nicht erwartet ...«

»Ich weiß. Ich hatte so etwas genauso wenig erwartet.«

»Aber warum sollte jemand so etwas tun? Du hast eben gesagt, jemand hätte dich verfolgt, als du von uns wegfuhrst. Du glaubst doch nicht etwa, dass es jemand war, den wir kennen?«

»Das bezweifle ich sehr. Es ist eher wahrscheinlich, dass wir vom Haus der Turbots aus verfolgt wurden und die ganze Sache etwas damit zu tun hat, dass Mr. Turbot zum neuen Kuratoriumsvorsitzenden gewählt wurde. Aber wie dem auch sei, ich bin ziemlich sicher, dass ich meine Verfolger abgehängt habe. Doch als ich in der Tulip Street ankam, teilte Charles mir mit, Mrs. Tawne habe angerufen und angekündigt, dass sie um fünf Uhr zum Tee komme. Du kennst doch Dolores Tawne, oder?«

»O ja, das ist die Frau, die so nett zu den Pfauen und so herrisch zu den Angestellten war. Ich habe mich schon gefragt, wie sie wohl mit Elwyn auskommen wird. Aber jetzt wo sie tot ist, tut das natürlich nichts mehr zur Sache. Du hast mir noch nicht gesagt, *wie* sie gestorben ist.«

»Das Problem hat sich wirklich erledigt. Dolores ist nie zum Tee bei uns erschienen, was Charles und mich ziemlich ärgerte, weil sie sonst immer pünktlich auf die Minute war. Um halb sechs rief schließlich jemand vom Museumspersonal an, um uns zu sagen, Dolores liege tot im Hof.«

»Waren die Blumen schlimm zerquetscht?«

Wer außer Anne wäre auf diese Idee gekommen? Auch wenn

die Lage ernst war, konnte Sarah sich das Lachen kaum verkneifen.

»Das weiß ich nicht, Anne. Die Wächter, die sie gefunden haben, waren so aufgeregt, dass sie nicht mal daran gedacht hatten, die Polizei anzurufen. Ich musste ihnen erklären, was sie tun sollten, und das haben sie dann auch getan. Zu dem Zeitpunkt sah es noch so aus, als hätte Dolores einen Herzinfarkt oder so etwas gehabt. Dann wurde die Ärmste weggebracht. Die Polizei hat die Schlüssel aus ihrer Handtasche genommen und ist zu ihrem Atelier im Fenway Building gegangen. Dort fand man ihr Testament. Du wirst es kaum glauben, aber sie hat mich zu ihrer Testamentsvollstreckerin ernannt.«

»Du meinst, sie hat dich vorher nicht gefragt?«

»Nein, das hat sie ganz sicher nicht.« Sarah war immer noch ziemlich unglücklich darüber. »Aber was soll ich machen? Dolores war eher eine alte Bekannte als eine gute Freundin. Aber sie war ein Mensch und hatte anscheinend niemanden, der ihr nahe stand. Wahrscheinlich bin ich im Grunde selbst schuld daran. Als ihr Bruder vor ein paar Jahren starb, hat sie mich gefragt, ob ich einen Anwalt kenne, der ihr Testament für sie aufsetzen könne. Ich habe ihr Mr. Redfern empfohlen, weil er leicht erreichbar ist.«

»Und ehrlich«, fügte Anne hinzu, »Percy sagt immer, Redfern sei steif wie ein alter Knochen, aber wenigstens könne man ihm trauen. Und was hast du dann getan, Sarah?«

Sarah erzählte ihre Geschichte ein weiteres Mal. Wie erwartet konzentrierte sich Anne auf die Hutnadel.

»Meine Güte! Ich habe seit Jahren nicht mehr an diese Hutnadeln gedacht, sie waren wie Bratspieße. Cousine Phoebe und ich haben immer die Hutnadeln von Grannie Ba stibitzt. Natürlich nicht ihre besten. Es gab eine Nadel mit einer kleinen blassgrünen Maus oben drauf, die ich einfach wunderschön fand. Ich glaube, die hat Cousine Harriet geerbt. Ich muss mal Tante Bodie fragen, sie weiß es bestimmt. Jedenfalls haben Phoebe und ich ihr eine Hutnadel aus der Hutschachtel geklaut, in der Grannie Ba ihren Ersatzhut und ihren falschen Zopf aufbewahrte. Wir haben Marshmallows damit aufgespießt und über einer brennenden Kerze getoastet. Ich weiß zwar nicht genau, warum, sie wurden immer ganz schwarz und klebrig und schmeckten nach Kerzenrauch, aber wir fanden es trotzdem toll.«

Sarah war nicht in der richtigen Stimmung für Kindheitserinnerungen. Sie machte besser, dass sie fortkam, und überließ Anne wieder ihrer Gärtnerkunst. »Ich bin sehr froh, dass ich die Möglichkeit hatte, deine wunderbare Arbeit hier zu bewundern«, sagte sie. »Aber ich muss unbedingt zum See, damit Charles rechtzeitig wieder nach Boston zurückkehren kann, um das Abendessen für Jem und Egbert zuzubereiten.«

»Ich kann es kaum ertragen, dich so in der Klemme zu sehen, Sarah. Ich wünschte, ich könnte irgendetwas tun, um dir zu helfen.«

»Liebe Anne, du hilfst mir doch schon. Es ist eine enorme Erleichterung für mich, hier mit dir in meinem Haus zu sitzen, mich in aller Ruhe zu unterhalten und zu sehen, wie wunderbar du dich um unseren Garten kümmerst. Du kannst mir glauben, dass ich wirklich nicht übertreibe. Ich versuche nur, unterzutauchen und am Leben zu bleiben, bis Max nach Hause kommt. Du möchtest sicher Percy davon erzählen. Ich habe nichts dagegen, ich weiß, wie diskret er ist. Aber ich würde euch raten, sonst mit niemandem über mich zu reden, besonders nicht mit den Turbots. Am besten erwähnt ihr nicht mal meinen Namen, wenn es sich irgendwie vermeiden lässt. Mr. Turbot hat schon genug Probleme, auch wenn er selbst vielleicht noch nichts davon weiß.«

»Oh, er weiß es bestimmt«, versicherte Anne. »Elwyn hat gestern am späten Nachmittag Percy in der Kanzlei angerufen. Er war stinkwütend über irgendeinen finanziellen Skandal, den er im Museum aufgedeckt hat. Er schien der Meinung zu sein, das Ganze sei Percys Schuld. Percy hat ihm sofort klar und deutlich gesagt, dass er mit dem Wilkins nie etwas zu tun hatte, bis Elwyn ihn in die Sache hineingezogen hat, doch Elwyn hat immer weiter gebrüllt. Percy meint, Elwyn habe nur Dampf ablassen wollen. Percy erzählt mir diese Dinge im Vertrauen, weißt du. Wir sind wie Max und du.«

Sarah äußerte sich dazu nicht. Anne war immer noch am Zug. »Elwyn kann ganz schön aus der Haut fahren, wenn er richtig aufgebracht ist. Ich kann mir vorstellen, wie er zwischen den Statuen und Bibelots herumtobt wie ein Büffel im Porzellanladen. Oder heißt das Tier Bison? Aber das tut wahrscheinlich nichts zur Sache. Jedenfalls hat Elwyn Percy ganz schön zugesetzt. Er weiß zwar noch nicht, was genau sich dort abspielt, aber er ist entschlossen, alles zu ergründen. Die armen alten Kuratoren können einem wirklich leid tun. Elwyn sagt, er werde den ganzen Haufen an die Luft setzen. Er behauptet, sie würden alle mit einem der Wächter unter einer Decke stecken. Melanson heißt er, hat Percy, glaube ich, gesagt. Du kennst den Mann bestimmt.«

»Ja, ich kenne ihn. Aber es kann unmöglich Melanson sein. Niemand, der auch nur halbwegs im Vollbesitz seiner geistigen Kräfte ist, würde den armen alten Milky verdächtigen. So nennen ihn die anderen Wächter. Er würde keiner Laus was zuleide tun, ganz zu schweigen von einer Fliege.«

Anne schüttelte den Kopf. »Ich weiß nicht, Sarah. Percy sagt immer, es seien die Duckmäuser, vor denen man sich besonders hüten müsse. Und Percy hat die wirklich ärgerliche Angewohnheit, immer Recht zu haben.«

Kapitel 18

Da Sarah wusste, dass Charles ein absoluter Stadtmensch war, ging sie nicht davon aus, dass er fröhlich auf den Felsen unter der Klippe herumkletterte oder vor dem Haus Annes wundervolle Gartenkunst bewunderte. Daher verschwendete sie auch keine Zeit damit, ihn dort zu suchen. Er befand sich genau da, wo sie ihn auch erwartet hatte. Er lag ausgestreckt auf einem bequemen Liegestuhl auf der Meerseite der Veranda, die das ganze Haus umgab, und beobachtete gerade eine Möwe, die eine Muschel zu öffnen versuchte, bot ihr jedoch keinerlei Hilfe an. Sarah frischte ihren unschönen lavendelfarbenen Lippenstift auf, der sie aussehen ließ wie Draculas Großmutter, rückte ihren scheußlichen Hut so zurecht, dass er noch unvorteilhafter saß, und erklärte sich startklar. Charles konnte es kaum erwarten, wieder zu fahren.

Die Kellings neigten nicht dazu, ihre Gefühle durch Umarmungen und Küsse zur Schau zu stellen, doch Sarah umarmte Anne trotzdem. Anne nahm es recht gelassen hin.

»Ich wollte, du würdest nicht fahren, Sarah.«

»Mir geht es genauso, aber ich mache mir Sorgen wegen Davy. Wir bleiben weiterhin in Kontakt, Anne. Falls du mich aus irgendeinem Grund erreichen möchtest, ruf einfach in der Tulip Street an. Die Nummer hast du ja. Es wird bestimmt jemand da sein, um deine Nachricht entgegenzunehmen. Sag Percy, das Telefon sei wanzensicher, vielleicht beruhigt ihn das. Bis bald, und vielen Dank für alles.«

Charles half ihr mit ein wenig zusätzlicher Dramatik ins Auto, wobei er zweifellos insgeheim bedauerte, dass er kein Büffelfell hatte, das er über das verletzte Bein legen konnte, um Mrs. Percy zu zeigen, was für ein erstklassiger Chauffeur er war. Dann fuhren sie los. Nachdem sie die steile Auffahrt bewältigt hatten, warf er ihr über die Schulter hinweg einen Blick zu.

»Wie liegen wir in der Zeit?«

»Wir sind ein bisschen spät dran. Hoffentlich sind Sie nicht zu hungrig. Sie brauchen die Pferde nicht zu schonen, wie Großtante Matilda meines Wissens immer zu sagen pflegte, bevor Großonkel Frederick das Gespann an den Eismann verkaufte und sich das Hupmobil zulegte. Aber ich würde trotzdem begrüßen, wenn man uns nicht wegen Geschwindigkeitsüberschreitung belangen würde.«

»Ganz Ihrer Meinung, Moddom. Der Mensch, von dem ich diese Droschke geliehen habe, neigt dazu, ein wenig ungehalten auf Protokolle zu reagieren. Erst recht, wenn er nicht einmal selbst gefahren ist.«

»Sie würden so etwas doch sicher niemals tun, Charles.«

»Natürlich nicht. Ein derartiges Verhalten würde von einem beklagenswerten Mangel an Manieren zeugen. Und auf dieses Niveau würde ich nie herabsinken.«

Damit war ihre Unterhaltung auch schon so gut wie beendet. Charles konzentrierte sich auf das Fahren. Sarah konnte sich anscheinend auf nichts lange konzentrieren. Ihr gingen zu viele Gedanken gleichzeitig im Kopf herum. Dass Elwyn Turbot Gift und Galle spie, weil die Finanzen des Wilkins-Museums sich in einem derart beklagenswerten Zustand befanden, war nur zu erwarten gewesen. Doch warum hatte der Dummkopf nicht Einsicht in die Bücher verlangt, bevor er den Vorsitz angenommen hatte?

Die Vorstellung, dass Melanson all die Jahre ein gut getarnter Schurke gewesen sein sollte, war einfach lachhaft. Zwar krümmt sich bekanntlich der kleinste Wurm, wenn man ihn tritt, doch warum sollte der schüchterne alte Milky jetzt urplötzlich das getan haben, was er schon vor vielen Jahren hätte tun können, wenn er nur gewollt hätte? Und ausgerechnet jetzt, nachdem ein Feuer speiender neuer Kuratoriumsvorsitzender den sanftmütigen, aber unfähigen Neunzigjährigen abgelöst hatte, der bis zu seinem noch nicht lange zurückliegenden Ableben eine Position bekleidet hatte, die er nie gewollt und von der er genau gewusst hatte, dass er sie nicht angemessen bekleiden konnte.

Dass er all die Jahre lang über Madam Wilkins' schlimmste Fehlgriffe gewacht hatte, hatte Melanson vielleicht gelehrt, im Stehen zu schlafen, ohne dass es jemandem auffiel. Vielleicht beherrschte er diese Kunst inzwischen wirklich. Aber das wäre auch bereits der Gipfel seiner Verfehlungen gewesen, falls man dabei überhaupt von Verfehlungen sprechen konnte. Turbot hatte nach einem Sündenbock gesucht, weil dies seinem Wesen entsprach, wie Sarah gerade am eigenen Leibe erfahren hatte. Der Versuch, sie zur Schnecke zu machen, war missglückt. Diesmal hatte er sich sein Opfer sorgfältiger ausgesucht. Melanson war jemand, der sich bestimmt nicht wehrte.

Wenn Melanson ein oder zwei Stunden lang beschimpft, eingeschüchtert und diverser Verbrechen anklagt wurde, an die er nicht einmal im Traum gedacht hätte, gestand er wahrscheinlich bereitwillig alles, was man von ihm hören wollte, nur damit Turbots Tortur endlich aufhörte. Falls Turbot das Wilkins auf diese Weise zu leiten gedachte, befand sich das Museum in noch größeren Schwierigkeiten als in den Jahren, bevor der brüllende Schaumschläger den Kuratoriumsvorsitz übernommen hatte.

In Ireson's Landing hatte Sarah sich nach Kräften bemüht, Anne nicht merken zu lassen, was sie wirklich von Percys wichtigem Mandanten hielt. Es hätte Anne nur unglücklich gemacht und Percy geärgert: Sarah hätte sich damit ein Urteil angemaßt, das für das falsche, wenngleich sicher völlig legale Spiel, das Percy vielleicht selbst spielte, nachteilig hätte sein können. Sie beschloss, an etwas anderes zu denken.

Aber an was? Ob Onkel Jem inzwischen weitere Enthüllungen über die Wilden Witwen eingefallen waren? Verlangte der Direktor des Fenway Studio Buildings vielleicht bereits, dass die unerfahrene Testamentsvollstreckerin endlich die wenigen Habseligkeiten der verstorbenen Mrs. Tawne aus dem Atelier entfernte, das sie während so vieler Jahre allzu fruchtbarer Arbeit bewohnt hatte, damit ein neuer Mieter einziehen konnte? War schon ein lange verschwundener Agnew oder Tawne aufgetaucht, um sich die hypothetischen Juwelen und Aktien der Toten unter den Nagel zu reißen? Hatte Max angerufen oder eine Brieftaube geschickt? Oder saß er vielleicht schon, so Gott wollte, mit seinen Watteaus unter dem Arm in einem Flugzeug, das sich auf dem Weg nach Boston befand?

Natürlich gehörten die Watteaus nicht Max, sondern dem Wilkins. Es konnte einem wirklich Angst machen, wenn man bedachte, wie viele Schätze sich immer noch in Madams rosa Palazzo befanden, trotz der jahrelangen Plünderung, trotz der Tatsache, dass immer noch viele der angeblichen alten Meister in Wirklichkeit Tawnes waren, und trotz des dünnen Fadens, an dem das Schicksal dieses so stabil wirkenden Gebäudes jetzt hing. Turbot hatte keinen Schimmer davon, was er tun musste. Und Dolores Tawne lebte nicht mehr, um es ihm zu sagen. Vieuxchamp war ein schwankendes Rohr im Wind, er konnte keinerlei Verantwortung übernehmen. Keiner der neuen Wächter war auch nur einen Pfifferling wert, weil Dolores niemanden um sich geduldet hatte, der ihre Autorität gefährdet hätte. Und diese schwachsinnige Geschichte über den armen alten Milky Melanson war wirklich der Gipfel.

Es half alles nichts. Ihre Gedanken kehrten doch immer wieder zum Wilkins zurück. Sarah war so froh, als sie das gemietete Ferienhäuschen der Rivkins erreichten, dass sie sich am liebsten hingekniet und den sandigen Boden geküsst hätte, wenn ihr verletztes Knie sie nicht davon abgehalten hätte, zusammen mit der Befürchtung, dass Charles diese Geste als beklagenswerten Mangel an Manieren deuten würde. Außerdem tat ein Kelling so etwas nicht. Was würde Davy denken? Würde er seine Mutter in dieser Verkleidung erkennen? Würde er Angst vor ihr haben? Sie langweilig finden? Sie lustig finden? Schreiend vor ihr fortlaufen?

Bevor Sarah völlig in Panik geriet, kam auch schon Miriam in abgeschnittenen Jeans und einem von Iras alten Hemden aus dem Cottage und lief auf sie zu. Ira kletterte in einer Badehose und einem gelben T-Shirt, dessen Vorderteil ein aufgedrucktes Kamel zierte, die Böschung hoch. Neben ihm her lief ein kleiner Junge, der ebenfalls eins von Iras T-Shirts trug. Es reichte ihm beinahe bis zu den Knöcheln und war mit einem Schnabeltier bedruckt. Zumindest nahm Sarah an, dass es sich um ein Schnabeltier handelte, weil sie sich nicht vorstellen konnte, was es sonst sein könnte.

Als Ira das alte Weib mit dem unmöglichen Hut erblickte, blieb er stehen und begann zu grinsen. Davy sah zunächst nur seinen Freund Charles. Erst als er Charles von dem großen blauen Vogel mit dem langen Schnabel erzählt hatte, der mit ihm im See herumgewatet war, bemerkte er die Frau, die sich mit Tante Mimi unterhielt. Er musterte sie wortlos von Kopf bis Fuß, machte einen vorsichtigen Schritt vorwärts und warf sich in die Arme seiner Mutter.

»Mamis Gesicht is' ganz schmutzig.«

Die Erwachsenen begannen zu lachen, Sarah lachte am herzlichsten. »Richtig, Davy. Mein Gesicht ist wirklich schmutzig. Sehe ich nicht komisch aus? Woran hast du mich denn erkannt?«

»Weil du meine Mami bist. Komm mit, ich wasch dich sauber. Jetzt bin ich dran.«

»Ja, Schätzchen, jetzt bist du dran.« Sarah begrub ihr Gesicht in dem welligen blonden Haar, das ihr Sohn von seinem Vater geerbt hatte. Miriam prophezeite, dass es dunkelbraun werden würde, wenn er um die zwanzig war, genau wie bei Max. »War es nicht unartig von Mami, sich das Gesicht so schmutzig zu machen?«

»Mamis sind nicht unartig. Nur Jungs. Und Mädchen«, fügte Davy schnell hinzu, denn Tante Mimi hielt nicht viel von Chauvinisten. Aber Mütter waren nun einmal etwas ganz Besonderes. »Komm, Mami, tut auch bestimmt nicht weh.«

»Tut mir leid, dass ich Ihr Kunstwerk zerstören muss, Charles, aber Sie wissen ja, wie das ist.«

Sarah ließ sich von ihrem Sohn in das bescheidene Badezimmer des Sommerhäuschens führen und erlaubte ihm, sie so intensiv abzuschrubben, wie es einem noch nicht ganz Dreijährigen überhaupt möglich war. Dann zog sie die scheußliche Bluse aus, die bei der Schrubberei völlig durchnässt worden war, nahm die improvisierte Perücke ab, weil ihr eigenes Haar nicht schmutzig war und sie keine Lust hatte, sich von Davy auch noch auf Kinderart shampoonieren zu lassen, und zog eins von Iras sauberen T-Shirts an, das sie zufällig auf der Kommode in Davys Zimmer fand. Es war blau und mit zwei Sittichen verziert, die Uncle-Sam-Hüte trugen und so heftig in einen politischen Streit vertieft waren, dass die Federn nur so flogen.

»Ich hoffe, du bist nicht böse, dass ich eins von deinen Hemden geliehen habe, Ira«, sagte sie. »Es schien mir das Richtige zu sein.«

»Kein Problem. Hier tragen alle meine Hemden. Nur ich nicht, ich muss mir die von Mike klauen. Wo zum Teufel hast du denn die Aufmachung her, in der du hier aufgekreuzt bist?«

»Wir haben so unsere geheimen Quellen. Aber das ist eine ziemlich lange Geschichte. Charles muss zurück nach Boston, und er hatte noch kein Mittagessen.«

»Und wie steht's mit dir?«

»Ich hatte ein Stückchen von Annes gefülltem Sellerie. Ihr müsst euch unbedingt ansehen, was sie mit dem Hang vor dem Haus gemacht hat. Es ist jammerschade, dass Percy so konservativ ist, was den Platz der Frau am heimischen Herd angeht. Anne wäre als Landschaftsgärtnerin sicher ein Bombenerfolg. Mr. Lomax weiht sie in die Mysterien des Düngens mit Fischabfällen ein, und sie fühlt sich pudelwohl. Vergesst nicht, kurz in Ireson's Landing vorbeizuschauen, wenn ihr vom See nach Hause fahrt.«

»Vielleicht fahren wir gar nicht mehr nach Hause«, meinte Miriam. »Wir fühlen uns hier sehr wohl, nicht, Davy?«

»Bleibt Mami auch hier?«

»Das hoffe ich sehr, Schatz«, sagte Sarah. »Jedenfalls für eine Weile. Du musst mir unbedingt zeigen, wie man Elritzen fängt.«

»Okay. Und dann werfen wir sie wieder rein und sie schwimmen zu ihrem Papi und ihrer Mami. Stimmt's, Onkel Ira?«

»Stimmt haargenau, junger Mann. Willst du deiner Mutter mal zeigen, wie toll du Tante Mimi beim Tischdecken hilfst?«

»Wenn Sie nichts dagegen haben«, sagte Charles, »würde ich das gern übernehmen. Schließlich bin ich dafür ausgebildet. Komm, Dave, zeig mir mal, wo hier die Löffel und Gabeln versteckt sind.«

Das Cottage, das Miriam und Ira gemietet hatten, war recht einfach, verfügte jedoch über eine geräumige Veranda mit Blick auf den See, einem Picknicktisch aus Redwoodholz und Bänken. Man konnte sich kaum einen hübscheren Sitzplatz vorstellen, um das gute Essen zu genießen, das Miriam wie immer bereitwillig auftischte. Ein großer Salat, eine Platte mit Putenscheiben und Roastbeef, das noch vom Wochenende übrig geblieben war, ein üppig beladenes Käsebrett, und selbst gebackenes köstliches Roggenbrot, mit dem man wunderbare Sandwiches kreieren konnte, waren das reinste Paradies. Es gab Limonade aus richtigen Zitronen, es sei denn, jemand zog Milch, Eistee, heißen Kaffee oder etwas in einer Dose mit einem Diplodocus vor, die Mike in einem Anfall gastronomischen Forschungsdranges erstanden hatte. Momentan hatte keiner Lust, den Diplodocus-Saft zu probieren, was wahrscheinlich vernünftig war.

»Jetzt erzähl uns mal, warum du dich wie Ashcan Annie verkleidet hast und unbedingt einen Wagen brauchst«, meinte Ira, nachdem sie fertig gegessen hatten und Charles nach einem herzlichen Abschied von den Rivkins und einem müden Winken von Davy, der immer noch jeden Tag sein Mittagsschläfchen hielt, wieder auf dem Weg nach Boston war. Glücklicherweise schlief das Kind schnell ein, den hässlichen Hut seiner Mutter auf dem Kopf und das nach Onkel Dolph Kelling benannte Stofflama im Arm. Sarah nutzte die Gunst der Stunde und kam endlich auf den eigentlichen Grund ihres Besuches zu sprechen.

»Ich habe die Geschichte schon Anne erzählt, und jetzt erzähle ich sie euch beiden, weil Max nicht da ist und ich an Davy denken muss. Im Wesentlichen läuft es darauf hinaus, dass anscheinend jemand versucht, mich umzubringen.«

»Um Gottes willen!« rief Ira. »Aber warum denn bloß?«

»Gute Frage. Ich kann dazu nur sagen, dass es Sonntagnachmittag angefangen hat. Cousine Anne hat mich überraschend morgens angerufen und gebeten, mit ihr und Percy bei den Turbots zu Mittag zu essen. Die Turbots sind Percys Mandanten. Mich hatte man eingeladen, weil Elwyn Fleesom Turbot – so lautet sein richtiger Name – gerade zum Kuratoriumsvorsitzenden des Wilkins-Museums ernannt worden war. Wie ihr wisst, haben Max und ich schon vor unserer Ehe mit dem Wilkins zu tun gehabt. Max hat übrigens gerade die beiden Watteaus aufgestöbert, hinter denen er schon seit einiger Zeit her war. Ich habe Sonntagmorgen mit ihm telefoniert. Aber dann wurde mitten im Gespräch die Verbindung unterbrochen, und seitdem habe ich keinen Ton mehr von ihm gehört. Aber wie dem auch sei, ich war ganz allein und trauerte so vor mich hin, als Anne anrief. Ich muss zugeben, dass ich neugierig war und den neuen Vorsitzenden kennen lernen wollte, also habe ich mich angezogen und bin hingefahren.«

»Glaubst du, dass Turbot seine Sache gut machen wird?«, erkundigte sich Miriam.

»Ja, nein und vielleicht. Such dir was aus. Er hat keinen blassen Schimmer von Kunst, aber Percy scheint zu glauben, dass er finanziell gut gestellt ist, was mehr ist, als man momentan über die Lage des Museums sagen kann. Jedenfalls haben wir das Essen hinter uns gebracht. Übrigens eine ziemlich deprimierende Angelegenheit, aber das tut jetzt nichts zur Sache.

Turbot hat mich urplötzlich attackiert und behauptete, Max habe seinen Vertrag mit dem Wilkins gebrochen. Was völliger Schwachsinn ist, denn wir hatten noch nie einen Vertrag mit dem Wilkins. Das habe ich ihm auch gesagt, und daraufhin hat er einen Wutanfall bekommen. Er ist einer dieser Machos, die sich auf die Brust trommeln und es nicht ertragen können, sich von einer Frau belehren zu lassen, die mehr weiß als sie. Wozu bei ihm wirklich nicht viel gehört, das könnt ihr mir glauben. Und ich muss ehrlich sagen, dass ich es nicht mag, wenn man mich als dummes kleines Schätzchen bezeichnet.«

»Und deshalb versucht Turbot, dich umzubringen?«

»O nein. Ich glaube eher, dass es jemand ist, der Turbot ans Fell will, weil am Wilkins immer noch irgendwelche dunklen Machenschaften laufen. Und wer immer dafür verantwortlich ist, will nicht, dass ein richtiger, lebendiger, energischer Vorsitzender ihm einen Strich durch die Rechnung macht. Was mich betrifft, würde ich sagen, dass ich wahrscheinlich zur falschen Zeit am falschen Ort war. Ich nehme an, dass man Turbot von dem Zeitpunkt an, als er am vergangenen Donnerstag offiziell zum Vorsitzenden gewählt wurde, auf seiner Rinderfarm beobachtet. Er züchtet unglaublich reinrassige horngestutzte Herefords. Aber sie schmecken nicht sonderlich gut. Jedenfalls nicht so, wie seine Köchin, falls er überhaupt eine hat, das Fleisch klein gehackt hat. Es sollte wohl so etwas wie Boeuf Bourguignon vorstellen.«

Miriam war entsetzt. »Was für eine schreckliche Verschwendung! Dafür verwendet man doch meist Reste. Das Schmoren in Rotwein bei Boeuf Bourguignon dient lediglich dazu, zähes Rindfleisch zart zu machen. Wenn ich ein schönes, großes, teures Stück von einem reinrassigen Stier hätte, würde ich nur das überflüssige Fett abschneiden, das Fleisch in einen Bräter legen, mit einem Hauch hiervon und einer Prise davon würzen und der Natur ihren Lauf lassen. Oder ich könnte es mit gehackter Leber bestreichen und Rinderfilet Wellington daraus machen, wenn ich Lust auf etwas Besonderes hätte und wüsste, wie man einen guten Teigmantel dafür macht. Oder ich würde Steaks daraus schneiden und braten. Die Frau scheint keine Ahnung zu haben.«

»Welche Frau?«

»Gute Frage. Ich denke mal, Mrs. Turbot, falls es eine gibt.«

»Oh, es gibt eine«, versicherte Sarah ihrer Schwägerin. »Sie nennt sich Lala und ist in Gold verpackt. Ringe an allen Fingern. Glöckchen an den Zehen, Armreifen bis zu den Achselhöhlen und einen Designer-Hosenanzug, bei dessen Anblick man vor Neid heulen möchte, weil er so wunderbar zu ihren Zehennägeln passt.«

»Ist die Farbe von Mrs. Turbots Zehennägeln wirklich so wichtig, Sarah?«, warf Ira ein. »Ich frage deshalb, weil wir das Cottage nur für zwei weitere Woche gemietet haben, und ich gern auf den Punkt kommen möchte, bevor wir wieder abreisen.«

»Ira, das ist nicht besonders lustig«, schalt Miriam. »Sarah ist hier, weil sie Hilfe braucht. Das Mindeste, was wir für sie tun können, ist, sie ihre Geschichte in ihrem eigenen Tempo erzählen zu lassen.«

»Ich versuche, nicht zu langweilig zu sein, und danke euch beiden für euer Interesse«, erwiderte Sarah. »Im Moment habe ich keine Ahnung, ob Lala Turbots Zehennägel wichtig sind oder nicht. Ich weiß nur, dass zwei Personen, von denen ich annehme, dass es sich um junge Männer handelt, aber sicher bin ich mir da auch nicht, versucht haben, mich auf der Fahrt nach Boston zu verfolgen. Ich hatte den Wagen in Anne und Percys Einfahrt geparkt und bin mit ihnen in ihrem Wagen zu den Turbots gefahren. Erst als ich meinen Wagen wieder abgeholt hatte und auf dem Weg nach Boston war, erschienen die beiden Typen auf der Bildfläche und fingen mit ihren Tricks an. Es war nicht schwer, sie abzuhängen, weil ich die Straße kenne, seit Alexander mir in seinem alten Studebaker das Fahren beigebracht hat.«

»Dann hast du also Boston unbehelligt erreicht«, sagte Miriam. »Ich hoffe, du bist nicht mutterseelenallein in die Tiefgarage gefahren.«

»O nein«, versicherte Sarah. »Es war das reinste Wunder, aber auf der Tulip Street gab es fast genau vor dem Haus einen freien Parkplatz. Charles hatte anscheinend schon am Fenster gestanden und auf mich gewartet, denn er galoppierte sofort aus dem Haus, um mir die Tür zu öffnen und mir zu erzählen, dass Dolores Tawne sich für fünf Uhr zum Tee eingeladen hätte. Das machte sie manchmal. Charles hatte alles vorbereitet, aber Dolores kam nicht, was äußerst untypisch für sie war. Gegen halb sechs rief dann einer der Wächter vom Wilkins an. Er war völlig außer sich und wollte unbedingt Brooks sprechen. Er und der einzige andere Wächter, der sich noch im Museum aufhielt, hatten Dolores tot im Innenhof aufgefunden, ein klarer Verstoß gegen die Regeln des Museums, und die beiden wussten nicht, was sie mit ihr anfangen sollten. Die Leute im Wilkins sind wirklich ein Haufen Idioten.«

Sarah fuhr fort und beschrieb in weit mehr Einzelheiten als bei Anne, wie sie persönlich in den Fall verwickelt wurde, als sie erfuhr, dass Dolores sich die noch größere Freiheit genommen hatte, Sarah als ihre Testamentsvollstreckerin einzusetzen, und wie die altmodische Hutnadel aufgetaucht war, die Dolores Tawnes scheinbar natürlichen Tod zu einem Mordfall machte. Sie beschrieb, wie sie selbst gerade noch am geschäftigen Kenmore Square einem Mordanschlag entgangen war, schilderte den überraschenden Inhalt von Dolores Tawnes Kassette und das merkwürdige Sammelsurium in der zweiten Kassette und erzählte von den Wilden Witwen.

»Da seht ihr, in welchem Dilemma ich mich befinde. Ich mache mir viel mehr Sorgen um Max als um mich. Aber ich kann für ihn nichts weiter tun, als zu versuchen, die Festung zu halten und darauf zu vertrauen, dass ihr euch um Davy kümmert, falls mir etwas zustoßen sollte, bevor er zurückkommt. Ihr könnt mir glauben, dass ich alles tue, was in meiner Macht steht, um am Leben zu bleiben. Selbst wenn ich dafür die Verkleidung tragen muss, die Charles im Billigladen für mich ausgegraben hat. Ich wollte, dass ihr wisst, was passiert ist. Aber wenn ich es irgendwie verhindern kann, möchte ich euch nicht tiefer in die Sache hineinziehen. Ich werde auf der Stelle verschwinden, wenn euch meine Anwesenheit Probleme macht.«

Miriams Antwort war heftig. »Du spinnst wohl. Leg dein Bein auf die Bank, ich möchte mir mal dein Knie anschauen.«

»Ich habe heute Morgen einen frischen Verband angelegt.«

»Ja sicher hast du das. Hol mir bitte eine Schüssel mit warmem Wasser, Ira. Und das Wasserstoffperoxid. Und den Erste-Hilfe-Koffer.«

»Und außerdem die Trage und den Krankenwagen und ein Schlückchen Cognac, falls sie uns in Ohnmacht fällt?«

»Wenn sie in Ohnmacht fällt, kann sie ja kaum den Cognac trinken, oder, Dummkopf?«

»Der Cognac ist für mich, damit *ich* nicht in Ohnmacht falle.« Ira beugte sich nach vorn und drückte einen Kuss auf den Kopf seiner Frau. »*Gesund auf deine Käppele*. Bin gleich wieder da.«

Miriam machte sich an die Arbeit, wobei ihre Hände sehr viel sanfter waren als ihre Zunge. Wie angenehm war es, umsorgt zu werden, zu spüren, wie eine geübte Hand einen Eisbeutel auf ihr zerschundenes Schienbein legte, das verletzte Knie mit schäumendem, reinigendem, heilsamem Wasserstoffperoxid betupfte, die Tropfen abtrocknete, eine lindernde Salbe auftrug, und mit einer Berührung, die so sanft war wie der Flügelschlag einer Motte, einen neuen Verband anlegte.

Miriam sammelte ihre Schere, Medikamente und den Erste-Hilfe-Koffer wieder ein, trug alles aus dem Zimmer und kam wenige Minuten später mit einem Becher zurück, dessen Inhalt merkwürdig, aber nicht unangenehm roch. »So, Sarah, trink das hier. Es wird dich entspannen. Alles, was du jetzt brauchst, ist

Ruhe. Ich wollte gerade noch ›und deinen Seelenfrieden‹ sagen, aber das wird erst möglich sein, wenn man die Bösewichter geschnappt hat und Max wieder heil zurück ist. Aber du sollst dich wenigstens ordentlich ausschlafen, wenn du die Gelegenheit dazu hast. Wir sind hier zwar auch nicht hundertprozentig sicher vor ungebetenen Besuchern, aber wir tun unser Bestes, um es zu verhindern.«

Miriams gesunder Menschenverstand war die beste Medizin. Sarah gelang sogar ein Lächeln. »Die werde ich schon abschrecken. Ich werde mein Gesicht mit dem fürchterlichen Make-up, das Charles hier gelassen hat, schneeweiß schminken, und in einem Bettlaken herumgeistern und ›Unrein! Unrein!‹ stöhnen. Du kannst allen erzählen, ich sei vorübergehend aus dem Leprosorium entlassen worden, falls du der Meinung bist, dass drastischere Mittel nötig sind.«

»Nein, das Make-up reicht wahrscheinlich. Schlaf ein bisschen. Davy wird bald aufwachen. Ich nehme ihn mit zum Schwimmen. Ich war nämlich heute noch gar nicht im Wasser. Normalerweise nehmen wir Vollkornplätzchen oder Obst mit, und er isst es nach dem Schwimmen. Er trägt es in seinem Lunch-Eimerchen und veranstaltet mit seinem Freund dem Reiher ein Picknick am Strand. Der Reiher bleibt dabei allerdings in respektvoller Entfernung, was zu begrüßen ist. Ira hat Davy gesagt, dass Reiher wie Flugzeuge seien. Sie brauchen eine lange Start- und Landebahn, damit sie schnell genug sind, um vom Wasser hochzufliegen. Vielleicht hat er damit ja sogar Recht. Ich wünsche dir schöne Träume.«

»Vielen Dank, Miriam. Die habe ich dringend nötig.«

Merkwürdigerweise schien der von Miriam gebraute Kräutertee tatsächlich zu wirken. Sarah schloss versuchsweise die Augen und öffnete sie erst wieder, als sie eine Kinderstimme neben sich sagen hörte: »Bis' du schon wach, Mami? Ich hab' dir 'ne Elritze gefangen.«

Kapitel 19

Sarah wäre auch gern in dem warmen, ruhigen Wasser geschwommen, doch sie wollte Miriam die Mühe ersparen, ihr erneut das Knie zu verbinden. Außerdem hatte sie das, was die meisten ihrer Kelling-Tanten immer noch als Badekostüm bezeichneten, nicht mitgebracht. Miriams war ihr mit Sicherheit viel zu groß, und Sarah hatte nicht vor, sich die winzige Kreation aus Stoffstücken und Schnüren auszuleihen, die Mikes Freundin im Cottage zurückgelassen hatte. Sie trug immer noch Iras T-Shirt, in dem sie auch ihr Schläfchen gehalten hatte, und trottete barfuß mit Davy zum Seeufer, wo er die Elritze vorsichtig aus seinem Eimer ließ und ihr auftrug, ein braver Fisch zu sein und schnell nach Hause zu schwimmen, weil seine Mami schon auf ihn wartete.

Sie fanden nicht heraus, ob die Elritze seinen Anweisungen gehorchte oder nicht, denn der Reiher wählte ausgerechnet diesen Moment, um abzuheben. Es war wirklich ein eindrucksvolles Schauspiel, wie der große Vogel gemächlich über den See glitt, den langen Hals zu einer flachen S-Kurve gekrümmt, die langen Beine wie zwei Skistöcke hinter wie sich herziehend, die riesigen Schwingen hebend und senkend mit schweren, gleichmäßigen Schlägen, und dann hinüber zur andere Seite des Sees flog.

»Er hat mir zum Abschied gewunken!«

Davy winkte zurück, bis die graublaue Farbe des Reihers mit dem aufsteigenden Nebel verschmolz und Ira zu ihnen kam, um Sarah mitzuteilen, dass Jem Kelling am Telefon sei, und zu fragen, ob sie vielleicht mit ihm reden wolle?

»Danke, Ira. Ich gehe besser rein und finde heraus, warum er anruft.«

Sarah wünschte sich inbrünstig, Onkel Jem hätte mit seinem Anruf noch ein oder zwei Stunden gewartet. Es war jammerschade, ausgerechnet jetzt, in diesem verzauberten Moment, zurück ins Haus gehen zu müssen. Sie ging natürlich trotzdem.

»Hallo, Onkel Jem. Was ist denn passiert?«

»Lieutenant Harris hat kurz vor Dienstschluss angerufen. Er will wissen, wann du zurückkommst. Anscheinend hat er eine neue Schnapsidee, was die Wilden Witwen betrifft. Außerdem hat er erwähnt, dass Melanson, der Wächter, den sie gestern verhaftet haben, heute Nachmittag versucht hat, sich das Leben zu nehmen. Das beweist vermutlich, dass er deine Freundin Mrs. Tawne umgebracht hat.«

»Was für ein Schwachsinn!« fuhr Sarah ihn an. »War nicht so gemeint, Onkel Jem. Hat er gesagt, wann man ihn morgen früh erreichen kann?«

»Nein, aber er hat eine Telefonnummer hinterlassen, unter der du ihn heute Abend erreichen kannst. Er scheint eine heiße Spur zu haben.«

»Er scheint völlig übergeschnappt zu sein.« Sarah war wütend. »Gibst du mir bitte die Nummer?«

Jem gab sie ihr durch und kam dann derart in Fahrt, dass er ihr eine Menge anderer Dinge erzählte, die für den Fall völlig belanglos waren. Sarah tat das einzig Vernünftige und flüchtete sich in eine Notlüge. »Ich ruf dich später noch mal an, Onkel Jem. Ira schneidet mir schon Gesichter. Ich glaube, er versucht mir zu signalisieren, dass Miriam mit Kochen fertig ist und uns zu Tisch bittet.«

Eigentlich war es nicht gelogen, nur ein bisschen geflunkert. Falls Miriam jetzt noch nicht so weit war, würde sie es todsicher bald sein. Momentan gab sie gerade einer fettarmen, vitaminreichen, köstlich aussehenden Mahlzeit den letzten Schliff, die genau den richtigen Kompromiss darstellte zwischen Iras Bedürfnis, ein wenig Gewicht zu verlieren, und Miriams Bedürfnis, ihre Männer ordentlich zu ernähren. Sarah beendete das Gespräch mit Jem, hielt den Hörer jedoch weiterhin in der Hand.

»Habt ihr was dagegen, wenn ich kurz in Boston anrufe? Lieutenant Harris möchte mich sprechen. Ich muss ihm ohnehin dringend die Meinung sagen. Dieser Schwachkopf ist hingegangen und hat den netten Mr. Melanson verhaftet. Und Melanson hat versucht, sich das Leben zu nehmen, aber fragt mich bitte nicht, wie. Bestimmt war es irgendetwas völlig Unsinniges. Wahrscheinlich hat er die Luft angehalten und ist blau angelaufen.«

»Jem hat mir erzählt, Melanson hätte den Mord an Mrs. Tawne gestanden.« Ira fischte grüne Oliven aus einem schmalen Glas. Eigentlich waren sie für Miriams Salat gedacht, doch er verzehrte geistesabwesend die meisten davon selbst. »Gibt dir das nicht zu denken?«

»Und ob es mir zu denken gibt«, brauste Sarah auf. »Es bedeutet, dass der große Elwyn Fleesom Turbot sich in den Kopf gesetzt hat, irgendjemandem den Mord an Dolores anzuhängen, nur um zu beweisen, was für ein toller Hecht er ist. Und er hat Melanson ausgewählt, weil er sich als Opfer geradezu anbietet. Jeder, der auch nur ein Quäntchen gesunden Menschenverstand hat, müsste wissen, dass Melanson von Vergiften bis Verhexen alles gestehen würde, wenn Turbot ihn eine Stunde lang anbrüllt. Dieser Turbot ist bei weitem der ekelhafteste Despot, der mir je begegnet ist, Großonkel Frederick mitgerechnet. Aber ich weiß wirklich nicht, warum ich hier herumschimpfe, wenn ich doch eigentlich Lieutenant Harris beschimpfen will.«

Ira schluckte die letzte Olive hinunter. »Brauchst du ein Telefonbuch?«

»Nein, vielen Dank. Onkel Jem hat mir Harris' Nummer gegeben.«

Sarah wählte und sprach mit der Frau, die sich meldete. »Hoffentlich kommt mein Anruf Ihnen nicht allzu ungelegen. Mein Name ist Sarah Bittersohn. Man hat mir mitgeteilt, dass Lieutenant Harris mich sprechen möchte.«

»Ja, Mrs. Bittersohn. John erwartet Ihren Anruf bereits. Einen

Moment noch, er ist gerade draußen im Hof und wirft Stöckchen für den Hund.«

Verflixt und zugenäht! Wie konnte man eine angemessen angriffslustige Haltung gegen einen Polizisten außerhalb der Dienstzeit aufrechterhalten, der Stöckchen für seinen Hund warf? Während Sarah wartete, versuchte sie, sich den Lieutenant als ganz normalen Menschen vorzustellen, und fragte sich, um welche Hunderasse es sich wohl handelte. Sie schwankte noch zwischen Dobermann und Bluthund, als sie ein hohes Kläffen hörte, das eher nach einem Sheltie oder Pekinesen klang. Als Harris an den Apparat kam, konnte sie sich die Frage nicht verkneifen.

»Was für einen Hund haben Sie denn?«

»Oh, hallo, Mrs. Bittersohn. Einen Zwergpudel. Unsere Kinder haben ihn Looie getauft, die Kurzform für Lieutenant, aber ich nenne ihn Captain. Ich dachte mir, einer von uns müsste dringend befördert werden, und nahm an, dass ich es wahrscheinlich nicht sein würde. Vielen Dank für den Rückruf. Wie klappt es denn mit dem Untertauchen?«

»Bisher ist alles gut gelaufen, danke der Nachfrage. Ich lebe noch, wie Sie inzwischen zweifellos festgestellt haben. Warum in aller Welt haben Sie einen der Wilkins-Wächter festgenommen?«

»Äh, Mr. Turbot, der Vorsitzende der Treuhänder, hat entsprechende Beweise dafür vorgelegt …«

»Dass er den armen alten Melanson so eingeschüchtert hat, dass er den Mord an Dolores Tawne gestanden hat? Das war sicher nicht schwer. Melanson hat nicht mehr Rückgrat als eine gekochte Nudel, oder etwa nicht?«

»Äh …«

»Hatte Vieuxchamp denn nicht genug Mumm, seinen Partner zu entlasten? Die beiden arbeiten doch schon seit Jahren zusammen.«

»Äh …«

»Nein, aber das hätte ich von ihm auch nicht erwartet. Vieuxchamp bleibt lieber auf Turbots Seite, falls es die überhaupt gibt. Melanson hält sich am liebsten aus allem heraus. Er nimmt seinen Job ernst, macht nie etwas falsch und hat panische Angst davor, dass er eines Tages doch einen Fehler machen könnte.«

»Wie jemanden umzubringen, meinen Sie? Falls Sie es noch nicht gehört haben sollten, Melanson hat ein Geständnis unterzeichnet.«

»Ja, wundert Sie das denn? Bei einem Neurotiker mittleren Alters, der sein Leben lang unter frei flottierenden Schuldgefühlen gelitten hat, ist eine laute Stimme genauso effektiv wie ein Gummiknüppel. Es ist mir schnuppe, wie Turbot es geschafft hat, Melanson zu dem Geständnis zu zwingen, Lieutenant Harris, aber Sie hätten es eigentlich besser wissen müssen. Turbot ist noch nicht mal eine Woche lang Vorsitzender des Treuhandausschusses, und er war erst zweimal im Museum, soweit ich weiß. Mein Mann und ich kennen das Wilkins seit sieben Jahren wie unsere Westentasche, und mein Cousin Brooks Kelling hat früher mehrfach dort gearbeitet. Brooks kennt Melanson in- und auswendig. Ich wünsche nur, er wäre hier. Er würde Ihnen sagen, dass Sie einen schrecklichen Fehler gemacht haben, als sie den armen Milky Melanson unter Mordverdacht festgenommen haben, und man Sie wegen Freiheitsberaubung belangen kann. Falls Ihr Opfer den Gefängnisaufenthalt überlebt und Sie verklagt.«

»Milky? Ist das sein Spitzname?«

»So nennt Vieuxchamp ihn. Ich glaube, er stammt aus einem Comic Strip namens ›Der Ängstliche‹, der von einem Mann handelt, der Caspar Milktoast heißt. Der Name passt so gut zu Melanson, dass er einem automatisch einfällt.«

»Dann glauben Sie also wirklich, dass wir ihm Unrecht tun?« Harris klang inzwischen gar nicht mehr so selbstsicher.

»Selbstverständlich glaube ich das!« Sarah schäumte. »Sonst würde ich mich ja wohl kaum so aufregen. Ich mache mir Sorgen um Melanson. Er ist einfach nicht robust genug für eine derartige Behandlung. Turbot ist ein dummer, aufdringlicher Einfaltspinsel, der sich in alles einmischt. Er kennt weder das Museum noch die Menschen, die dort arbeiten. Er wollte nur ein Melodram aufführen, in dem er selbst die Hauptrolle spielt, und Sie haben …«

»Ich habe Melanson als Kronzeugen verhaftet. Trägt das zur Verbesserung Ihrer Stimmung bei?«

»Keineswegs. Wenn er sich nicht bis heute Abend um acht Uhr wieder auf freiem Fuß befindet, komme ich mit einem Anwalt zu Ihnen. Falls Sie eine Kaution verlangen, werde ich dafür sorgen, dass Sie sie bekommen. Sie müssen Melanson unbedingt freilassen, bevor er wieder versucht, sich umzubringen. Was Turbot diesem Mann angetan hat, ist unverantwortlich. Es ist ein Wunder, dass Melanson nicht vor Schreck über die Beschuldigung tot umgefallen ist. Wo ist er jetzt?«

»Im Gefängnis in der Charles Street.«

»Dann sehen wir uns dort um Punkt acht Uhr.«

Sarah legte die Hand über die Sprechmuschel. »Wo ist Onkel Jake?«

»In Boston, glücklicherweise. Er nimmt an einem Anwaltsdinner im Copley teil. Ich kann gegen sieben im Hotel anrufen und ihn ausrufen lassen. Er wird froh sein, eine gute Entschuldigung zu haben, um sich nicht die ganzen Reden anhören zu müssen. Das Abendessen ist fertig. Ich hoffe, du isst mit uns.«

»Gern, wenn dazu noch genug Zeit bleibt. Hast du einen Wagen für mich aufgetrieben, Ira?«

»Ja, aber ich werde fahren. Ich lasse nicht zu, dass du allein im Dunkeln am Cambridge Circle herumkutschierst. Nicht nach allem, was du uns erzählt hast. Lass mich mal mit Harris reden.«

Sarah überließ Ira den Hörer und nahm Miriam in den Arm. »Ich hatte so sehr gehofft, wir könnten einen schönen ruhigen Abend zusammen verbringen. Aber wer weiß, was mit Melanson passiert, wenn der Druck auf ihn nicht bald nachlässt. Ich weiß genau, dass er mit dem Tod von Dolores nicht das Geringste zu tun hatte. Er hat sie lediglich tot im Hof gefunden und in der Tulip Street angerufen, in der Hoffnung, Brooks sei vielleicht da, um ihm und Vieuxchamp zu sagen, was sie tun sollten. Eigentlich hätte Vieuxchamp anrufen sollen, und er hätte auch nicht Brooks, sondern die Polizei anrufen sollen. Aber Melanson hatte dazu nicht den Mut, und Vieuxchamp tut nie etwas, was er auf jemand anderen abwälzen kann.«

»Aber warum hat Turbot sich dann Melanson und nicht Vieuxchamp als Opfer ausgesucht?« wollte Miriam wissen.

»Weil Vieuxchamp ein großer, robuster Kerl ist, der vor Selbstsicherheit strotzt und über eine scharfe Zunge verfügt«, klärte Sarah sie auf. »Er sieht zu sehr aus wie jemand, der zurückschlägt. Und ich bin sicher, dass er genau das auch tun würde, wenn es ihm an den Kragen ginge. In gewisser Weise ist er wie Turbot, nur dass Vieuxchamp kriecht, wenn Turbot brüllen würde.«

»Du scheinst ja eine Menge über diesen Turbot zu wissen, wenn man bedenkt, dass du ihn erst seit Sonntag kennst.«

»Das hat mir auch vollkommen gereicht, das kannst du mir glauben. Ich kann beim besten Willen nicht verstehen, warum die anderen Kuratoren so dumm waren, ausgerechnet ihn zu wählen. Wahrscheinlich ist die Hälfte von ihnen zu taub, um zu hören, was vor sich geht, und der Rest so meschugge, dass er nicht mal eine Ameisenfarm leiten könnte, ganz zu schweigen von einem Museum. Wenn die beiden sich den ganzen Abend unterhalten wollen, kann ich mich genauso gut schnell umziehen.«

Ira und Lieutenant Harris hatten eine Art Gentlemen's Agreement getroffen, was Melanson betraf, und diskutierten inzwischen das merkwürdige Motorengeräusch von Mrs. Harris' Wagen. Sarah entschuldigte sich vorübergehend und zog die scheußliche Seidenbluse und den Flanellrock wieder an, den sie geistesabwesend ordentlich auf einen Bügel gehängt hatte, statt ihn einfach irgendwo liegen zu lassen, mit dem Ergebnis, dass die feuchte Luft am See die meisten der von Jem und Egbert kreierten Falten wieder geglättet hatte. Mit Noahs Bart, einem von Miriams Kopftüchern und einer dünnen Schicht von Charles' Make-up, das auf ihrer inzwischen leicht sonnenverbrannten Haut merkwürdig wirkte, sah sie aus wie irgendeine Frau mittleren Alters, die vom Strand in die Stadt eilt, um eine humanitäre Mission zu erfüllen, und vergessen hat, ihre kaputten Stoffschuhe auszuziehen, auch wenn derartige Kleinigkeiten heutzutage wohl kaum noch jemanden störten.

Erst als Miriam eine Platte mit dampfenden Maiskolben auf den Tisch stellte und allmählich ungeduldig wurde, beendete Ira das Telefongespräch und eilte zu Tisch. »Wo ist das Essen?«

»Genau vor deiner Nase, Sherlock. Ich habe es nicht übers Herz gebracht, dich zu unterbrechen. Es klang ganz so, als sei es der Beginn einer wunderbaren Freundschaft. Reich Sarah bitte den Mais, und schneide ihr ein bisschen von dem Hühnchen ab. Davy, möchtest du deinen Maiskolben essen wie Onkel Ira oder soll ich die Körner abmachen?«

»Hier ist ein zartes kleines Kölbchen, das genau richtig für dich ist, Davy. Du kannst es abknabbern wie eine Maus.« Sarah war hin und her gerissen. Einerseits war sie dankbar für die liebevolle Fürsorge, die Miriam ihrem Sohn zukommen ließ, andererseits verspürte sie so etwas wie einen eifersüchtigen Stich, weil sie es so gut machte.

Sarah Kelling Bittersohn war wirklich eine tolle Hausfrau und Mutter. Sie ließ Miriam ihr Kind erziehen und Anne ihr Grundstück verschönern, während Davys Vater weit weg in Argentinien war und sie selbst nicht einmal zu Hause, um seinen Anruf entgegenzunehmen. Falls er überhaupt anrief. Und alles nur, weil sie im Begriff war, in ein Gefängnis zu eilen, und zwar wegen eines hilflosen alten Mannes, den sie im Grunde genommen nicht einmal richtig kannte.

Was für ein verrücktes Leben für ein Kind von nicht einmal drei Jahren! Und doch war Davy ein glücklicher kleiner Junge, bereit, sofort Freundschaft mit Elritzen und Reihern zu schließen oder auch mit jedem anderen, der gewillt war, sein Freund zu sein. Und er hatte sogar bereits ein Gespür dafür entwickelt, wem es ernst damit war und wem nicht. Er brauchte bestimmt keine alberne alte Mutter, die ihm irgendwelche Tricks beibrachte. Doch was gab es für eine Mutter dann überhaupt noch zu tun? Sarah hoffte inständig, dass sie nicht eines Tages so werden würde wie Großonkel Frederick, der Kampagnen angeregt hatte, um den Tauben im Boston Common im Dienste des Umweltschutzes Windeln anzulegen.

Aber irgendjemand musste etwas für Melanson tun, und wer außer ihr war dazu in der Lage? Dolores war tot. Die einzige Autoritätsperson am Wilkins war jetzt Mr. Turbot. Und ausgerechnet Turbot hatte dem friedlichen Mann, der treu und brav den größten Teil seines Lebens dem Museum gedient hatte, so etwas Schreckliches angetan. Dabei hatte er dazu keinerlei Grund gehabt, außer dass er wie ein Ochsenfrosch anschwellen und seinen Triumph laut quakend einer Welt kundtun konnte, die sich dafür nicht einmal sonderlich interessierte.

Sarah fragte sich, ob Lala von dieser Heldentat ihres Gatten wusste, und was sie wohl dazu gesagt hatte. Hoffentlich hatte sie ihn nicht auch noch gelobt, dachte Sarah, auch wenn sie eigentlich keine Zeit hatte, sich mit Lala zu beschäftigen. Die Ehe der Turbots kam ihr recht merkwürdig vor, aber das traf schließlich auf die meisten Ehen zu. Sie bedauerte, dass sie sich bei Anne nicht näher nach den Turbots erkundigt hatte, einfach aus reiner Neugier. Nun ja, dafür war sicher später noch Zeit. Jetzt sollte sie lieber erst einmal essen.

Miriams Verpflegung war wie immer wunderbar. Sarah hätte gern auch noch den Nachtisch gegessen, doch sie und Ira hatten eine lange Fahrt vor sich. Außerdem wäre es unfair, Harris im Gefängnis warten und mit den Handschellen spielen zu lassen, wo sie doch selbst auf dem Termin bestanden hatte. Sie schob ihren Stuhl nach hinten und umarmte ihren kleinen Sohn.

»Gib mir einen Gutenachtkuss, Schätzchen. Onkel Ira und ich müssen jetzt los.«

»Kommst du heute Abend zurück?«, erkundigte sich Miriam.

»Liebend gern, wenn es irgendwie möglich ist. Aber ich weiß es noch nicht, Miriam. Ich habe noch nie jemanden auf Kaution aus dem Gefängnis geholt, daher habe ich keine Ahnung, wie lange so etwas dauert. Vielleicht wäre es am besten, wenn Ira mich am Gefängnis absetzt und sofort wieder zurückfährt. Ich kann immer noch in der Tulip Street anrufen und Charles bitten, mich abzuholen.«

»Kommt gar nicht in Frage«, sagte Ira. »Mim, ihr beiden kommt doch sicher allein klar, oder? Wir können Mike anrufen, damit er herkommt und euch Gesellschaft leistet. Das tut er bestimmt gern.«

»Ach was«, schnaubte seine Frau. »Dann erscheint er hier mit Tracy, und ihr beiden kommt zehn Minuten später zurück, und wir haben nicht genug Betten für alle. Mike und Tracy würde es zwar nichts ausmachen, aber mir umso mehr! Sarah sollte so weit wie möglich von der Tulip Street wegbleiben und mit dir hierher zurückkommen, selbst wenn es drei Uhr in der Frühe sein sollte. Ruft einfach an und sagt mir Bescheid. Okay?«

»Okay.« Ira küsste seine Frau gründlich und sorgfältig. »Ich ruf dich an, wenn wir im Gefängnis angekommen sind. Ich glaube, sie gestatten einem dort einen Anruf.«

»Aber nur, wenn sie dich verhaftet haben.«

»Dann werde ich halt eine kleine Straftat begehen müssen. Ist dir auch warm genug in der dünnen Jacke, Sarah? Wenn die Sonne untergegangen ist, wird es ganz schön frisch.«

Wie immer hatte Miriam genau das Richtige. »Nimm doch einfach den blauen Schal mit, den Mutter Rivkin mir gestrickt hat, als Mike unterwegs war, Sarah. Man sieht ihm sein Alter zwar an, aber das willst du doch, oder? Du siehst damit aus wie die Mutter von jemandem.«

»Das bin ich ja schließlich auch, oder?«, erinnerte Sarah ihre Schwägerin sanft. »Pass gut auf Tante Mimi auf, Davy. Ich komme später zurück, aber dann schläfst du schon. Morgen können wir uns wieder zusammen den Reiher ansehen. Vielleicht zeigt er uns, wie man richtig mit den Flügeln schlägt. Dann können wir zu Daddy fliegen und ihn holen.«

Kurze Zeit später saßen Sarah und Ira bereits in dem geliehenen Wagen, einer mittelgroßen Limousine, zwar von keiner imposanten Marke, aber recht bequem und leistungsstark. Sarah bot an zu fahren, doch Ira wollte nichts davon hören. Da es nicht sein eigenes Auto war, wollte er selbst die Verantwortung übernehmen, was man auch verstehen konnte. Nachdem er ihr seine Meinung kundgetan hatte, schaltete er einen Klassiksender im Radio ein, und sie hörten den Großteil der Fahrt nach Boston Brahms und Beethoven.

Beide redeten kaum. Ira fragte sich bestimmt, auf was er sich da eingelassen hatte. Sarah ging es nicht anders. Als sie sich langsam dem Gefängnis näherten und überlegten, wo sie wohl einen Parkplatz finden würden, sahen sie ein Taxi vorfahren. Beide fassten es als gutes Omen auf, dass Jacob Bittersohn aus dem Fahrzeug stieg.

Sarah kurbelte ihr Fenster herunter und streckte den Kopf heraus. »Onkel Jake! Wie lieb von dir herzukommen. Hier, lass mich das Taxi bezahlen.«

»Du bist wohl meschugge.« Rechtsanwalt Bittersohn kam zu ihnen herüber, öffnete die Wagentür für Sarah und half ihr beim Aussteigen. »Wir sind hier, um die Rechte eines gewissen Joseph Herbert Melanson zu vertreten, Museumswächter im Wilkins seit dem 14. April 1965, oder etwa nicht? Als Kronzeuge im Mordfall Dolores Agnew Tawne verhaftet, richtig?«

»Wenn du es sagst. Ich wusste gar nicht, dass sein Vorname Joseph war«, gestand Sarah.

»Dann hast du deine Hausaufgaben nicht gut gemacht. Komm, nimm die Scheußlichkeit vom Kopf, sonst machst du den Wachen hier noch Angst. Und gib Ira eine Chance, den Wagen zu parken, damit er nicht selbst im Knast landet. Wir sehen uns drinnen, Ira. Und mit etwas Glück danach auch draußen.«

Da er vor dem Gefängnis in zweiter Reihe stand, war Ira nur allzu gern bereit weiterzufahren. Sarah und ihr angeheirateter Onkel gingen hinein, wo sie von zwei Wachposten und einem kleinen, dünnen Mann mit Aktentasche erwartet wurden, der wie Groucho Marx ging und ihm auch ansonsten ähnlich sah. Das musste der Kautionsagent sein. Jacob Bittersohn grüßte ihn freundlich mit Namen und bestand darauf, ihn Sarah vorzustellen, auch wenn sie nicht in der Stimmung für Geselligkeit war. Der Mann machte sie ein wenig nervös. Nachdem sie ihre improvisierte Perücke abgenommen hatte und sich das unvorteilhafte Make-up vom Gesicht gewischt hatte, kam sie zum geschäftlichen Teil.

»Soweit ich sehen kann, ist es zu diesem Debakel nur gekommen, weil der neue Kuratoriumsvorsitzende unbedingt Perry Mason spielen wollte. Da ich selbst letzten Sonntag einem der völlig grundlosen Angriffe von Elwyn Fleesom Turbot ausgesetzt war, kann ich mir vorstellen, wie traumatisch es für Mr. Melanson gewesen sein muss, so lange angeschrien, beschimpft und eingeschüchtert zu werden, bis er gestanden hat, eine Kollegin ermordet zu haben, die er in Wirklichkeit nicht einmal mit einer Dreimeterstange anzurühren gewagt hätte. Mr. Melanson ist ein äußerst ängstlicher Junggeselle mittleren Alters, der an der Zwangsvorstellung leidet, irgendetwas falsch zu machen, und sich vor allem und jedem fürchtet. Man hat mir gesagt, er habe versucht, sich das Leben zu nehmen, was mich nicht im Geringsten überrascht. Aber nicht etwa, weil er schuldig ist, sondern weil man ihn mit Gewalt bis zu dem Punkt getrieben hat, an dem er die Belastung nicht länger ertragen konnte. Wir werden Klage erheben müssen, Onkel Jake.«

»So? Woher weißt du von dem Selbstmordversuch?«

»Das hat mir Onkel Jem am Telefon erzählt, während Miriam das Abendessen machte. Er sagte, Lieutenant Harris wolle mit mir reden. Aber dann habe leider ich den größten Teil der Zeit geredet. Harris sollte uns eigentlich hier um Punkt acht treffen, verflixt nochmal. Ich habe keine Lust, die ganze Nacht Däumchen zu drehen. Entweder Sie bringen Melanson jetzt her oder bringen mich zu ihm.«

»Oh, welch ein *Macher*.« Anwalt Bittersohn warf seiner streitbaren angeheirateten Nichte einen verwunderten und erfreuten Blick zu. »Wie kommt es, dass Miriam nicht mit in die Schlacht gezogen ist?«

»Sie musste zu Hause bleiben, um für mich Davy zu hüten, worüber ich ebenfalls ungehalten bin. Aber das tut momentan nichts zur Sache. Ich will jetzt endlich mit Melanson sprechen. Wo kann ich ihn finden?«

Einer der Wärter machte den Fehler und versuchte, sie zu beschwichtigen. »Ich glaube nicht, dass er Sie sehen will. Er redet mit niemandem.«

»Ich würde eher denken, er befindet sich in einem Zustand der Katatonie«, fuhr Sarah ihn an. »War schon ein Arzt bei ihm?«

»Na ja, bisher noch nicht.«

»Bitte mach dazu eine Notiz, Onkel Jake. Vielleicht müssen wir auch Anzeige gegen die Gefängnisaufseher hier erstatten. Und jetzt kommen Sie bitte alle mit. Ich möchte Joseph Melanson auf der Stelle sehen, ganz egal, in welchem Zustand er sich befindet.«

»Hi, Mrs. Bittersohn.« Die Stimme klang vertraut. »Komme ich zu spät?«

»Allerdings«, gab Sarah zurück. »Lieutenant Harris, kennen Sie den Onkel meines Mannes, Anwalt Jacob Bittersohn? Er wird die Angelegenheit mit der Kaution regeln, falls dies notwendig sein sollte. In der Zwischenzeit will ich Mr. Melanson sehen.«

»Sie haben doch eben was von einem Arzt gesagt«, meinte einer der Wärter vorsichtig.

»Auf den Arzt können wir nicht warten. Sein Anblick würde Melanson wahrscheinlich den Rest geben, falls er in dem Zustand ist, den ich befürchte. Mich kennt er. Und ich bin alles andere als bedrohlich.«

»Da wäre ich mir nicht so sicher«, murmelte Lieutenant Harris. »Okay, Mrs. Bittersohn. Bitte folgen Sie mir.«

Kapitel 20

Sarah sah Melanson durch die Gitterstäbe. Er sah genauso aus, wie sie erwartet hatte, ein graues Gespenst, das in sich zusammengesunken auf dem Rand einer eisernen Pritsche saß, das Haupt unter der Last seines Kummers gesenkt, die Hände zwischen den Knien baumelnd, den Blick ins Leere gerichtet. Er zuckte nicht einmal mit der Wimper, als der Wärter die Zellentür aufschloss.

»Vielen Dank«, sagte Sarah zu dem Wärter. »Ich gehe allein hinein. Bitte halten Sie sich so weit im Hintergrund, dass er Sie nicht sehen kann.«

»Scheint mir ganz so, als würde er sowieso nichts sehen«, erwiderte der Wärter.

»Genau das ist ja wohl unser Problem, oder? Ich nehme an, Sie müssen die Tür wieder abschließen?«

»Während Sie allein mit ihm da drin sind? Der Mann ist schließlich ein Mörder!«

»Da bin ich anderer Meinung. Ich rufe Sie, wenn ich Hilfe brauche.«

Der Wärter schüttelte langsam den Kopf, schloss die Tür auf und trat zur Seite. Sarah setzte sich neben Melanson auf die Pritsche und fühlte ihm mit derselben Behutsamkeit den Puls, mit der sie eine Feldmaus gestreichelt hätte.

»Es tut mir ja so leid, Mr. Melanson.« Sie versuchte, genau so sanft zu sprechen, wie sie ihn berührt hatte. »Sie haben eine schreckliche Zeit durchstehen müssen, nicht wahr? Sie kennen mich, ich bin Sarah, die Cousine von Brooks Kelling. Sie haben mich im Wilkins schon oft gesehen. Brooks ist momentan gerade in Urlaub. Aber er wird Sie sofort sehen wollen, wenn er zurück ist. Und mein Mann, Max Bittersohn, ebenso. Max hält große Stücke auf Sie.«

Sein Puls war so schwach, dass sie ihn kaum fühlen konnte.

Sie versuchte noch intensiver, Melansons Lebensgeister wachzurütteln. »Erinnern Sie sich noch an den Tag, als der arme alte Joe Witherspoon vom Balkon gestürzt ist? Alle anderen Wächter hatten ihre Posten verlassen, was eigentlich nicht erlaubt war, nur Sie waren genau dort, wo Sie sein sollten. Sie haben immer genau das Richtige getan, Mr. Melanson. Sie waren auch derjenige, der bemerkt hat, dass die beiden Bilder vertauscht worden waren. Erinnern Sie sich noch daran? Dadurch haben wir schließlich herausgefunden, dass man das Museum bestohlen hatte und Dolores' Kopien anstelle der alten Meister an den Wänden hingen.«

Ganz so einfach war es zwar nicht gewesen, doch das tat jetzt nichts zur Sache. »Keiner hat je versucht, etwas aus Ihrer Abteilung zu stehlen, nicht? Sie arbeiten am längsten im Wilkins und haben von allen Wächtern dort den besten Ruf. Das wissen Sie doch, oder?«

Sarah spürte ein leichtes Zittern in dem Handgelenk, das sie immer noch umfasst hielt. Melanson drehte den Kopf ein winziges Stückchen, ganz langsam und vorsichtig, wie ein Kaninchen, das Angst hat, sich zu bewegen. Sarah regte sich nicht. Melanson fuhr mit der Zungenspitze über seine ausgedörrten Lippen. Sarah stand auf und winkte den Wärter durch die Stäbe herbei.

»Mr. Melanson hat Durst. Würden Sie ihm bitte ein Glas Wasser bringen?«

Der Wärter ging ein kleines Stück in den Flur und kam mit einem kleinen Pappbecher zurück. Es war zwar nicht viel, aber immerhin etwas. Sarah nahm den Becher und hielt ihn an Melansons Lippen. Er trank ein winziges Schlückchen, dann noch eins, und leerte schließlich den Becher. »Danke«, flüsterte er.

»Möchten Sie vielleicht etwas zu essen, Mr. Melanson?«

»Ich – ich«

»Ich weiß, das ist alles sehr fremd hier für Sie. Mal sehen, was wir tun können.«

Sarah machte dem Wärter wieder Zeichen durch die Stäbe. »Mr. Melanson dankt Ihnen für das Wasser. Meinen Sie, Sie könnten auch noch etwas zu essen für ihn organisieren?«

»Er hat sein Abendessen bekommen, aber er wollte nichts essen. Hat einfach nur dagesessen und das gute Essen missachtet.« Doch der Wärter war auch nur ein Mensch. »In unserem Aufenthaltsraum gibt es heißen Kaffee. Ich denke mal, es ist in Ordnung, wenn ich ihm eine Tasse davon gebe.«

»Das wäre wunderbar. Am besten mit Sahne und Zucker, meinen Sie nicht auch? Glücklicherweise habe ich ein Sandwich mitgebracht. Mit Hühnchen, Mr. Melanson. Meine Schwägerin hat es für Sie gemacht, für den Fall, dass Sie Hunger haben sollten. Ah, da ist ja auch schon Ihr Kaffee. Und hier ist das Sandwich. Sie werden sich bestimmt besser fühlen, wenn Sie erst mal was im Magen haben. Nehmen Sie sich ruhig Zeit. Ihr Anwalt ist draußen mit einem Kautionsagenten. Sobald die Formalitäten geklärt sind, werden wir Sie hier rausholen.«

Rausholen schien das richtige Zauberwort zu sein. Der Häftling akzeptierte das Sandwich, biss gierig hinein und kaute. Und kaute und kaute. Dreißigmal, Sarah zählte mit. Wenigstens gab die zwanghafte Kauerei dem Kaffee Zeit abzukühlen. Ein weiterer Biss, wieder dreißigmal Kauen. Melansons Gesicht sah ein ganz klein wenig lebendiger aus, doch sein Puls fühlte sich für Sarah immer noch schrecklich schwach an. Er trank noch einen Schluck Kaffee, biss ein weiteres Mal in sein Sandwich. Es ging alles sehr langsam, doch wenigstens befand er sich wieder in der Welt der Lebenden. Er aß das Sandwich halb auf, mehr schaffte er nicht. Dann schloss er die Augen und fiel auf seine Pritsche.

»Wärter!« Sarah vermutete, dass Melansons Kollaps höchstwahrscheinlich auf pure Erschöpfung zurückzuführen war, doch sie wollte auf keinen Fall ein Risiko eingehen. »Der Mann muss sofort in ein Krankenhaus.«

»Sie haben ihm das Sandwich gegeben!«

»Was soll das denn schon wieder bedeuten? Rufen Sie meinen Anwalt. Er ist mit dem Kautionsagenten zusammen. Sofort!«

Sarah verbrachte einige angstvolle Minuten allein in der Zelle mit einem Körper, der aussah wie eine Wachsfigur. Sie hielt weiterhin den Finger auf Melansons Puls. Sie konnte nicht fühlen, dass er stärker wurde, doch er wurde auch nicht schwächer. Gott sei Dank war das Krankenhaus direkt nebenan. Onkel Jake würde wissen, was zu tun war. Wenn er nicht sofort kam, würde sie so lange schreien, bis er da war. Sie machte sich gerade bereit, das gesamte Gefängnis zusammenzubrüllen, als Jake und Ira auch schon herbeispurteten. Der Wärter konnte kaum mithalten.

»Was ist los?«, keuchte Jake.

»Ich denke, er hat einfach mehr durchgemacht, als er verkraften konnte. Er war wie erstarrt, als ich herkam. Ich habe ein bisschen mit ihm gesprochen, und schließlich war er wieder genug bei Kräften, um ein wenig Kaffee zu trinken und die Hälfte von dem Hühnchen-Sandwich zu essen, das Miriam für ihn gemacht hatte. Dann ist er zusammengeklappt. Er sieht aus, als schliefe er nur, aber sein Puls ist immer noch schwach, und er hat kaum ein Wort mehr gesagt. Sollten wir ihn nicht besser ins Krankenhaus bringen?«

»Ja.«

Jacob Bittersohn war genauso schnell wieder verschwunden wie er gekommen war. Glücklicherweise kehrte er nach wenigen Minuten mit einem Assistenzarzt, einem Pfleger und einer fahrbaren Trage zurück. Der Arzt horchte Melanson ab, hob eine Braue, injizierte etwas in den schlaffen Arm, half dem Pfleger, den Mann auf die Trage zu legen, und aß die andere Hälfte von Miriams hervorragendem Sandwich.

»Mit dem Essen ist alles in Ordnung«, lautete sein Urteil. »Wahrscheinlich ist der Mann schlicht und ergreifend völlig fertig. Hat er in letzter Zeit viel Stress gehabt?«

»Das kann man wohl sagen«, meinte Sarah. »Er ist fälschlich des Mordes angeklagt worden und hat daraufhin auch noch seine Arbeitsstelle verloren, die er seit über dreißig Jahren hat, nur weil ein tyrannischer Idiot, der schon sehr bald eine Klage um die Ohren gehauen bekommt, ihn gefeuert hat. Richtig, Onkel Jake?«

»Richtig, Sadele.«

»Wann war das alles?«, wollte der Arzt wissen.

»Heute nachmittag«, antwortete Sarah. »Ist Lieutenant Harris noch da, Ira? Er hat Melanson als Kronzeugen verhaftet, was immer das auch bedeuten mag. Melanson ist einer dieser Zwangsneurotiker, die in permanenter Angst leben, irgendetwas falsch zu machen. Leider hat er die Leiche der Frau gefunden, die am Sonntagnachmittag im Wilkins-Museum, wo beide arbeiteten, mit einer Hutnadel ermordet wurde. Der Schock saß tief. Und heute hat ihn dann der neue Kuratoriumsvorsitzende, der nicht das Geringste von Melanson weiß und keine Ahnung hat, was für ein absolut treuer, zuverlässiger Angestellter er ist, ihn allein deswegen fertig gemacht, weil er sich nicht wehrt, wenn er angegriffen wird. Reicht Ihnen das?«

»Allerdings. Mir gefällt sein Herz nicht. Er müsste wahrscheinlich ohnehin ein oder zwei Tage zur Beobachtung in ein Krankenhaus. Kommen Sie, Bill, wir nehmen ihn mit. Wie steht es mit der Kaution?«

»Schon alles arrangiert«, versicherte Rechtsanwalt Bittersohn dem Arzt. »Ich kümmere mich um den Papierkram, während ihr ihn wieder hochpäppelt. Sarah, du fährst am besten mit Ira zurück und schläfst dich ordentlich aus.«

»Ja, Onkel Jake.« Sarah wandte sich an den Arzt. »Ich habe ihm den Kaffee und das Sandwich gegeben. Es hat ihm doch hoffentlich nicht geschadet?«

»Es hat möglicherweise sogar sein Leben gerettet. Ganz sicher hat es jedenfalls meins gerettet. Ich wäre fast verhungert, ich hatte nämlich keine Zeit für mein Abendbrot.«

Sarah fühlte sich sehr viel besser und folgte der Trage in den zugigen Korridor. Sie hielt es für dringend nötig, dass jemand ein wachsames Auge auf Melanson warf. Sie hatte sich schon überlegt, Lieutenant Harris zu bitten, ihn von einem seiner Männer bewachen zu lassen, doch die Intensivstation war natürlich noch sicherer. Wahrscheinlich durfte der Patient in den ersten ein zwei Tagen keinen Besuch haben, daher brauchte sie sich nicht schuldig zu fühlen, wenn sie ihn nicht sofort besuchte.

»Was ist mit Lieutenant Harris?«, fragte sie Ira, der zufällig neben ihr stand.

»Er ist nach Hause gegangen. Er lebt in Dorchester. Er hat mir erzählt, er habe seit drei Wochen keinen einzigen Abend mehr zu Hause verbracht.«

»Dann tut es mir leid, dass ich so ruppig zu ihm war. Aber woher hätte ich das auch wissen sollen?«

Sarah entschuldigte sich nicht dafür, Iras Abend ruiniert zu haben. Er und Miriam waren Nachtmenschen. Miriam dachte sich todsicher gerade irgendeinen verführerischen Mitternachtssnack aus. Doch es war noch lange nicht Mitternacht. Sarah war überrascht, dass die Uhr an der Wand nicht einmal zehn Uhr zeigte, sie hatte das Gefühl, schon seit Stunden hier zu sein.

Dabei fiel ihr auf, wie merkwürdig es doch war, dass sie ganz in der Nähe dieses alten Gebäudes geboren und groß geworden war und bis heute Nacht nie einen Blick hinein geworfen hatte. Sie fragte sich, ob irgendeiner ihrer Verwandten schon einmal hier gewesen war, hielt es jedoch für unwahrscheinlich. Die etwaigen Übeltaten, die ihre Verwandten und deren Bekannte begangen hatten, gehörten sicher nicht zu denen, für die man bestraft wurde. Rattenverseuchte Hütten an arme Menschen zu vermieten, die jeden Penny zusammenkratzen mussten, um dem Mieteintreiber die Miete bezahlen zu können, und sich anderenfalls auf dem Bürgersteig wiederfanden, galt als Geschäft, nicht als Ausbeutung. Natürlich bekam der Geldeintreiber die Flüche und Klagen ab. Der abwesende Eigentümer hatte damit nichts zu tun und strich lediglich sein Geld ein.

Zur Zeit der Chinaklipper waren diverse Mitglieder der Familie Kelling Schiffseigner gewesen. Zweifellos war es einigen ihrer Kapitäne gelungen, die herkulischen Bemühungen der chinesischen Beamten zu unterwandern, die zu verhindern suchten, dass neue fremde Teufel Opium über ihre Häfen einschmuggelten. Doch die eiferten in wahrer Yankee-Manier ihren britischen Gegenspielern nach, die den Opiumhandel so lange und erfolgreich betrieben hatten. Flog das lukrative Nebeneinkommen auf, bekam der erfindungsreiche Kapitän eher einen Extra-Bonus als einen Tadel.

Sarah war sicher, dass keiner ihrer Vorfahren je in den Sklavenhandel verwickelt gewesen war, doch sie war sich nicht sicher, ob die Motive humanitärer Art gewesen waren. Sklavenhandel rentierte sich einfach nicht. Menschliches Vieh nahm zu viel Frachtraum in Anspruch, selbst wenn man es so eng wie möglich in stinkenden Löchern zusammenpferchte. Zu viele Sklaven starben auf den langen Transporten und mussten über Bord geworfen werden, was mit einem empfindlichen Profitverlust verbunden war. Alles in allem war es ein riskantes Unterfangen, und die Kellings überließen selten etwas dem Zufall, wenn es sich irgendwie vermeiden ließ.

Darüber hinaus passte die Sklaverei, wie sie im Süden bekannt war und praktiziert wurde, bevor Lincoln die Proklamation der Befreiung aller Sklaven unterzeichnete, nicht gut zur Lebensart des Nordens. Warum auch? Es gab dort immer genügend frische unerfahrene Immigranten, die mit Schiffen ankamen und aufgrund ihrer Lebensumstände gezwungen waren, lange Stunden für einen Hungerlohn zu arbeiten, der zum Überleben kaum ausreichte. Statt wegen Faulheit oder Ungehorsam ausgepeitscht zu werden, wurde ihnen einfach der Lohn gekürzt oder sie wurden ohne Entschädigung gefeuert, bis schließlich nach langem bitterem Kampf zwischen Arbeitern und Bossen endlich die Gewerkschaften ins Leben gerufen wurden.

Über diese Themen wurde bei den Kellings normalerweise nicht gesprochen. Sarah hatte eine Menge gelernt, seit sie aus dem Familienschatten hervorgetreten war. Vielleicht hatten all diese widersprüchlichen Vorstellungen in ihr das Bedürfnis geweckt, Verlierer und Verlorene zu retten. Kein Wunder, dass Walter Kelling so viel Probleme damit gehabt hatte, die Wahrheit über seine Vorfahren zu Papier zu bringen, ohne sich bei seinen chauvinistischen Verwandten unbeliebt zu machen. Es war wirklich ein weites Feld. Man konnte stundenlang darüber nachdenken, doch Sarah fühlte sich dazu momentan nicht in der Lage.

Ira bemerkte ihr Schweigen. »Es war ein langer Tag, nicht?«

»Im Vergleich zu gestern war es das reinste Kinderspiel.« Sie versuchte, lebhaft zu wirken, doch dann musste sie gähnen. »Ich kann dir gar nicht sagen, wie erleichtert ich bin, dass ich nicht den ganzen Weg zum See zurückfahren muss. Jammerschade, dass das Herz des armen alten Milky angefangen hat, verrückt zu spielen. Milky ist der Spitzname, den ihm die anderen Wächter im Museum gegeben haben. Aber er ist sicher im Krankenhaus besser dran als eingepfercht in dieser engen kleinen Zelle. Aber trotzdem läuft irgendwie alles falsch.«

»Wie meinst du das?«

»Das weiß ich selbst nicht, Ira. Ich habe einfach das ungute Gefühl, dass ich das Pferd von hinten aufgezäumt habe. Vielleicht ist mein Kopf morgen früh klarer. Verwirrter als jetzt kann ich gar nicht sein. Weißt du, dass ich total vergessen habe, Melanson zu fragen, ob es jemanden gibt, den wir benachrichtigen sollten? Dolores wüsste es bestimmt, wenn sie noch leben würde. Ansonsten scheint hier keiner irgendwas zu wissen.«

»Na ja«, erwiderte Ira vernünftigerweise. »Falls er eine Frau oder Mutter oder sonst jemanden hat, hätten sie doch sicher inzwischen längst im Museum angerufen, meinst du nicht?«

»Es schließt um vier. Früher gab es immer einen Nachtwächter. Aber der hat bestimmt nicht erfahren, was heute Nachmittag passiert ist. Vielleicht hat man ihn ja auch längst gefeuert. Und das Gefängnis in der Charles Street ist bestimmt der letzte Ort, wo Melansons Verwandte oder Bekannte nach ihm suchen würden. Sie würden eher mit den Krankenhäusern telefonieren oder die Polizei einschalten. Das macht die Sache zumindest ein bisschen einfacher.«

Sarah stieß ein damenhaftes Schnauben aus. »Ich weiß nicht, warum ich das sage. Mein Problem ist, dass ich die ganze Zeit denke, ich sollte irgendetwas tun. Aber nicht weiß was.«

»Für heute Abend hast du genug getan, Sarah. Der arme Teufel war schon dabei, den Löffel abzugeben. Wahrscheinlich wäre er jetzt schon tot, wenn du nicht eingegriffen hättest. Du wirst doch wohl nicht versuchen, ihn morgen schon zu besuchen?«

»So schnell lässt man mich bestimmt nicht zu ihm. Schließlich bin ich nicht mit ihm verwandt und eigentlich nicht einmal richtig befreundet. Aber ich werde natürlich anrufen und mich nach seinem Befinden erkundigen. Das kann ich von zu Hause aus tun. Ich habe vor, morgen früh nach Ireson's Landing zu fahren und ein bisschen Zeit mit Anne zu verbringen. Ich weiß nur nicht, ob ich Davy mitnehmen soll oder nicht. Ich muss mich weiterhin tarnen und kann nicht riskieren, ihn in die Sache mit hineinzuziehen.«

»Da bin ich aber erleichtert«, sagte Ira. »Ich hatte schon befürchtet, du wolltest ihn mitnehmen. Ich hatte ihm nämlich versprochen, ihm das jiddische Wort für Elritze beizubringen.«

Sarah fing an zu kichern. »Wie heißt den Elritze auf Jiddisch?«

»Du rufst einfach ›Fisch-e-le! Fisch-e-le!‹«

»Ach je!« Sarah wunderte sich nicht im Geringsten darüber, dass ihr plötzlich Tränen die Wangen herunterrollten. Fischele war einer von Max' Kosenamen für sie. Wenn er doch bloß anrufen würde! Die einzig mögliche Verbindung zu ihm war die Telefonnummer des Bistros oder wie immer man die Tavernen in Argentinien nannte. Und sie hatte keine Ahnung, ob sie um diese Zeit noch geöffnet waren. Sie wusste nicht einmal, wie spät es dort gerade war. Sarah versuchte ihre Tränen herunterzuschlucken, doch Ira spürte, wie ihr zumute war.

»Dann brauchst du also morgen mein Hemd nicht?«

»Nein, diesmal darfst du es selbst tragen.« Wenigstens gab ihr dies die Möglichkeit, ein einigermaßen fröhliches Gesicht aufzusetzen. »Wenn ich ganz ehrlich sein soll, möchte ich unter anderem in mein eigenes Haus zurück, weil ich dringend frische Unterwäsche brauche. Außerdem befürchte ich, dass ich die schreckliche Verkleidung keinen Tag länger mehr aushalte. Ich habe mir schon ernsthaft überlegt, ob ich mich als Tante Bodie ausgeben soll. Habe ich schon erwähnt, dass die Perücke, die Charles mir gemacht hat, der Rest eines Bartes ist, den er als Noah getragen hat?«

»Noah wie in Arche?«

»Genau der. Es gibt keine größere Liebe als wenn ein Schauspieler seinen Bart für einen anderen Thespisjünger hingibt. Zumindest versuche ich, mich als Thespisjüngerin zu fühlen, auch wenn es nicht besonders gut zu funktionieren scheint. Anne habe ich täuschen können. Sie hat mich für Tante Calpurnia gehalten. Sie lebt in Virgin Gorda und segelt eine Schaluppe. Aber Anne kennt sich mit Blumen besser aus als mit Menschen. Um wieder auf Tante Bodie zurückzukommen, ich könnte eigentlich kurz bei ihr vorbeischauen, damit sie weiß, dass sie sich nicht die Mühe zu machen braucht, auf meiner Beerdigung zu erscheinen. Onkel Jem sagte, sie habe sich ziemlich aufgeregt, als sie mit ihm geredet hat, nachdem die dumme Todesanzeige in der Zeitung stand. Oh Gott, bin ich müde!«

»Kann ich mir gut vorstellen. Greif mal mit der Hand zwischen Tür und Sitz. Fühlst du einen Hebel?«

»Ich glaube schon. Jedenfalls fühle ich etwas aus Metall.«

»Sehr gut. Dann drück es nach vorn.«

»Das geht nicht, wahrscheinlich klemmt es.«

»Dann drück es nach hinten.«

»Geschafft!«

Sarahs Sitz war jetzt nach hinten geneigt und um einiges bequemer als zuvor. Sie schloss die Augen und ließ Ira mit dem Radio spielen. Als sie am See ankamen, musste Ira sie wecken und in die Hütte führen.

Kapitel 21

Es war ein wunderschöner Morgen. Sarah hatte eigentlich lange schlafen wollen. Doch wie sollte sie das schaffen, wenn die Brise so sanft war, die Singvögel so laut sangen, Davy an ihrer Hand zog und verführerische Düfte aus dem Teil des Cottages zu ihr hochzogen, der mehr oder weniger für Koch- und Esszwecke abgetrennt worden war? Glücklicherweise hatte sie daran gedacht, ein Nachthemd und einen kurzen Baumwollbademantel in ihre Tragetasche zu packen, und trug beides zum Frühstück. Da das Cottage einsam lag, wanderte sie anschließend in diesem Aufzug barfuß zum See, wobei sie wieder bedauerte, dass sie keinen Badeanzug dabeihatte.

Doch was machte das schon? Man konnte immer noch waten, wenn es einem nichts ausmachte, dass einem Elritzenschwärme gegen die Knöchel sausten und mit winzigen Zähnchen die Zehen beknabberten. Natürlich machte es einem nicht das Geringste aus, besonders nicht, wenn der kleine Sohn es sichtlich genoss, seine Mutter als lebenden Köder zu benutzen, um die Fische in sein Elritzennetz zu locken. Der Reiher war noch nicht da, dafür aber eine Amerikanische Rohrdommel. Durch ihren kürzeren Hals und die gelblich braune Tarnfarbe war sie noch schwerer im Schilf zu erkennen, doch das machte sie natürlich als Beobachtungsobjekt besonders interessant.

Die Rohrdommel war zwischen sechzig und neunzig Zentimeter groß. Flügelspitzen und der Schnabelspitze wiesen einen Hauch von Schwarz auf, und genau unterhalb der Stelle, wo das Kinn gewesen wäre, wenn Vögel ein Kinn hätten, befand sich ein v-förmiges schwarzes Halsband. Doch Vögel hatten kein Kinn, und Davy wollte wissen, warum dies so war. Das Beste, das Sarah vorschlagen konnte, war Onkel Brooks zu fragen, wenn er und Tante Theonia nach Hause kämen. Sie hoffte inbrünstig, dass es bald war. Sarah war immer noch müde, und die Wunden an ihrem Bein hatten sich in etwas verwandelt, das vielleicht als Exponat für das Museum of Modern Art von Interesse sein könnte. Doch wenigstens tat ihr Knie nicht mehr so weh. Während sie über ihre eigenen Probleme nachdachte, fiel ihr Melanson wieder ein. Als Ira nach draußen kam, um sich die Rohrdommel anzusehen, bat Sarah ihn, ein Auge auf Davy zu werfen, während sie in der Intensivstation anrief. Er war einverstanden, genau wie sie vertrauensvoll erwartet hatte, und sie ging ins Haus, um anzurufen.

Der Bericht war längst nicht so positiv, wie sie gehofft hatte, doch weniger schlimm als befürchtet. Von Besuchen etwaiger Familienmitglieder wurde abgeraten. An Besuche von schlichten Bekannten war nicht einmal zu denken. Sarah hatte also einen freien Tag. Sie ging wieder nach draußen und streckte sich auf einem der altmodischen Klappliegestühle aus, die zum Inventar des Cottages gehörten, und schaute zu, wie ihr Sohn Sandburgen baute. Miriam saß neben ihr unter einem Sonnenschirm, der seine Glanzzeit längst hinter sich hatte, jedoch immer noch genug Schatten spendete, und versuchte, diejenigen Rivkin-Verwandten aufzulisten, die sie einzuladen gedachte, falls Mike und Tracy je dazu kamen, den schicksalsträchtigen Tag festzulegen.

»Sarah, das war doch sicher nicht dein Ernst, dass du deine Tante Bodie besuchen willst, oder? Mein Gott, Tracys Mutter kriegt bestimmt einen Anfall, wenn sie diese Liste sieht. Willst du dich nicht lieber hinlegen, solange du noch die Gelegenheit dazu hast?«

»Ich liege ja schon.« Sarah wedelte mit ihrem verletzten Bein in der Luft herum und probierte vorsichtig aus, ob sie ihr Knie noch beugen konnte. »Ich glaube wirklich, dass ich nach Ireson's Landing fahren und Cousine Anne besuchen sollte. Hast du nicht gesagt, Tracys Mutter käme zum Mittagessen?«

»Ja, und sie bringt ihre Schwester aus Rehoboth mit. Pech für mich. Jeanne ist ein Püppchen, aber ich muss zugeben, dass ich froh bin, dass Iphigenia oder wie immer sie heißt – Imogene, Iolanthe, Ish Kabibble, ist ja auch egal – zu weit weg wohnt, um herzukommen. Was sie ohnehin nicht würde, wir sind ihr nämlich nicht fein genug. Ich wollte dir schon vorschlagen, gegen halb zwölf eine Migräne zu bekommen. Aber Lunch mit Anne ist natürlich eine viel bessere Idee. Du könntest etwas von dem Hühnchen von gestern Abend mitnehmen.«

»Oh Miriam, ich wollte dir schon die ganze Zeit erzählen, dass dein Sandwich, das du mir für Melanson mitgegeben hast, wahrscheinlich sein Leben gerettet hat. Das meint jedenfalls der Arzt. Melanson hatte keinen Bissen angerührt, bis ich ihn schließlich ein bisschen beruhigen konnte, und dann hat er sich darauf gestürzt wie ein ausgehungerter Wolf. Er hat sich noch dafür bedankt, aber das war auch schon ungefähr alles, was er gesagt hat, bevor er die Besinnung verlor. Also, wenn ich wirklich nach Ireson's Landing fahren will, sollte ich mich allmählich auf die Socken machen. Ich werde versuchen, Melanson morgen zu besuchen, aber diesmal werde ich mich nicht verkleiden. Er hat schon genug Schocks gehabt. Ich weiß nicht, was aus dem armen Kerl werden wird, wenn Turbot weiterhin Vorsitzender bleibt und ihm seinen Job nicht zurückgibt.«

»Glaubst du wirklich, dass dieser Turbot so gemein sein könnte?«

»Und ob«, versicherte Sarah ihrer Schwägerin. »Er ist so gemein, dass ihm alles zuzutrauen ist. Das hat er bereits bewiesen, aber er schneidet sich damit nur ins eigene Fleisch. Jetzt wo Melanson fort ist, gibt es niemanden mehr, der weiß, wie das Museum geführt werden muss. Vieuxchamp ist eine Null, und die anderen sind alle Zombies.«

»Glaubst du, dass Turbot Melanson aus diesem Grund gefeuert hat?«

»Meine Güte, Miriam, die Idee ist mir noch gar nicht gekommen. Es erscheint mir bizarr, dass irgendjemand Melanson als Bedrohung auffassen könnte, aber irgendwie ist die Situation dort ohnehin völlig verrückt. Ich würde Davy liebend gern mitnehmen, aber Anne interessiert sich nicht sehr für Kinder, und ich habe schreckliche Angst, dass jemand ihn mit mir zusammen sehen könnte. Aber das habe ich inzwischen schon so oft gesagt, dass du bestimmt genug davon hast. Er fühlt sich hier bei euch pudelwohl – guck mal! Schnell! Die Rohrdommel fliegt gerade los. Und ich muss auch los.«

»Ich mache ein kleines Lunchpaket für dich und Anne, während du dich anziehst. Ich muss ohnehin etwas für Jeanne und Ihre königliche Hoheit vorbereiten. Ziehst du etwa wieder diese potthässliche Bluse an?«

»Ich muss kostümiert bleiben. Aber ich denke, dass ich eine weniger scheußliche Bluse anziehen kann. Und statt der löcherigen Schleicher nehme ich vielleicht meine alten Wanderschuhe. Den Hut werde ich wohl weiterhin tragen. Er ist nicht hässlicher als der, den Tante Bodie seit Ewigkeiten trägt.«

»Brauchst du Hilfe bei dem Verband?«

»Nein, das Knie ist schon gut verheilt. Ein oder zwei Pflaster reichen bestimmt. Ich werde wieder die grauen Strümpfe tragen. Nur schade, dass ich gestern Abend nicht daran gedacht habe, sie zu waschen.«

»Keine Sorge. Ich habe sie ausgewaschen und vor dem Ofen getrocknet. Sie liegen auf deinem Bett.«

»Du bist wirklich ein Schatz!«

Sarah duschte sich kurz und kühl, da die sanitären Anlagen im Cottage nicht gerade die besten waren, und schlüpfte in das inzwischen wirklich alt aussehende graue Flanellkostüm. Sie versuchte gar nicht erst, sich zu schminken, Hutkrempe und Sonnenbrille würden den größten Teil ihres Gesichts ohnehin verdecken. Sie schaffte es gerade noch rechtzeitig. Als sie ihren Blinker betätigte, um auf die Autobahn abzubiegen, erspähte sie ein sehr viel vornehmeres Gefährt als das ihre, das Anstalten machte, in die schmale Straße zum See einzubiegen. Darin saßen die hübsche Mutter von Miriams zukünftiger Schwiegertochter, die Sarah ein oder zweimal getroffen hatte, und eine vornehme, aufrecht sitzende Blondine mit eindrucksvoller Frisur und hochmütigem Gesichtsausdruck.

Dank der Tatsache, dass Davy sie so früh geweckt hatte, war ihr genug Zeit geblieben, alles Wichtige zu erledigen und Ireson's Landing immer noch einigermaßen rechtzeitig für ein kleines Mittagspicknick zu erreichen. Wie sie erwartet hatte, stand Anne inmitten ihrer Chrysanthemen. Sie trug die relativ neuen Jeans, die sie gekauft hatte, nachdem sie ihre alten dem unglückseligen Mann mit dem Rhabarberblatt geschenkt hatte. Die Hose war inzwischen gut eingetragen, nach ein paar intensiven Behandlungen mit Waschmitteln und Bleiche gelang es ihr vielleicht sogar, den Gestank von Fischabfällen wieder herauszubekommen.

Als Anne den Wagen die Einfahrt hochfahren hörte, zog sie ihre Leinenhandschuhe aus und kam zu Sarah herüber. »Wie schön! Ich hatte gehofft, dass du wiederkommen würdest. Was hältst du davon, wenn ich mehrere lockere kleine Tuffs mit weißen, gelben und rostfarbenen Chrysanthemen zwischen die Birkenschösslingen an der Straße setzen würde? Es würde ganz natürlich wirken und trotzdem genug Farbakzente setzen, um aufzufallen.«

»Was für eine wunderbare Idee!« meinte Sarah. »Wenn du in dem Tempo weitermachst, kommen bald die Touristen und stehen für Eintrittskarten Schlange. Ich hoffe, du hast noch nicht zu Mittag gegessen. Miriam hat uns nämlich einen Picknickkorb gepackt.«

»Wie nett von ihr. Wirklich schade, dass sie nicht mitkommen konnte.«

Anne meinte das, was sie sagte, nicht ernst, sie war einfach nur höflich. Miriam war zu intellektuell und viel zu liberal für Annes Geschmack. Die beiden konnten sich durchaus leiden, hatten jedoch einfach nichts miteinander gemeinsam. Miriam interessierte sich nicht die Bohne für Pflanzen, war aber gern bereit, sich über die schöne Kunst des Kochens zu unterhalten. Für Anne wiederum war Nahrung lediglich Dünger für die menschliche Pflanze. Man musste nur zur rechten Zeit die richtige Menge in der korrekten Mischung verabreichen. Wie die Mischungen schmeckten, war nicht weiter relevant.

Was Anne allerdings nicht davon abhielt, sich den Löwinnenanteil von Miriams hervorragendem Hühnchensalat einzuverleiben, der mit Apfel-, Sellerie- und Walnussstückchen und Miriams selbst gemachtem Mayonnaise-Dressing verfeinert war. Das Rezept wollte sie Tracy als Hochzeitsgeschenk geben. Die Mais-Muffins waren aus einer Backmischung, da Miriam sich wenigstens während der Ferien ein bisschen Erholung gönnte.

Sie aßen auf der Veranda mit Blick aufs Meer. Selbst hier behielt Sarah ihre Perücke, den lila Hut und die Sonnenbrille auf. Schließlich war es möglich, dass jemand um das Haus herumkam, und sie wollte nicht einmal, dass Mr. Lomax wusste, dass sie hier gewesen war. Sie trug die schweren alten Wanderschuhe, die sie beim Laufen auf dem steinigen Ufer ziemlich ramponiert hatte. Die scheußliche Bluse hatte sie in den Wäschekorb geworfen und durch ein Baumwollhemd ersetzt, das fast bis zum Kinn zugeknöpft war. Zu guter Letzt hatte sie noch einen Schal hinzugefügt, um die erfreuliche Tatsache zu verbergen, dass ihr Hals nicht faltig war.

Sarah hatte sogar Theonias lila Handschuhe griffbereit, für den Fall, dass unerwarteter Besuch kam. Doch niemand störte sie. Die beiden Cousinen ließen sich Zeit mit ihrem Lunch, genossen die süßen Trauben, die Miriam als Nachtisch eingepackt hatte, und tranken anstelle von heißem Tee große Gläser Eistee, denn der Tag stellte sich als wärmer heraus, als die Wettervorhersage angekündigt hatte. Selbst Anne schien es nicht eilig zu haben, zu ihren Chrysanthemen zurückzukehren.

»Ich muss unbedingt daran denken, Pfefferminze für dich zu pflanzen, Sarah. Vielleicht unten am Kutscherhaus. Aber Minze braucht schrecklich viel Nährstoffe. Vielleicht bitte ich Mr. Lomax, uns noch mehr Fischköpfe zu besorgen.«

Man hätte denken können, Anne hätte etwas ganz anderes als Tee getrunken, die ungewohnte Geselligkeit stieg ihr anscheinend zu Kopf. Sarah fragte sich, was Percy von dem ganzen Unterfangen hielt. Wahrscheinlich störte es ihn nicht weiter, vor allem dann nicht, wenn es dazu führte, dass Max sich vielleicht doch noch bereit erklärte, Mandant von Kelling, Kelling und Kelling zu werden. Was sie wiederum auf einem kleinen Umweg zurück zu Elwyn Fleesom Turbot brachte. Sie wählte eine passende Einleitung.

»Die langweiligen Blumen in den Beeten der Turbots sähen schrecklich trist aus neben dem, was du hier machst. Ich nehme an, du hast noch nie eine Bemerkung darüber fallen lassen, dass es bessere Gestaltungsmöglichkeiten gibt.«

»O nein, daran würde ich nicht einmal im Traum denken.« Anne war todernst. »Elwyn geht hoch wie eine Rakete, wenn jemand es wagt, etwas zu kritisieren, das er getan hat, egal wie dumm es auch ist.«

»Dann hat Lala es sicher auch nicht einfach. Obwohl sie ihm gegenüber in keinster Weise ängstlich wirkte, wenn ich bedenke, wie sie mit ihm gesprochen hat.«

Anne gestattete sich ein Kichern. »Ich glaube nicht, dass Lala vor irgendetwas Angst hat. Dazu hat sie schon viel zu viel mitgemacht. Ihr erster Mann hat sich umgebracht. Er hat ihr gesagt, dass er sich das Leben nehmen wolle, dann ist er absichtlich mit dem Wagen an einen Brückenpfeiler gerast und hat das Auto kaputtgefahren. Und sich selbst dazu. Ein brandneuer Porsche. Lala ist lange Zeit nicht darüber hinweggekommen. Sie hat mir erzählt, dass sich die Versicherung ziemlich übel verhalten hat, warum, hat sie nie verstanden. Aber schließlich ist man sich doch noch einig geworden, nachdem sie einen wirklich gemeinen Anwalt eingeschaltet hatte. Danach unternahm sie eine Kreuzfahrt um die Welt. Dabei hat sie einen netten alten Herrn kennen gelernt, der eine Möbelhauskette besaß. Sie haben an Bord des Schiffes im Hafen von Yokohama geheiratet und sind herumgereist, wohin sie gerade wollten. Bis er eines Nachts in Venedig zu viel getrunken hatte und beschloss, ein wenig spazieren zu gehen, um wieder einen klaren Kopf zu bekommen.«

»Um Gottes willen!«

»Wie man so richtig sagt: In Venedig ist jede Straße ein Kanal. Wahrscheinlich dachte der Dienstbote, der die Tür öffnete, dass Jules nur kurz auf den Stufen sitzen und eine Zigarette rauchen oder eine Gondel heranwinken wollte oder irgendetwas in der Art. Jules war immer sehr spontan, sagt Lala. Sein richtiger Name war Julius, aber sie fand das zu langweilig für einen Mann wie ihn. Lala hat mir erzählt, dass sie sich zu Elwyn hingezogen fühlte, weil er sie an ihren Jules erinnerte. Aber da wusste sie noch nichts von den horngestutzten Herefords.«

»Wie lange ist Lala schon mit Mr. Turbot verheiratet?«, fragte Sarah, auch wenn es sie im Grunde nicht interessierte.

»Etwa drei Jahre, glaube ich. Lala hat mir unter vier Augen gestanden, dass sie zwischen den beiden Ehemännern ein oder zwei Affären hatte. Ich glaube, es waren noch mehr, aber es macht wenig Sinn, heutzutage noch jemanden dafür zu verurteilen, oder? Natürlich habe ich Lalas kleine Eskapaden Percy gegenüber nie erwähnt, besonders da sie anscheinend nicht sonderlich viel davon gehabt hat. Sie hat ziemlich viel von Lambert und Jules geerbt, aber sie führt auch ein extravagantes Leben. Ich nehme an, du hast den vielen Goldschmuck bemerkt, Sarah.«

»Natürlich. Schließlich hat sie jedes Mal, wenn sie die Arme bewegt hat, gescheppert wie Marleys Geist. Was sie mit großer Anmut getan hat, wie mir aufgefallen ist. Ich habe mich schon gefragt, ob sie früher mal Model oder Revuegirl oder etwas in der Richtung war.«

Anne schüttelte den Kopf. »Bei Lala würde ich mich über gar nichts wundern. Wie fandest du ihr Outfit?«

»Ich habe gedacht, dass es Elwyn wahrscheinlich eine schöne Stange Geld gekostet haben muss, wenn du die Wahrheit wissen willst. Ich fand es ein wenig übertrieben für ein Lunch auf dem Lande. Dein Gänseblümchenkleid dagegen war genau richtig, Anne. Aber du bist ja immer genau richtig angezogen.«

»Danke für das Kompliment, Sarah. Dasselbe hat Percy auch gesagt. Zumindest war er froh, dass ich nicht so verrückt war, mich wie ein Zirkuspferd auszustaffieren, bloß um mir ein paar Kühe anzuschauen. Percy kann ziemlich witzig sein, weißt du. Aber das hängt er nicht gern an die große Glocke. Bei Percy weiß man immer genau, woran man ist. Das finde ich sehr angenehm. Kannst du dir vorstellen, was es für Lala bedeutet, sich einen Ehemann nach dem anderen erziehen zu müssen – o Sarah, bitte verzeih mir. Ich hatte Alexander ganz vergessen. Er war wirklich ein Schatz.«

»Schon gut, Anne. Tante Caroline hatte Alexander schon erzogen, lange bevor er mich geheiratet hat.« Eine richtige Ehe war es zwar nicht gewesen, doch Sarah hatte wenig Lust, näher darauf einzugehen. »Und Max brauchte ich nicht zu erziehen, bei uns ist es eher umgekehrt, und er erzieht mich. Aber um wieder zurück auf Lala zu kommen, meinst du, sie heißt wirklich so?«

»Das kann ich dir beim besten Willen nicht sagen«, gestand Anne. »Wir sehen uns nicht sehr oft. Und wenn wir zusammen sind, spricht sie nie von ihrer Familie. Ich habe den Eindruck, dass sie hier aus der Gegend stammt. Aber sie sieht aus und benimmt sich, als wäre sie aus New York. Und ich weiß genau, dass sie sehr viel älter ist, als sie zu sein vorgibt. Selbst Percy gibt das zu. Um die Wahrheit zu sagen, er findet sie nicht sonderlich sympathisch. Mir geht es übrigens genauso. Sie ist so – o, das ist wirklich schwer zu sagen. So anders. Ich sollte eigentlich nicht so über eine Mandantin von Percy sprechen. Aber ich weiß ja, dass du es nicht weitererzählst, und ich muss sagen, dass es eine Erleichterung ist, wenigstens ab und zu mal ganz unbefangen reden zu dürfen.«

»Ich bin froh, dass du ihr Alter erwähnt hast. Ich habe mir darüber auch schon meine Gedanken gemacht. Außerdem frage ich mich, wie lange die Ehe wohl gut gehen wird. Was meinst du dazu?«

»Also dazu kann ich wirklich nichts sagen. Ich habe noch nie darüber nachgedacht. Ich bin einfach zu sehr an Menschen gewöhnt, die zusammenbleiben, weißt du. Soweit ich weiß, hat sich bei den Kellings noch nie jemand scheiden lassen. Selbst die alberne Geschichte mit Lionels Gattin und der Verrückten, mit der sie sich zusammengetan hat, ist ja ziemlich schnell abgeflaut, nachdem er Vare klar gemacht hat, dass sie keinen Cent von ihm erwarten konnte, so lange sie mit dieser – wie hieß sie noch gleich? I-Ah?«

»Nein, Tigger«, sagte Sarah. »Tigger befindet sich inzwischen in einer psychiatrischen Anstalt. Und Vare hilft Lionel und ihren schrecklichen Kindern, Tante Appies Vermögen durchzubringen. Um wieder auf die Ehe anderer Leute zurückzukommen, wie steht es mit Elwyn Turbot? Er war doch sicher vorher auch schon mal verheiratet, wenn er und Lala erst seit drei Jahren zusammen sind? Er hält es doch bestimmt nicht lange ohne jemanden aus, den er dominieren kann?«

Anne kicherte wieder. »Ich glaube nicht, dass Elwyn Lala sehr dominiert. Ich kann mich noch genau erinnern, dass Percy mir erzählt hat, die erste Mrs. Turbot sei ertrunken. Aber er hat keine Einzelheiten erzählt, und die Geschichte hat mich nicht sonderlich interessiert. Ich habe seine erste Frau ja nie kennen gelernt. Wenn ich mich recht erinnere, war sie schon eine ganze Weile tot, bevor Turbot Percys Mandant wurde.«

»Wie lange ist das her?«

»Da muss ich Percy fragen. Ich bin ja nationale Verbands-Jurorin für Garten- und Landschaftsbau, wie du weißt, und musste gelegentlich ziemlich viel herumreisen. Daneben muss ich natürlich auch noch unseren eigenen Garten einigermaßen in Schuss halten und dafür sorgen, dass Percy saubere Hemden, frische Unterwäsche und Socken zum Anziehen hat. Ganz zu schweigen von Emilys beiden Jüngsten, die ständig zum Kieferorthopäden müssen. Ich habe daher kaum Zeit, darüber nachzudenken, was in Percys Büro abläuft. Percy kommt ja schließlich auch nicht mit und hilft mir, die Gärten zu bewerten, warum sollte ich also hingehen und ihn bei seinen Bilanzen stören? Percy versteht das. Ich kann zwar nicht behaupten, dass er es toll findet, in ein leeres Haus zu kommen und manchmal an zwei oder drei Abenden hintereinander ein Fertiggericht zu bekommen, aber er ist sehr verständnisvoll. Emily ist so lieb, ihn ein- oder zweimal die Woche zum Abendessen einzuladen. Und Percy genießt es, mit seinen Enkelkindern zusammen zu sein, so lange es nicht zu oft ist.«

»Aber in diesem Jahr bist du nicht bei den Juroren?«, fragte Sarah. »Du hast es doch nicht etwa meinetwegen aufgegeben?«

»O nein. Ein bisschen hatte ich schon gemacht, allerdings vor allem bei Blumenausstellungen. Ich bewerte zwar lieber Landschaftsgärten, aber es ist sehr viel anstrengender. Daher habe ich beschlossen, mich eine Weile von ein paar anderen Juroren vertreten zu lassen. Ich wüsste nur zu gern, wer diesen Garten hier beurteilen wird.«

Anne warf einen sehnsüchtigen Blick auf mehrere Paletten mit kaum erblühten Chrysanthemen, die dringend eingepflanzt werden mussten. Sarah verstand den Wink.

»Ich muss wieder zurück zum See, Anne. Inzwischen müsste die Luft dort eigentlich wieder rein sein, die Damen von Rehoboth sind sicher inzwischen auf dem Heimweg. Es ist ziemlich weit, weißt du. Fast bis nach Fall River. Und ich möchte unbedingt noch ein wenig Zeit mit Davy verbringen, weil ich wahrscheinlich schon morgen nach Boston zurückmuss. Oh, eine Frage hätte ich fast vergessen. Wer war der junge Mann in der Kolonialverkleidung, der uns am Sonntag bedient hat? Doch wohl nicht der Koch, oder?«

»Nein, der Koch ist sein Zwillingsbruder, ob du es glaubst

oder nicht. Ich glaube, sie heißen Tommy und Timmy. Sie kümmern sich um Elwyns kostbare Kühe und springen notfalls als Haushaltshilfen ein, auch wenn es ihnen nicht viel Spaß zu machen scheint. Sie sind irgendwie mit Elwyn verwandt. Oder mit Lala, so ganz sicher bin ich mir da nicht. Eher mit Elwyn, wegen der Kühe. Ganz unter uns, Percy glaubt, dass sie irgendetwas angestellt haben und jetzt auf Bewährung frei sind und bei ihm Unterschlupf gefunden haben. Er vermutet außerdem, dass sie Elwyns Söhne sind. Das Ergebnis gewisser außerplanmäßiger Aktivitäten, könnte man vielleicht sagen, entweder vor oder nach dem Tod der ersten Mrs. Turbot.«

»Wie alt sind sie denn?«

»Kann ich nicht mit Sicherheit sagen. So um die fünfundzwanzig. Lala hat sie nicht gern im Haus. Die beiden müssen in der Scheune schlafen, was weniger schlimm ist, als es sich anhört. Elwyn hat zwei Zimmer abgetrennt, mit einem Badezimmer und Heizung und allem Drum und Dran. Lala hat während der Woche Leute, die sich um das Haus kümmern. Aber am Wochenende kommen sie nicht, weil das die einzige Zeit ist, die sie mit ihrer Familie verbringen können. Sie gehen sogar alle zusammen zur Kirche, was ich persönlich sehr schön finde. Ich verstehe nicht, warum die Turbots ausgerechnet sonntags Gäste zu sich einladen. Lala sieht aus, als ließe sie sich sehr viel lieber in ein gutes Restaurant ausführen. Das würde Percy jedenfalls tun. Percy ist überhaupt nicht knauserig, weißt du. Nur vorsichtig.«

»Ja, das ist mir auch schon aufgefallen«, sagte Sarah. »Apropos vorsichtig, ich habe dir doch von dem Zwischenfall mit dem grauen Toyota erzählt. Nachdem ich meinen Wagen bei euch abgeholt hatte, vielleicht erinnerst du dich noch – da fällt mir gerade ein, dass ich mich vor lauter Aufregung über Dolores' Tod noch gar nicht richtig für den wunderbaren Blumenstrauß bedankt habe! Also, ich habe bei den Turbots bemerkt, dass der Zwilling, der uns bediente, mit seiner Rolle ziemlich unzufrieden war. Ich frage mich im Nachhinein, ob die beiden nicht vielleicht ihre Aggressionen an dem Gast ausgelassen haben, den sie für den verletzlichsten hielten.«

»Zuzutrauen wäre es ihnen. Soll ich Percy mal fragen, wie er darüber denkt?«

»Ja, bitte. Er weiß vielleicht, welchen Wagen sie fahren, vorausgesetzt, sie haben ihren Führerschein nicht abgeben müssen. Er kann sich vielleicht sogar an das Kennzeichen erinnern, er hat doch so ein phänomenales Zahlengedächtnis. Vielleicht könnte Percy mich heute Abend am See anrufen? Ich habe dir doch meine Nummer gegeben, nicht wahr? Am besten als R-Gespräch natürlich.«

Sarah gab Anne ein Küsschen auf die Wange, vergewisserte sich, dass sie das Besteck mit den Bambusgriffen und die bunten Plastikteller und Tassen aus Miriams elegantem Picknickkorb wieder eingepackt hatte, lockerte ihre grauen Strümpfe noch ein wenig mehr und begab sich wieder auf die Straße.

Kapitel 22

»Ein Anruf für dich, Sarah.«

»Danke, Ira.«

Sarah wäre viel lieber unten am See geblieben und hätte dem Reiher beim Fangen seines Abendessens zugesehen, doch es war wahrscheinlich Percys R-Gespräch. Sie überließ Davy seinem Onkel und rannte zurück zum Cottage.

»Hallo, Percy, lieb, dass du anrufst. Ja, es war wunderschön heute mit Anne. Ich hatte ja überhaupt keine Ahnung, was für eine brillante Gartenarchitektin sie ist. Nein, da bin ich ganz deiner Meinung. Max wäre todsicher auch dieser Meinung. Ich weiß nicht, wann er zurückkommt, Percy, ich hoffe nur, dass es möglichst bald ist. Was für eine wunderbare Idee, wir werden es gebührend feiern.«

Da Percy das Gespräch nicht zu bezahlen brauchte, war er durchaus bereit, sich ausführlicher zu unterhalten. Sarah hatte ein wenig Mühe, auf die einzige Sache zu sprechen zu kommen, die momentan wirklich wichtig war.

»Percy, kannst du mir sagen, ob die beiden Cowboys, die bei den Turbots arbeiten, einen grauen Toyota fahren? Und, falls dies der Fall sein sollte, kennst du zufällig das Jahr und das Kennzeichen? Es ist wirklich wichtig, sonst würde ich dich nicht fragen.«

Percy wusste es und teilte es ihr bereitwillig mit. Sarah konnte sich später nicht mehr daran erinnern, ob sie sich bei ihm bedankt hatte oder nicht. Percy brauchte nicht zur Geheimhaltung verdonnert zu werden. Es lag ihm fern, etwas über die unehelichen Söhne eines wichtigen Mandanten oder was immer sie waren zu verraten, wenn es sich irgendwie vermeiden ließ. Trotzdem verlor Sarah keine Zeit. Sie rief die Polizei in Boston an, die versprach, die Polizei in Foxford einzuschalten, die wiederum kurze Zeit später im Cottage anrief, um die momentanen

Bewohner wissen zu lassen, dass man schon dabei sei, die Zwillinge wegen Verdachts auf versuchten Mord mit Hilfe eines Fahrzeugs zu verhaften. Sie klangen hocherfreut über diese Entwicklung, denn sie versuchten schon seit längerem, den verbrecherischen Brüdern ein größeres Vergehen nachzuweisen, und drängten darauf, in diesem Fall keine Freilassung gegen Kaution zuzulassen, was aufgrund des langen Vorstrafenregisters sicher kein Problem sein würde.

Sarah ging mit einem Gefühl der Erleichterung zu Bett, wie sie es seit Sonntagmorgen nicht mehr gespürt hatte. Wenn ihre potentiellen Mörder erst einmal sicher hinter Gittern saßen, brauchte sie morgen früh die ärgerliche Verkleidung nicht mehr anzuziehen. Sie konnte sogar mit Davy nach Ireson's Landing zurückfahren und ihr normales Leben wieder aufnehmen, auch wenn es ihr schwer fiel, ihn von seinen neuen Freunden, den Elritzen und Reihern, trennen zu müssen.

Doch das Problem mit den Wilden Witwen und dem Hutnadelmord an Dolores war noch nicht gelöst, ganz zu schweigen von den fragwürdigen Krawattennadeln in Dolores' Sicherheitsfach. Als Testamentsvollstreckerin war Sarah verpflichtet, dem Geheimnis auf den Grund zu gehen. Und auch um Joseph Melanson musste sie sich kümmern. Sie nahm sich vor, am nächsten Morgen im Krankenhaus anzurufen und herauszufinden, ob er sich schon genug erholt hatte, um Besuch zu empfangen.

Sarah war schon immer eine Frühaufsteherin gewesen, und Davy schien ihrem Teil der Familie nach zu schlagen. Er war bei Sonnenaufgang bereits munter und zerrte an ihr, weil er ihr unbedingt den schönen Vogel mit dem komischen Hut zeigen wollte. Sarah erkannte einen Eisvogel, schmuck herausgeputzt mit seinem weißen Priesterkragen und der rostbebänderten weißen Weste, seinem zerzausten Schopf und dem Rücken in einem perfekt passenden Blauton. Während sie und Davy ihn beobachteten, stürzte sich der Eisvogel aufs Wasser hinab und stieg mit einer Elritze im Schnabel wieder auf. Sarah hoffte, dass seine Beute nicht zu den speziellen Freunden ihres Sohnes gehörte.

»Komm, Davy. Wir machen uns was Schönes zu essen.«

Sarah nahm Milch und Brot aus dem Kühlschrank, machte für sich eine Tasse Tee und eine Scheibe Toast und für ihren Sohn einen Becher Milch und ein Butterbrot. Mit dem Snack gingen sie hinunter ans Ufer. Davy bot dem Eisvogel ein Stückchen Butterbrot an, doch der Eisvogel war nicht interessiert. Sarah musste Davy erklären, dass nicht alle Vögel wie die Enten im Public Garden waren, die jeden Besucher verfolgten und mit ohrenbetäubendem Geschnatter um milde Gaben bettelten.

Miriam und Ira kamen gegen halb acht ebenfalls herunter zum See. Gemeinsam beobachteten sie eine Weile den Eisvogel, dann scheuchte Miriam sie zurück zum Cottage, um sie mit einem richtigen Frühstück zu verwöhnen. Danach saßen sie einfach faul herum, bis Ira es für an der Zeit hielt, in seiner Autowerkstatt anzurufen.

Nachdem Ira sich vergewissert hatte, dass ihm niemand seinen Lebensunterhalt gestohlen hatte, rief Sarah im Krankenhaus an. Mr. Melansons Zustand wurde inzwischen nicht mehr als lebensgefährlich, sondern nur noch als kritisch eingestuft, was sie als gute Nachricht deutete. Der Polizeibeamte, der ihn bewachte, hatte die strikte Anweisung, dass Melanson nur von einem anderen Wächter oder einer gewissen Mrs. Sarah Bittersohn besucht werden durfte. Er erkundigte sich, ob er mit Mrs. Bittersohn spreche. Sarah versicherte der Stimme am anderen Ende der Leitung, dass sie in der Tat Mrs. Bittersohn sei und sich freue, Mr. Melanson in solch guter Obhut zu wissen, und dass sie zwischen halb elf und elf ins Krankenhaus kommen werde, falls die Zeit genehm sei.

Angenehm überrascht, dass dies in der Tat der Fall war, ging Sarah daran, sich um ihr Haar zu kümmern, da sie jetzt Noahs Bart nicht mehr benötigte. Die Bluse, die sie gestern nach ihrem

Besuch in Ireson's Landing getragen hatte, konnte sie mit ein wenig Aufwand problemlos noch einmal anziehen. Die graue, die sie zusammen mit dem Flanellkostüm gekauft hatte und so gut wie gar nicht getragen hatte, hing immer noch im Schlafzimmerschrank im unteren Stock in der Tulip Street. Wenn sie es nicht schaffte, heute Abend von Boston zurückzukommen, kam ihr das sehr gelegen. Sie bügelte die weiße Bluse und den arg mitgenommenen Rock mit einem alten Plätteisen und einem feuchten Küchenhandtuch auf und war reisefertig.

Glücklicherweise war Davy kein quengeliges Kind. Doch er war noch so klein, dass er nicht mit in eine Intensivstation gehen durfte. Also würde sie ihn bei Egbert und Onkel Jem absetzen müssen, der ihm höchstwahrscheinlich unanständige Lieder vorsang und einen Martini anbot. Am besten war er zweifellos hier bei seinem Reiher aufgehoben. Davy ertrug den Abschied von seiner Mutter mit Gleichmut und schenkte ihr zum Abschied eine schneeweiße Möwenfeder. Sarah steckte sie sich ins Knopfloch und machte sich auf den Weg nach Boston.

Um diese Zeit fuhren mehr Fahrzeuge stadteinwärts als stadtauswärts. Sarah betrat das große Krankenhaus Punkt zehn Uhr dreißig, fand nach kurzer Suche die kardiologische Station und sah zu ihrer Erleichterung, dass der Polizist, der Melanson bewachte, ihr guter Freund Officer Drummond war.

»Guten Morgen, Officer Drummond. Was für eine nette Überraschung, Sie hier zu treffen. Wie geht es denn dem Patienten?«

»Hat er noch nicht verlauten lassen. Vielleicht können Sie ihn zum Reden bringen?«

»Ich werde es versuchen.«

Sarah trat an das Bett des Patienten und versuchte, ihn nicht zu erschrecken und nicht über die vielen Schläuche und Gerätschaften zu stolpern, die sein Bett umgaben. Er lag sehr still, doch er sah nicht schlechter aus als zwei Nächte zuvor. »Hallo, Mr. Melanson. Ich freue mich sehr, dass Sie mich sehen wollten. Leider habe ich vergessen, Ihnen noch ein Hühnchensandwich mitzubringen. Es stört Sie doch nicht, wenn ich den Stuhl hier etwas näher ans Bett stelle? Bitte sagen Sie mir sofort, wenn mein Besuch Sie erschöpft. Oder wenn ich Sie langweile.«

»Tun Sie bestimmt nicht. Schön, dass Sie da sind.« Die wenigen Worte ließen den Patienten nach Luft schnappen, doch er wirkte erleichtert darüber, dass er sie ausgesprochen hatte.

»Aber das ist doch selbstverständlich.« Sarah antwortete so enthusiastisch wie möglich in Gegenwart all der Schläuche und Flaschen und unheimlichen Apparate. »Worüber wollten Sie denn mit mir sprechen?«

Es dauerte eine Weile, bevor er sich erinnerte. »Ach ja. Geschenke.«

Sie hatte ihn nicht ganz verstanden. Hatte er Gelenke oder Geschenke gesagt? Wahrscheinlich letzteres. »Meinen Sie Geburtstagsgeschenke oder so etwas?«

»Weihnachtsgeschenke. Dolores' Tasche.«

»Dolores hatte schon früh mit ihren Weihnachtseinkäufen begonnen und eine Tasche voller Geschenke mitgebracht. Meinen Sie das?«

»Ja, eingepackt. Hübsches Papier, rote Schleifen. Alle gleich. Die ganze Tasche voll.«

»War die Tasche groß oder klein?«

»Mittel. Voller Geschenke.«

»Dann können die Geschenke aber nicht sehr groß gewesen sein.«

»Nein, nicht groß. Klein und flach. Wie Kästchen für Medaillen. Hab' mal eine bekommen. Für Rechtschreibung.«

»Wie schön für Sie. Wann haben Sie denn Dolores mit den Geschenken gesehen, Mr. Melanson? Erinnern Sie sich noch an das Datum?«

»Einunddreißigster August. Mein Geburtstag. Aber kein Geschenk für mich.« Das Gespenst im Bett rang sich den Anflug eines Lächelns ab. Wie lange war es wohl schon her, dass irgendjemand sich an den Geburtstag dieses scheuen alten Angsthasen erinnert hatte?

Sarah lächelte zurück. »Dann müssen wir unbedingt nachträglich eine Geburtstagsparty für Sie veranstalten, wenn Sie aus dem Krankenhaus entlassen sind. Überlegen Sie sich doch einfach etwas Schönes, das wir Ihnen schenken können. Aber um wieder auf Dolores zurückzukommen, einige Leute erledigen ihre Weihnachtseinkäufe bereits im Sommer. Hat sie gesagt, für wen die Geschenke waren?«

»Nicht von ihr. Von einer Freundin. Nur aufbewahrt.«

Das war ja interessant. »Sie hat nicht zufällig den Namen der Freundin erwähnt?«

»Seit Ewigkeiten weg. Kein Kontakt mehr. Sowas gibt's.« Melanson schwieg wieder. Dann holte er tief Luft. »Total glücklich. Vertrauensbeweis.«

»Die Freundin hat ihr die Geschenke anvertraut, aber sie durfte sie nicht öffnen? Habe ich das richtig verstanden? Wissen Sie, wo Dolores die Geschenke aufbewahrt hat?«

»Zu Hause? Hatte sie mittags dabei. In die Mittagspause mitgenommen. Kam ohne sie wieder zurück.« Melanson schien das Sprechen jetzt weniger anzustrengen. »Nie mehr davon gesprochen. All die schönen Geschenke. Bitte, Wasser?«

»Ich gieße Ihnen etwas ein. Hier ist ein Strohhalm, damit geht es leichter. Nein, versuchen Sie lieber nicht, den Kopf zu heben, sonst lösen sich vielleicht noch irgendwelche Schläuche. So ist es gut.«

Melanson trank, machte eine Pause, trank erneut. Sarah gönnte ihm eine kurze Verschnaufpause, bevor sie ihm die nächste Frage stellte. »Hat Dolores zufällig den Namen der Freundin erwähnt?«

»Komischer Name. Was mit V wie Victory.«

»Lautete er vielleicht zufällig LaVonne LaVerne?«

»Blöder Name. Eher V wie vulgär.«

»Stimmt. Dolores hat bestimmt darauf gebrannt, die Päckchen zu öffnen, meinen Sie nicht auch? Aber sie hätte das in sie gesetzte Vertrauen nie enttäuscht, oder?«

»Ich stecke meine Nase nicht in fremde Angelegenheiten.«

Melanson wurde allmählich richtig munter, er versuchte sogar, Dolores Tawnes laute Stimme nachzuahmen. Er war nicht sehr überzeugend, doch die Tatsache, dass er es auch nur versuchte, war rührend. Sarah lachte, wie es von ihr erwartet wurde. Melanson zuckte mit den Schultern, soweit ihm dies unter dem Gewicht der vielen Schläuche und Kabel überhaupt möglich war. Sie konnte sehen, dass er zunehmend erschöpfter wurde. Es war Zeit zu gehen.

»Ich bin sehr froh, dass wir miteinander gesprochen haben, Mr. Melanson. Aber ich glaube, ich sollte jetzt doch gehen, damit Sie sich ein bisschen erholen können. Ich möchte Sie nicht überanstrengen.«

»Kommen Sie wieder?«

»Aber sicher, wenn Ihre Krankenschwestern es mir erlauben. Ich frage gleich mal nach.«

»Danke. Sorgen gemacht. Freunde bekommen keine Geschenke. Dumm von mir. Dolores wollte keine Freunde. Nur Sklaven.«

Der kranke Mann schloss die Augen und schlief sofort ein. Sarah hoffte, dass es ein heilsamer Schlaf war. Sie ging in den Überwachungsraum, wo Officer Drummond ein gemütliches Tässchen Kaffee mit der Dienst habenden Intensivschwester trank.

»Alles klar, Mrs. Bittersohn?«, erkundigte er sich. »Wie ist es denn gelaufen?«

»Ganz gut, glaube ich.« Sie wandte sich an die weiß gekleidete Frau hinter der Theke. »Ich gehe jetzt. Mr. Melanson hat mich gebeten, wiederzukommen. Meinen Sie, das ließe sich einrichten?«

»Ich würde vorschlagen, bis morgen zu warten. Der Patient ist sehr schwach, wir wollen ihn nicht überanstrengen. Sind Sie seine Tochter?«

»Nein, wir sind nur befreundet. Mr. Melanson hat keine Verwandten, soweit ich weiß. Aber mein Mann und ich kennen ihn schon eine ganze Weile. Wird er durchkommen?«

»Das hoffen wir.« Die Intensivschwester musste die Monitore im Auge behalten und konnte ihre Zeit nicht an Besucher verschwenden. »Dann bis morgen, okay?«

Es ging wohl auf Mittag zu. Sarah hörte das Klappern der Tabletts auf den Servierwagen. Sie fragte Drummond, ob es jemanden gebe, der ihn während der Essenszeiten vertreten könne.

»Ja, Ma'am«, versicherte er. »Sobald Officer Maule hier ist. Das müsste eigentlich jede Minute sein. Dann ist mein Dienst hier ohnehin zu Ende. Ich bin schon seit Mitternacht hier, daher bin ich froh, wenn ich endlich gehen kann.«

»Dann darf ich Sie vielleicht zum Lunch einladen? Allerdings nicht ganz uneigennützig. Mr. Melanson hat mir gerade etwas über Dolores Tawne erzählt, womit wir uns unbedingt näher beschäftigen sollten.«

»Das klingt ja sehr spannend! Was ist schon eine 12-Stunden-Schicht, wenn man danach Räuber und Gendarm spielen kann! Wo wollten Sie denn essen, Mrs. Bittersohn?«

»Wo immer Sie möchten. Ich dachte, wir könnten vielleicht wieder in das Café am Kenmore Square gehen, und danach bei Mrs. Fortune vorbeischauen. Haben Sie übrigens schon gehört, dass die beiden jungen Teufel, die versucht haben, mich zu überfahren, inzwischen im County-Gefängnis sitzen? Und dass der Antrag auf Kaution abgelehnt wurde, weil sie ein ellenlanges Vorstrafenregister haben? Ich erzähle Ihnen die ganze Geschichte beim Essen. Haben Sie etwas dagegen, wenn wir meinen Wagen nehmen? Es ist zwar nicht wirklich mein Wagen, aber das gehört ebenfalls zur Geschichte.«

»Nein, stört mich nicht im Geringsten«, versicherte Drummond. »Gestern Abend hat mich einer der Streifenwagen hier abgesetzt, und ich hatte schon vor, mit der U-Bahn nach Hause zu fahren. Ich wohne in Watertown, daher liegt Kenmore Square auf dem Weg. Ah, da kommt ja meine Ablösung.«

Officer Maule war eine Frau mittleren Alters. Sie sah in ihrer Uniform hübsch und entschlossen aus, und ihr Gesicht zeugte von gesundem Menschenverstand und Gutmütigkeit. Melanson war also in guten Händen. Sarah nickte Drummond zu, und sie gingen gemeinsam den Wagen holen.

»Es gibt eigentlich keinen Grund, Lieutenant Harris im Voraus wissen zu lassen, was wir vorhaben, oder? Sie sind nicht mehr im Dienst und ich bin schließlich die Testamentsvollstreckerin.«

Sarah wusste, dass sie drauflos plapperte, als sie sich dem Wagen näherten. Glücklicherweise stand er nicht weit vom Eingang entfernt. Sie musste sich selbst die ganze Zeit einreden, dass diesmal nichts Schlimmes passieren konnte. Womit sie auch Recht hatte, mit Ausnahme der Tatsache, dass das Essen im Café nach ein oder zwei Tagen mit Miriams Kochkunst ziemlich fad schmeckte. Da Drummond lediglich ein Frühstück im Krankenhaus zu sich genommen hatte, war er natürlich ganz anderer Meinung. Sarah drängte ihn, noch etwas zu bestellen, woraufhin er wegen des Kaliums einen Banana Split wählte. Er verputzte alles, wie es sich für einen guten Polizisten gehörte, während sie sich mit einer Tasse Kaffee zufrieden gab und überlegte, ob sie Mrs. Fortune nicht doch wegen eines Termins hätten anrufen sollen. Aber dazu war es jetzt zu spät. Sarah bezahlte die Rechnung und stand auf, um zu gehen.

Kapitel 23

»Ist Mrs. Fortune zufällig frei? Würden Sie ihr bitte bestellen, dass Mrs. Bittersohn und Officer Drummond sie gern ein paar Minuten gesprochen hätten?«

Glücklicherweise war Mrs. Fortune in der Tat frei und heute sogar etwas besser gelaunt. »Tja, so sieht man sich wieder. Jetzt sagen Sie bloß, Sie haben schon wieder einen Schlüssel gefunden, Mrs. Bittersohn.«

»Nein, zwei sind schon mehr als genug, das reicht mir voll und ganz. Vermutlich sollte als Nächstes die Inventur auf dem Programm stehen, aber momentan habe ich eigentlich nur eine Frage an Sie. Könnten Sie mir wohl sagen, wann Mrs. Tawne zum letzten Mal nach ihrer Kassette gesehen hat? Ich glaube, es war am 31. August dieses Jahres, aber ich bräuchte Ihre Bestätigung. Waren Sie an diesem Tag hier?«

»Lassen Sie mich mal nachsehen. Das war ein Mittwoch. Ja, eigentlich müsste ich hier gewesen sein.« Sie blätterte in ihrem Terminkalender. »Richtig, sie ist ungefähr um die Mittagszeit hergekommen. Ich erinnere mich daran so genau, weil ich um halb eins eine Freundin zum Essen treffen wollte, und wusste, dass Mrs. Tawne wie immer ein Riesentheater veranstalten würde, egal was sie wollte. Diesmal hatte sie eine Einkaufstasche, eine dieser bunten, die man im Schreibwarengeschäft bekommt. Mit einem großen Nikolaus und Stechpalmzweigen und so auf den Seiten. Und voller Weihnachtsgeschenke. Jedenfalls nahm ich dies an, denn sie waren alle in Weihnachtspapier eingepackt und mit schmalen roten Bändern dekoriert, aus echtem Satin mit Picotkante. Ich fand, dass sie ziemlich früh dran war mit ihren Vorbereitungen, aber natürlich habe ich nichts gesagt.«

»Hat sie etwas gesagt?« Sarah wusste selbst nicht, warum sie diese Frage stellte. Dolores hatte sicher etwas zu sagen gewusst.

»O ja«, antwortete Mrs. Fortune. »Sie hat in einem fort von einer alten Freundin erzählt, der sie einen ganz besonderen Gefallen tun sollte. Angeblich war sie der einzige Mensch, der dazu in der Lage war und so weiter und so fort. Ich wollte nur, dass sie mir endlich ihren Schließfachschlüssel gab und ich meinen Teil erledigen konnte. Aber sie kramte ewig lange in dem großen Ledersack herum, den sie immer bei sich hatte, bis ich dachte, gleich fang ich an zu schreien. Schließlich sagte sie: ›So ein Mist! Ich habe keine Zeit, nochmal zurückzugehen. Dann muss ich eben den hier benutzen.‹«

»Welchen Schlüssel meinte sie?«

»Gute Frage. Zum damaligen Zeitpunkt dachte ich, sie würde nur wieder eine ihrer Shows abziehen. Ich muss zugeben, dass ich es damals nicht verstanden habe, weil wir unseren Schließfachbesitzern immer Zweitschlüssel geben, wie Sie wahrscheinlich wissen. Jedenfalls hat sie noch ein bisschen in ihrer Tasche herumgekramt und schließlich ihren normalen Schlüssel herausgezogen. Ich habe die Kassette für sie herausgenommen und eine der Kabinen für sie geöffnet. Sie hat sich hineingezwängt, mitsamt Nikolaustüte, Kassette und Handtasche, wenn man etwas von der Größe einer Briefträgertasche überhaupt als solche bezeichnen kann. Dann hat sie die Tür abgeschlossen und eine wahre Ewigkeit gebraucht, um die Päckchen von der Tasche in die Kassette zu packen. Ich nehme jedenfalls an, dass sie das getan hat, denn sie kam mit der leeren Tasche wieder heraus. Und die Kassette war sehr viel schwerer, als ich sie zurücklegte. Meine Verabredung musste ich natürlich platzen lassen. Mrs. Tawne ist einfach abgerauscht, ohne sich auch nur die Mühe zu machen, sich von mir zu verabschieden. Ich hätte sie am liebsten – na ja, ich sage besser nicht, was mir damals alles durch den Kopf gegangen ist.«

»Ich kann Sie sehr gut verstehen«, sagte Sarah. »So hat sie auf fast jeden gewirkt, falls Sie das irgendwie tröstet. Vielen Dank, Mrs. Fortune, Sie haben mir sehr geholfen. Ich werde mit

Mrs. Tawnes Anwalt wiederkommen, sobald er mit Ihrer Bank einen Termin für die Inventur vereinbart hat. Und ich werde dafür sorgen, dass dieser Termin nicht mit Ihrer Mittagspause kollidiert. Ist übrigens inzwischen jemand mit dem zweiten Schlüssel für die LaVerne-Kassette aufgetaucht?«

»Nein, noch nicht. Aber das wird schon noch kommen, darauf können Sie wetten.«

Ein anderer Schließfachbesitzer forderte Mrs. Fortunes Aufmerksamkeit, und Sarah und ihr Bodyguard verstanden den Wink. Als sie die Bank verließen, fragte Drummond: »Haben Sie herausgefunden, was sie erfahren wollten, Mrs. Bittersohn?«

Sarah zuckte mit den Achseln. »Ich habe Angst, ja zu sagen, aber nein würde auch nicht stimmen. Meine Vermutung geht dahin, dass derjenige, der Dolores die Tasche mit den angeblichen Weihnachtsgeschenken gegeben hat, sie instruiert hat, die Sachen in die LaVerne-Kassette zu legen. Sie war seit Jahren unbenutzt und ist wahrscheinlich nur für diesen Zweck gemietet worden.«

»Ganz schön verrückt, was?«

»Sie kennen anscheinend keine Sammler. Ein wirklich leidenschaftlicher Sammler wartet unter Umständen sein halbes Leben lang oder noch länger und macht die unglaublichsten Klimmzüge, nur um ein bestimmtes Objekt zu bekommen, an dem sein Herz hängt. Aber wie dem auch sei, eigentlich wollte ich nur sagen, dass Mrs. Tawne vor lauter Aufregung darüber, dass ihre alte Bekannte wieder eine besondere Mission für sie hatte, den richtigen Schlüssel für die LaVerne-Kassette zu Hause vergessen hatte. Wenn man bedenkt, wie lange sie den Schlüssel schon verwahrte, kann es durchaus sein, dass sie nicht mehr genau wusste, wo sie ihn hingelegt hatte. Sie war sicher wahnsinnig in Eile, das war sie eigentlich immer. Und statt eine halbe Stunde lang in dem Riesensack zu kramen, den sie immer bei sich trug, oder nach Hause zu gehen und den Schlüssel dort zu suchen, hat sie vielleicht spontan entschieden, die Päckchen so lange in ihre eigene Kassette zu legen. Sie konnte sie schließlich später immer noch umpacken, wenn sie mehr Zeit hatte. Doch dann kam auch schon die nächste Krise, und sie vergaß die Weihnachtspäckchen. Was für Dolores durchaus typisch war.«

»Sie war ein bisschen exzentrisch, oder?«

»Eigentlich nicht. Sie halste sich nur ständig mehr auf, als sie bewältigen konnte. Und das Letzte war natürlich immer das Dringendste. Und jetzt liegen die Dinger in ihrem Schließfach, und ich weiß nicht, was ich damit machen soll. Und die arme Dolores wartet darauf, in ein Häufchen Asche verwandelt zu werden. Wenn es nicht schon längst passiert ist. Ich muss unbedingt mit dem Bestatter sprechen. Wahrscheinlich hat derjenige, der sie am Sonntagnachmittag ermordet hat, nach dem Motto gehandelt ›Köpfe den Überbringer schlechter Nachrichten‹. Was meinen Sie, Officer Drummond?«

»Ich meine, wir sollten unbedingt Lieutenant Harris einschalten.« Drummonds letzte Worte gingen in einem herzzerreißenden Gähnen unter. Sarah hatte Mitleid mit ihm.

»Und ich meine, Sie sollten auf der Stelle nach Hause gehen und sich ordentlich ausschlafen. Nehmen Sie die Bahn nach Watertown. Ich rede mit dem Lieutenant. Wissen Sie zufällig, wo es hier einen Münzfernsprecher gibt, der funktioniert?«

Drummond gähnte erneut und zeigte ihr einen. Sarah suchte nach einem Vierteldollar und rief im Polizeipräsidium an. Sie erfuhr von dem Dienst habenden Beamten, dass Lieutenant Harris sich im Wilkins-Museum befinde, was ihr gut passte. Sie hatte ein quasi-mütterliches Auge auf Drummond, wartete, bis er sicher die Treppe zur U-Bahn hinuntergegangen war, und begab sich zu dem Wagen, den Ira für sie besorgt hatte. Auf der Windschutzscheibe prangte ein Knöllchen. Sarah überlegte sich, ob sie es rahmen und Officer Drummond als Erinnerungsstück überlassen sollte, aber er hatte in seinem Leben zweifellos schon genug Knöllchen gesehen.

In der Nähe des Museums gab es einen gebührenpflichtigen Parkplatz. Sie löste ihren Parkschein wie jeder andere pflichtbewusste Bürger und ging zum Museum, wobei sie bemerkte, dass der Wagen von Harris vorschriftswidrig vor dem Eingang parkte. Genau dahinter stand ein eindrucksvolles Gefährt, das sicher Elwyn Fleesom Turbot gehörte. Sarah hörte sein Gebrüll bereits, bevor sie auch nur den Fuß ins Foyer gesetzt hatte. Warum war Turbot nicht in irgendeiner skrupellosen Anwaltskanzlei und versuchte, jemanden zu finden, der niederträchtig genug war, seine verbrecherischen Zwillinge zu vertreten? Sie übersah ihn geflissentlich.

»Oh, da sind Sie ja, Lieutenant Harris. Ich habe ein paar Informationen für Sie. Officer Drummond meint, Sie sollten sie so schnell wie möglich erfahren. Können wir hier irgendwo in Ruhe reden?«

»Sie können ruhig in meiner Gegenwart reden«, knurrte Turbot. »Ich bin zufällig für dieses Museum hier zuständig, falls Sie das vergessen haben sollten.«

Diese Einleitung war so gut, dass Sarah nicht widerstehen konnte. »Ganz im Gegenteil, Mr. Turbot«, antwortete sie mit zuckersüßer Stimme. »Ich vergesse nur selten etwas. Momentan erinnere ich mich gerade an die Klage wegen falscher Anschuldigung, die Joseph Melansons Anwalt gegen Sie erwirken wird. Und falls er sich von der unmenschlichen Behandlung, die Sie ihm haben angedeihen lassen, nicht erholen sollte, wird man Sie des Totschlags, wenn nicht gar des Mordes anklagen.«

»Was zum Teufel soll der Quatsch? Der Mann hat doch schließlich gestanden, oder etwa nicht? Das können Ihnen die anderen Wächter bestätigen, sie waren nämlich alle Zeugen. Ich habe Melanson ins Gefängnis gebracht, weil er ein gottverdammter Mörder ist.«

»Nein, das haben Sie nicht, Mr. Turbot. Sie haben einen Unschuldigen ins Gefängnis gebracht, weil sie ein ungehobelter Flegel sind, der dem Personal unbedingt beweisen wollte, was für ein tougher, starker Kerl der neue Boss ist. Sie haben sich Melanson als Opfer ausgesucht, weil Sie wussten, dass er sich am leichtesten einschüchtern lässt. Jeder, der auch nur halbwegs klar sehen kann, hätte erkannt, dass Joseph Melanson ein extrem pflichtbewusster Mensch ist, der in ständiger Sorge lebt und sich vor seinem eigenen Schatten fürchtet. Er hätte Dolores Tawne genauso wenig umbringen können wie eine Maus eine Katze.«

»Und ob er das konnte! Er hat es ja verdammt nochmal gestanden! Genau an der Stelle, wo Sie sich gerade befinden.«

»Das weiß ich. Nachdem Sie ihn vor all seinen Kollegen angebrüllt, eingeschüchtert und gedemütigt hatten, hätte Melanson sogar gestanden, ihre Urgroßmutter vergewaltigt zu haben, nur um Ihre scheußliche Stimme nicht mehr hören zu müssen. Ich habe ihn vorgestern Abend im Gefängnis gesehen, Lieutenant Harris übrigens auch, der Mann war wie erstarrt. Wenn er die Nacht ohne medizinische Versorgung allein in seiner Zelle geblieben wäre, hätte man ihn höchstwahrscheinlich gestern Morgen tot vorgefunden.«

»Mir kommen gleich die Tränen. Der Mistkerl hat doch nur simuliert.«

»Ganz im Gegenteil. Wir waren beide bei Mr. Melanson, als er einen Herzanfall bekam. Glücklicherweise ist ein Krankenhaus in der Nähe, so dass er rechtzeitig behandelt werden konnte. Gestern durfte ich ihn nicht sehen, Lieutenant Harris, aber dafür war ich heute Morgen bei ihm.«

»Wie geht es ihm denn?«

»So lala. Er liegt natürlich noch auf der Intensivstation und ist immer noch sehr schwach. Sein Herz ist nicht in Ordnung. Ich habe erfahren, dass er seit einiger Zeit von seinem Hausarzt entsprechend behandelt wird. Er hat ein Digitalispräparat in seinem Spind, das er regelmäßig morgens, mittags und nachmittags während der Pausen eingenommen hat. Oder eingenommen hätte, wenn Mr. Turbot ihn nicht durch seine hysterische

Show daran gehindert hätte. Melansons Herzattacke scheint durch eine Kombination von Faktoren ausgelöst worden zu sein. Einerseits das fehlende Medikament, und dazu noch der Schock, für ein Verbrechen verhaftet zu werden, das zu begehen er gar nicht in der Lage gewesen wäre. Momentan steht sein Leben auf der Kippe. Aber ich konnte im Krankenhaus ein paar Worte mit ihm wechseln.«

»Wollten Sie darüber mit mir sprechen?«, erkundigte sich Harris.

»Ja, genau. Vielleicht können wir in die Kapelle gehen, falls Mr. Turbot so freundlich ist, uns zu entschuldigen. Es gibt dort unter der Woche nur selten Besucher. Mir ist es lieber, wenn uns keiner zuhört.«

Turbot weigerte sich hartnäckig, ausgeschlossen zu werden. Sarah entschied, dass es keinen Sinn hatte, eine Szene zu machen. Die mit dunkelbraunem Holz verkleideten Wände und die schweren Kerzenleuchter, die dringend einer Reinigung bedurften, auf die sie wahrscheinlich ohne Dolores noch lange warten konnten, boten den passenden ernsten Rahmen. Sie setzte sich auf einen der geschnitzten Eichenstühle und forderte Harris mit einer Handbewegung auf, sich auf den Stuhl neben sie zu setzen.

»Melanson hat mir etwas über Dolores Tawne erzählt. An dem Freitag vor ihrer Ermordung bekam sie einen Anruf von einer alten Bekannten, von der sie seit vielen Jahren nicht gehört hatte. Die Anruferin bat sie, ihr einen Gefallen zu tun. Einen recht kleinen, mit dem sie aber nur eine wahre und zuverlässige Freundin betrauen könne. Dolores, die immer stolz auf ihre Zuverlässigkeit und Aufrichtigkeit war, erklärte sich sofort einverstanden.«

»Verdammt dämlich«, knurrte Turbot.

Sarah schenkte ihm keine Beachtung. »Jedenfalls lief es darauf hinaus, Lieutenant Harris, dass besagte Freundin ihr einige Päckchen zukommen ließ, die sie in einem ganz bestimmten

Schließfach aufbewahren sollte. Es war seit langem ungenutzt, und Dolores besaß den Schlüssel. Ein Bote brachte die Sachen am Morgen ins Museum. Sofort nach Erhalt sollte Dolores die Päckchen zur Bank bringen und in die leere Kassette legen.

Doch Dolores war so aufgeregt über die interessante Mission, dass sie Melanson die Tasche zeigte, in der sich die Gegenstände befanden, die sie beide für Weihnachtsgeschenke hielten. Melanson beschreibt sie als hübsche kleine Päckchen, in Weihnachtspapier eingewickelt und mit roten Bändchen verziert. Das Ganze spielte sich am 31. August ab. Melanson hat zufällig an diesem Tag Geburtstag und kann sich daher an den Vorfall besonders gut erinnern.«

»Und?« meinte Harris.

»Allem Anschein nach hat Dolores die Päckchen nicht sofort zur Bank gebracht, wie man ihr aufgetragen hatte. Sie erschien nämlich erst gegen Mittag dort. Und dann konnte sie den richtigen Schlüssel nicht finden. Ich habe mit Mrs. Fortune gesprochen, einer Bankangestellten, die für die Schließfächer verantwortlich ist. Sie berichtet, Dolores habe ein Riesentheater gemacht und schließlich beschlossen, ihr eigenes Schließfach zu benutzen, da sie den Schlüssel dabeihatte.«

»Sind wir schon bei der Pointe angelangt, Mrs. Bittersohn?«

»Nur Geduld, Lieutenant. Erinnern Sie sich noch an den Tag, an dem ich absichtlich angefahren wurde und fast getötet worden wäre? Von einem grauen 1989er Toyota mit dem Kennzeichen sieben-fünf-drei-zwei-KG?«

Sarah meinte, Turbot zusammenzucken zu sehen, war sich jedoch nicht sicher. »Es war der Tag, an dem ich mit Officer Drummond in der Bank war, nachdem ich erfahren hatte, dass Dolores mich als Testamentsvollstreckerin eingesetzt hatte. Vielleicht erinnern Sie sich nicht daran, dass ich Ihnen am Telefon von den Krawattennadeln in ihrem Schließfach erzählt habe. Sie waren in Ihrem Streifenwagen, und es klang ganz so, als würde jemand auf Sie schießen.«

»Ah ja, ich erinnere mich sehr gut«, sagte Harris. »An die Schießerei, meine ich. Was die Krawattennadeln betrifft, müssen Sie mein Gedächtnis wohl etwas auffrischen. Sie waren zu dem Zeitpunkt bereits in Mrs. Tawnes Atelier gewesen, richtig?«

»Richtig. Dort habe ich den Schlüssel zu dem Schließfach gefunden, den Sie auch schon entdeckt hatten, und dazu noch einen zweiten Schlüssel, der unter dem Schrankpapier in der untersten Schublade ihrer Kommode lag. Es stellte sich heraus, dass die zweite Kassette in den sechziger Jahren auf den Namen LaVonne LaVerne gemietet worden war. Dolores Tawne hatte seit ungefähr dreißig Jahren die Miete dafür gezahlt, sie jedoch während der ganzen Zeit kein einziges Mal geöffnet. Als Testamentsvollstreckerin musste ich mich natürlich darum kümmern, fand darin aber nur sechs altmodische Hutnadeln aus Stahl und ein paar Fotos von einer merkwürdig kostümierten Frauengruppe, die mein Onkel Jeremy Kelling als die Wilden Witwen identifizierte.«

»Ja, jetzt erinnere ich mich wieder. Die haben Sie schon mal erwähnt. Und wie geht die Geschichte weiter?«

»Da ich Dolores recht gut kannte, nahm ich an, dass sie vielleicht den Auftrag hatte, die Päckchen ungeöffnet in die Kassette zu legen, die wahrscheinlich seinerzeit zu genau diesem Zweck gemietet worden war. Doch da sie sich im Wilkins-Museum um viel zu viele Dinge gleichzeitig kümmern musste, rannte sie schnurstracks zur Bank, ohne an den Schlüssel in ihrer Schublade zu denken. Wahrscheinlich hatte sie ihn schon zu dem Zeitpunkt dort versteckt, als das Schließfach gemietet wurde. Möglicherweise hatte sie auch vergessen, wo sie ihn hingelegt hatte. Sie wollte immer unbedingt alles sofort erledigen, ganz egal wie. Ich kann mir gut vorstellen, dass sie die Päckchen einfach in ihre eigene Kassette legte und schnell zurück zum Museum eilte, weil sie dort eine dringende Aufgabe erfüllen musste, etwa den Pfauen die Krallen schneiden, und darüber das Durcheinander in der Bank völlig vergaß.«

»Durcheinander? Mein Gott! Wenn sie in ihrer Kassette liegen, ohne irgendeine Identifikation – mein Gott! Sehen Sie denn nicht, was diese Frau getan hat, Sie schwachsinnige kleine Irre?«

Turbot tat einen bedrohlichen Schritt auf Sarah zu, doch Harris hielt ihn auf. »Bitte beherrschen Sie sich ein bisschen, Mr. Turbot. Sie waren ja als Testamentsvollstreckerin befugt, alles zu öffnen, was sich in Mrs. Tawnes Kassette befand, Mrs. Bittersohn. Dazu gehörten auch die Päckchen. Haben Sie sie aufgemacht?«

»Nur ein paar«, antwortete Sarah. »Es waren mit Samt bezogene Schmuckschatullen, in jeder lag eine antike goldene Krawattennadel. Eine war mit Smaragden und Opalen in einer aufwendigen Barockfassung verziert, eine andere mit einem Diamanten von vielleicht zehn Karat, abwechselnd von Saphiren und Rubinen umgeben. Ich kann Ihnen nicht sagen, welchen Marktwert sie heute haben, das weiß ich nicht einmal bei den Einzelstücken. Eine komplette Sammlung, und die enthalten die Päckchen meiner Meinung nach, ist möglicherweise noch viel mehr wert, vorausgesetzt, die Steine sind echt. Mein Mann könnte Ihnen einen Schätzwert nennen. Er wüsste wahrscheinlich sogar, wer sie gestohlen hat. Da ich dazu nicht in der Lage bin, hielt ich es für das Vernünftigste, die Päckchen dort zu lassen, wo ich sie gefunden habe. Zumindest bis Mrs. Tawnes Anwalt einen Termin mit mir, der Bankangestellten und jemandem von der Finanzbehörde gemacht hat und wir die Kassette wieder öffnen und den Inhalt auswerten können.«

»Finanzbehörde?« Turbot war inzwischen über das Brüllstadium hinaus und klang wie jemand, der gerade stranguliert wurde.

»Aber sicher, soweit ich weiß, muss immer jemand vom – fangen Sie ihn auf, Lieutenant, er scheint einen Herzinfarkt zu haben.«

Turbot hatte keinen Herzinfarkt. Er war lediglich so überwältigt von seiner eigenen Wut, dass er keine Luft mehr bekam.

Sarah war dafür, ihn vorsichtshalber ins Krankenhaus bringen zu lassen, doch Harris kannte sich mit derartigen Situationen aus. Er vollführte eine geheimnisvolle Variation des Heimlich-Handgriffs, die den Kuratoriumsvorsitzenden ziemlich schnell zurück ins Brüllstadium versetzte. Harris erntete für seine Rettungsaktion natürlich keinen Dank.

»Dieses verfluchte Weib!«, brüllte Turbot. »Wenn sie noch am Leben wäre, würde ich sie eigenhändig umbringen! Geht das denn nicht in Ihren verdammten Kopf …«

»Falls Sie mich meinen, kann ich nur sagen, dass ich Sie sehr gut verstehe«, erwiderte Sarah mit ihrem süßesten Lächeln. »Möchten Sie sonst noch etwas sagen, Mr. Turbot?«

Was Turbot sonst noch zu sagen hatte, gehörte nicht zu der Sprache, die einer Kapelle angemessen war. Sarah war zutiefst dankbar, dass Tante Bodie nicht zu den Anwesenden zählte.

»Bitte sparen Sie sich die Mühe, Mr. Turbot meinetwegen zu verhaften«, teilte sie dem Lieutenant mit. »Der Ärmste hatte in der letzten Zeit eine ganze Reihe von Fehlschlägen zu verkraften. Ich kann mir vorstellen, dass er schrecklich enttäuscht ist, weil seine aufgeweckten Zwillinge seine Anordnung, mich am Montag zu überfahren, nicht befolgt haben. Zweifellos glaubt er auch, dass Officer Drummond zu weit gegangen ist, als er verhinderte, dass ich von der grauen 1989er Toyota-Limousine mit dem Kennzeichen sieben-fünf-drei-zwei-KG überfahren wurde.«

Das hatte Turbot nicht erwartet. »Sie lügen! Das können die Zwillinge unmöglich gewesen sein!«

»Es gab Zeugen, Mr. Turbot. Vergessen Sie nicht, dass es direkt am Kenmore Square passiert ist, und zwar zu einer sehr geschäftigen Tageszeit. So etwas entgeht den Leuten nicht, wissen Sie. Officer Drummond hat das Kennzeichen sofort notiert, nachdem er mich von den Reifen weg auf den Bürgersteig gezogen hatte. Ich habe den Wagen wiedererkannt. Ich habe ihn schon am Sonntagnachmittag gesehen, nachdem ich Ihr Haus verlassen hatte und Sie mir Ihre beiden Cowboys nachgeschickt haben, um mich von der Straße zu drängen. Nur weil ich dummerweise bei Tisch enthüllt habe, dass ich zu viel über gestohlene Gemälde im Allgemeinen und das Wilkins-Museum in Besonderen weiß.«

Sarah war noch nie in ihrem Leben so wütend gewesen. »Sie hätten das dumme kleine Schätzchen nicht so voreilig unterschätzen sollen, Mr. Turbot. Sicher sind Sie jetzt aufgebracht, weil keiner Ihrer beiden Söhne auf Kaution freigelassen wird, weil beide ein ellenlanges Vorstrafenregister haben. Ein sonderlich guter Vater können Sie eigentlich nicht gewesen sein.«

»Ich habe überhaupt keine Kinder, verdammt nochmal! Wie kommen Sie dazu, zu behaupten, diese beiden Hyänen wären meine Söhne? Falls Sie denken, dass ich je – meine Güte, wer ist das denn?«

Zu Madam Wilkins' Lebzeiten hatte es im Palazzo keine Elektrizität gegeben, und es war testamentarisch festgelegt, dass nichts verändert werden dürfe. Daher waren auch jetzt Gaslampen und Kerzen die einzigen Lichtquellen. Hier in der Kapelle standen unterhalb des Altars und links daneben Ständer mit Votivkerzen, von denen aber nur wenige angezündet waren. Vom Inneren der Kapelle aus konnte man im Türrahmen nur die Silhouette einer Frau sehen. Sie war ungefähr so angezogen, wie man es am großen Tag der feierlichen Eröffnung erwartet hätte, als Madam Wilkins zum ersten Mal die Türen ihres Palastes für die Creme de la Creme der Bostoner Gesellschaft geöffnet hatte.

Die Frau wirkte sehr groß, doch dieser Eindruck war vielleicht auf den riesigen Wagenradhut zurückzuführen, den sie hauptsächlich auf einer Seite trug. Ihr Gesicht war von einem dichten schwarzen Schleier verhüllt, dessen Enden sie nach hinten über die Schultern geworfen hatte. Ihr Gewand war bis zu den Hüften eng anliegend und fächerte sich dann zu einer großen Turnüre aus, die ihre Beine verbarg.

Sarah hatte seit einiger Zeit gewusst, dass Lydia Ouspenska beabsichtigte, einige der besonders altersschwachen Rahmen im Museum neu zu vergolden, wenn sich die Gelegenheit dazu bieten sollte. Es würde durchaus zu Lydia passen, sich für diese Arbeit entsprechend zu kostümieren, wie es einst auch Peter Paul Rubens getan hatte. Doch dieses Kostüm war etwas anderes, und Sarah wusste auch, was. Sie griff nach einem der Fidibusse, die Dolores bereitgelegt hatte, um die Votivkerzen damit anzuzünden. Sie entzündete schnell eine ganze Reihe Dochte, bis so viele kleine Flammen brannten, dass man einigermaßen gut sehen konnte. Doch selbst jetzt hatten die Stille und die erschreckende Gestalt, die immer noch bewegungslos in der Tür stand, etwas Gespenstisches.

Sarah wollte jede weitere Hysterie vermeiden. »Lieutenant Harris«, sagte sie ruhig, »darf ich Ihnen Miss LaVonne LaVerne vorstellen? Sie ist die letzte der Wilden Witwen, nehme ich an. Ich weiß zwar, dass Sie niemals sprechen, Miss LaVerne, aber sollten Sie nicht vielleicht doch Ihren Schleier zurückschlagen? Wir würden uns freuen, einen besseren Blick auf Ihre Mona-Lisa-Maske werfen zu können. Ihre alte Freundin Dolores Tawne hat damit ein wahres Meisterwerk vollbracht, nicht wahr? Es ist jammerschade, dass Sie es für nötig hielten, sie zu töten. Ich wundere mich nur, wie Sie es geschafft haben, die Krawattennadeln von Mr. Turbot zu bekommen, ohne ihn vorher umzubringen.«

Sarah hatte keine Ahnung, warum sie so leichtfertig eine Mörderin reizte, die vier Bostoner Polizisten, sechs Wilde Witwen und Gott weiß wie viele andere Menschen umgebracht hatte, einmal abgesehen von der Frau, die ihr Versprechen zwar treu eingehalten, aber sich dummerweise damit gebrüstet hatte. Eigentlich sollte Dolores jetzt hier in der Kapelle sein, den Altar abstauben und das Wachs aus den bereits ziemlich stark verrußten Kerzenhaltern kratzen. Wie Sarah erwartet hatte, war das Fehlen einer ordnenden Hand bereits überall deutlich zu spüren.

Entweder hatte die Wilde Witwe sie nicht gehört oder sie kümmerte sich nicht darum. Jedenfalls ignorierte sie Sarah und glitt lautlos auf Harris zu, wobei ihre schwarz behandschuhten Arme und ihr schwarz gewandeter Körper sich in einem sinnlichen, hypnotischen Rhythmus bewegten. Der Lieutenant stand wie angewurzelt, den Dienstrevolver immer noch im Halfter. Turbot war absolut nutzlos und stand wie ein Ölgötze mit offenem Mund da. Ausnahmsweise gab er diesmal keinen Ton von sich. Sarah schlüpfte aus ihren Schuhen, schlich vorsichtig hinter die Wilde Witwe, stieg auf eine der langen Eichenbänke und blieb so nahe wie möglich bei Harris und Turbot.

Die Witwe schien sich in einem ekstatischen Trancezustand zu befinden. Sie schlängelte sich näher und näher an die beiden gebannten Männer heran, glitt fort, stieß wieder zurück. Sie pirschte sich an ihre Beute heran wie eine Kobra. Von ihrem Platz auf der Bank konnte Sarah den riesigen Hut aus der Vogelperspektive sehen. Sie sah die gekrümmten Rücken der Kämme, die innen in den Hut eingenäht waren und in dem allzu dicken, allzu üppigen rabenschwarzen Haar verankert waren. Es war todsicher eine Perücke. Umso besser.

Die Witwe stand jetzt buchstäblich Brust an Brust mit Harris. Er würde nicht mehr in der Lage sein, seinen Revolver aus dem Achselhalfter zu ziehen, ohne dass sie versuchte, ihm die Waffe zu entwinden. Jetzt drängte sie sich noch enger an ihn, hob ihre schwarz behandschuhte rechte Hand an ihre Kopfbedeckung und tastete nach der Waffe, die sie dort zu finden erwartete. Genau in diesem Moment stülpte Sarah den Wagenradhut zusammen mit der Perücke nach vorn über die Mona-Lisa-Maske, griff mit beiden Händen in den schwarzen Trauerflor, riss ihn nach hinten und zog ihn im Nacken der Witwe zusammen, wobei sie einen Schrei erstickte, der so schrecklich war, dass sie hoffte, etwas Derartiges nie mehr hören zu müssen.

»Hören Sie sofort auf, Miss LaVerne, sonst erwürge ich Sie. Lieutenant, reißen Sie ihr die Maske ab.«

Sarah trat verächtlich gegen den Gegenstand, der aus der Perücke gefallen war. Es war eine schmale Klinge aus poliertem Stahl, etwa achtzehn Zentimeter lang, mit stumpfen Seiten, die in einer schwarzen Plastikkugel von der Größe eines Golfballs endete. »Ist Ihnen als Ersatz für Ihre Hutnadel wirklich nichts Besseres eingefallen, Miss LaVerne? Legen Sie ihr Handschellen an, Lieutenant. Und fesseln Sie ihr die Beine mit dem Schleier, damit sie nicht weglaufen kann. Sie können sich wieder beruhigen, Miss LaVerne, wir haben die sieben Hutnadeln. Die sechs, die Dolores in der Bank aufbewahrt hat, und auch die siebte, mit der Sie die anderen Witwen und Gott weiß wie viele andere Menschen umgebracht haben, bevor die arme Dolores Sie unvorsichtigerweise reizte. Und nur wegen eines Schließfaches, für das sie seit Jahren Ihre Miete bezahlte. Ich fürchte, jetzt ist endgültig Schluss mit den Wilden Witwen, Miss LaVerne.«

Kapitel 24

Peinlich war nur, dass die Letzte der LaVonne LaVernes gleichzeitig auch Mrs. Elwyn Fleesom Turbot war. Und völlig außer sich, was Sarah Kelling Bittersohn nicht weiter überraschte. Als Lala erst einmal begriffen hatte, dass sie in der Falle saß und außer Gefecht gesetzt worden war, begann sie zu reden. Sie redete während der ganzen Fahrt im Polizeiwagen, sie redete auf dem Revier und in der Zelle. Man hätte sie nur mit einer Kugel oder einer Hutnadel zum Schweigen bringen können.

Sarah hörte nicht viel von Lala selbst. Doch Lieutenant Harris war so nett, in der Tulip Street vorbeizuschauen, nachdem er es endlich geschafft hatte, sich von der menschlichen Sprechmaschine loszueisen, um Sarahs Zeugenaussage aufzunehmen und sich von Charles einen wohlverdienten Drink reichen zu lassen.

»Diese Mrs. Turbot ist wirklich nicht normal, das können Sie mir glauben. Sie hat sich mit ihrem damaligen Mann gelangweilt und ein paar Freundinnen, die anscheinend genauso verrückt waren wie sie, dazu überredet, gemeinsam mit ihr aufzutreten. Sie ist übrigens sehr viel älter als sie aussieht, falls Ihnen das nicht aufgefallen ist. Anscheinend konnte sie andere Menschen zu allem überreden, was sie wollte. Sie muss wohl so etwas wie eine Hexe gewesen sein. Ich weiß nicht, wie viele arme Kerle sie geheiratet hat. Meiner Schätzung nach sind es sieben nachweisbare, fünf wahrscheinliche und zwanzig mögliche. Der Rest ist zweifelhaft. Einige haben die Ehe überlebt, bei wie vielen dies nicht der Fall war, weiß ich nicht. Es scheint da eine überdurchschnittlich hohe Zahl von Selbstmorden zu geben, denen wir noch nachgehen müssen. Aber das hilft den armen Teufeln auch nicht mehr.«

»Was ist mit den Zwillingen?«, fragte Sarah.

»Oh, Mrs. Turbot ist ganz schön sauer auf die beiden. Es sind ihre eigenen Söhne, und sie haben sie bitter enttäuscht. Sie haben ihr die Hutnadel gestohlen und zum Büro Ihres Mannes gebracht, weil sie Angst hatten, sie wolle ihren Stiefvater damit umbringen und damit verhindern, dass sie die Herefords erben, für die sie anscheinend eine Schwäche haben. Dass sie versucht haben, Sie zu überfahren, Mrs. Bittersohn, scheint ihnen keinerlei Gewissensbisse zu bereiten. Aber Mrs. Turbot ist stinkwütend, weil Sie so unhöflich waren, den Anschlag zu überleben, nachdem man sich schon die Mühe gemacht hatte, eine Todesanzeige in die Zeitung zu setzen. Irgendwie ist Mrs. Turbot zu dem Schluss gekommen, dass Sie allein an allem schuld sind. Während der Fahrt hat sie eine Riesenszene hingelegt, weil Sie und Dolores Tawne ihr angeblich ihren Schmuck gestohlen haben.«

»Wie das, Lieutenant?«

»Das ist wirklich eine total verrückte Geschichte. Sie hat anscheinend als junges Mädchen Anfang der fünfziger Jahre gehört, wie ihr Vater über einen gewissen Turbot redete, der eine Menge wertvoller Krawattennadeln geerbt hatte. Er bewahrte sie in irgendeinem Versteck auf, wo sie niemand sehen konnte. Was er dann überhaupt davon hatte, weiß ich auch nicht, aber er besaß sie nun mal, und sie wollte sie unbedingt haben, auch wenn sie die Dinger noch nie gesehen hatte. Seine Familie war ziemlich wohlhabend, und er sollte später den Familienbetrieb erben, was alles ziemlich viel versprechend aussah für – Laura, nicht?«

»Kann sein«, meinte Sarah. »Ich kenne sie nur unter dem Namen Lala. Charles, bitte machen Sie Lieutenant Harris noch ein oder zwei Sandwiches und frischen Kaffee. Er hatte einen harten Tag.«

»Genau wie Sie, Mrs. Bittersohn.« Harris nahm sich ein Sandwich. »Vielen Dank, Charles. Das Mädchen hat die Krawattennadeln nie vergessen, aber leider den Besitzer nicht getroffen. Das hat sie nicht davon abgehalten, zwei- oder dreimal zu heiraten und die Wilden Witwen ins Leben zu rufen, um ihre

Langeweile zu bekämpfen. Dabei hat sie Mrs. Tawne kennen gelernt. Vorausschauend wie sie war, hat sie Mrs. Tawne veranlasst, ein Schließfach auf den Namen LaVonne LaVerne für sie zu mieten, das sie eines Tages benutzen wollte, um die kostbaren Krawattennadeln dort in Sicherheit zu bringen. Sie wollte sie Turbot abnehmen, wenn sie ihn erst mal in ihren Klauen hatte.«

»Dann hat sie also immer wieder geheiratet und die armen Kerle um die Ecke gebracht, während sie nur darauf wartete, dass ihr der richtig dicke Fisch ins Netz ging?«, fragte Jeremy Kelling.

»Darauf läuft es wohl hinaus, Mr. Kelling. Wie Sie sich vorstellen können, musste sie das Land aufgrund ihres merkwürdigen Hobbys ziemlich oft verlassen. Doch schließlich ist sie zurückgekommen und hat irgendwo bei einem Wohltätigkeitsball ausgerechnet Mr. und Mrs. Elwyn Turbot kennen gelernt. Sie überprüfte, ob es wirklich der Turbot mit den Krawattennadeln war, und wetzte ihre bewährte alte Hutnadel. Zwei Monate später war Turbot Witwer. Es war wirklich erschütternd«, meinte Harris nachdenklich. »Da saßen wir alle im Polizeiwagen, die Frau redete wie ein Wasserfall, und der Mann sagte die meiste Zeit keinen Ton. Aber als sie auf die verstorbene Mrs. Turbot zu sprechen kam, war der arme Kerl wirklich fertig. ›Du hast Agnes umgebracht?‹, schrie er. ›Verdammt nochmal, Lala, ich *mochte* Agnes!‹«

Kapitel 25

Die Frage, ob man aus den Zwillingen, die von ihrer Mutter einer so tief greifenden Gehirnwäsche unterzogen worden waren, je normale menschliche Wesen machen konnte, wurde dank einer Gruppe Psychiater schon bald überall heiß diskutiert. Ob Lala Turbot jemals etwas anderes als eine besonders verführerische Massenmörderin gewesen war oder hatte sein wollen, konnte leider nicht mehr diskutiert werden, denn sie hatte sich in eine rasende Wahnsinnige verwandelt, die nur durch starke Medikamente und physische Zwangsmaßnahmen ruhig gestellt werden konnte.

Die Totenscheine der sechs anderen LaVonne LaVernes, die näher zu untersuchen Sarah Lieutenant Harris bereits ganz am Anfang nahe gelegt hatte, waren ebenfalls inzwischen Allgemeingut geworden und gaben den Medien Gelegenheit, eine verlängerte *Walpurgisnacht* zu feiern, wie sie Boston seit der Panik wegen des Würgers seit Anfang der Fünfziger nicht mehr erlebt hatte. Sarah war an alledem nicht interessiert, sie hatte wichtigere Dinge im Kopf.

Max war inzwischen aus Argentinien zurück, gesund und munter und gerade noch rechtzeitig, um den Hang in Ireson's Landing in herbstlicher Farbenpracht leuchten zu sehen, Frau und Sohn wieder in den Armen zu halten, Sarah die wiederbeschafften Watteaus zu zeigen und sich einen leicht geschönten Bericht über die Ereignisse am Wilkins-Museum anzuhören. Brooks, Theonia und Jesse waren zurück von ihrer Reise, die sich als ebenso informativ wie lukrativ erwiesen hatte. Jesse hatte bewiesen, dass er in der Lage und willens war, Max einiges an Reisen abzunehmen, so dass ihm mehr Zeit für seine Familie blieb.

Miriam und Ira waren vom See nach Hause zurückgekehrt und bereiteten alles für Mikes Hochzeit vor. Iras Geschenk für das Brautpaar war ein 1956er Ford Thunderbird, den er eigenhändig hervorragend restauriert hatte. Miriams Geschenk bestand aus einem wundervollen Set hochmoderner Küchenutensilien und einem Buch mit eigenen Kochrezepten, damit die frisch Vermählten zumindest in puncto Ernährung den bestmöglichen Start hatten. Die Großeltern Rivkin und Bittersohn legten mit Max und Sarah zusammen, um die bereits vor einiger Zeit begonnene Renovierung von Sarahs ehemaligem viktorianischem Kutscherhaus zu Ende zu bringen. Die frisch Vermählten konnten das Gebäude das ganze Jahr über nach Bedarf so lange nutzen, bis sie vielleicht lieber irgendwo anders leben wollten. Was wahrscheinlich nie der Fall sein würde, denn, wie Mutter Bittersohn so vernünftig darlegte, warum sollten sie?

Max hatte eigentlich erwartet, dass die Rückgabe der gestohlenen Watteaus gleichzeitig das Ende seiner Geschäftsbeziehungen mit dem Wilkins darstellen würde, doch stattdessen fand er einen Scherbenhaufen vor. Die Hüterin des Museums war ermordet worden, und der gerade erst gewählte Kuratoriumsvorsitzende hatte aufgrund seiner Verbindung zu einer Mörderin zurücktreten müssen. Tizians eindeutig echtes Original von der Schändung der Lucretia war endlich gefunden worden, und zwar auf Anregung von Mrs. Sarah Kelling Bittersohn. Es stand in Turbots Stall, und zwar versteckt hinter der unzüchtigen Parodie einer ländlichen Tanzszene, die auf Jahrhunderte alte Planken gemalt worden war, die eine bessere Behandlung verdient hätten. Turbot versuchte sich damit herauszureden, er habe Lucretia nur dort untergebracht, um einem Freund einen Gefallen zu erweisen. Doch inzwischen zweifelte man an seiner Glaubwürdigkeit.

Turbot bekam ein weiteres Problem, als Max mit einer detaillierten Monographie über die Turbotsche Krawattennadelsammlung aufwartete, die vor sechsundvierzig Jahren privat publiziert worden war und einen traurigen, kurzen, in Bleistift verfassten Nachtrag mit dem Datum enthielt, an dem die

Sammlung wie vom Erdboden verschwunden war. Der Großonkel, von dem Turbot sie angeblich geerbt hatte, war schon lange tot, und es schien keinen Beweis dafür zu geben, dass der junge Elwyn seinen eigenen Urgroßvater bestohlen hatte, doch es sprach auch nichts dagegen. Max befürchtete einen Famlienzwist vom Ausmaß der Eustace Diamanten und war heilfroh, dass er mit der ganzen Sache nichts zu tun hatte.

Was das Personal am Wilkins betraf, falls man es überhaupt als solches bezeichnen konnte, erwies sich Vieuxchamp als geknicktes Rohr, und die von Dolores eingestellten Wächter waren genauso unfähig wie er. Der einzige, der wusste, was zu tun war und wie man es anfangen musste, war der zurückhaltende Veteran, den Vieuxchamp und seine Vasallen verächtlich mit dem Spitznamen Milky belegt hatten.

Joseph Melanson hatte seine rechtswidrige Verhaftung und seine Herzattacke inzwischen gut überstanden. Er kam zwar nicht gerade als neuer Mensch aus dem Krankenhaus, war jedoch eindeutig interessanter geworden. Die Tatsache, dass er dem Tod gerade noch einmal entronnen war, und die freundliche Behandlung, die man ihm hatte zukommen lassen, gaben ihm neuen Lebensmut. Ohne einen tyrannischen Vorgesetzten und mit der moralischen Unterstützung seines alten Freundes Brooks und dessen wunderschöner Gattin Theonia, die ihm über die Teetassen hinweg freundlich zugurrte, konnte er endlich seine Schüchternheit ablegen. Gelegentlich gab er sogar Anekdoten über das Museum zum Besten, in dem er schon so lange Teil des Inventars war. Sie waren stets interessant, häufig lustig und manchmal sogar ein winziges bisschen gewagt.

Im Museum hatte sich alles verändert. Das entkräftete Kuratorium hatte einstimmig beschlossen, dem fähigsten und angesehensten Angestellten die Stelle zu geben, die früher Mr. Fitzroy innegehabt hatte. Der ehemalige Milky wurde jetzt von allen Mr. Melanson genannt. Eine Ausnahme machte nur der unmögliche Vieuxchamp, der ihn frech Joseph nannte und ihm überallhin folgte, um den anderen Wächtern zu beweisen, dass eigentlich er, Vieuxchamp, der richtige Mann für diese Aufgabe war. Doch davon ließ sich niemand täuschen.

Dennoch fehlte dem Wilkins immer noch ein neuer Kopf. Max Bittersohn wurde diese Position oder auch jede andere Position, die er gerne gehabt hätte, angeboten, doch er lehnte ab. Ein Museum, dessen Exponate fast vor einem Jahrhundert erstanden worden waren und genau dort bleiben mussten, wo Madam Wilkins sie dereinst hingestellt oder -gehängt hatte, bot einem Mann der Tat in der Blüte seiner Jahre keinerlei Herausforderung. Was dieses Museum wirklich brauchte, war ein Kurator im wahrsten Sinne des Wortes – jemand, der sich um all das kümmerte, was bereits vorhanden war. Da man Sarah am Anfang die Büchse der Pandora gereicht hatte, war es nur passend, dass sie jetzt auch den Deckel dazu fand. Was ihr auch gelang.

»Wir sind aus dem Schneider, Max. Ich habe sie gefragt, und sie ist einverstanden.«

»Wer ist womit einverstanden?«

»Tante Bodie natürlich. Sie ist die ideale Vorsitzende für das Kuratorium. Sie war jahrelang Führerin im Museum of Fine Arts und Vorsitzende von unzähligen Komitees und Wohltätigkeitsvereinen. Sie hat das Wilkins bestimmt in ein paar Monaten wieder auf Vordermann gebracht, und dann läuft alles wie geschmiert. Sie wird die Freunde und Förderer der Madam ins Leben rufen, Teepartys für die Redakteure sämtlicher Klatschspalten geben und eine Kampagne veranstalten, die dem Palazzo in null Komma nichts wieder schwarze Zahlen beschert. Du wirst schon sehen.«

Max war nicht überzeugt. »Für eine Frau, die immer noch einen beige-grauen 1946er Daimler fährt, ist das eine ziemlich anstrengende Pendelei, wenn du mich fragst.«

»Sie muss nicht fahren. Sie will ihre Riesenarche von Haus ohnehin verkaufen, weil weder ihre Kinder noch Kindeskinder Lust haben, darin zu wohnen, und zieht in den Palazzo um.«

»Wie bitte?«

»Wie alle übrigen scheinst auch du vergessen zu haben, dass Mrs. Wilkins im obersten Stockwerk ein Apartment hatte. Es war für die Öffentlichkeit noch nie zugänglich und gehört offiziell auch nicht zum Museum. Daher kann sie einfach einziehen und tun und lassen, was sie will. In einem vernünftigen Rahmen, versteht sich, aber Tante Bodie war schon immer sehr vernünftig. Es gibt einen winzigen Aufzug vom Keller zum Penthouse, was ebenfalls zu den Dingen gehört, an die sich keiner erinnert. Tante Bodie wird dafür sorgen, dass er wieder einwandfrei funktioniert.«

»Toll, dann kann sie die Leute für einen Dollar für einen guten Zweck damit fahren lassen. In welchem Zustand ist das Apartment? Oder sollte ich das lieber nicht fragen?«

»Eigentlich in einem ganz guten. Dolores hat darauf geachtet, dass es regelmäßig geputzt wurde. Die sanitären Anlagen sind zwar eine Katastrophe. Die antiken Bostoner Feingewindeleitungen aus der Zeit, als der Palazzo gebaut wurde, sind natürlich in einem beklagenswerten Zustand, das Zink in der Messinglegierung verrottet nur so. Das ganze System löst sich schon vom Hinsehen in seine Bestandteile auf. Aber Tante Bodie will auf eigene Kosten überall Kupferrohre einbauen lassen. Falls Madam Wilkins' Geist erscheint, um zu protestieren, wird er bei Tante Bodie nicht weit kommen.«

»Das kann ich mir gut vorstellen«, sagte Max. »Und wie steht es mit Licht und Heizung? Sie wird doch wohl keine Elektrizität dort einführen, oder?«

»O nein, das würde sie nie tun. Sie behauptet, es mache ihr nicht das Geringste aus, bei Gaslicht zu lesen und das Apartment mit Gasbrennern und Kohlen zu heizen. Das bedeutet allerdings, dass man das ganze Museum heizen muss, damit die Leitungen nicht einfrieren, doch Tante Bodie übernimmt die Kosten, bis das Museum wieder solvent ist. Du weißt ja selbst, dass sie steinreich ist, auch wenn sie nicht so aussieht.«

»Dann kann man ja nur sagen: ›Ende gut, alles gut‹.«

Mit Ausnahme der Tatsache, dass Dolores Agnew Tawne tot war. Sarah wusste immer noch nicht genau, wie ihre Gefühle für Dolores aussahen, auch wenn sie in den wenigen ruhigen Momenten, die ihr vergönnt gewesen waren, tief in sich hineingehorcht hatte. Die Presse hätte Dolores zweifellos bis aufs Blut gegeißelt, wenn ans Licht gekommen wäre, dass sie eine Verbündete der Wilden Witwen und die Meisterfälscherin gewesen war, die das Wilkins zum allgemeinen Gespött gemacht hatte. Und irgendwie wäre es bestimmt ans Licht gekommen. Lala LaVonne LaVerne hätte sich schon darum gekümmert, wenn sie nicht wahnsinnig geworden wäre. Warum gab es eigentlich immer willige Opfer, die anscheinend nur darauf warteten, dass jemand auf der Bildfläche erschien, um sie zu quälen? Sarah entschied, nicht weiter über das Thema nachzudenken.

»Weißt du, dass ich Dolores' Atelier durchsuchen musste, Max? Eins konnte ich nicht verstehen: Was hatte sie mit all den Kopien gemacht, die du ihr zurückgegeben hattest? Doch dann hat mir Joseph Melanson die Augen geöffnet. Es hat sich herausgestellt, dass er ein ziemlich großes Haus in West Roxbury besitzt, das er von seiner Mutter geerbt hat. Aus einigen Dingen, die er erwähnt hat, und einigen, die er nicht erwähnt hat, habe ich geschlossen, dass Mrs. Melanson eine Art Blutsauger gewesen sein muss. Das erklärt vielleicht, warum er sich all die Jahre in den hinteren Räumen des Wilkins versteckt hat. Jedenfalls hatte Dolores die grandiose Idee, dass Joseph ihr das Haus überschreiben und in ein Museum verwandeln sollte, wo die Bilder, die sie für das Wilkins gemalt hatte, als Dauerexponate ausgestellt werden konnten.«

»Und wo sollte der Ärmste wohnen? In einem gemieteten Hausboot?«

»Gute Frage. Ich glaube nicht, dass sie sich darüber viele Gedanken gemacht hat. Glücklicherweise war Joseph vernünftig genug, sich nicht darauf einzulassen. Doch er hat einige ihrer

Bilder in seinem Wohnzimmer aufgehängt, um Dolores wenigstens vorübergehend ruhig zu stellen. Seine Idee ist es, die Bilder an Schulen zu verleihen. Man kann sie im Kunstunterricht wunderbar als Anschauungsmaterial benutzen. Man könnte den Schulen jeweils einige Bilder zur Verfügung stellen, dorthin bringen und den Lehrern Informationsmaterial geben, das sie wiederum den Schülern auf interessante Weise vermitteln. Die Bilder können eine Zeit lang im Klassenzimmer hängen, so dass die Kinder im Gegenzug zu ihrem ständigen dummen Fernsehkonsum ein Gefühl für richtige Bilder bekommen. Ich denke, Melanson sollte sich mit Tante Bodie zusammensetzen und alles besprechen, meinst du nicht?«

»Sicher.« Max nahm seine Frau in seine Arme. »Du hast mich also nicht mal vermisst. Trotzdem, gut gemacht, *Fischele*. Und was hast du als Zugabe geplant?«

Sarah sagte es ihm. Max war nicht gerade glücklich darüber, doch er fügte sich.

Der Herbst verabschiedete sich mit aller Farbenpracht, die verwelkten Chrysanthemen im Hof des Wilkins machten Platz für Efeu und Stechpalmen und Töpfe mit roten, rosafarbenen und weißen Weihnachtssternen. Dann kam Neujahr, und es war Zeit, das Museum für die jährliche dreimonatige Ruhepause zu schließen, während der alles das erledigt werden musste, was entweder halbherzig oder gar nicht getan worden wäre, wenn Boadicea Kelling nicht an Ort und Stelle gewesen und gemeinsam mit ihren besten Angestellten das Staubtuch geschwungen hätte. Nachdem die tristen Wände wieder in ihren ursprünglichen Farben leuchteten, die verrotteten Vorhänge durch neue, eigens in denselben Farben und Mustern gewebte Stoffe ersetzt worden waren, wie sie Madam Wilkins dereinst ausgesucht hatte, die stumpf gewordenen Vergoldungen durch Lydia Ouspenskas geschickte Hände neuen Glanz erhalten hatten, und alles wieder so hell und schön war, wie damals, als sich das Museum den ehrfürchtigen Gästen bei Madam Wilkins Eröffnungsfeier präsentiert hatte, wurde eine Gala zur Wiedereröffnung geplant, bei der eine Spendenaktion ins Leben gerufen werden sollte, von der die Madam nicht einmal geträumt hätte, die sie jedoch sicher mit Entzücken erfüllt hätte.

Alle Arbeiten wurden erledigt, und dank Boadiceas ungeheurer Überzeugungskraft sogar rechtzeitig. Jetzt brauchten nur noch die frischen Blumen aus Madams Gewächshaus in die frisch umgegrabenen und wieder aufgefüllten Blumenbeete gesetzt zu werden. Am letzten Montag vor dem Sonntag, an dem die feierliche Wiedereröffnung stattfinden sollte, versammelte sich eine kleine Gruppe von Personen, die alle auf irgendeine Weise mit dem Wilkins zu tun hatten, an der Ecke des Hofes, die Dolores Tawnes Lieblingsplatz gewesen war.

Sie standen auf den mosaikverzierten Wegen, begleitet von Dolores' alten Freunden den Pfauen. Der Kurator, der sie am längsten gekannt hatte, hielt eine kurze Totenrede und sprach ein kurzes Gebet. Dann trat Sarah Kelling Bittersohn vor und öffnete ein kleines Rosenholzkästchen, das normalerweise zu einem der Exponate gehörte. Ehrfürchtig und ein wenig gerührt verstreute sie den Inhalt auf den fruchtbaren Boden und trat wieder zurück. Während die Gärtner die sterblichen Überreste ihrer ehemaligen Mitarbeiterin an der Stelle in die Erde harkten, die sie sich als letzte Ruhestätte auserkoren hatte, befestigte Brooks Kelling eine kleine Messingplakette an der Hofmauer. Die schlichte Inschrift lautete:

Dolores Agnew Tawne
1933 - 1994

Im Gedenken an die begabte Künstlerin, treue Angestellte und unerschütterliche Freundin des Wilkins-Museums

Sie haben einen solchen Namen hinterlassen, dass man noch heute von ihnen erzählt und sie lobt

Das war alles. Als sie gingen, fragte Max seine Frau: »Woher hattest du eigentlich das Zitat?«

»Aus den Apokryphen, beziehungsweise aus Bartlett's Zitatenhandbuch«, teilte Sarah ihm mit. »Ich weiß zwar nicht genau, was der Satz bedeutet, aber er schien mir irgendwie genau richtig. Habe ich dir schon erzählt, dass Tante Bodie uns zum Tee in ihren Adlerhorst eingeladen hat? Nur gut, dass die Madam nicht hier ist. Sie ist mit den Kellings nie gut ausgekommen. Aber das gilt auch für viele andere Leute. Komm schon, Schatz, ich glaube, das Wilkins schuldet mir eine Tasse Tee.«

Nachwort

Sarah Kelling Kelling, wie sie in den ersten Bänden von Charlotte MacLeods Boston-Serie noch hieß, war seinerzeit der jüngste Spross der weitverzweigten Kelling-Dynastie. Ihr Vermögen hatte die Familie schon in neuenglischen Kolonialtagen und in der noch jungen amerikanischen Republik mit dem ostasiatischen Fernhandel, u. a. in Tee, gemacht. Seitdem hat sie den fast drei Jahrhunderte alten Reichtum nicht nur bewahrt, sondern noch vermehrt. Hilfreich war da die Sitte, bevorzugt innerhalb des weitverzweigten Clans entfernte Vettern oder Cousinen zu heiraten – zum einen blieben so Vermögen und Mitgift in der Familie, zum anderen heiratete so niemand in die Familie ein, der durch im Blute liegende Fehler oder falsche Erziehung der irrigen Auffassung war, Geld sei zum Ausgeben da und nicht zur Vermehrung.

Deshalb heißt Sarah auch anfänglich Kelling Kelling. Sie selbst gehört einem mittelreichen Zweig der Familie an, immerhin besitzt sie ein eigenes Vermögen, das ihre frühverstorbenen Eltern für sie treuhänderisch angelegt haben. Zur besseren Absicherung wurde sie zudem mit einem Vetter – eher einem Onkel, wenn auch keinem bösen – verheiratet, der aus einem vermögenderen Zweig stammt. Hierfür sprechen zumindest der Besitz eines der traditionellen Stadthäuser im Nobelviertel Beacon Hill und eines Sommersitzes auf großem Grundstück an der Atlantikküste.

Wie es um die Finanzen Alexanders und seiner blinden Mutter wirklich steht, erfährt Sarah erst nach deren plötzlichem Tode (»Die Familiengruft«, DuMonts Kriminal-Bibliothek Bd. 1012). Die bisweilen absurd anmutende Pfennigfuchserei, zu der Sarah erzogen wurde und die sie jetzt als geschäftsführender Haushaltsvorstand unter der Oberaufsicht ihrer Schwiegermutter und der Aufsicht ihres Gatten praktizieren muss, ist

Familienmerkmal – die ganze Sippe lebt nach der Devise, ein gesparter Cent sei ein erworbener Cent, und jede Investition, auch die in einen Hut, ein Paar Strümpfe oder eine Bluse, müsse sich mit Zinseszins rentieren. Doch als sie dann plötzlich allein dasteht, zeigt sich, dass die Lebensführung im Haus auf dem Beacon Hill dank eines düsteren Familiengeheimnisses keineswegs puritanische Marotte, sondern bittere Notwendigkeit war.

In den folgenden Bänden der Kelling-Saga erleben wir die allmähliche, aber unaufhaltsame Emanzipation der Sarah Kelling. An sich strotzen die Kellings, männlich wie weiblich, vor Selbstbewusstsein, hatte doch schon eine Ururgroßtante sich um die Wende von 18. zum 19. Jahrhundert am Londoner Hof mit der Frau von Botschafter Adams gezankt. Jeder Kelling und jede Kelling kann jederzeit jeden sozial unter sich Stehenden – und das sind, abgesehen von einem halben Dutzend anderer alter Familien, alle Bostoner und Restamerikaner – über deren Stellung im Leben belehren, wie das englische Idiom lautet. Bei Sarah war diese Eigenschaft durch eine lieblose Erziehung, bei der ein Kind zwar gesehen, aber nicht gehört werden durfte, und eine eigentümliche Ehe, in der sie, von ihrem Mann höchst unzulänglich abgepuffert zur Sklavin ihrer Schwiegermutter wurde, stark verkümmert – in diesem Band zeigt sie sich erstmals ungebrochen.

Es ist ja auch ihr Roman. Der Mitarbeiterstab der kleinen von Sarahs zweitem Mann Max Bittersohn aufgebauten Detektivagentur für alle Verbrechen rund um die Kunst ist samt Chef in die diversen Himmelsrichtungen ausgeflogen. Abgesehen vom meist stellenlosen Schauspieler Charles, der deshalb en suite den Butler auf Beacon Hill spielt, und diversen Verwandten von Kelling- und Bittersohn-Seite ist Sarah ganz auf sich gestellt.

Das beginnt, als ein zwar reicher, aber vom alten Bostoner Geld über die Schulter (wie bis heute die Kennedys) angesehener Choleriker Kuratoriumsvorsitzender des Wilkins Museums wird und Sarah unter dem Vorwand einer Esseneinladung einbestellt, um sie mit Vorwürfen zu überschütten. Als sie diese ebenso cool wie arrogant – alle Tanten wären stolz auf sie – pariert hat, passiert ein Unglück im Museum Wilkins.

Dolores Agnew Tawne wird tot im Innenhof aufgefunden. Ms. Tawne war, wenn auch nur durch grenzenlose Naivität, in den seinerzeitigen Skandal um das Museum tief verstrickt gewesen (»Madam Wilkins' Palazzo«, Bd. 1035). Danach hatte sie ihre Position durch grenzenlose Ergebenheit gegenüber der Institution, aggressive Dominanz gegenüber deren Mitarbeitern und generellen Übereifer zu einer Art selbstgeschaffener Kustoden- oder Direktorenstelle aufgewertet. Und nun ist sie tot, noch bevor es zum unvermeidlichen Zusammenstoß mit dem ebenso machthungrigen neuen Kuratoriumsvorsitzenden Turbot kommt. Kann das ein Zufall sein? Wieder einmal zeigt sich, dass der Detektiv – und Sarah spielt in diesem Roman diese Rolle – häufig die aufgeworfenen Fragen nicht nur löst, sondern überhaupt erst stellt: Sarah ist es, die der Gerichtsmedizin die entscheidenden Informationen gibt, durch die der Tod der Dorothy Tawnes zum Mordfall wird.

Und nicht nur das – zu ihrer eigenen grenzenlosen Überraschung hat die so jäh Verstorbene ausgerechnet Sarah zu ihrer Testamentsvollstreckerin ernannt. Darauf bezieht sich das Wortspiel im Titel des amerikanischen Originals »The Odd Job«. Wörtlich würde diese Wendung »eine merkwürdige, eine fragwürdige, eine rätselhafte Tätigkeit« bedeuten, aber idiomatisiert ist sie als »Gelegenheitsarbeit« zu lesen. Für Sarah wird die »Gelegenheitsarbeit« als Testamentsvollstreckerin zum merkwürdigen, rätselhaften und fragwürdigen, d. h. Fragen über Fragen aufwerfenden Job. Das beginnt nicht nur mit Dolores Tawnes rätselhaften Tod selbst, sondern auch mit ihrem letzten Wunsch, kremiert zu werden und dann als Asche über die Blumenbeete des Wilkins-Museums ausgestreut zu werden. Sarah weiß, wie schwer diese Bitte zu erfüllen ist, hat sie ihre bestgehasste Tante Mabel doch gelegentlich in die Urne mit der Asche ihrer Eltern blicken lassen, in der Arm- oder Beinknochen noch gut erkennbar waren. Wollen arglose Besucher des Museums beim Gang durch den vielgerühmten Garten wirklich auf Dolores' erkennbares Becken stoßen?

Gravierender als dieses Problem, das sich laut Auskunft der gartenkundigen Cousine Anne mit dem Küchenmixer beheben lässt, wonach die Knochenasche für die Blumenbeete durchaus wohltätig sei, ist der Inhalt zweier Bankschließfächer, den Sarah pflichtgemäß inspizieren muss und der hier nicht verraten werden soll.

Wie Privatdetektive das häufig tun, sieht Sarah Zusammenhänge, die der nüchterneren faktenorientierten Polizei nicht so ohne weiteres einleuchten. Dass sie mit ihren Hypothesen und Vermutungen Recht hat, zeigt die Tatsache zweier unverkennbarer Mordanschläge auf sie, wobei der letztere dem Polizeischutz zum Trotz geschieht. Hier schlägt die Handlung mit wilden Fluchten und noch wilderen Kostümierungen in die Burleske um, zu der Charlotte MacLeods Detektivromane mehr und mehr werden und die ihre Bewunderer diesseits und jenseits des Atlantiks so lieben. Im elften ihrer Boston-Romane macht ihre Autorin die Erfahrung, die schon Sir Arthur Conan Doyle in den achtunddreißig Jahren, in denen seine Holmes-Geschichten erschienen, machte: Irgendwann werden sie zu historischen Erzählungen, und so schreibt sie auch im Vorwort, ihr Boston sei für immer das Boston der achtziger Jahre, so wie es bei Holmes ›für immer 1896‹ ist, wie ein Liebhaber einmal sagte.

Am Ende hat Sarah eine Mordserie mit dazu gehörigem Serienmörder ans Licht gebracht, die die des realen Würgers von Boston fast in den Schatten stellt. Mag diese Lösung auch, gelinde gesagt, ein wenig plötzlich erfolgen – Charlotte MacLeod entschädigt dafür durch den, wie ein Kritiker einmal meinte, gepflegtesten Stil, der derzeit in den USA geschrieben wird, und durch reichen, meist rabenschwarzen Humor.

Gerade in diesem ebenso witzigen wie intelligenten Spiel mit der Gattung wird auch ihr jüngstes Werk zu »einem alles übertreffenden Abenteuer« und gerade in seiner traditionellen Machart zum Inbegriff des »cozy mystery« schlechthin.

Volker Neuhaus

DuMonts Kriminal-Bibliothek

»Knarrende Geheimtüren, verwirrende Mordserien, schaurige Familienlegenden und, nicht zu vergessen, beherzte Helden (und bemerkenswert viele Heldinnen) sind die Zutaten, die die Lektüre zu einem Lese- und Schmökervergnügen machen. Der besondere Reiz liegt in der Präsentation von hier meist noch unbekannten anglo-amerikanischen Autoren.«

Neue Presse/Hannover

Band 1002	John Dickson Carr	**Tod im Hexenwinkel** (November 2001)
Band 1016	Anne Perry	**Der Würger von der Cater Street**
Band 1022	Charlotte MacLeod	**Der Rauchsalon**
Band 1025	Anne Perry	**Callander Square**
Band 1033	Anne Perry	**Nachts am Paragon Walk**
Band 1035	Charlotte MacLeod	**Madam Wilkins' Pallazzo**
Band 1040	Ellery Queen	**Der Sarg des Griechen**
Band 1050	Anne Perry	**Tod in Devil's Acre**
Band 1063	Charlotte MacLeod	**Wenn der Wetterhahn kräht**
Band 1068	Paul Kolhoff	**Menschenfischer**
Band 1070	John Dickson Carr	**Mord aus Tausendundeiner Nacht**
Band 1071	Lee Martin	**Tödlicher Ausflug**
Band 1072	Charlotte MacLeod	**Teeblätter und Taschendiebe**
Band 1073	Phoebe Atwood Taylor	**Schlag nach bei Shakespeare**
Band 1074	Timothy Holme	**Venezianisches Begräbnis**
Band 1075	John Ball	**Das Jadezimmer**
Band 1076	Ellery Queen	**Die Katze tötet lautlos**
Band 1077	Anne Perry	**Viktorianische Morde** (3 Romane)
Band 1078	Charlotte MacLeod	**Miss Rondels Lupinen**
Band 1079	Michael Innes	**Klagelied auf einen Dichter**
Band 1080	Edmund Crispin	**Mord vor der Premiere**
Band 1081	John Ball	**Die Augen des Buddha**

Band 1082	Lee Martin	**Keine Milch für Cameron**
Band 1083	William L. DeAndrea	**Schneeblind**
Band 1084	Charlotte MacLeod	**Rolls Royce und Bienenstich**
Band 1085	Ellery Queen	**... und raus bist du!**
Band 1086	Phoebe Atwood Taylor	**Kalt erwischt**
Band 1087	Conor Daly	**Mord am Loch acht**
Band 1088	Lee Martin	**Saubere Sachen**
Band 1089	S. S. van Dine	**Der Mordfall Benson**
Band 1090	Charlotte MacLeod	**Aus für den Milchmann**
Band 1091	William L. DeAndrea	**Im Netz der Quoten**
Band 1092	Charlotte MacLeod	**Jodeln und Juwelen**
Band 1093	John Dickson Carr	**Die Tür im Schott**
Band 1094	Ellery Queen	**Am zehnten Tag**
Band 1095	Michael Innes	**Appleby's End**
Band 1096	Conor Daly	**Tod eines Caddie**
Band 1097	Charlotte MacLeod	**Arbalests Atelier**
Band 1098	William L. DeAndrea	**Mord live**
Band 1099	Lee Martin	**Hacker**
Band 1100		**Jubiläumsband Mord als schöne Kunst betrachtet – Noch mehr Morde**
Band 1101	Phoebe Atwood Taylor	**Zu den Akten**
Band 1102	Leslie Thomas	**Dangerous Davies und das einsame Herz**
Band 1103	Steve Hamilton	**Ein kalter Tag im Paradies**
Band 1104	Charlotte MacLeod	**Mona Lisas Hutnadel**
Band 1105	Edmund Crispin	**Heiliger Bimbam** (November 2001)
Band 1106	Steve Hamilton	**Unter dem Wolfmond** (November 2001)
Band 2001	Lee Martin	**Neun mörderische Monate** (3 Romane)
Band 2002	Charlotte MacLeod	**Mord in stiller Nacht** (Sonder-Doppelband)

Band 1084

Charlotte MacLeod

Rolls Royce und Bienenstiche

Eines haben die Billingsgates mit ihren Freunden gemeinsam – kolonialen Reichtum. Vier Dinge zeichnen sie in der neuenglischen Aristokratie aus: Frömmigkeit, eine beachtliche Rolls Royce Sammlung, das schloßähnliche Landgut sowie ihr Sommerfest in altertümlichen Kostümen.
Als Vertreter der Familie Kelling sind Sarah und Max Bittersohn eingeladen. Das auf Kunstdiebstähle spezialisierte Paar soll die Augen offenhalten, denn ein Rolls Royce ist verschwunden.
Doch dann findet man den Chauffeur ermordet, ein weiterer Wagen verschwindet, ohne Spuren zu hinterlassen, und plötzlich löst sich auch noch eine Tante in Luft auf.

Band 1090

Charlotte MacLeod

Aus für den Milchmann

Professor Feldster würde für seine Kühe alles tun. Und für einen Abend ohne seine herrische Gattin Mirelle. Dafür ist ihm jede Verabredung recht, und so bricht er auf zu einem Besuch bei den Scarlett Runners. Doch Jim Feldster trifft nie dort ein.

Wieder einmal findet sich Peter Shandy unvermittelt in einen Fall verstrickt, denn Mirelle beschuldigt ihn, ihren Gatten zu verstecken. Allmählich dämmert es Shandy, dass sich bei Jim Feldster nicht alles um Viehfutter und Melkmaschinen drehte. Es gibt ja noch andere Leidenschaften – wie Liebe, Habsucht und Rache.

Band 1092

Charlotte MacLeod

Jodeln und Juwelen

Sarah Kellings Tante Emma ist ein herzensguter Mensch. Wenn es darum geht, Geld für die Witwe eines Feuerwehrmanns zu sammeln, springt sie sogar aus einem brennenden Haus. Die Güte endet, als ihr Sohn Walter seine jodelnde Familie für den Sommer einlädt. Emma flüchtet auf die Insel Pocapuk ins Haus ihrer Freundin Adelaide. Daß auf der Überfahrt ihre Tasche mit vermeintlich wertvollem Schmuck gestohlen wird, ließe sich ertragen. Doch als Adelaides Gäste planen, den Inselschatz von Pocapuk zu bergen und die Leiche eines Sporttauchers gefunden wird, kommt Emma zu der Überzeugung, das gehe zu weit. Zeit für Sarah und Max Bittersohn, ihrer Tante bei der Spurensuche zur Seite zu stehen. Ein Krimi aus der Boston-Serie.